Les fiancés de la nuit

*

L’étreinte de l’ombre

HEATHER GRAHAM

Les fiancés de la nuit

NOCTURNE

*éditions*Harlequin

Titre original : NIGHT OF THE WOLVES

Traduction française de FABRICE CANEPA

83-85, boulevard Vincent-Auriol, 75646 PARIS CEDEX 13.
Service Lectrices — Tél. : 01 45 82 47 47
www.harlequin.fr

ISBN 978-2-2802-2511-3 — ISSN 2104-662X

Prologue

1828, Etat du Texas

La première chose qu'elle remarqua, ce soir-là, ce furent les hurlements des loups. Dans l'Ouest, loin des villes civilisées, au milieu de ces terres sauvages que ne traversaient que quelques sentiers qui témoignaient du passage des hommes et de leurs troupeaux, un tel son n'avait rien de surprenant.

Mais les loups étaient des animaux qui préféraient chasser au cœur de la nuit, profitant de l'ombre pour fondre sur leurs proies. Or le soleil était juste en train de se coucher.

Puis les hurlements cessèrent brusquement, et un silence pesant s'ensuivit. On n'entendait même plus le chant des oiseaux ni le crissement familier des grillons.

C'est alors que Molly Fox comprit qu'il se passait quelque chose d'insolite.

Bartolomé, qui était d'ordinaire un excellent chien de garde, se mit à gémir piteusement comme si lui aussi avait perçu cette étrangeté. La queue entre les jambes, il alla se terrer sous le lit sans cesser de pleurnicher.

Molly sentit un frisson glacé la parcourir. Le cœur battant à tout rompre, elle tendit l'oreille, cherchant à distinguer ce qui pouvait être à l'origine de ce silence inquiétant. Mais elle n'entendit que le souffle du vent qui jouait dans les branches des arbres.

Bien décidée à ne pas se laisser impressionner, elle alla chercher le vieux fusil de Lawrence qui était accroché au-dessus de la cheminée et le chargea avant d'aller se poster sur le porche qui courait devant la maison. Là, elle demeura parfaitement immobile, surveillant attentivement les environs.

Le soleil était en train de disparaître derrière les collines toutes proches. Il illuminait de ses flammes rougeoyantes la campagne environnante, donnant à Molly l'impression troublante que l'herbe était recouverte de sang.

A mesure que s'abîmait l'astre du jour, le ciel doré se teintait lui aussi d'écarlate et, pendant quelques instants, le paysage tout entier se para de cet éclat inquiétant. Puis, presque d'un seul coup, la nuit tomba, étendant partout son manteau de ténèbres.

Molly s'attarda encore quelques instants, cherchant vainement à percer l'obscurité. Puis elle se détourna et pénétra dans la maison où brillait la lueur réconfortante de la lampe à pétrole. Mais Bartolomé se terrait toujours dans la chambre à coucher.

— Viens ici, espèce de bon à rien! s'exclama-t-elle avec un entrain un peu forcé.

En réalité, elle-même ne parvenait pas vraiment à se défaire de la peur qui s'était insinuée en elle. Elle était pourtant habituée à se retrouver seule ici. Quelques années auparavant, Lawrence et elle avaient quitté La Nouvelle-Orléans pour venir s'installer dans le ranch que son père lui avait légué.

La vie était rude et ils devaient travailler dur mais ils avaient réussi à faire prospérer la petite exploitation. Ils avaient donc fini par recruter cinq employés agricoles qui étaient logés dans un bâtiment situé de l'autre côté des écuries. Une jeune fille venait même cinq jours par semaine de la petite ville voisine pour l'aider à faire le ménage et la cuisine.

Régulièrement, Lawrence devait s'absenter durant plusieurs semaines d'affilée pour aller vendre ou acheter du bétail. Il n'aimait pas la laisser seule, bien sûr, et avait même suggéré qu'elle aille s'installer en ville lorsqu'il n'était pas là.

Il avait toujours peur qu'un voleur de bétail ou qu'un employé agricole des environs ne s'en prenne à elle. Mais Molly savait tirer et n'hésiterait pas à ouvrir le feu si la nécessité s'en faisait sentir. De plus, elle comptait sur l'aide de Bartolomé qui, en temps normal, ne passait pas son temps à se cacher sous son lit.

Pour chasser la sensation de malaise qui l'habitait toujours, Molly alluma toutes les lampes de la maison. Mais les loups se remirent à hurler en un chœur lugubre et inquiétant et Bartolomé gémit de plus belle.

— Bon sang, Bart ! protesta-t-elle. Tu es un chien, pas une poule mouillée ! Les loups sont tes cousins germains, en quelque sorte...

Mais une fois de plus, sa voix enjouée ne parvenait pas à dissimuler la tension nerveuse qui montait en elle. Et elle ne put s'empêcher de tendre de nouveau l'oreille, cherchant vainement à détecter ce qui pouvait provoquer les hurlements déchirants de la meute.

Finalement, elle reprit son fusil et regagna le porche. Là, à la lueur de la lune, elle observa attentivement la barrière que Lawrence et ses hommes avaient construite autour de la maison. Au-delà se trouvaient les enclos pour le moment inoccupés, ainsi que l'écurie, l'étable et le poulailler.

Elle ne remarqua rien de suspect, ce qui ne suffit

pourtant pas à calmer l'inquiétude qui l'habitait. Elle se félicita d'avoir déjà nourri les chevaux et les poules, ce qui lui éviterait d'avoir à ressortir.

Jamais elle ne s'était sentie aussi nerveuse et elle aurait presque préféré avoir affaire à une bande de brigands. Car elle avait moins peur des hommes et de leur violence que des forces mystérieuses dont les Indiens de la région ne parlaient qu'à mots couverts.

Leurs légendes évoquaient une malédiction très ancienne et l'existence d'êtres surnaturels qui rôdaient dans les collines. Lawrence était convaincu qu'il s'agissait de simples superstitions auxquelles il ne fallait attacher aucun crédit mais Molly, quant à elle, n'en était pas certaine.

C'était d'ailleurs l'un de leurs rares points de désaccord. Car depuis le jour où ils s'étaient mariés à La Nouvelle-Orléans, tous deux avaient vécu en parfaite harmonie. Chaque jour, elle remerciait le ciel qui les avait réunis.

De tous les hommes qu'elle connaissait, Lawrence était incontestablement le plus digne de son admiration et de son affection. C'était un homme simple et droit qui travaillait dur pour réaliser les rêves qu'ils avaient faits ensemble et qui les avaient conduits jusque dans l'Ouest.

Et en cet instant, elle aurait désespérément voulu le savoir auprès d'elle. Mais il n'était parti que depuis quelques jours et ne serait pas de retour avant plusieurs semaines. Elle devrait donc faire face seule à la mystérieuse menace qui semblait planer dans l'air ce soir-là.

Les loups s'étaient tus, à présent, leurs cris cédant la place de nouveau à un silence oppressant. Regagnant l'intérieur de la maison, Molly se dirigea vers la chambre à coucher. Bartolomé gémissait toujours de façon pitoyable.

— Vas-tu arrêter ? lui demanda-t-elle d'un ton presque suppliant. Tu me rends folle !

Mais l'animal ne fit pas mine de se calmer. Pour chasser son anxiété, Molly alla s'asseoir devant sa coiffeuse et entreprit de se brosser les cheveux. A la lueur de la lampe à pétrole, ils paraissaient plus roux qu'ils ne l'étaient en réalité. Lawrence disait que c'était la première chose qu'il avait remarquée chez elle et il aimait y plonger les doigts lorsqu'ils faisaient l'amour.

Bartolomé se remit à aboyer, la faisant sursauter violemment.

— Ça suffit maintenant ! s'exclama-t-elle en se tournant vers lui.

Il gémit piteusement et cacha son museau sous ses pattes antérieures. Molly se tourna alors de nouveau vers son miroir et ne put réprimer un cri d'angoisse en apercevant la silhouette qui s'y découpait. Il se changea en éclat de rire soulagé lorsqu'elle comprit qu'il s'agissait de Lawrence.

Il avait troqué sa tenue de travail habituelle contre un pantalon et une chemise noirs, une veste rouge foncé et un chapeau de couleur sombre. Cette tenue accentuait encore l'élégance naturelle de sa silhouette. De haute taille, il était mince et élancé, avec de larges épaules et des bras musclés par des années passées à travailler de ses mains.

Mais ce qui frappa le plus Molly, en cet instant, ce fut l'extrême pâleur de son visage. De toute évidence, il devait être malade ou blessé. Cette simple idée fit naître en elle une angoisse d'une tout autre nature.

Lorsqu'elle fit mine de s'approcher de lui, il leva la main, comme pour l'en empêcher.

— Je t'aime, Molly, lui dit-il d'une voix rauque.

— Mon Dieu, Lawrence, que t'est-il arrivé ? Tu es livide !

Elle s'approcha de lui et le prit par les épaules pour l'entraîner vers leur lit. Lorsqu'ils s'assirent dessus, Bartolomé quitta son refuge pour s'élancer hors de la pièce en gémissant de plus belle. Mais Molly n'y fit pas attention : elle était bien trop inquiète au sujet de son époux.

— Que se passe-t-il ? lui demanda-t-elle en caressant doucement sa joue qui lui parut glacée au toucher.

Lawrence secoua doucement la tête et la regarda droit dans les yeux.

— Je t'aime, Molly, répéta-t-il. Je t'aime plus que tout. Tu es ma raison de vivre, tu es ce qu'il y a de plus beau et de plus pur dans mon existence…

Lawrence avait toujours été un homme pragmatique et terre à terre et ce genre de déclaration ne lui ressemblait guère. Mais avant qu'elle ait pu l'interroger à ce sujet, il l'embrassa.

Et si ses lèvres semblaient être aussi froides que ses joues, il y avait dans ce baiser une ardeur presque désespérée qui éveilla en elle autant d'interrogations que de désir. Incapable de résister à cet assaut de passion, Molly se pressa contre lui. Lawrence laissa ses mains courir sur son corps, attisant le feu qu'il venait d'allumer en elle.

Il se débarrassa alors de son chapeau qu'il envoya voler à l'autre bout de la pièce et tira sur les pans du chemisier qu'elle portait. Les boutons sautèrent un à un, révélant à son regard sa poitrine contre laquelle il posa doucement son front.

— Je t'aime tant, souffla-t-il contre sa peau brûlante. Je ne devrais pas être ici mais je n'ai pas pu m'en empêcher…

— Moi aussi, je t'aime, répondit-elle en caressant ses beaux cheveux noirs. Et ta place est ici, à mes côtés…

La bouche de Lawrence se posa sur sa poitrine qu'il entreprit d'agacer de ses lèvres, de sa langue et de ses dents, lui arrachant de petits gémissements de plaisir. S'arquant pour mieux le laisser explorer ses seins, elle se débarrassa de son chemisier.

Le reste de leurs vêtements ne tarda pas à suivre, propulsés aux quatre coins de la pièce tandis que tous deux roulaient sur le lit en échangeant des caresses toujours plus fiévreuses.

Il y avait dans les gestes de Lawrence quelque chose de désespéré, comme s'il avait peur de la perdre et entendait mémoriser la moindre parcelle de son corps. Après s'être attardée sur chacun de ses seins, sa bouche descendit le long de son ventre, jusqu'à son nombril et à ses hanches, puis vint se poser au creux de ses cuisses.

En sentant sa langue et ses doigts pénétrer en elle, Molly fut submergée par une vague de plaisir qui déferla sur elle, emportant ses doutes et ses inquiétudes pour laisser place à un plaisir indicible. Jamais elle ne s'était sentie aussi désirée, aussi révérée qu'en cet instant.

Une série de spasmes la parcourut et elle s'y abandonna sans retenue. Puis, incapable de supporter l'intensité de ses propres réactions, elle attira Lawrence à elle et l'embrassa avec passion. Il entra alors en elle, l'entraînant plus loin encore.

Les jambes nouées autour de sa taille, les mains crispées sur ses épaules, Molly se creusait pour le laisser pénétrer toujours plus loin. Ses hanches ondulaient, suivant le rythme sauvage qu'il leur imposait, anticipant chacune de ses impulsions. Elle avait l'impression d'être possédée corps et âme par cet homme qu'elle aimait plus que sa propre vie.

Lorsqu'ils atteignirent enfin le point culminant de la passion, elle perdit tout contrôle. Il lui sembla alors que le monde entier basculait dans un maelström de sensations dont l'intensité dépassait tout ce qu'elle avait jusqu'alors cru possible.

Il lui fallut très longtemps pour se remettre de cette étreinte et, durant de longues minutes, elle demeura étendue contre le corps de Lawrence, les yeux clos et le souffle court.

— Comment se fait-il que tu sois déjà de retour ? lui demanda-t-elle enfin.

Il prit délicatement sa main et déposa un baiser sur sa paume.

— Nous en parlerons plus tard, lui dit-il.

Dans sa voix, elle perçut un léger tremblement, comme s'il s'efforçait de retenir ses larmes. Mais elle le connaissait suffisamment pour savoir qu'il ne servirait à rien de le presser de questions : il ne lui dirait rien tant qu'il ne serait pas prêt à le faire.

Elle se contenta donc de se serrer contre lui en silence. Puis ils firent de nouveau l'amour et, durant tout le temps que dura cette seconde étreinte, il ne cessa de lui répéter qu'il l'aimait. Et elle finit par s'endormir entre ses bras pour rêver à l'avenir qui s'ouvrait devant eux.

Mais le lendemain matin, Lawrence était parti.

Surprise, Molly parcourut la maison puis le reste de l'exploitation sans trouver la moindre trace de son époux. Par acquit de conscience, elle se rendit en ville pour demander aux gens qu'elle connaissait s'ils avaient aperçu Lawrence. Tous lui répondirent par la négative.

— Il n'y a aucune raison pour qu'il soit rentré si vite, lui dit le shérif Perkin, résumant ainsi l'opinion générale. Il vient juste de partir avec ses hommes. D'ailleurs, comment aurait-il pu revenir aussi rapidement ?

Avisant le trouble qui se lisait dans les yeux de Molly, Perkin posa doucement la main sur son épaule.

— Tu ne devrais pas rester seule au ranch, lui conseilla-t-il. Viens t'installer à la maison, Susie sera ravie d'avoir de la compagnie.

Molly le remercia chaleureusement mais déclina son invitation. Très perplexe, elle rentra chez elle, se demandant si elle avait rêvé. Mais les sensations qu'elle avait éprouvées entre les bras de son époux étaient bien trop intenses pour n'être que le fruit de son imagination.

Incapable de trouver une réponse à ses questions, elle finit par renoncer à s'interroger plus avant sur ce qu'elle appelait désormais la « nuit des loups ».

Trois jours s'écoulèrent avant qu'elle ne reçoive la visite de Perkin, de son épouse et de Doc Smith, le médecin qui exerçait en ville. La première chose qu'elle remarqua, ce fut leurs visages pâles et défaits, et elle comprit instantanément que quelque chose de très grave s'était produit.

Le cœur battant, elle les regarda approcher tandis que Bartolomé laissait échapper un gémissement lugubre et de mauvais augure. L'inquiétude de Molly s'accrut encore et, lorsqu'elle vit le chagrin mêlé de compassion qui se lisait dans les yeux du shérif, elle sut soudain ce qui s'était passé.

— Non, s'exclama-t-elle. Ce n'est pas vrai ! Il n'est pas mort…

— Ma pauvre chérie, murmura Susie Perkin d'une voix brisée en la prenant dans ses bras.

— Ils ont été attaqués à quelques kilomètres seulement de la ville, expliqua son époux. Le troupeau a disparu. C'est probablement un coup des Indiens : on a retrouvé sur les lieux plusieurs flèches et des plumes…

— C'est impossible, protesta faiblement Molly.

Lawrence connaissait les chefs de toutes les tribus de la région. Jamais ils ne s'en seraient pris à lui.

— Il pouvait s'agir d'un clan nomade, répondit Perkin. Ou encore de simples bandits se faisant passer pour des Indiens. J'ai entendu dire que plusieurs bandes procédaient de cette façon.

— Quand ont-ils été attaqués ?

— Il y a une semaine, environ, d'après l'état des corps.

— Vous vous trompez, objecta Molly avec plus d'assurance qu'elle n'en éprouvait réellement. Lawrence était ici, il y a trois jours.

— Malheureusement, c'est impossible, soupira Doc Smith. Je vous assure que ce sont bel et bien votre époux et ses hommes que nous avons retrouvés...

— Je ne vous croirai que lorsque j'aurai vu son corps ! protesta Molly.

Le shérif et le médecin échangèrent un regard inquiet.

— Je ne pense pas que ce soit une bonne idée, déclara enfin le shérif. Les animaux n'ont pas épargné leurs dépouilles...

— Peu importe ! De toute façon, je sais que vous vous trompez et qu'il ne s'agit pas de Lawrence !

Molly insista tant et si bien que le shérif et Doc Smith l'emmenèrent au dépôt mortuaire où les corps attendaient d'être inhumés. Ils avaient effectivement été très abîmés par les bêtes sauvages. Si le visage de l'homme que Perkin avait identifié comme étant son mari n'était plus qu'un amas de chairs torturées, les vêtements, la montre et la médaille étaient bien ceux de Lawrence.

De plus, l'identité des autres cadavres ne faisait aucun doute : c'était bien Jody, Beau, Daryl et Steven, les ouvriers agricoles qui travaillaient pour Molly et son époux.

Eperdue de douleur, Molly passa les semaines suivantes dans un état proche de l'hébétude, effectuant par pur réflexe des tâches quotidiennes qui lui paraissaient désormais dépourvues de sens. Elle était épuisée et se sentait continuellement au bord de la nausée.

Ce n'est que six semaines après l'enterrement que Molly comprit que ses vomissements n'étaient pas uniquement dus au deuil qui l'avait frappée. Elle sut alors qu'elle ne s'était pas trompée : en dépit des apparences, c'était bel et bien son époux qui était venu la voir, cette nuit-là, et qui l'avait mise enceinte…

Il était cependant évident que personne ne croirait sa version des faits. Tous seraient convaincus qu'elle avait frayé avec un autre homme après la mort de son mari. Incapable de supporter cette idée, elle décida donc de louer le ranch à un fermier des environs et quitta la ville avant que sa grossesse ne devienne visible.

Elle regagna La Nouvelle-Orléans où elle reprit le travail de modiste qu'elle avait quitté pour partir vers l'Ouest. Et, durant toute sa vie, elle attendit.

Car si Lawrence était revenu une fois d'entre les morts, n'était-il pas possible qu'il la rejoigne un jour ?

1

Eté 1864, Nouvelle-Orléans

La nuit tombait sur La Nouvelle-Orléans. Et malgré le récent départ de Benjamin Butler — le gouverneur militaire nordiste que les habitants détestaient tant qu'ils l'appelaient « la Bête » —, les rues se vidaient rapidement. Il régnait en ville une atmosphère pesante, une angoisse sourde qui flottait dans l'air comme une mauvaise odeur.

En approchant des bureaux de la rue Dauphine qu'occupait le nouveau gouverneur, Cody Fox eut tout le loisir de constater que les soldats nordistes étaient aussi nerveux que les habitants de la ville. La plupart d'entre eux ne s'exprimaient qu'à voix basse comme s'ils avaient peur d'attirer l'attention sur eux.

Cette conduite était d'autant plus étonnante que La Nouvelle-Orléans était aux mains de l'ennemi depuis plus d'un an sans qu'une réelle opposition à l'occupant ne se soit manifestée. En réalité, la plupart des gens étaient las de cette guerre qui avait emporté tant de jeunes gens et saigné à blanc l'économie du Nord comme celle du Sud.

Cody se demandait surtout ce qui avait bien pu lui valoir une telle convocation. Quel besoin un officier nordiste pouvait-il avoir d'un soldat confédéré convalescent ?

Cela faisait un peu plus de six mois qu'il était rentré du front où il avait été blessé à la jambe. La plaie était si impressionnante que le chirurgien avait bien failli l'amputer. Fort heureusement, Cody était alors conscient et avait pu le convaincre de n'en rien faire.

A la grande surprise du médecin qui était convaincu que la gangrène s'installerait, Cody s'était rapidement remis de sa blessure. Dès qu'il avait été en état de marcher, il avait été renvoyé chez lui à La Nouvelle-Orléans où il avait retrouvé la maison de Bourbon Street où il avait passé toute sa jeunesse.

Il se sentait à présent en pleine forme mais n'avait aucune envie de repartir au combat. Il avait assisté à bien trop de scènes de carnage, vécu trop de combats inutiles, vu mourir trop de gens pour croire encore au bien-fondé de cette guerre.

Depuis toujours, il était convaincu qu'il y avait des hommes bons et mauvais dans chacune des armées. Il suffisait pour s'en assurer de comparer la Bête, qui avait fait exécuter un homme simplement pour avoir déchiré le drapeau de l'Union, et son successeur, Nathaniel Banks, qui œuvrait pour le bien de la cité et tentait à sa façon de combler le fossé qui s'était creusé entre le Nord et le Sud.

C'était d'ailleurs l'aide de camp de Banks, William Aldridge, qui avait convoqué Cody. En arrivant au quartier général nordiste installé dans l'ancienne maison du colonel confédéré Elijah Eldin, il fut accueilli par un jeune sergent qui mit un point d'honneur à le traiter comme s'il était un simple civil et non un officier confédéré.

Cody s'en moquait. Il savait que la guerre ne tarderait pas à prendre fin d'une façon ou d'une autre. Soit le Nord se lasserait du prix à payer pour reconquérir un Sud exsangue et ruiné, soit la tuerie se poursuivrait jusqu'à ce que le Sud soit forcé de reconnaître l'incontestable suprématie du Nord.

Car Cody n'avait plus aucun doute à ce sujet : malgré le courage de ses soldats et le talent d'officiers comme Lee, ce qui ferait la différence, en fin de compte, ce serait la capacité de l'ennemi à supporter le coût de cette guerre. Les batailles avaient détruit une partie des champs sur lesquels reposait la prospérité du Sud. Sa main-d'œuvre avait été décimée. Et la marine du Nord, nettement supérieure, avait imposé un blocus qui interdisait tout commerce.

Il fallait aussi compter avec la détermination dont avait fait preuve Lincoln. Cody avait eu l'occasion de le rencontrer et il éprouvait une sincère admiration à son égard. Et si Lee était à ses yeux le général le plus brillant de sa génération, il ne pourrait défier le sort indéfiniment.

Après l'avoir fait patienter quelques minutes dans ce qui avait été autrefois le boudoir de la fille du colonel Eldin, le sergent conduisit Cody au lieutenant Aldridge. Ce dernier avait fait installer son bureau de campagne dans la bibliothèque. A voir le nombre de papiers qui s'entassaient dessus, il était évident qu'il ne chômait guère.

Il se leva pourtant pour accueillir son visiteur. Tout comme son supérieur, Nathaniel Banks, le lieutenant avait la réputation d'être un homme d'honneur. Quoique convaincu du bien-fondé de la cause nordiste, il travaillait activement à la réconciliation entre unionistes et sécessionnistes.

— Monsieur Fox, dit-il en contournant son bureau pour venir lui serrer la main, merci d'avoir répondu à mon invitation. Voulez-vous un café ?

— Non merci, répondit Cody en examinant attentivement son interlocuteur.

Il était grand et mince et ne devait pas avoir plus de trente ans. Mais le poids des responsabilités et les exigences du métier de soldat l'avaient prématurément vieilli. Ses yeux trahissaient un mélange de fatigue et de gentillesse.

— Puis-je vous demander ce qui me vaut cette convocation ? s'enquit Cody d'un ton égal.

Aldridge retourna s'asseoir à son bureau et fit signe à Cody de prendre place sur l'une des chaises qui lui faisaient face. Il ouvrit alors un dossier qui se trouvait devant lui.

— Vous étiez dans la cavalerie, lut-il. Sous les ordres de Ryan. Vous avez participé à la bataille de Manassas et avez servi sans discontinuer jusqu'à celle d'Antietam Creek, lors de laquelle vous avez bien failli perdre votre jambe. Les médecins étaient convaincus que vous ne vous en sortiriez pas et pourtant, vous voilà. Cela fait près de six mois que vous êtes de retour à La Nouvelle-Orléans où vous exercez la profession de médecin que vous avez apprise à l'université de Harvard...

— Je suis impressionné, commenta Cody. Les renseignements sur mon compte sont très précis.

— Plus encore que vous ne l'imaginez. J'aimerais d'ailleurs que vous me parliez de votre séjour à Washington, Fox. Avant que votre Etat ne se déclare sécessionniste, vous avez été convoqué à la Maison Blanche où vous vous êtes entretenu avec Lincoln en personne. Je crois savoir qu'il vous a chargé d'une mission très particulière.

Cody se garda bien de trahir son étonnement. Peu de personnes étaient au courant de ce qui s'était passé à l'époque. Ignorant l'étendue exacte des informations dont disposait Aldridge, il décida de se montrer prudent.

— J'ai effectivement travaillé pour lui juste avant la guerre, répondit-il.

Comprenant qu'il n'en dirait pas plus, Aldridge referma le dossier et se renversa sur sa chaise.

— D'après mes informations, une vague de crimes particulièrement odieux s'est produite en 1859 à Alexandria. Vous étiez ami avec un représentant des forces de l'ordre locales, Dean Brentford, et vous avez patrouillé la ville de nuit en sa compagnie. C'est vous qui avez réussi à appréhender le meurtrier, alors que la police était incapable de le faire. Comme il résistait à cette arrestation et tentait de s'en prendre à vous, vous l'avez décapité à l'aide de votre épée. Suite à cet incident, le président Lincoln vous a convoqué pour vous féliciter et vous proposer de rejoindre un service qu'il avait décidé de mettre en place pour élucider les affaires du même genre.

— C'est exact, acquiesça Cody. Mais ma mère est décédée à cette époque et je suis revenu ici pour l'enterrement. Puis la guerre a éclaté durant mon séjour à La Nouvelle-Orléans. Il me devenait dès lors impossible d'accepter le poste que m'avait proposé Lincoln.

— Sans doute, concéda Aldridge. Mais la guerre touche à sa fin et j'ai cru comprendre que vous ne comptiez pas reprendre du service.

— Où voulez-vous en venir ? s'enquit Cody.

— On a signalé récemment dans le quartier de la rue Conti une série de crimes qui s'apparentent de façon troublante à ceux qui ont été commis à Alexandria. Les autorités militaires et civiles ont été incapables de résoudre le problème et les habitants commencent à devenir nerveux. Les unionistes accusent les sécessionnistes et vice versa, ce qui envenime encore plus la situation. Le gouverneur souhaite rétablir l'ordre au plus vite en mettant un terme à cette tuerie. Et je pense que vous êtes le seul à pouvoir y parvenir…

Cody observa attentivement Aldridge avant de lui répondre.

— Vous avez conscience que, s'il s'agit vraiment d'une affaire semblable à celle d'Alexandria, je n'aurai d'autre choix que d'éliminer le responsable, n'est-ce pas ?

— Oui, répondit gravement Aldridge. Vous avez carte blanche pour agir comme vous l'entendrez. Je veux que vous arrêtiez ce massacre, monsieur Fox. Peu importe le prix à payer pour cela.

— Comment avez-vous su que les rebelles nous tendraient une embuscade ?

Alexandra Gordon réprima difficilement un soupir exaspéré. C'était la cinquième fois au moins qu'on lui posait cette question. Et elle commençait à en avoir plus qu'assez d'être assise sur cette chaise inconfortable, les mains attachées derrière le dos et la tête recouverte d'un sac en toile de jute qui l'empêchait de voir celui qui l'interrogeait de la sorte.

Comment pouvait-il la traiter de cette façon alors qu'elle avait pris de grands risques pour venir avertir la petite troupe qui s'apprêtait à traverser le Potomac du danger qui les attendait de l'autre côté ?

— Comment saviez-vous que notre patrouille de reconnaissance serait massacrée ? s'exclama l'officier qui l'interrogeait. Et ne me dites pas que vous l'avez vu en rêve ! Je sais que vous êtes une espionne sudiste. Ce que je veux savoir, c'est comment vous vous procurez vos informations.

Alex se mordit la lèvre pour ravaler les protestations qui lui montaient aux lèvres. Elle ne gagnerait rien en attisant l'hostilité qu'elle inspirait apparemment à cet homme.

— Je cherchais juste à épargner des vies humaines, répondit-elle. Celles de vos soldats comme celles de vos ennemis. Car que vous a rapporté cette escarmouche ? Absolument rien. Elle a par contre coûté la vie à vingt personnes. C'est ce que je suis allée dire au sergent qui s'apprêtait à lancer cette offensive mais il a refusé de me croire. A présent, ses hommes sont morts, de même qu'un certain nombre de mes compatriotes sudistes.

— Savez-vous que j'ai le pouvoir de vous jeter en prison pour le reste de votre vie ou même de vous pendre ?

La porte de la pièce dans laquelle ils se trouvaient s'ouvrit alors en grinçant légèrement et un homme s'adressa à l'officier d'une voix calme et distinguée.

— Lieutenant Green, j'aimerais m'entretenir avec Mlle Gordon.

— Mais, monsieur..., articula Green d'une voix stupéfaite.

— S'il vous plaît, ajouta le nouveau venu avec un mélange de politesse et d'autorité.

Alex entendit Green se lever pour laisser sa chaise à l'inconnu.

— Ma femme fait des rêves prémonitoires, déclara ce dernier. Cela m'est également arrivé, quoique plus rarement. Mais racontez-moi plutôt le vôtre, mademoiselle. Comment avez-vous su où se produirait cette escarmouche ?

— J'ai reconnu l'endroit de mon rêve, expliqua Alex. Lorsque j'étais petite, mes parents vivaient à Washington mais nous venions souvent nous promener dans ces collines. Mon père voulait même acheter une ferme dans les environs...

— Son père était un traître qui est parti vivre dans

l'Ouest, intervint le lieutenant Green. Il paraît qu'il s'est fait tuer par les Indiens.

— Ce n'était pas un traître ! protesta vivement Alexandra. Il a décidé de partir s'installer dans l'Ouest parce qu'il trouvait que cette guerre était fratricide et injuste. Il voulait vivre dans un endroit où chacun serait libre de vivre selon ses convictions. Il se moquait de l'origine sociale ou de la couleur des gens et n'a jamais fait de mal à quiconque.

— C'est vrai, reconnut le nouveau venu d'une voix apaisante. Je n'ai jamais entendu parler de votre père autrement qu'en bien. Et j'ai été désolé d'apprendre sa mort. Mais dites-moi ce que vous avez vu dans ce rêve.

— J'ai tout de suite reconnu la forêt dans laquelle je me trouvais. Puis j'ai entendu des chevaux galoper et j'ai aperçu un mouvement fugitif à travers le rideau des arbres. Des cavaliers sont apparus. Ils étaient hagards, épuisés. Ils paraissaient affamés et désespérés et j'ai compris qu'ils étaient prêts à tout... C'est alors que vos hommes sont arrivés au galop. Ils n'ont même pas eu le temps de comprendre ce qui leur arrivait : les sécessionnistes se sont jetés sur eux et ils ont commencé à se battre. Il y avait du sang partout... J'ai vu plusieurs hommes tomber, certains frappés par des balles, d'autres par des baïonnettes. A la fin, il n'y avait plus qu'un charnier de corps entremêlés comme si, dans la mort, les ennemis s'étaient enfin réconciliés...

La voix d'Alexandra se brisa et elle baissa la tête, s'efforçant vainement de bannir ce souvenir de son esprit.

— Est-ce que vous faites souvent de tels rêves ? lui demanda l'inconnu.

— Non, répondit-elle, regrettant soudain de ne pouvoir apercevoir cet homme qui paraissait si compréhensif.

— Mais cela vous est déjà arrivé, n'est-ce pas ?

— Oui.

— Est-ce que ces rêves se réalisent toujours ?

— Sauf lorsque je parviens à changer le cours des choses... C'est ce que j'ai essayé de faire mais personne n'a voulu me croire.

Alexandra sursauta en sentant les mains de l'inconnu se poser sur les siennes. Elles étaient larges et calleuses mais trahissaient la même douceur et la même délicatesse que le ton de sa voix.

— Monsieur, c'est une espionne confédérée ! protesta le lieutenant aussi vivement que le lui permettait la déférence que semblait lui inspirer l'inconnu.

— Mon ami, je n'ai encore jamais vu un espion avertir l'ennemi pour lui éviter une mort certaine. Cette jeune femme a pris de gros risques pour venir vous prévenir. Dites-moi, ajouta l'inconnu à l'intention d'Alexandra, êtes-vous venue à Washington pour nous espionner ?

— Non, monsieur. Je suis venue pour épouser...

— Un rebelle ! l'interrompit le lieutenant Green.

— Un homme du Sud, corrigea-t-elle. Et je l'ai vu se faire massacrer par des soldats du Nord. Pourtant, je ne vous veux aucun mal : tout ce que j'espère, c'est que cette guerre affreuse prendra fin le plus rapidement possible. Je ne suis pas une espionne. J'enseigne...

— La sédition, intervint de nouveau Green.

— Le piano...

— Etes-vous de connivence avec l'ennemi ? demanda l'inconnu.

— J'ai des amis dans le Sud, répondit-elle. Mais je ne vois pas ce que je pourrais leur raconter qui puisse vous mettre en danger. D'ailleurs, j'ai également des amis dans le Nord et je ne tiens pas à ce qu'ils souffrent à cause de moi.

— Je vous crois. Mais revenons-en à ces rêves prémonitoires, voulez-vous ? Pourquoi croyez-vous qu'ils vous soient envoyés ?

— Je l'ignore, répondit Alexandra. Peut-être pour me mettre à l'épreuve... Ou au contraire pour me donner une chance de changer le cours des événements.

— Alors comment se fait-il que vous n'ayez pas pu éviter la mort de votre père ? objecta le lieutenant Green.

— Malheureusement, mes rêves ne m'apprennent pas toujours ce que je voudrais savoir, répondit-elle avec une pointe d'amertume. Je n'ai pas pressenti la mort de mon père.

— Vous est-il arrivé de transformer une situation dont vous aviez rêvé ? s'enquit l'autre homme.

— Oui. J'ai empêché un jeune homme qui avait été blessé de rejoindre son unité. Je l'avais vu étendu sur le champ de bataille, son regard sans vie fixé sur le ciel. Depuis, il a été affecté à une unité de communication.

— Un espion ! cracha Green d'un ton méprisant.

— Vous ai-je dit qu'il s'agissait d'un soldat de l'Union ? répliqua-t-elle.

— Ne vous êtes-vous jamais demandé si vous aviez vraiment le droit de changer le destin ? lui demanda alors l'inconnu.

— Je crois que si Dieu nous a doté du libre-arbitre, c'est pour que nous en fassions bon usage, répondit-elle avec assurance. Nous n'hésitons pas à mettre à profit ce que nous avons lu dans les livres. Alors pourquoi ne ferions-nous pas de même avec nos rêves ?

— Voilà un point de vue très intéressant, mademoiselle Gordon. Mais dites-moi, que comptez-vous faire, à présent ?

— J'ai décidé de retourner dans l'Ouest, au Texas. Je veux savoir ce qui est arrivé à mon père.

— Vous feriez peut-être mieux de rester ici, le temps que la guerre se termine. Ce serait plus sûr.

— Il faut que j'aille là-bas, insista Alexandra.

— Avez-vous rêvé de ce qui vous y attendait ?

— Non. Mais mon cœur me dit que tant que je n'aurai pas découvert la vérité à ce sujet, je ne trouverai pas la paix.

— Je comprends… Lieutenant Green, je pense que vous devriez libérer cette jeune femme. Nous avons enfreint suffisamment longtemps ses droits les plus élémentaires. Veuillez lui ôter cette cagoule ridicule.

— Je peux le faire, monsieur, lui assura Alexandra qui n'avait aucune envie que Green pose les mains sur elle.

Mais lorsqu'elle eut ôté le morceau de tissu qui lui bouchait la vue et qu'elle découvrit l'identité de l'inconnu qui venait de l'interroger, elle ne put retenir une exclamation de stupeur. Elle se leva aussitôt et esquissa une révérence à l'intention du président Lincoln.

Elle comprenait mieux à présent les nombreuses questions qu'il lui avait posées au sujet de ses rêves. Car il était de notoriété publique que le président était hanté par le souvenir de ses deux fils défunts.

Son épouse, quant à elle, se passionnait pour le spiritisme qui, elle l'espérait, lui permettrait d'entrer en contact avec eux.

— Puisse Dieu veiller sur vous lors de votre voyage de retour, déclara Lincoln. Je ne vous oublierai pas dans mes prières, mademoiselle Gordon.

— Et je prierai pour vous, monsieur le Président. Puissiez-vous nous conduire à la paix et à la réconciliation.

— C'est mon vœu le plus cher, soupira Lincoln.

Il se tourna alors vers Green qui les considérait d'un air réprobateur.

— Veuillez escorter Mlle Gordon jusque chez elle, lieutenant, ordonna-t-il. Et veillez à ce qu'elle reçoive toute l'aide dont elle aura besoin.

Green ne répondit pas tout de suite, se sentant visiblement humilié par ces instructions.

— Lieutenant? insista Lincoln.

— Oui, monsieur. Je ferai tout mon possible, monsieur.

Le président hocha la tête et se tourna de nouveau vers Alexandra.

— J'aimerais beaucoup que vous rencontriez Mary, lui dit-il. Je suis certain qu'elle serait fascinée par vos expériences.

— Je ne partirai pas avant une dizaine de jours, monsieur. Si votre épouse veut me rencontrer, je serai ravie de venir la voir.

— Excellent! Je vais la prévenir et je suis certain que vous ne tarderez pas à avoir de ses nouvelles.

De fait, trois jours plus tard, Alexandra eut l'honneur d'être invitée à la Maison Blanche. Elle y fit la connaissance de Mary Lincoln qui était d'un naturel bien moins calme et posé que son époux.

Alex dut lui expliquer qu'elle était parfaitement incapable de communiquer avec les morts. Avisant la profonde déception de Mary, elle se sentit obligée de la consoler comme elle le pouvait.

— Je suis certaine que ceux que nous aimons peuvent venir nous rendre visite en rêve, déclara-t-elle. C'est leur façon de nous dire qu'ils ont trouvé la paix dans l'autre monde.

— Avez-vous déjà rêvé de votre père ou de votre fiancé ? s'enquit Mary d'une voix anxieuse.

— Non, mais j'ai entendu parler de gens à qui cela était arrivé. Je sais que vos enfants sont avec Dieu, madame Lincoln. Vous devez vous efforcer de trouver la paix ici bas en attendant le jour où vous serez réunis au ciel.

Mary hocha la tête et, en quittant le domaine présidentiel, Alex se prit à espérer qu'à sa façon elle avait contribué à atténuer les souffrances de cette mère éplorée.

Quelques jours avant de partir vers l'Ouest, Alex revit le président. Il se promenait en compagnie de sa femme dans leur voiture à cheval, ainsi qu'ils avaient coutume de le faire le dimanche.

Lincoln ne l'aperçut pas, en revanche. Il était assis sur la banquette de cuir, la tête renversée en arrière, les yeux clos. Son visage trahissait un mélange d'épuisement et de lassitude et elle se demanda ce que pouvait ressentir un homme qui tenait entre ses mains le destin d'une nation déchirée.

Rêvait-il parfois aux champs de bataille qui recouvraient le pays, à ces jeunes hommes qui mouraient par milliers et à ces femmes qui les attendaient à la maison et ne les verraient jamais rentrer ?

Et croyait-il lui aussi pouvoir changer le destin que lui révélaient ses rêves ?

2

La nuit tombait déjà lorsque Alex traversa la petite ville de Victory pour gagner la pension de famille qu'avait tenue son père. C'est elle qui en avait hérité, en dépit du fait qu'il s'était remarié avec une certaine Linda qu'elle n'avait jamais eu l'occasion de rencontrer.

Elle n'avait qu'une hâte : prendre un bon bain et se changer de façon à se débarrasser de la poussière dont elle était recouverte depuis son voyage en diligence. Fort heureusement, ses malles étaient arrivées la veille par le train et ses affaires devaient déjà se trouver dans sa chambre.

Mais comme elle s'apprêtait à entrer chez elle, elle entendit un bruit de cavalcade et des cris. Surprise, elle aperçut une troupe de cavaliers qui venaient de s'engager au grand galop dans la rue principale.

La porte s'ouvrit alors, révélant Bert, l'homme à tout faire que son père avait embauché peu de temps après son arrivée dans l'Ouest.

— Ne restez pas dehors ! s'exclama-t-il en prenant Alex par le bras pour l'attirer à l'intérieur.

Surprise, elle le suivit et le vit claquer la porte qu'il ferma à double tour.

— Qui sont ces gens ? demanda-t-elle, curieuse.

— Des bandits, répondit Bert, livide.

Alex n'hésita pas un seul instant. A grands pas, elle

gagna le salon et décrocha le revolver qui était accroché au-dessus de la cheminée. Elle récupéra les balles qui se trouvaient dans la tabatière et chargea l'arme, bien décidée à se défendre si c'était nécessaire.

— Cela ne servira à rien, mademoiselle Alex! s'exclama Bert qu'elle n'avait jamais vu aussi terrifié. Ce ne sont pas des brigands comme les autres. Ce sont... des bêtes. Nous ferions mieux de descendre nous cacher dans la cave plutôt que de nous battre.

Alex le considéra d'un air réprobateur. Les habitants de Victory étaient parfaitement capables de se défendre contre une horde de bandits. Le shérif, son adjoint, le banquier et trois commerçants avaient pris part aux guerres indiennes. Quant aux autres habitants, c'était des pionniers endurcis qui avaient l'habitude de se battre.

— Descendons à la cave, insista Bert. Nous y resterons jusqu'à ce qu'ils soient partis. Ils ne penseront jamais à venir nous y chercher.

— Je refuse de me terrer comme un animal aux abois! protesta vivement Alex. Si nous résistons, les autres feront de même et nous chasserons ces hors-la-loi!

Beulah, la cuisinière noire, les rejoignit alors dans le salon, bientôt suivie par Tess et Jewell, les deux femmes de chambre.

— Il faut nous cacher, déclara-t-elle.

— Mais que vous arrive-t-il? s'exclama Alex. Depuis quand baissons-nous la tête devant le premier bandit venu?

— Vous ne comprenez pas, répondit Bert. C'est le gang de Beauville. J'ai vu ce qu'ils ont fait à Brigsby!

— Et qu'ont-ils fait, exactement?

— Ils ont tué tous les habitants. Pas un seul n'en a réchappé et c'est une ville fantôme, à présent. Je vous en prie, mademoiselle Alex, soyez raisonnable...

Il fut interrompu par le bruit de la porte d'entrée qui s'ouvrit à la volée et heurta violemment le mur.

— Filez à la cave ! ordonna Bert à Beulah et aux deux femmes de chambre.

Elles ne se firent pas prier. Quelques instants après, trois hommes armés pénétrèrent dans le salon. Malgré la peur qui l'habitait, Bert s'avança de façon à s'interposer entre Alex et eux. Le chef des bandits, un homme au visage pâle et émacié et au regard cruel, salua d'un sourire ironique. D'un simple geste, il propulsa Bert contre le mur le plus proche qu'il heurta violemment de la tête avant de s'effondrer à terre, inconscient.

— Voici donc cette Alexandra Gordon dont j'ai tant entendu parler, déclara-t-il alors.

Il ôta son chapeau et la salua d'un air moqueur. Ses deux compagnons ricanèrent et l'un d'eux cracha sa chique sur le plancher verni.

— Milo Roundtree, à votre service, dit le chef des brigands. Mais je devrais peut-être plutôt dire que c'est vous qui serez bientôt à mon service…

— Vous faites erreur, répondit Alex en pointant son arme sur lui. Sachez que je sais m'en servir et que je n'hésiterai pas à le faire.

— Tu as raison, Milo, elle est nettement plus mignonne que les catins que nous avons capturées l'autre jour…

— Vous n'avez pas l'air de comprendre ce que je vous ai dit, remarqua Alex d'une voix glaciale. Je suis prête à vous tuer, s'il le faut.

— Ne soyez pas mélodramatique, objecta Milo. Vous feriez mieux de nous suivre sans faire d'histoires si vous ne voulez pas qu'il arrive malheur à vos domestiques.

Alex vit alors entrer deux hommes qui pointaient leurs couteaux sur la gorge de Tess et de Jewell. Visiblement, ils avaient intercepté les deux jeunes filles avant qu'elles ne trouvent refuge dans la cave.

Une terreur glacée l'envahit mais elle s'efforça de ne pas le montrer.

— Relâchez ces filles ou je vous fais sauter la cervelle, menaça-t-elle.

— J'aime les femmes fougueuses dans votre genre, répondit posément Milo. Et j'aurai plaisir à vous mater, le moment venu.

— Etes-vous sourd ou idiot ? Vous serez mort avant de poser la main sur moi.

Un sourire amusé se dessina sur ses lèvres et il fit signe à l'homme qui retenait Tess. Ce dernier appuya un peu plus son couteau sur la gorge de la jeune fille qui émit un gémissement paniqué.

Milo jeta à Alex un regard ironique et, la mort dans l'âme, elle baissa son arme. Aussitôt, il s'avança vers elle et fit voler le pistolet qu'elle tenait. Il la prit alors par la taille et la plaqua contre lui.

Une impression de froid glacial s'insinua en elle et, lorsqu'elle essaya de se dégager, elle comprit qu'elle n'avait aucune chance : Milo était doté d'une force surprenante pour quelqu'un d'aussi maigre. Levant les yeux vers lui, elle frémit en avisant ses yeux si noirs que l'on ne discernait pas même leurs pupilles.

Des cris retentirent à l'extérieur et Milo se dirigea vers la porte, traînant Alex derrière lui comme si elle ne pesait pas plus lourd qu'une poupée de chiffon.

— Emmenez les filles avec vous ! s'exclama-t-il à l'intention de ses hommes.

Ceux-ci lui emboîtèrent le pas, entraînant Jewell et Tess. Alex se demanda où pouvait bien se trouver le shérif. Elle le connaissait assez pour savoir que jamais il n'aurait toléré qu'une chose pareille se produise dans sa ville. Et où étaient les autres hommes? Etaient-ils tous aussi terrifiés que Bert?

Si tel était le cas, leurs chances d'échapper à ces crapules étaient bien faibles.

— Conduisez-les de l'autre côté de la rue, ordonna Milo à ses hommes. Nous avons encore deux ou trois choses à régler avant de les emmener.

Les trois femmes furent conduites jusqu'au saloon où se trouvaient déjà trois autres bandits qui tenaient en joue les prostituées qui travaillaient là et Jigs, le pianiste.

Milo relâcha enfin Alex et contourna le comptoir pour aller vider la caisse enregistreuse. Quelques-uns de ses hommes débouchèrent des bouteilles de gin ou de bourbon et se mirent à boire au goulot.

C'est alors qu'un tintement d'éperons retentit devant le saloon. Alex ne put retenir un soupir de soulagement en songeant que quelqu'un avait enfin le courage de venir les aider.

Les portes battantes s'ouvrirent à la volée, heurtant violemment le mur. Un homme portant un chapeau à large bord, un long manteau huilé et des bottes de cavalerie pénétra alors dans la pièce, fusil en main. Il était suivi d'un autre homme, un peu plus petit que lui et vêtu de la même façon.

Le premier s'avança en relevant légèrement la visière de son chapeau. Ses yeux dorés parcoururent la pièce tandis qu'il évaluait la situation. Son regard se posa enfin sur Milo, qui l'observait avec stupeur. De toute évidence, le brigand ne s'attendait pas quelqu'un ose le défier de la sorte.

Alex vit sa main se rapprocher subrepticement de son revolver mais le nouveau venu secoua doucement la tête.

— Je ne ferais pas cela, à votre place, conseilla-t-il d'une voix calme et posée.

Milo, qui semblait se sentir en position de supériorité, dégaina soudain.

Instantanément, tous ceux qui se trouvaient là plongèrent à l'abri tandis que plusieurs coups de feu résonnaient dans l'air. Lorsque le silence revint et qu'Alex risqua enfin un coup d'œil par-dessus la table qu'elle venait de renverser pour se protéger, elle vit l'un des bandits étendu au milieu du saloon, le front transpercé par une balle.

Deux hommes seulement étaient restés debout au milieu de la pièce sans paraître se soucier du danger : Milo Roundtree et l'homme aux yeux dorés qui se mesuraient toujours du regard comme si de rien n'était. Ni l'un ni l'autre ne semblait avoir été touché.

— Tiens, tiens, reprit Milo, voilà qui est plutôt inattendu…

— A votre place, je quitterais ce saloon, lui conseilla l'étranger d'un ton aussi décontracté que s'il s'était agi d'une conversation entre deux vieux amis. Si vous vous attardez plus que nécessaire, vous risquez de le regretter amèrement.

Milo ricana d'un air narquois mais Alex sentit qu'il n'était plus aussi sûr de lui qu'auparavant. Il ne quittait d'ailleurs pas des yeux son adversaire, s'interrogeant visiblement sur la conduite à tenir à son égard.

— Je n'aime pas les menaces, répondit-il enfin. Et je ne suis pas sûr que vous soyez de taille à les mettre à exécution.

— Tout est là, n'est-ce pas ? répliqua l'étranger avec un sourire malicieux. Vous n'en êtes pas sûr.

— Non. Mais je peux très bien ordonner à mes hommes de trancher la gorge de ces filles avant même que vous ayez pu lever le petit doigt, déclara Milo en désignant les deux bandits qui menaçaient toujours Tess et Jewell.

— En êtes-vous vraiment certain ? s'enquit l'étranger.

Avec stupeur, Alex le vit alors se déplacer à une vitesse stupéfiante. Avant même qu'elle ait compris ce qu'il s'apprêtait à faire, il se retrouva derrière Milo, la lame de son couteau posée sur la gorge du hors-la-loi. Cette manœuvre n'avait duré que quelques fractions de seconde.

— Ne vous méprenez pas, déclara l'étranger. Je sais précisément à quelle profondeur trancher pour vous envoyer en enfer. Alors demandez à vos hommes de relâcher ces femmes et de sortir bien tranquillement.

— Otez d'abord votre couteau ! s'exclama Milo, furieux.

— Seulement lorsque vos hommes auront jeté leurs armes et quitté les lieux. Je vous laisserai partir mais je ne veux plus vous revoir ici, c'est compris ?

— Si vous me tuez, mes hommes ne feront qu'une bouchée de vous et de votre associé.

— Peut-être. Mais quelque chose me dit que vous tenez moins à ma mort qu'à votre propre vie...

Le regard de Milo étincelait de fureur mais il s'abstint de tout commentaire. Se tournant vers ses hommes, il leur ordonna de relâcher leurs otages et de poser leurs armes. Les bandits s'exécutèrent à contrecœur et se dirigèrent vers la porte.

— Ne sortez pas ! leur intima leur chef. Pas tant que je ne serai pas à vos côtés !

— C'est de bonne guerre, concéda l'étranger en lui retirant son revolver.

Il écarta alors son couteau de la gorge de Milo et le poussa en direction de ses comparses.

— Quittez la ville ! leur dit-il. Et laissez les habitants tranquilles !

Milo fit signe à ses hommes de sortir et leur emboîta le pas. Mais avant de passer la porte, il se tourna vers l'étranger d'un air menaçant.

— Personne ne me dit ce que je dois faire ou ne pas faire, déclara-t-il.

— Prenez cela comme un conseil amical, dans ce cas, répondit l'étranger d'un ton narquois.

— Sachez aussi qu'aucun de ceux qui ont osé se moquer de moi n'a vécu très longtemps pour le raconter.

Sur ce, il sortit à son tour.

Un profond silence suivit cet échange de provocations. Tous les témoins de la scène retenaient leur souffle, attendant de voir si les brigands s'en iraient vraiment ou s'ils étaient juste allés récupérer les fusils qui devaient être attachés à leurs selles.

Puis un bruit de cavalcade se fit entendre tandis que la troupe quittait la ville au grand galop. Une véritable cacophonie s'ensuivit alors que les témoins de la scène émergeaient de leurs cachettes et se pressaient autour de l'étranger pour le féliciter.

— Vous nous avez sauvé la vie ! s'exclama l'une des prostituées du saloon.

Elle avait de beaux cheveux roux et une expression innocente qui prouvait qu'elle ne devait pas exercer le plus vieux métier du monde depuis bien longtemps.

— Dieu seul sait ce qui serait arrivé si vous n'aviez pas été là, renchérit une brunette qui paraissait à la fois plus âgée et plus circonspecte.

Il émanait d'elle une certaine dureté qui reflétait moins de la méchanceté qu'une grande expérience de l'existence et de ses injustices. Dans une petite ville comme Victory, presque tous les habitants se connaissaient de vue et Alex savait que la brunette en question se nommait Sherry Lyn. Elle était l'une des premières prostituées à s'être installée au saloon.

— Si vous voulez profiter de nos services ce soir, nous ne vous demanderons aucune rémunération, précisa une troisième femme qui devait être la tenancière de la maison close.

De taille moyenne, elle était très plantureuse. Les rides qui sillonnaient son visage et qu'elle s'efforçait de dissimuler sous une généreuse couche de fond de teint trahissaient son âge et la vie difficile qu'elle avait dû avoir.

— Ecoutez-moi, mesdames, leur dit l'étranger sans relever sa proposition, vous feriez mieux de fermer boutique pour la nuit. Bouclez vos portes, placardez un panneau indiquant que vous êtes fermées au public et ne laissez entrer personne que vous ne connaissiez personnellement…

Les filles échangèrent des regards interloqués.

— Mais c'est impossible, protesta enfin la tenancière. Si nous fermons durant la nuit, nous n'aurons plus un seul client et nous nous retrouverons rapidement sur la paille.

— C'est vrai, Cody, remarqua le compagnon de l'étranger en s'approchant de lui. De toute façon, je ne suis pas sûr que cela empêcherait Milo et ses hommes d'entrer s'ils étaient vraiment décidés à le faire.

— Tâchez tout de même d'être très prudentes, insista Cody. Enfermez-vous à clé lorsque vous ne recevez pas de clients. Et ne laissez entrer personne qui vous paraisse suspect.

— Que voulez dire par « suspect » ? s'enquit la tenancière.

— Des hommes comme ceux qui viennent de quitter ces lieux, répondit Cody. S'ils reviennent ou si Milo en envoie d'autres, il faudra vous battre, ajouta-t-il à l'intention de ceux qui se trouvaient là. Tous les hommes et toutes les femmes de cette ville doivent se serrer les coudes et combattre…

Personne ne lui répondit et il secoua doucement la tête comme s'il était convaincu de ne pas s'être bien fait comprendre.

— Nous allons séjourner quelque temps parmi vous afin de vous aider à lutter contre Milo et les siens.

Un bruit de meuble se fit entendre et tous se tournèrent vers le piano derrière lequel Jigs venait de se redresser bruyamment. Alex remarqua que Cody avait déjà la main sur la crosse de son pistolet.

— Est-ce que vous êtes des marshals ? s'enquit le pianiste.

Avec son frac, son chapeau haut de forme et son nœud papillon, Jigs paraissait encore plus déplacé que d'ordinaire. Mais Gérald Sweeney, le propriétaire du saloon, avait décidé que sa présence donnait à l'endroit une note de classe et de distinction.

— Non, répondit Cody. Nous sommes de simples citoyens préoccupés par les brigandages de Milo et de sa bande.

Quelque chose dans sa voix convainquit Alex qu'il ne leur disait pas toute la vérité et que son arrivée si opportune ne devait rien au hasard.

— J'avais de la famille qui vivait à Brigsby, précisa le compagnon de Cody. Et je suis bien décidé à découvrir ce qui est arrivé aux miens et à les venger.

— Je vois, acquiesça la tenancière. Quoi qu'il en soit, soyez les bienvenus à Victory. Je suis Dolly.

— Je me nomme Cody Fox. Et mon ami s'appelle Brendan Vincent.

Comme la plupart des femmes présentes, sans aucun

doute, Alex n'avait pu s'empêcher de remarquer que Cody était un homme fort séduisant. Les traits de son visage étaient fins et bien dessinés.

Ses cheveux qu'il portait mi-longs comme nombre de gentlemen du Sud avaient la couleur du blé et ses yeux bruns étaient très lumineux, ce qui les faisait paraître dorés. Sa carrure athlétique était celle d'un homme habitué aux travaux de force mais ses mains n'étaient pas celles d'un travailleur manuel.

— Y a-t-il dans cette ville un hôtel où nous pourrions nous installer durant notre séjour ? reprit-il.

— Il y a la pension d'Alex, indiqua Jigs.

Il se tourna vers celle-ci et lui adressa un sourire éclatant.

— Bon retour parmi nous, mademoiselle Alex, ajouta-t-il.

Tous les regards se tournèrent alors dans sa direction et elle ne put s'empêcher de rougir en sentant peser sur elle celui de Cody Fox. Ce dernier lui décocha un sourire charmant et porta respectueusement la main à son chapeau.

— Enchanté, mademoiselle… ?

— Gordon, précisa-t-elle.

— Je suis ravi de faire votre connaissance, déclara-t-il.

La politesse dont il faisait preuve le distinguait de la plupart des cow-boys qui fréquentaient Victory. Alex ne put identifier son accent mais ses origines sudistes ne faisaient aucun doute.

— Moi de même, répondit-elle en esquissant une révérence.

— Vous tenez une pension de famille ?

— Effectivement, répondit-elle, toujours aussi embarrassée par le regard franc et direct que lui lançait le nouveau venu.

Elle n'avait pas l'habitude de se laisser intimider de cette façon mais quelque chose chez cet homme la mettait légèrement mal à l'aise.

— Vous resterait-il deux chambres de libres ?

Alex se tourna vers Jewell pour lui poser la question. Mais, avant même qu'elle ait ouvert la bouche, elle se rappela brusquement le traitement que Milo avait infligé à Bert.

— Mon Dieu ! s'exclama-t-elle, horrifiée.

Sans attendre, elle se précipita vers la porte et traversa la rue pour regagner la pension dont la porte était restée grande ouverte. Bert était toujours étendu dans le salon, inconscient. Après s'être assurée que son cœur battait toujours, elle lui tapota doucement la joue. Il finit par ouvrir les yeux en gémissant, et la contempla d'un air incertain.

— Bert, c'est moi, Alexandra. Est-ce que ça va ?

Il fit mine de répondre mais ce qu'il aperçut alors par-dessus l'épaule de la jeune femme sembla le figer d'effroi. Surprise, elle se retourna et découvrit que Cody Fox et Brendan Vincent l'avaient suivie.

— Ne t'en fais pas, ils sont de notre côté. Ce sont eux qui ont chassé Milo et ses hommes.

— Chassé ? répéta Bert d'un ton dubitatif.

— Ils ont tué l'un d'eux et convaincu les autres de quitter la ville, expliqua-t-elle.

— Où est le shérif ?

— Je ne sais pas.

Cody s'accroupit auprès de Bert.

— On dirait que vous avez pris un sacré coup, remarqua-t-il. Vous n'avez rien de cassé ?

— Je ne crois pas, répondit Bert qui paraissait toujours un peu méfiant. Je devrais pouvoir me lever.

Cody lui tendit son bras. Après un instant d'hésitation, Bert s'en saisit et se redressa en grimaçant.

— Merci, lui dit-il.

— Vous devriez vous asseoir un moment, lui conseilla Cody.

Bert hocha la tête et se laissa guider jusqu'au fauteuil qui était installé devant la cheminée du salon. Ils furent alors rejoints par Beulah, Jewell et Tess qui se pressèrent autour du blessé.

— Mon pauvre Bert ! s'exclama la cuisinière d'un ton désolé.

— Est-ce que tu veux un bourbon ? suggéra Jewell.

— Il vaudrait mieux du thé, objecta Tess.

— Du thé avec une goutte de whisky, alors, décida Jewell.

Les deux femmes de chambre quittèrent la pièce pour aller préparer le grog, non sans avoir jeté au passage un coup d'œil ouvertement admiratif à Cody qui fit mine de ne rien remarquer.

— Tu es sûr que ça va ? demanda Alex à Bert.

— Oui. Je suis seulement désolé de ne pas avoir pu vous protéger plus efficacement.

Il se tourna alors vers Cody et Brendan qui se tenaient légèrement en retrait.

— Comment diable avez-vous réussi à convaincre Milo et ses sbires de partir ?

— En lui mettant un couteau sous la gorge, expliqua Cody. Il tient à la vie et a compris que je n'aurais pas hésité à la lui ôter s'il s'était entêté à rester. Malheureusement, il ne s'en tiendra probablement pas à cette première incursion et nous devons nous préparer à recevoir une nouvelle visite du même genre. C'est la raison pour laquelle Brendan et moi avons décidé de rester.

Avez-vous des chambres libres pour nous ? ajouta-t-il à l'intention d'Alex.

— Je l'ignore, répondit-elle. Je ne suis rentrée en ville que quelques minutes avant l'arrivée de ces malfrats. Beulah, avons-nous de la place pour ces messieurs ?

La cuisinière la considéra avec stupeur.

— De la place ? répéta-t-elle. Mais depuis que les gens ont appris ce qui s'était passé à Brigsby, tous ceux qui le peuvent évitent cette région comme la peste. Cela fait des jours que nous n'avons pas reçu un seul client.

Alex ne put s'empêcher de frissonner en repensant à ce que lui avait dit Bert. Elle avait encore du mal à croire qu'une simple bande de brigands ait pu dévaster une ville comme Brigsby. Mais Milo avait peut-être beaucoup plus d'hommes que ceux qui l'avaient accompagné aujourd'hui.

— Dans ce cas, déclara-t-elle en se tournant vers Cody et Brendan, vous êtes doublement les bienvenus dans notre établissement.

— Le petit déjeuner est servi entre 7 heures et 8 heures, précisa Beulah. Le souper est à 19 heures précises. Si vous n'êtes pas à l'heure, nous considérerons que vous avez décidé de dîner à l'extérieur. Les repas sont compris dans votre note mais les bains sont en sus. Maintenant, si vous voulez bien m'excuser, je vais aller préparer vos chambres.

Elle se dirigea vers la porte mais s'arrêta brusquement pour se tourner vers Bert.

— Où est Levy ? lui demanda-t-elle. Je ne l'ai pas vu depuis ce matin.

— Nous ferions mieux de nous mettre à sa recherche, répondit Bert d'une voix inquiète. J'espère que Milo et ses hommes ne lui ont pas fait de mal.

— Fais le tour de la maison, ordonna Alex à Beulah. Moi, je vais aller jeter un coup d'œil aux écuries.

Beulah quitta la pièce à grands pas et Alex fit mine de la suivre. Mais Cody la retint par le bras. Surprise par cette attitude cavalière, elle lui jeta un regard chargé de reproches.

— Veuillez m'excuser mais je dois absolument aller m'assurer que notre garçon d'écurie n'a rien, déclara-t-elle froidement.

— Nous pourrions vous aider, proposa Cody. A quoi ressemble-t-il ?

— Il a quinze ans. Il est de taille moyenne, avec des cheveux bruns frisés et des yeux marron foncé, répondit Alex en dégageant son bras.

— Je vais aller jeter un coup d'œil dans la rue, déclara Brendan Vincent.

— Très bien, acquiesça Cody. Je vous accompagne jusqu'à l'écurie, ajouta-t-il à l'intention d'Alex. Les bandits doivent être loin à l'heure qu'il est, mais je préfère ne prendre aucun risque.

Alex hocha la tête et se dirigea à vive allure vers la porte de derrière. Laquelle donnait sur une petite cour où picoraient quelques poules. Sur la gauche se dressait le petit bâtiment où se pratiquait le fumage de la viande et, sur la droite, les écuries vers lesquelles elle se dirigea.

Elles n'accueillaient pour le moment que trois animaux : Beau, un cheval de trait qui tirait la voiture, Cheyenne, la jument quarter horse de son père, et Harvey, le hongre qui appartenait à Bert.

— Levy ? appela Alex.

— Je suis là-haut !

Levant les yeux, Alex le découvrit allongé dans le grenier à foin.

— Dieu merci ! s'exclama-t-elle en se dirigeant vers l'échelle qui permettait d'y accéder.

Mais, une fois de plus, Cody la retint par le bras.

— Attendez ! lui intima-t-il.

— Pourquoi ? répliqua-t-elle, agacée par son attitude.

Il ne répondit pas mais gravit l'échelle. Contenant difficilement son irritation, elle le suivit.

— Que s'est-il passé ? demanda-t-il à Levy. As-tu vu les hommes qui étaient ici ? T'ont-ils attaqué ?

— Non, répondit le garçon d'écurie en baissant les yeux d'un air honteux. Je les ai entendus entrer dans la maison et les chevaux sont devenus fous de terreur. Je voulais venir vous aider mais j'avais trop peur, alors je me suis caché dans le foin. Je suis désolé, mademoiselle Alex. J'aurais dû faire quelque chose. Mais je n'arrêtais pas de penser à ce qui s'était passé à Brigsby…

— Tu as bien fait de te cacher, répondit-elle. Tu n'aurais rien pu faire contre ces hommes et, en intervenant, tu aurais pu te faire tuer.

Ces paroles ne parurent guère le rassurer. De toute évidence, il était convaincu de s'être rendu coupable d'une impardonnable trahison. Cela ne surprit pas Alex car Levy vouait une fidélité sans borne à son père.

C'est Eugène Gordon qui l'avait recueilli à la mort de ses parents, des immigrés sans le sou qui avaient fui l'Europe où ils faisaient l'objet de persécutions. C'est également lui qui avait appris à Levy à lire, ce qui était rapidement devenu son passe-temps favori.

Le jeune homme avait un don pour s'occuper des animaux. Il paraissait comprendre instinctivement ce dont ils avaient besoin et Alex était convaincue qu'un jour il ferait un excellent vétérinaire. Deux après-midi par semaine, il allait d'ailleurs assister celui de Victory lors de ses tournées dans les ranchs environnants.

— J'ai agi comme un lâche, déclara-t-il tristement.

— Pas du tout, lui répondit Cody. Tu as agi de façon parfaitement rationnelle. Si Milo et ses hommes avaient tué quelqu'un, tu aurais pu aller chercher de l'aide. En tentant de les arrêter, au contraire, tu te serais fait tuer aussi, ce qui n'aurait servi à rien.

Alex jeta un regard reconnaissant à Cody. Car l'approbation de ce dernier semblait avoir quelque peu atténué la culpabilité qui tenaillait Levy.

— Vous avez peut-être raison, concéda le jeune homme. Mais je vous promets que je ne vous laisserai plus jamais tomber de cette façon, mademoiselle Alexandra.

— Je te fais confiance, répondit-elle en espérant ne plus être confrontée à de telles circonstances. A présent, nous ferions mieux de rentrer.

Ils descendirent du grenier à foin et regagnèrent la maison où Beulah les attendait. En voyant que Levy se trouvait avec eux, cette dernière poussa un soupir de soulagement.

— Tu nous as fait une peur bleue! s'exclama-t-elle en le serrant contre son ample poitrine.

Elle s'écarta ensuite pour le contempler et hocha la tête, apparemment satisfaite par ce qu'elle lisait dans son regard.

— Le diable n'est pas passé loin, ce soir, murmura-t-elle en se tournant vers Cody. Mais tout est bien qui finit bien grâce à vous, monsieur.

Il haussa modestement les épaules. Mais avant qu'il ait pu répondre à la cuisinière, Brendan Vincent ouvrit la porte de devant.

— Cody, tu devrais venir, lui dit-il d'un ton anxieux.

— Que se passe-t-il? s'enquit Alex, curieuse.

— Juste un petit problème, éluda Brendan.

Alex se demanda comment ce dernier avait bien

pu devenir le compagnon de route de Cody Fox. Contrairement à ce dernier, il n'avait pas l'air d'être un combattant aguerri. En fait, elle l'aurait imaginé sans peine en maître d'école, en notaire ou en libraire. Mais ce qui s'était passé à Brigsby paraissait l'avoir transformé à jamais.

Cody avait-il connu une expérience similaire ? Ou avait-il toujours été ce guerrier aux nerfs d'acier et aux réflexes plus vifs que l'éclair ?

— Quel genre de problème ? insista Alex.

— Je crois qu'un homme s'est fait tirer dessus par la bande de Milo, expliqua Brendan.

— Il faut aller prévenir le Dr Williamson ! s'exclama Alex.

Brendan jeta un coup d'œil nerveux à Cody.

— Il n'y a pas de raison de vous infliger un tel spectacle, mademoiselle, remarqua-t-il.

— Ne vous en faites pas pour moi. J'ai vu des centaines de blessés au cours de ces derniers mois.

— Je suis diplômé de médecine, déclara alors Cody Fox à la grande surprise d'Alex. Si cet homme est blessé, je suis parfaitement qualifié pour lui venir en aide.

— Tant mieux ! s'exclama Alex. Dans ce cas ne perdons pas de temps !

Elle fit mine de se diriger vers la porte mais Brendan se trouvait toujours dans l'encadrement de la porte, lui barrant le chemin. Il jeta un coup d'œil interrogatif à Cody, comme s'il attendait ses instructions. Ce dernier se contenta de hausser les épaules.

— Allons-y, dit-il.

Brendan les conduisit de l'autre côté de la rue, jusqu'à la boutique qui faisait office tout à la fois de salon de coiffure et de cabinet de dentiste. Un petit groupe de badauds s'était rassemblé autour du corps d'un homme qui gisait face contre terre à même le sol boueux.

— Ecartez-vous ! ordonna Brendan.

— Pourquoi est-ce que personne ne lui vient en aide ? demanda Alex.

Plusieurs personnes qu'elle connaissait détournèrent le regard et elle se demanda une fois de plus ce qui avait bien pu se produire dans la région pour que des personnes autrefois charitables et attentionnées deviennent aussi méfiantes et angoissées.

Cody s'agenouilla auprès de l'homme qu'il retourna doucement sur le dos. Alex ne l'avait jamais vu, ce qui pouvait signifier qu'il s'agissait d'un nouveau venu en ville ou de l'un des acolytes de Milo. Une chose était certaine, en tout cas : il n'avait pas besoin d'un médecin mais d'un croque-mort.

— Est-ce que quelqu'un le connaît ? demanda Cody.

Alex secoua la tête. Jim Green s'avança alors. A Victory, il travaillait à la fois comme photographe et comme entrepreneur de pompes funèbres.

— Il n'est pas du coin, déclara-t-il avec assurance. C'était sans doute l'un des hommes de Milo.

— Qui lui a tiré dessus, alors ?

Ace Henley le maréchal-ferrant s'avança. Il tenait l'écurie principale et était l'un des fondateurs de la ville.

— C'est moi, déclara-t-il. Je me trouvais dans le grenier à foin lorsqu'ils sont arrivés et j'ai pu tirer quelques balles avant qu'ils ne soient hors de portée.

Cody hocha la tête d'un air approbateur.

— Excellent ! déclara-t-il. La prochaine fois que Milo et les siens viendront, la plupart d'entre vous devront faire de même. C'est la seule façon d'éviter qu'il se produise ici ce qui s'est passé à Brigsby.

Nombre de ceux qui se trouvaient là échangèrent

un regard angoissé en l'entendant proférer une telle mise en garde.

— Que faisons-nous de lui ? demanda Brendan en désignant le corps.

La question ne manqua pas d'étonner Alex. L'homme était mort et il n'y avait pas grand-chose à faire à part l'enterrer.

— Comme d'habitude, répondit Cody.

— Mais il va bientôt faire nuit, objecta son associé.

— Raison de plus pour ne pas perdre de temps. Je vais le conduire au dépôt mortuaire. Ensuite nous l'enterrerons.

— Le pasteur n'est pas en ville, aujourd'hui, remarqua Jim Green. Remarquez, je ne sais pas s'il servirait à quelque chose de prononcer une homélie pour quelqu'un comme lui...

Cette remarque ne manqua pas de choquer Alex. Après tout, même un hors-la-loi avait le droit à des funérailles chrétiennes.

— C'était un homme autrefois et il avait une âme, répondit gravement Cody. Nous dirons quelques mots et le pasteur bénira la tombe à son retour. Mais en attendant, nous ferions mieux de nous occuper de lui avant que la nuit ne tombe.

— Je vais vous aider, déclara Jim. J'ai entendu ce que vous aviez fait au saloon et je tiens à vous assurer que vous avez la reconnaissance de tous les citoyens de cette ville. Je suis Jim Green, croque-mort et photographe de Victory, à votre service.

— Je vous remercie pour votre accueil, répondit Cody. Est-ce que quelqu'un a vu le shérif, depuis la fusillade ?

— Son adjoint et lui sont partis pour le ranch de Calico Jack, il y a deux ou trois heures de cela. Apparemment,

John Snow, le propriétaire, s'est fait voler plusieurs têtes de bétail.

John Snow était un métis qui avait du sang mexicain et apache. Trois fois veuf, il vivait dans son ranch avec son épouse et une vingtaine d'enfants issus de quatre mariages successifs et dont la couleur de peau couvrait tout le spectre chromatique allant du blanc au brun foncé. Ils vivaient en parfaite harmonie avec les habitants des villes voisines comme avec les différents clans d'Indiens de la région.

— Je vois, acquiesça Cody. Si quelqu'un aperçoit le shérif avant moi, dites-lui que j'aimerais le rencontrer demain matin. A présent, occupons-nous de celui-là, ajouta-t-il en désignant le cadavre qui gisait à ses pieds.

Il se pencha pour le prendre par les bras tandis que Brendan se saisissait de ses chevilles.

— Nous vous suivons, monsieur Green.

La foule s'écarta pour laisser passer les trois hommes. Plusieurs personnes jetèrent alors des regards inquiets en direction du ciel comme si elles redoutaient la tombée de la nuit.

Une fois de plus, Alex perçut l'angoisse sourde qui semblait peser sur la ville et se demanda ce qui pouvait bien causer un tel émoi. Ce n'était pourtant pas la première fois que les habitants de Victory étaient confrontés à une bande de hors-la-loi...

— Vous devriez rentrer chez vous, mademoiselle Gordon, lui conseilla Cody avec une étrange insistance dans la voix.

Alex hésita, partagée entre l'étrange malaise qui commençait à se communiquer à elle et le refus de rentrer se terrer chez elle.

Cody, Brendan et Jim s'étaient déjà éloignés et, lorsqu'elle chercha des yeux quelqu'un à qui poser les questions qui la taraudaient, elle s'aperçut que tous les badauds s'étaient dispersés. Le peu de gens qui se trouvaient encore dans la rue pressaient le pas pour rentrer chez eux.

Cette nouvelle bizarrerie eut raison de ses craintes et elle se dirigea vers la boutique de Jim Green. Celle-ci était divisée en deux parties distinctes : le studio de photographie situé du côté de la rue principale et l'entreprise de pompes funèbres qui donnait vers l'arrière.

Par la fenêtre, elle vit que la double porte qui séparait les deux pièces était restée grande ouverte. Les trois hommes venaient de disposer le corps du bandit sur la table d'autopsie de Green près de laquelle se trouvait un petit chariot où étaient disposés ses instruments.

Craignant qu'ils ne repèrent sa présence, Alex se décala légèrement de façon à ne pouvoir être aperçue de l'intérieur. Malgré la distance qui la séparait d'eux, leurs paroles parvenaient jusqu'à elle.

— Je ne pense pas, disait Cody en observant le cadavre. Je ne pense vraiment pas.

— Dans le doute, mieux vaut prendre toutes les précautions, répondit Jim.

— Je suis d'accord, approuva Vincent. Nous ne pouvons nous permettre de courir le moindre risque.

Cody se pencha de nouveau vers le corps, observa la blessure et prit le poignet de l'homme comme pour chercher son pouls. Cela ne manqua pas d'étonner Alex : il n'y avait pas besoin d'être diplômé de Harvard pour voir que cet homme était mort et que son cœur avait depuis longtemps cessé de battre.

— Vous avez raison, conclut Cody en retroussant l'une de ses manches. Nous ne pouvons courir de risques inutiles.

Jim Green alla chercher sur le chariot une scie qu'il

tendit à Cody. Horrifiée, Alex vit ce dernier s'en saisir et la poser en travers de la gorge du mort. Lorsqu'il commença à le découper, elle détourna les yeux avec un haut-le-corps.

Elle fut tentée de s'enfuir en courant mais se demanda si elle n'avait pas été victime d'une hallucination. Elle connaissait Jim Green depuis suffisamment longtemps pour savoir qu'il ne laisserait pas quelqu'un mutiler un cadavre de cette façon.

Prenant une profonde inspiration, elle risqua un nouveau coup d'œil à travers la vitrine de la boutique. Et elle put constater en frissonnant qu'elle ne s'était pas trompée : Cody venait de scier la tête du bandit qu'il avait posée sur le bord de la table d'autopsie et se lavait les mains dans une bassine que lui avait apportée Jim Green.

Ni ce dernier ni Brendan Vincent ne paraissaient outrés par la profanation qu'il venait de commettre. Au contraire, les deux hommes tapotèrent l'épaule de Cody comme pour lui signifier leur soutien. Puis Cody et Brendan serrèrent la main de Jim et se dirigèrent vers la porte de son magasin.

Ne sachant que penser de la scène à laquelle elle venait d'assister, Alex s'éloigna rapidement avant qu'ils ne la surprennent.

3

Alex regagna rapidement la pension. Elle avait beaucoup de mal à chasser l'horreur que lui avait inspirée cette décapitation *post mortem.* Et elle ne parvenait pas à se débarrasser de la désagréable impression que Victory avait basculé dans la folie.

Peut-être n'aurait-elle pas dû s'en étonner, d'ailleurs. Au fond, l'Amérique tout entière semblait être devenue folle depuis que cette guerre avait éclaté. Mais elle avait l'impression qu'il s'agissait de quelque chose d'autre, de quelque chose de bien plus inquiétant encore que ce conflit meurtrier.

D'une façon ou d'une autre, Milo et ses hommes étaient parvenus à insuffler aux habitants de Victory une terreur insidieuse qui les avait profondément transformés. En temps normal, jamais ils n'auraient laissé une bande de hors-la-loi les provoquer de cette façon. Et jamais Jim Green n'aurait coupé la tête d'un cadavre qui lui avait été confié.

Alex ne parvenait pas à comprendre ce qui pouvait expliquer une telle transformation.

— Mademoiselle Alex ! s'exclama Beulah lorsque celle-ci pénétra dans la cuisine. Où étiez-vous donc passée ? Je me suis fait un sang d'encre !

— Cela ne fait même pas un quart d'heure que je suis partie, protesta Alex. Et j'étais juste au coin de la rue.

— Mais la nuit est tombée, insista la cuisinière.

— Ne t'en fais pas pour moi, Milo et sa bande doivent être loin à l'heure qu'il est. Nous ne risquons plus rien.

Beulah secoua tristement la tête.

— Vous vous trompez, mademoiselle Alex. Nous ne sommes plus en sécurité, désormais. Et la nuit est encore plus dangereuse que le jour.

Alex observa attentivement la cuisinière qu'elle connaissait depuis sa plus tendre enfance.

— Que se passe-t-il exactement ? demanda-t-elle.

— Le mauvais œil est sur cette ville, répondit Beulah.

— Je ne te savais pas si superstitieuse, remarqua Alex avec un sourire malicieux.

— Ce n'est pas de la superstition, mademoiselle ! protesta vivement Beulah. Il y a quelque chose de mauvais dans l'air, comme si le diable lui-même s'intéressait à notre ville. Ce Milo a déjà dévasté Brigsby et Hollow Tree. Et à présent, c'est notre tour. Bien sûr, nous pourrions nous enfuir mais tout ce que possèdent la plupart des gens se trouve ici…

— Je ne comprends pas, objecta Alex. Il ne doit pourtant pas être si difficile de nous débarrasser de cette bande de brigands…

— C'est ce qu'ont pensé les gens de Brigsby et ceux de Hollow Tree. Voyez où ça les a menés. Jusqu'à ce soir, plus personne n'osait tenir tête à ces démons. Mais qui sait ? Ce M. Cody et son ami savent peut-être comment les combattre. Nous avons vraiment beaucoup de chance qu'ils aient décidé de rester.

Jusqu'à ce qu'elle voie Cody décapiter ce cadavre, Alex aurait approuvé sans réserve cette dernière remarque. Mais elle se demandait à présent quel genre d'homme pouvait bien agir de la sorte et ce qui pouvait le pousser à faire ce genre de chose.

— Je ferais mieux d'aller me coucher, déclara-t-elle en espérant que la nuit lui porterait conseil.

— Il faut que vous mangiez quelque chose, mademoiselle Alex.

— Je suis trop fatiguée pour avaler quoi que ce soit, Beulah. Le voyage a été éprouvant et ce qui s'est passé depuis mon arrivée n'a rien arrangé. Nous reparlerons demain de toute cette histoire.

— Cela vaudra mieux, concéda Beulah. Le diable n'est jamais aussi puissant que lorsque vient la nuit.

— Le diable souffle de mauvaises pensées aux hommes mais ce sont toujours eux qui accomplissent son œuvre, en fin de compte. Milo et ses bandits sont des hommes et nous parviendrons à les arrêter d'une façon ou d'une autre.

— Que Dieu vous entende, mademoiselle Alex. Mais je n'en suis pas aussi sûre que vous, hélas. Ces brigands ont vendu leur âme et ils sont bien plus dangereux que vous ne le pensez. Rappelez-vous ce qu'a dit M. Cody aux filles du saloon. Nous devons nous montrer très prudents.

— Je te promets de faire très attention.

Beulah hocha la tête, apparemment rassurée.

— Nous avons préparé votre chambre, lui dit-elle. C'était celle de votre père et je suis sûre qu'il aurait aimé que vous vous y installiez.

Alex hocha la tête et, après avoir souhaité une bonne nuit à la cuisinière, elle se dirigea vers l'escalier.

En pénétrant dans la chambre de son père, elle sentit son cœur se serrer. Elle avait toujours du mal à accepter le fait qu'il ne soit plus là, et la vue des objets familiers qui lui avaient appartenu ravivait la souffrance qu'elle éprouvait à l'idée qu'elle ne le reverrait plus jamais.

Refusant de se laisser aller à la nostalgie qui menaçait

de la submerger, elle se déshabilla et enfila la chemise de nuit qui était posée sur son lit. Elle alla ensuite se passer de l'eau sur le visage.

Comme elle s'apprêtait à se détourner pour aller se coucher, elle surprit son propre reflet dans la glace qui surmontait le bassin de faïence. Elle était pâle et ses traits étaient tirés. Le voyage l'avait peut-être fatiguée bien plus qu'elle ne l'avait cru. A moins qu'elle ne se soit laissée gagner par l'angoisse sourde qui pesait sur la ville.

Elle regretta brusquement que Cody Fox l'ait vue ainsi.

Cette pensée la prit de court et elle rougit, se sentant un peu ridicule. Comment pouvait-elle se soucier de ce que cet homme pensait d'elle, alors que Victory était en proie à cette étrange psychose collective ?

Depuis la mort de Richard, elle ne s'était intéressée à aucun homme en dehors des blessés auxquels elle rendait visite à l'hôpital militaire. Et ceux-ci s'intéressaient moins à elle en tant que femme que parce qu'ils avaient besoin d'une présence rassurante, de quelqu'un qui puisse leur tenir la main dans les moments difficiles.

Peut-être était-ce justement parce que Cody était le premier homme valide et séduisant qu'elle croisait depuis bien longtemps qu'elle se préoccupait tant de son opinion. Pourtant, cette idée ne lui plaisait guère.

Depuis qu'elle était petite, son père lui avait répété que, contrairement à ce que pensaient bien des gens, le fait qu'elle soit une femme ne faisait pas d'elle un être inférieur, qu'elle était libre de choisir l'existence quelle voulait mener et les idées qu'elle souhaitait embrasser.

Elle avait toujours refusé de se laisser dicter sa conduite par les hommes qui prétendaient le faire ou en vertu des préjugés de la société dans laquelle elle vivait. Evidemment, cela lui avait causé un certain nombre de problèmes. Mais elle était fière de l'indépendance d'esprit qu'elle avait su conserver.

Bien décidée à ne pas se laisser influencer par ce que Cody Fox pouvait bien penser d'elle, elle alla se coucher et éteignit la lampe à pétrole qui était posée sur sa table de nuit. La chambre n'était plus éclairée que par les rayons de la lune qui filtraient à travers les rideaux de la porte-fenêtre.

Et comme elle sombrait lentement dans le sommeil, il lui sembla apercevoir de larges ombres qui passaient devant les vitres, comme si de grands oiseaux de nuit étaient venus se poser sur le balcon. Mais ce n'était probablement que l'effet de son imagination…

Ils venaient tout juste d'enterrer le cadavre décapité lorsque le shérif Cole Granger revint en ville. C'était un homme à la carrure athlétique, aux yeux bleus perçants et aux cheveux très noirs. Son adjoint, Dave Hinton, était plus petit que lui mais tout aussi musclé et ses yeux bruns trahissaient un mélange d'intelligence et de volonté.

Tous deux écoutèrent avec attention le récit que leur fit Jim Green de l'attaque de Milo et de ses hommes et de la façon dont Fox et Vincent les avaient chassés.

— Ils ont probablement sauvé la vie d'Alex et des filles du saloon, conclut-il. Personne d'autre n'a osé s'interposer. Je ne crois pas que ce soit par lâcheté mais plutôt parce que les habitants de la ville ne savaient pas comment réagir. Ace Henley a pourtant ouvert le feu sur eux et il a descendu l'un de ces types. Nous ne connaissons même pas son nom mais nous l'avons enterré comme il se doit.

Cole Granger lâcha un juron sonore.

— Je n'aurais jamais dû quitter la ville, déclara-t-il. En tout cas, je n'aurais pas dû emmener Dave avec moi.

Il se tourna vers Cody et Brendan.

— Merci à vous deux, leur dit-il. Je ne sais pas comment vous avez fait pour vous débarrasser de ces types mais je vous remercie du fond du cœur. Je ne pensais pas rentrer aussi tard…

— Nous avons eu quelques ennuis au retour, expliqua Dave.

— Quel genre d'ennuis ? s'enquit Cody, curieux.

— C'est difficile à dire, répondit Cole. Nous étions dans un petit bois situé à six ou sept kilomètres d'ici lorsque nos chevaux se sont emballés. Je ne sais pas ce qui leur a pris mais Dave, qui est pourtant un excellent cavalier, s'est retrouvé par terre. Je me suis lancé à la poursuite de son cheval et j'ai réussi à le lui ramener mais c'est alors que le mien est devenu fou à son tour. Il y avait certainement quelque chose qui les terrifiait dans ce bois, pourtant nous n'avons entendu ni loups ni coyotes. C'était vraiment très étrange…

Cody et Brendan échangèrent un regard entendu.

— Tout le monde dit qu'il se passe quelque chose de pas naturel dans la région, reprit Cole. Certains prétendent que c'est l'œuvre du diable. Je ne sais pas si c'est vrai mais je suis convaincu que le problème ne se limite pas à une bande de bandits en cavale. Jamais je n'ai entendu parler de hors-la-loi qui dévastaient une ville entière, sans parler de deux. Je me disais bien qu'ils finiraient par s'en prendre à nous et on dirait que notre tour est venu. Mais je ne compte pas me laisser faire ! J'ai été élu pour défendre les gens de cette ville et j'ai bien l'intention d'y parvenir. Alors j'aimerais bien savoir comment vous avez fait pour faire peur à ce Milo.

— J'ai déjà eu affaire à des gens de son espèce, répondit Cody. Je sais comment lutter contre eux.

— Dans ce cas, nous aurons besoin de vous, déclara Dave.

L'inquiétude qui se lisait dans ses yeux semblait indiquer qu'il était de ceux qui considéraient Milo comme l'incarnation de Satan lui-même. Cole, quant à lui, paraissait plus mesuré mais tout aussi disposé à accepter leur aide.

— Comment se fait-il que l'armée ne soit pas intervenue après ce qui s'est passé à Brigsby ? demanda alors Cody.

— Eh bien… Officiellement, le Texas fait partie des Etats confédérés et ceux-ci ont perdu bien trop d'hommes pour pouvoir en envoyer à notre secours. L'Union considère que ce qui nous arrive ne relève pas de sa juridiction. Si nous avions imaginé ce qui attendait Brigsby et Hollow Tree, nous aurions pu monter une milice mais il est trop tard pour cela. Notre seul espoir pourrait venir des Apaches et de leur chef Longue Plume. Il n'est pas opposé à la présence des hommes blancs et nous faisons même du troc avec lui. Lui aussi pense qu'un mal très ancien s'est abattu sur ces collines. Peut-être acceptera-t-il de nous aider à lutter contre lui…

— A ce propos, intervint Dave, comment avez-vous su que nous avions besoin d'aide ?

— J'avais de la famille à Brigsby, expliqua Brendan. Quant à Cody, il est originaire de la région.

— Vraiment ? s'étonna Cole. Il me semble pourtant ne vous avoir jamais vu auparavant…

— Ce n'est pas étonnant, répondit Cody. Après la mort de mon père, ma mère est rentrée à La Nouvelle-Orléans d'où elle était originaire. Elle était alors enceinte de moi. Quoi qu'il en soit, Brendan et moi sommes venus vous aider à combattre Milo et sa bande. Pour cela, je vais commencer par prendre contact avec le chef indien dont vous avez parlé. C'est bien un Apache, n'est-ce pas ?

— Exact. C'est un peuple de guerriers et ils ont souvent causé des problèmes aux Blancs qui s'installaient à proximité de leurs terres. Mais Longue Plume est différent. Il sait que les Indiens ne peuvent espérer vaincre les Bancs et que ceux-ci viendront en nombre toujours plus grand. Il estime que, puisqu'il ne peut nous vaincre, il doit apprendre à se servir de nous dans l'intérêt de son clan. Si vous allez lui parler, il vous recevra certainement. Par contre, je ne sais pas s'il acceptera de nous venir en aide…

— Et qu'en est-il des problèmes pour lesquels on vous avait appelé au ranch de Calico Jack ? demanda Cody.

— Deux des bêtes de John Snow ont disparu. Deux belles bêtes. J'ai inspecté les environs du ranch mais je n'ai pas trouvé la moindre piste : ni sang, ni porte ou fenêtre forcée, pas de traces de pas… Elles semblent s'être évaporées.

— J'irai jeter un coup d'œil à l'occasion. Mais dites-moi, est-ce que quelqu'un sait où se terrent Milo et sa bande durant la journée ?

— Non, répondit Dave.

— Je serais prêt à parier qu'ils se sont installés à Brigsby, objecta Cole. Mais je n'ai pas osé aller vérifier. Il y a quelques semaines, un as de la gâchette est passé à Victory. Je lui ai promis une forte récompense s'il acceptait de se rendre à Brigsby pour mener l'enquête. Il se croyait très fort et a accepté sans hésiter. Quelques jours plus tard, nous avons retrouvé ce qu'il restait de son corps non loin de la forêt où nos chevaux se sont emballés ce soir.

— J'irai aussi jeter un coup d'œil au bois en question. Nous avons besoin de réunir toutes les informations dont nous pourrons disposer au sujet de ce Milo. Plus nous en saurons à son sujet et plus nous aurons de chances de le coincer. Quant à vous, shérif, vous devez absolument convaincre vos concitoyens de rester chez eux le soir venu et de ne jamais ouvrir leurs portes à des inconnus. J'ai déjà tenté de mettre en garde les filles du saloon mais je ne suis pas certain qu'elles aient pris toute la mesure du problème. Peut-être aurez-vous plus de chance que moi. Maintenant, si cela ne vous dérange pas, nous allons prendre congé. Nous sommes tous épuisés et la journée de demain sera longue.

— Bonne nuit, répondit Cole qui leur serra tour à tour la main. Où comptez-vous dormir, ce soir?

— A la pension de Mlle Gordon, répondit Cody.

— Je ne savais pas qu'Alex était déjà rentrée, remarqua Cole. Quoi qu'il en soit, vous serez très bien là-bas. Merci pour votre aide, messieurs, et encore une fois, soyez les bienvenus à Victory.

La voix du shérif avait changé d'intonation lorsqu'il avait mentionné le nom d'Alexandra Gordon. Cody avait alors cru y discerner une pointe de tendresse et se demanda si Cole et Alex avaient été amoureux autrefois, avant qu'elle ne parte s'installer dans l'Est.

Le retour de la jeune femme raviverait-il les braises de ces sentiments? Ce n'était pas impossible. Après tout, le shérif ne portait pas d'alliance et c'était un homme honnête et intelligent qui ne manquait pas de charme.

Curieusement, cette idée éveilla en Cody une pointe de jalousie aussi irrationnelle qu'absurde. Non seulement il connaissait à peine Alexandra mais, de plus, il s'était résigné depuis bien longtemps à mener une existence solitaire.

Après avoir pris congé de Cole et de son adjoint, Cody et Brendan se dirigèrent vers la pension.

— Penses-tu que cet endroit soit sûr? s'enquit ce dernier lorsqu'ils parvinrent en vue de l'établissement.

Cody secoua la tête.

— Ce lieu est ouvert à tous, objecta-t-il. Contrairement aux habitations privées, Milo n'a pas besoin d'invitation pour entrer. Il l'a d'ailleurs déjà prouvé.

— Nous devrions renforcer la sécurité des lieux, déclara Brendan.

— Nous devrions surtout trouver un moyen d'éliminer Milo. Cela résoudrait tous nos problèmes, répondit Cody d'un air sombre. Lorsque nous lui aurons transpercé le cœur et que nous l'aurons décapité, je dormirai mieux.

Tandis que Brendan et Cody rentraient à la pension d'Alexandra Gordon, ce dernier se prit à repenser à l'enquête que lui avait confiée Aldridge, quelques semaines auparavant.

Il se rappelait parfaitement les corps des deux dernières victimes du tueur qu'on l'avait chargé de retrouver. Le mari arborait une expression horrifiée que la mort avait figée à tout jamais. Mais son épouse paraissait avoir souffert le martyre et ses yeux étaient résolument clos, comme si elle avait cherché à fuir l'insoutenable réalité de ces derniers instants.

Les deux cadavres présentaient de nombreuses blessures au niveau de la poitrine et de l'abdomen mais il n'y avait quasiment pas de traces de sang. Leur peau était d'ailleurs étrangement pâle, comme s'ils en avaient été vidés.

— Dieu sait ce qui a pu leur arriver, avait murmuré Aldridge d'une voix blanche.

Cody, quant à lui, avait écarté les cheveux de la femme pour révéler la marque qu'il s'attendait à trouver au creux de sa gorge. Il s'était alors demandé une fois de plus ce que savait Aldridge et ce qu'il serait prêt à entendre et à accepter.

Au moins, les indications qu'on lui avait fournies jusqu'ici paraissaient encourageantes. Il y avait peu de victimes, ce qui signifiait qu'ils avaient probablement affaire à un seul assassin, quelqu'un qui se cachait probablement parmi les citoyens de la ville.

De toute évidence, les coups de couteau portés aux victimes visaient à brouiller les pistes et il était heureux qu'Aldridge ait fait appel à Cody qui avait déjà eu affaire à ce genre de procédé par le passé.

— Je retrouverai votre tueur, avait-il déclaré au lieutenant. Mais je vous préviens : il est peu probable que je puisse le capturer et le présenter à un juge. S'il est acculé, il se battra probablement jusqu'à la mort.

Aldridge l'avait considéré gravement avant de hocher la tête.

— Procédez comme bon vous semblera, avait-il répondu. La seule chose qui compte, c'est de mettre un terme à ces tueries.

— Dans le cadre de cette enquête, je devrai probablement enfreindre le couvre-feu.

— Vous aurez un laissez-passer valable de jour comme de nuit.

Fort de ce sauf-conduit, Cody s'était mis au travail le soir même, arpentant les rues sans relâche. Il avait commencé par les bars mais n'avait rien vu d'anormal. Pourtant, en remontant la rue Dauphine, il avait remarqué une porte cochère entrouverte qui donnait sur une cour plongée dans les ténèbres.

Quelque chose dans l'air avait éveillé sa suspicion. Méfiant, il avait poussé le battant et jeté un coup d'œil à l'intérieur, découvrant ce qui paraissait n'être qu'un tas de vêtements. En s'approchant, il avait constaté presque sans surprise qu'il s'agissait du corps d'une femme. Elle était morte mais sa peau était encore tiède au toucher, ce qui signifiait que le tueur ne devait pas être loin.

C'est alors que Cody avait entendu de la musique. Non loin de là, une femme s'était mise à chanter en s'accompagnant d'un piano. Suivant son instinct, il s'était laissé guider par ce son et était entré dans le restaurant d'où provenait cette chanson.

Là, il s'était installé au bar et avait commandé un bourbon de façon à pouvoir observer la salle. Plusieurs soldats de l'Union étaient assis à une table qui se trouvait près du piano et admiraient la chanteuse, une très jolie brunette qui flirtait ostensiblement avec eux.

Elle termina sa chanson et se leva sous les applaudissements de l'assistance avant de se diriger vers l'un des soldats, à l'oreille duquel elle glissa quelques mots. Il la suivit des yeux tandis qu'elle gagnait la porte au fond de la salle qui débouchait sur une ruelle située à l'arrière du restaurant.

Cody posa son verre, laissa une pièce sur le comptoir et sortit par la porte de devant. Il contourna le bâtiment en courant, bien décidé à prévenir un nouveau meurtre, et déboucha dans la ruelle où attendait la chanteuse. Elle le considéra avec étonnement, se demandant probablement où était passé le soldat auquel elle venait de donner rendez-vous.

— Bonsoir, lui dit Cody en s'inclinant poliment.

Elle lui décocha un sourire incendiaire qui fit pourtant naître un frisson glacé le long de sa colonne vertébrale.

— Bonsoir monsieur, répondit-elle d'une voix de velours. Je me nomme Vivienne La Rue. A qui ai-je l'honneur ?

— Cody Fox, répondit ce dernier en prenant la main qu'elle lui tendait pour la porter à ses lèvres.

Sans surprise, il constata qu'elle était glacée.

— Vous ne devriez pas être ici, ajouta-t-il en se redressant. Il y a un tueur qui rôde en ville.

Tout en parlant, il surveillait du coin de l'œil la porte qui donnait sur le restaurant. Le soldat ne tarderait pas à sortir, ce qui signifiait qu'il devait agir très rapidement.

— Je n'ai pas peur du grand méchant loup, répondit-elle d'une voix légèrement rauque.

— Et si c'était moi ? répliqua-t-il.

Elle éclata de rire et se rapprocha de lui.

— Ce serait vraiment très excitant, répondit-elle en entourant son cou de ses bras.

Cody ne pouvait nier le fait qu'elle était vraiment très belle. Elle avait un charme peu commun et il n'avait aucun mal à imaginer comment elle avait pu attirer tant de victimes dans ses filets.

Elle dut alors comprendre qu'il n'était pas une proie comme les autres car elle tenta soudain de s'écarter de lui. Mais les bras de Cody s'étaient déjà refermés sur sa taille. Elle laissa échapper un sifflement menaçant et renversa la tête en arrière.

Il vit ses canines se distendre et elle tenta de le mordre. Mais il était prêt. La relâchant brusquement, il bondit en arrière et tira son couteau au moment où elle se jetait sur lui. D'un coup précis, impitoyable, il sectionna la jugulaire de la chanteuse qui s'effondra en tentant vainement de retenir les flots de sang qui s'écoulaient de sa gorge.

Sans perdre un instant, Cody posa un genou sur sa poitrine, la maintenant ainsi au sol, et se servit de son couteau pour la décapiter. Elle était trop gravement blessée pour pouvoir lui opposer une résistance efficace et il officia sans tarder. Instantanément, les deux parties du corps se désagrégèrent sous ses doigts.

Le lendemain, Cody alla trouver le lieutenant Aldridge pour lui faire son rapport.

— Le tueur ne vous causera plus de problèmes, déclara-t-il.

— Où se trouve le corps ? s'enquit Aldridge, curieux.

— Je l'ai incinéré, mentit Cody.

Cette nouvelle ne parut pas étonner Aldridge outre mesure.

— Je vous félicite pour l'efficacité dont vous avez fait preuve, monsieur Fox. Et j'aimerais vous présenter quelqu'un dont l'histoire vous intéressera peut-être.

Aldridge avait alors fait entrer un homme d'une quarantaine d'années dont le visage lui était vaguement familier.

— Voici Brendan Vincent, lui dit Aldridge. Vous avez peut-être entendu parler de lui. Il s'est distingué durant la guerre contre le Mexique lors de laquelle il a été blessé. Il vit au Texas et a grand besoin de votre aide.

— Vraiment ? s'étonna Cody.

— Vraiment, répondit Vincent. Il se passe là-bas des choses très graves. Or je me suis laissé dire que vous aviez déjà été confronté à des circonstances similaires.

Cody jeta un coup d'œil étonné à Aldridge qui haussa les épaules.

— Je sais que le Texas fait officiellement partie des Etats confédérés. Mais Brendan est l'un de mes cousins.

— Je vois, acquiesça Cody avant de se tourner de nouveau vers Vincent. Pouvez-vous me dire ce qui se passe exactement ?

— Eh bien, il s'est produit un certain nombre... d'incidents, ces derniers temps. Les habitants de deux bourgades de la région, Brigsby et Hollow Tree, ont été décimés par des tueurs tels que celui que vous venez d'arrêter.

En l'entendant mentionner les villes qui avaient été attaquées, Cody n'avait pu retenir un frisson.

— Très bien, répondit-il sans hésiter. Quand partons-nous ?

Brendan le considéra avec étonnement.

— Dès demain matin, si vous êtes prêt, répondit-il.

— Où irons-nous, exactement ?

— Dans la petite ville de Victory, répondit Brendan.

Un nouveau frisson traversa Cody de part en part. Car Victory était précisément l'endroit où s'étaient installés ses parents, l'endroit où lui-même avait été conçu, trente-six ans auparavant…

Le rêve d'Alex était si réaliste qu'elle avait l'impression d'assister à une pièce de théâtre dont elle était l'héroïne involontaire. Tout commença par la lumière de la lune qui filtrait à travers les rideaux de la porte-fenêtre. Alex était allongée sur son lit, les yeux ouverts et regardait les ombres qu'elle faisait naître sur le plafond de la chambre.

Au bout d'un moment, elle se leva, incapable de résister à l'attraction qu'exerçait sur elle cet étrange clair de lune. A travers les rideaux, il lui semblait de nouveau discerner les ailes de grands oiseaux. Fascinée, elle s'approcha de la fenêtre.

Elle se rappelait vaguement les mises en garde de Cody Fox mais était convaincue que les hors-la-loi avaient depuis longtemps quitté la ville. D'ailleurs, quel mal y aurait-il à prendre l'air sur son balcon pendant quelques minutes ? Elle voulait juste sentir le vent de la nuit sur son visage, comme une caresse sur ses joues brûlantes.

Pendant quelques instants, elle demeura immobile auprès de son lit, hésitante. Puis, comme mue par une force qui lui était extérieure, elle alla ouvrir la porte-fenêtre et s'avança sur son balcon. De jour, elle pouvait apercevoir toute la ville mais, la nuit venue, les maisons n'étaient plus que des masses d'ombre que trouait parfois une fenêtre illuminée.

Posant les mains sur la rambarde de bois du balcon, elle ferma les yeux, s'abandonnant au vent nocturne qui jouait dans ses cheveux et sur sa peau, à travers le fin tissu de sa chemise de nuit. Cette sensation avait quelque chose de terriblement érotique et elle était tentée de s'y abandonner pleinement.

Mais une autre partie d'elle-même lui enjoignait de regagner immédiatement sa chambre et de s'y enfermer à double tour. Elle entendit alors un bruissement d'aile qui se rapprochait et rouvrit les yeux, le cœur battant à tout rompre. Elle mit quelques instants à distinguer la silhouette massive qui se découpait contre le ciel nocturne.

S'il s'agissait d'un oiseau, c'était le plus gros qu'il lui eût jamais été donné de voir. Son angoisse redoubla lorsqu'elle constata qu'il se rapprochait de plus en plus, paraissant fondre sur elle comme s'il comptait l'arracher à ce balcon et l'emporter loin d'ici.

Elle aurait dû se détourner et trouver refuge à l'intérieur mais elle était clouée sur place, incapable de bouger d'un pouce, comme si elle se trouvait sous l'effet de quelque sortilège.

Soudain, Cody Fox s'avança sur le balcon. Pendant un instant, il se tint là, les yeux fixés sur la silhouette qui se rapprochait, paraissant la défier du regard. Puis il s'avança vers elle et la prit dans ses bras, la soulevant de terre pour l'emporter dans sa chambre.

Là, il la déposa précautionneusement sur son lit et effleura sa joue d'une caresse qui la fit frissonner de la tête aux pieds. Elle garda les yeux fixés sur lui tandis qu'il allait refermer la porte-fenêtre. Puis il revint vers elle et lui parla d'une voix grave et douce.

— Combattez toujours les ombres et n'écoutez jamais ce que vous murmure le vent. N'ouvrez jamais votre porte à l'inconnu. Faites-moi confiance, mademoiselle Gordon, ajouta-t-il d'un ton pressant, il vaut mieux que vous ignoriez ce qui se cache au cœur de la nuit. Quoi qu'il arrive, ne vous en faites pas, je serai là pour veiller sur vous.

Ces mots sonnaient comme une promesse solennelle. Elle aurait voulu lui répondre, lui demander de rester auprès d'elle pour chasser la terreur irrationnelle qui l'habitait en cet instant, le supplier de la prendre dans ses bras pour chasser le souvenir glaçant de ces ombres ailées. Mais sa voix lui faisait défaut.

— Rendormez-vous, à présent, mademoiselle Gordon, lui conseilla Cody en se dirigeant vers la porte de communication qui donnait sur la chambre voisine.

— Appelez-moi « Alex »..., murmura-t-elle.

Il s'immobilisa sur le seuil de la pièce.

— Rendormez-vous, Alex.

— Mais je suis déjà endormie, répondit-elle. Tout ceci n'est qu'un rêve, n'est-ce pas ?

— Si seulement c'était vrai, soupira-t-il avant de quitter la chambre, refermant doucement la porte derrière lui.

Lorsque Alex ouvrit les yeux, ce matin-là, le souvenir de son rêve lui revint avec une clarté étonnante. Elle se redressa sur son lit, cherchant vainement à interpréter cette vision. Mais elle ne ressemblait guère aux songes prémonitoires qu'elle avait pu faire jusqu'alors. Peut-être n'était-ce que le fruit de son imagination, enflammée par l'étrange journée qu'elle avait passée la veille ?

Se redressant sur son lit, elle s'étira langoureusement. Mais elle se figea soudain, en découvrant que les rideaux de la porte-fenêtre étaient grand ouverts, laissant apercevoir le balcon qui se trouvait de l'autre côté. Elle était pourtant sûre de les avoir tirés avant d'aller se coucher.

Le cœur battant, elle se leva et s'approcha de la porte de communication par laquelle Cody avait disparu dans son rêve. Pressant son oreille contre le battant, elle écouta attentivement. Mais aucun bruit ne lui parvint. Quelque peu rassurée, elle frappa trois coups brefs et attendit.

Comme personne ne lui répondait, elle tourna la poignée et constata que la porte n'était pas verrouillée. De l'autre côté se trouvait une chambre dont le lit était défait. Posé sur une chaise au pied du lit, elle avisa alors un sac de voyage en cuir sur lequel étaient gravées les initiales C.F.

4

Comme à son habitude, Beulah chantonnait gaiement lorsque Alex pénétra dans la cuisine.

— Bonjour, mademoiselle Alex ! s'exclama-t-elle d'un ton guilleret.

Alex lui jeta un coup d'œil étonné. Elle paraissait étrangement allègre, étant donné ce qui s'était produit la veille.

— Qu'est-ce qui te rend si heureuse ? s'enquit-elle.

— Je suis vivante et en bonne santé et, franchement, c'est plus qu'on est en droit de demander dans la région, ces temps-ci. De plus, j'ai maintenant un peu d'espoir que les choses rentrent dans l'ordre…

Beulah observa attentivement Alex.

— Vous, par contre, vous avez une petite mine, commenta-t-elle. Est-ce à cause du long voyage que vous avez fait pour venir jusqu'ici ou à cause de ce qui s'est passé hier ?

— Je n'ai pas très bien dormi, avoua Alex.

Elle ne savait toujours pas vraiment si la scène qui s'était déroulée durant la nuit était bien réelle ou si elle n'était que le fruit de son imagination. Au fond, cela n'avait peut-être pas grande importance. Car tout ce qui lui était arrivé depuis qu'elle était de retour à Victory s'apparentait à un rêve étrange.

Le plus ironique, c'est que l'une des raisons pour

lesquelles elle avait été heureuse de quitter cette ville était le fait qu'il ne s'y passait jamais rien d'intéressant. De toute évidence, les choses avaient bien changé depuis son départ…

— Je suis sûre qu'un bon café me remettra d'aplomb, déclara Alex.

— Je vous le sers tout de suite, répondit Beulah qui remplit généreusement une tasse avant de la poser devant elle.

Alex la porta à ses lèvres et avala quelques gorgées du liquide brûlant.

— Il est délicieux, déclara-t-elle. J'avais oublié à quel point je l'aimais.

— Merci, ma petite. Mais dites-moi, que comptez-vous faire de votre première journée de retour parmi nous ?

Alex avait décidé de se rendre là où l'on avait retrouvé la dépouille de son père mais elle préféra ne rien en dire pour ne pas inquiéter inutilement Beulah.

— Je vais juste faire un petit tour à cheval, répondit-elle.

— Je ne sais pas si c'est une bonne idée, objecta la cuisinière. Vous avez vu que la région n'était pas sûre.

— Ne t'en fais pas. Je vais convaincre l'adjoint de Cole de m'accompagner. Et nous serons très prudents, c'est promis.

— Promettez-moi sur la tombe de vos parents que vous serez rentrée avant la tombée de la nuit !

Alex s'abstint de répondre que les brigands pouvaient attaquer de jour aussi bien que de nuit.

— C'est juré, dit-elle.

— Prenez aussi le revolver de votre père en sortant. J'espère que vous n'avez pas oublié comment tirer pendant votre séjour en ville.

— Ne t'en fais pas pour cela. Je n'ai pas oublié les leçons de papa.

Beulah hocha la tête et se servit une tasse de café avant de s'asseoir à la table de la cuisine.

— Faites très attention à vous, dit-elle. Vous êtes tout ce qui nous reste, à présent, et s'il était encore là M. Eugène voudrait que nous veillions sur vous.

— A propos de mon père, j'aimerais bien savoir ce qu'est devenue la femme qu'il a épousée. L'avez-vous bien connue ? Si j'en crois les lettres qu'il a écrites, ça a été un mariage éclair...

— Oui, acquiesça Beulah. C'est bien la première fois que j'ai vu votre papa penser avec autre chose que sa tête.

— Beulah ! protesta Alex en riant.

— Je suis désolée, mademoiselle, mais je dis les choses comme je les pense. Dès le moment où il a fait sa connaissance, il ne l'a plus quittée d'une semelle. Il passait même toutes ses nuits au saloon !

— Au saloon ? répéta Alex d'un ton surpris. Mais pourquoi ?

Beulah la considéra avec stupeur.

— Vous n'étiez pas au courant ? s'exclama-t-elle.

— De quoi ?

— Du fait que Linda travaillait pour Dolly ?

— Vous voulez dire que c'était une...

— Une catin. Exactement.

Alex demeura quelques instants interdite. Jamais elle ne se serait attendue à une chose de ce genre de la part de son père qui avait toujours été posé et raisonnable. Mais même les hommes les plus respectables n'étaient pas imperméables aux affres de la passion.

— Mon père n'était pas un imbécile, déclara-t-elle enfin. Je suis sûre que, malgré sa profession, cette Linda doit être quelqu'un de bien. Et j'aimerais beaucoup faire sa connaissance.

Beulah émit un petit reniflement réprobateur mais

Alex était bien décidée à rencontrer la femme qui avait partagé les derniers jours de son père.

— M. Eugène n'était pas complètement fou, répondit enfin Beulah. C'est la raison pour laquelle il n'a pas fait d'elle son héritière. Mais il lui a légué une somme coquette de façon qu'elle puisse refaire sa vie. Linda l'a empochée et elle est partie.

— Elle n'était pas obligée de le faire, remarqua Alex. En tant qu'épouse de mon père, elle est la bienvenue ici tant qu'elle le voudra.

— Parlez pour vous, marmonna Beulah.

Cette fois, ce fut Alex qui lui jeta un regard chargé de reproches.

— Cette fille est un sacré numéro, soupira enfin la cuisinière. Je ne sais pas si elle a vraiment aimé votre père de son vivant. Je l'espère, car Dieu sait qu'il le méritait... Mais depuis qu'il n'est plus de ce monde, elle a repris son ancien métier. Je sais que certaines femmes ont ça dans la peau. Elles aiment trop les jolies choses ou les hommes pour accepter un métier honnête...

— Tu veux dire qu'elle est retournée au saloon ? s'exclama Alex, sidérée.

— Lorsqu'elle est en ville, oui. Mais elle voyage pas mal depuis que votre papa n'est plus là.

— Je vois, murmura Alex.

En réalité, elle ne comprenait pas du tout ce qui pouvait bien pousser Linda à reprendre un métier aussi dégradant. Elle connaissait suffisamment son père pour savoir que la somme qu'il lui avait léguée avait dû la mettre à l'abri du besoin. Dans ce cas, comment pouvait-elle accepter de coucher avec le premier homme venu pour gagner quelques dollars ?

— En tout cas, elle n'était pas au saloon, hier.

— Non.

Alex hocha la tête et se leva de table.

— Où allez-vous comme ça ? protesta Beulah.

— Je te l'ai dit : je vais au bureau du shérif pour demander à Dave de venir se promener avec moi.

— Il n'est pas question que vous sortiez sans avoir avalé un bon petit déjeuner, déclara Beulah d'un ton qui n'admettait pas de réplique. Je vais vous préparer des œufs brouillés comme vous les aimez. Il y a aussi des petits gâteaux à la farine de maïs que j'ai faits ce matin même. M. Fox et M. Vincent m'ont dit qu'ils n'en avaient jamais mangé de meilleurs, ajouta fièrement Beulah.

— Sais-tu ce qu'ils comptaient faire, aujourd'hui ?

— Je l'ignore. Tout ce que je peux vous dire, c'est qu'ils se sont levés de bonne heure.

— Et tu ne leur as pas demandé où ils allaient ?

— Je n'ai pas pour habitude de me mêler de ce qui ne me regarde pas, déclara sentencieusement Beulah.

Alex ne put s'empêcher d'éclater de rire.

— Vraiment ? s'exclama-t-elle. Pourtant cela ne t'a pas empêchée de me bombarder de questions depuis que je suis entrée dans ta cuisine !

— Cela n'a rien à voir ! protesta Beulah. Tout ce qui vous concerne me concerne aussi. De plus, ces hommes sont un véritable don du ciel : non seulement ils entendent protéger la ville, mais ce sont aussi les premiers clients que nous accueillons depuis des semaines. Je ne tiens pas à les faire fuir en les harcelant de questions indiscrètes et vous seriez sage de faire de même.

Alex se garda bien de répondre qu'au contraire elle comptait bien découvrir qui étaient Brendan Vincent et Cody Fox et ce qu'ils étaient vraiment venus faire ici.

*
* *

Cody et Brendan avaient parfaitement conscience d'être suivis et observés depuis qu'ils avaient pénétré sur le territoire des Apaches.

Comme les villes voisines de Brigsby et de Hollow Tree, Victory était installée au bord de la Little Red River. L'un des affluents de cette rivière, le Ru de l'homme mort, serpentait à travers une épaisse forêt. En suivant son cours, on finissait par accéder à une vallée encaissée ceinte de hautes falaises.

C'était l'endroit où Longue Plume avait installé son clan, plusieurs dizaines d'années auparavant. Ce faisant, il avait rompu avec une tradition ancestrale de nomadisme. Mais force était de reconnaître qu'il avait habilement choisi la localisation de son village.

Les hauteurs qui l'entouraient permettaient de voir approcher un éventuel ennemi et d'être en excellente position pour contre-attaquer. De plus, les collines avoisinantes offraient mille cachettes au cas où l'adversaire parviendrait à franchir cette ligne de défense.

Fort heureusement, Cody et Brendan n'étaient pas venus pour se battre mais pour parlementer avec ce clan qui se faisait appeler les « Guerriers des grottes » et appartenait à la bande des Llaneros de la tribu des Jicarilla. Longue Plume en était le chef incontesté et le seul à pouvoir leur accorder le soutien de son clan.

Cody espérait qu'il accepterait de le faire car s'ils voulaient combattre Milo et ses hommes, ils auraient besoin de toute l'aide disponible. De plus, les Indiens connaissaient parfaitement la région et avaient peut-être une idée de l'endroit où leurs ennemis se terraient durant la journée.

Comme il se faisait ces réflexions, ils arrivèrent enfin en vue du village. C'était un vaste campement regroupant plusieurs dizaines de tipis fabriqués en peau de daim ou de buffle et ornés de bois de cerf, de plumes et de bien d'autres trophées de chasse.

Cody et Brendan se dirigèrent vers la plus grande de ces tentes devant laquelle se tenait un homme aux longs cheveux blancs qui devait avoir une soixantaine d'années. Il était parfaitement immobile et les observait attentivement. Son expression ne laissait rien paraître des sentiments que pouvait lui inspirer leur présence en ces lieux.

Du coin de l'œil, Cody vit six cavaliers qui descendaient vers eux du haut de la falaise en suivant un sentier particulièrement escarpé qui menait au village. C'était probablement l'escorte dont il avait senti l'invisible présence lors de leur approche.

Longue Plume attendit qu'ils aient mis pied à terre. Le clan tout entier s'était rassemblé autour d'eux pour les observer. Les guerriers ne trahissaient aucune hostilité mais paraissaient prêts à intervenir en cas de besoin. Les femmes et les enfants se tenaient légèrement en retrait et faisaient preuve d'une curiosité évidente.

— Longue Plume, tu te souviens peut-être de moi, déclara alors Brendan. J'avais de la famille à Brigsby et nous nous sommes rencontrés à plusieurs reprises.

Le chef indien inclina légèrement la tête, indiquant qu'il se rappelait effectivement son visiteur.

— Je t'ai amené Cody Fox, l'un de mes amis, qui est venu nous aider à combattre le mal qui ronge cette terre. Pouvons-nous nous entretenir avec toi ?

Le chef acquiesça de nouveau. Deux de ses guerriers vinrent alors prendre les chevaux de Cody et de Brendan par la bride. Longue Plume pénétra dans le grand tipi en leur faisant signe de le suivre.

Ils entrèrent à leur tour et constatèrent qu'un bon feu brûlait au centre de la tente. De nombreuses couvertures étaient disposées tout autour de la pièce, indiquant que le chef avait de très nombreux enfants.

Longue Plume s'assit auprès du foyer et ils firent de même. Cody regarda la petite marmite remplie d'un liquide noir et bouillonnant qui était placée au-dessus des flammes.

Se tournant vers leur hôte, il l'observa avec attention. Pour un homme de son âge, Longue Plume paraissait doté d'une extraordinaire vitalité. Mince et nerveux, il avait le port de tête altier, le regard vif et le geste sûr. En fait, seules les rides qui sillonnaient son visage et la sagesse qui se lisait dans ses yeux trahissaient son âge véritable.

— Nous vivons des temps difficiles, déclara-t-il gravement. Et je suis très curieux de savoir comment tu comptes nous venir en aide, Cody Fox.

— Comme te l'a dit Brendan, j'espère bien détruire le mal qui ronge vos terres. Mais pour cela, il va me falloir découvrir où il se cache. Je suis convaincu que Milo, le chef de la bande qui a déjà ravagé deux villes, n'est pas un bandit comme les autres. Pour le combattre, les armes ordinaires sont inefficaces.

— Je sais, acquiesça Longue Plume d'un air sombre. Nous l'avons déjà constaté à nos dépens, hélas.

— Milo et ses semblables ne sont plus vraiment humains, ajouta Cody, espérant que les Indiens se montreraient plus ouverts d'esprit que la plupart des Blancs auxquels il avait tenu ce genre de discours.

— Selon notre tradition, répondit Longue Plume, le Ciel obscur et la Terre mère se sont unis pour enfanter le Grand Esprit, celui que nous appelons Hascin. Lorsqu'un homme ou une femme est malade, les esprits des morts viennent lui offrir des fruits. S'il les refuse, il guérit et revient vers les siens. Mais s'il les accepte, il quitte ce monde et entre dans l'au-delà. Lorsque les nôtres meurent de cette façon, nous les habillons de leurs plus beaux vêtements et les parons de leurs plus beaux atours. Nous sacrifions leur cheval pour qu'il les accompagne à travers les plaines des ancêtres. Puis nous les enterrons avec les honneurs. Mais le cortège funéraire prend toujours un autre chemin pour revenir au village. De cette façon, nous évitons les fantômes en colère auxquels les vivants inspirent de mauvaises pensées.

Longue Plume marqua une pause et Cody se contenta de hocher la tête en attendant qu'il poursuive.

— Certains fantômes parviennent pourtant à nous retrouver parce qu'ils sont plus tenaces que les autres ou parce que leurs pensées sont plus sombres encore. Lorsque Milo et ses hommes nous ont attaqués, j'ai cru qu'il s'agissait de ce genre de fantômes.

— Vous vous êtes battus contre eux ? s'enquit Brendan.

— Oui. Ces démons ont attaqué plusieurs de nos femmes qui se baignaient dans la rivière. Mes guerriers ont entendu leurs cris et ont accouru aussi vite qu'ils le pouvaient. Nous avons tué plusieurs d'entre eux mais ils ont abattu l'un de mes meilleurs combattants. Il a été enterré dans la grotte sacrée selon la coutume. Mais peu de temps après, Douce Colombe, ma fille qui était promise à ce guerrier, l'a aperçu durant la nuit. La semaine dernière, elle a disparu et je sais que je l'ai perdue à jamais.

— Qu'est-ce qui te fait dire cela ? demanda Cody, surpris.

Longue Plume sourit tristement.

— J'ai fumé le calumet et laissé les visions venir à moi. Les esprits ont parlé, Cody Fox, et ils m'ont dit que ma fille était perdue. A présent, j'ai peur pour un autre de mes guerriers qui est malade et affirme avoir vu ma fille. Je sais pourtant qu'il ne me dit pas toute la vérité et qu'elle a essayé de le séduire et de l'attirer à elle.

— Tout ce que vous venez de me dire ne me surprend pas, déclara Cody. Ce n'est pas la première fois qu'on me raconte ce genre de choses. Et je pensais bien me trouver confronté à une telle situation en venant ici. Nous devons trouver et exterminer les monstres qui sont responsables. Je suis certain que vous comprendrez mes méthodes bien mieux que la plupart de mes compatriotes. Brendan et moi vous avons amené des armes que vous pourrez utiliser contre ces démons : des pieux de bois aussi effilés que des lances, car le métal ne peut presque jamais venir à bout de ces créatures et des épées pour leur couper la tête. La décapitation est la seule façon de se débarrasser d'eux à coup sûr. Sachez aussi que ces ennemis peuvent se montrer de jour mais qu'ils sont bien plus puissants une fois la nuit tombée.

Longue Plume ne parut pas douter un seul instant de la véracité de ses dires et se contenta de hocher la tête une fois de plus. Après un instant d'hésitation, Cody poursuivit :

— Lorsqu'une personne a été contaminée par ces démons, il n'est plus possible de se fier à elle. Vous devrez vous en méfier. Il est facile de savoir si quelqu'un a été infecté : il suffit pour cela de regarder ses yeux. Ils seront forcément différents.

Longue Plume acquiesça.

— Nous serons très attentifs, Cody Fox. Et nous accorderons le repos à tous ceux d'entre nous qui se sont laissés contaminer par ce mal.

Cody vit entrer une jeune femme vêtue d'une tunique de daim, dont les cheveux d'un noir de jais étaient tressés.

Elle portait des coupes en terre cuite qu'elle remplit du liquide qui mijotait dans la marmite.

— Avant d'accepter vos présents, partageons le verre de l'amitié.

— Avec plaisir, répondit Cody en s'efforçant de dissimuler la méfiance que lui inspirait l'étrange mixture.

Les Apaches étaient connus pour être de grands consommateurs d'hallucinogènes, or il ne tenait pas à retraverser la forêt dans un état second. Pourtant, il ne pouvait refuser ce verre sans insulter son hôte.

— Il y a encore quelque chose que je dois vous demander, ajouta-t-il. Nous devons nous rendre dans la tombe du guerrier qui a été tué par Milo et ses hommes.

Longue Plume se rembrunit. De toute évidence, une telle visite revenait à enfreindre un tabou.

— Cet homme a peut-être été souillé par nos ennemis, expliqua Cody. Si c'est le cas, il doit être encore faible pour le moment. Mais avec le temps, il pourrait très bien gagner en puissance et contaminer l'ensemble du village.

La jeune Indienne tendit une coupe à Cody et à Brendan avant d'en présenter une autre à Longue Plume.

— On dirait du café, s'étonna Brendan en reniflant la mixture.

— C'en est, répondit Longue Plume. En apprenant que deux visages pâles se dirigeaient vers nous, j'ai demandé que ma fille Lune d'argent en prépare un pot.

Ils burent leurs tasses et félicitèrent la jeune Indienne pour ce café particulièrement corsé. Lorsqu'ils eurent terminé, Longue Plume se leva et ils l'imitèrent.

— Je crois que vous êtes digne de confiance, Cody Fox, déclara le chef indien. Je vais donc enfreindre l'une de nos lois les plus sacrées et vous conduire aux grottes où reposent ceux de mon clan qui sont tombés.

Et si ce guerrier a bien été souillé, je compte sur vous pour le libérer de son mal.

Lorsque Alex parvint au bureau du shérif, Cole l'accueillit à bras ouverts. Il commença par lui présenter ses condoléances pour la perte de son père et de son fiancé. Alex savait que la plupart des habitants de Victory, y compris son père, avaient toujours pensé que Cole et elle formeraient un couple parfait.

Ils avaient grandi côte à côte, rapprochés par le fait qu'ils avaient tous deux perdu leur mère étant enfants. Durant des années, ils avaient été inséparables et avaient fait les quatre cents coups ensemble. Et ils éprouvaient l'un envers l'autre une profonde tendresse. Mais jamais il ne leur serait venu à l'idée de se marier. En fait, ils se considéraient presque comme frère et sœur.

Alex prit place sur l'une des chaises disponibles et posa les pieds sur le bureau de Cole.

— Eh bien ! s'exclama ce dernier. On dirait que ton séjour à Washington n'a pas suffi à t'inculquer les bonnes manières !

— C'est d'ailleurs pour cela qu'ils m'ont renvoyée dans l'Ouest, répliqua-t-elle ironiquement. Mais dis-moi, Cole, ajouta-t-elle d'un ton plus sérieux, j'aurais besoin que Dave ou toi m'accompagniez jusqu'à l'endroit où mon père est mort.

A ces mots, Cole se rembrunit.

— Je ne peux pas me permettre de quitter la ville, étant donné ce qui s'est passé la dernière fois. Si ces maudits brigands revenaient pendant mon absence, je ne me le pardonnerais jamais. Heureusement que ces deux hommes étaient là ! J'espère qu'ils seront de retour à temps pour la réunion publique que je compte organiser ce soir. Les habitants de Victory ne sont pas des lâches et il est temps que nous nous organisions pour résister.

— Je suis certaine qu'ils seront là, déclara Alex. Après tout, ils semblent être venus dans la région pour lutter contre Milo et sa bande.

— Quoi qu'il en soit, je pense qu'il serait plus prudent pour toi de rester en ville, le temps que les choses se tassent. Ne pourrais-tu pas rester chez toi à faire des pâtisseries, par exemple ?

— Cole Granger ! s'exclama Alex, furieuse. Comment oses-tu ?

Elle remit les pieds à terre et se leva sèchement.

— Puisque tu refuses de m'aider, je trouverai cet endroit toute seule.

— Bon sang, Alex ! protesta vivement Cole. Ne sois pas ridicule…

— Ce n'est pas moi qui suis ridicule mais les habitants de cette ville qui se terrent chez eux à cause d'une simple bande de brigands ! Depuis quand refusons-nous de nous battre pour protéger nos terres et nos familles ? Serions-nous devenus plus lâches que ceux qui vivent confortablement à l'abri dans l'Est ?

— Ce n'est pas aussi simple, objecta Cole. Il ne s'agit pas de simples bandits…

— Vraiment ? ironisa Alex. Qui sont-ils alors ? A en croire Beulah, ce sont des démons tout droit surgis de l'enfer. Ne me dis pas que tu crois à ces âneries !

Cole détourna les yeux d'un air légèrement embarrassé.

— Tu n'étais pas là, répondit-il. Tu n'as pas vu ce dont ces hommes sont capables. Ils ont déjà dévasté deux villes et nous sommes la prochaine sur la liste. Alors peu importe qu'il s'agisse de démons, de fantômes ou de simples déserteurs : tout ce qui compte, c'est qu'ils sont dangereux et très déterminés.

— Ecoute, Cole, tout ce que je veux, c'est voir l'endroit où mon père est mort. Je veux savoir ce qui lui est arrivé. Je ne crois pas qu'il ait été tué par des Indiens et j'aimerais en avoir le cœur net.

Cole pianota nerveusement sur son bureau.

— Je sais que ton père n'a pas été assassiné par les Indiens, déclara-t-il enfin. Ce sont les hommes de Milo qui sont responsables et je compte bien le leur faire payer. Mais pour cela, il faut que tu me laisses faire mon travail.

— C'est exactement ce que je vais faire, déclara sèchement Alex. Bonne journée, Cole.

A grands pas, elle se dirigea vers la porte.

— Alex ! appela Cole.

Elle se tourna vers lui, les sourcils levés.

— Je pourrais demander à Dave de te mettre en cellule, la menaça-t-il.

— Tu sais comme moi que tu ne le feras pas, répliqua-t-elle.

— Si ton père était encore en vie...

— Justement, l'interrompit-elle avec une pointe d'amertume dans la voix, le problème, c'est qu'il n'est plus de ce monde.

Cole poussa un soupir mi-agacé, mi-résigné.

— Dave ! appela-t-il.

Son adjoint passa la tête par l'embrasure de la porte.

— Alex veut voir où son père a été tué. Je voudrais que tu l'accompagnes jusque là-bas. Et veillez à être de retour avant la nuit...

*
* *

Le guerrier qu'avaient tué les hommes de Milo répondait au nom de Chat agile. Il avait été enterré avec tous les honneurs, paré de ses plus beaux habits et de ses parures de guerre. Selon la tradition, son corps avait été placé dans une niche de pierre située dans la plus grande grotte de la falaise et recouvert de pierres.

Cody et Brendan commencèrent à les retirer. Longue Plume, qui avait tenu à les accompagner, se contenta de les observer avec attention. Mais lorsqu'ils découvrirent le corps parfaitement conservé du guerrier, il ne put cacher son étonnement.

— C'est bien ce que je pensais, soupira Cody. Je ne suis pas sûr que ce que je vais devoir faire maintenant vous plaise beaucoup…

— Je ne reculerai devant rien si c'est pour le bien de mon clan.

Cody jeta un coup d'œil à Brendan qui hocha la tête et sortit un pieu du sac qu'il avait apporté. Il le lui tendit et Cody l'enfonça dans le cœur de Chat agile à l'aide d'un maillet. Ce dernier émit un sifflement menaçant qui résonna de façon inquiétante à travers la grotte. Ses paupières s'ouvrirent, révélant des iris aussi noirs que l'onyx au centre desquels brillait une lueur inquiétante.

Il laissa échapper quelques mots avant de retomber en arrière. Sans attendre, Cody lui trancha alors la tête. Pendant toute la durée de cette lugubre procédure, Longue Plume demeura résolument immobile et silencieux. Lorsque Cody s'écarta enfin, le corps du guerrier se décomposa sous leurs yeux.

— A présent, il a rejoint les esprits de ses ancêtres, déclara Cody en essuyant du revers de la main la transpiration qui perlait à son front.

Longue Plume acquiesça d'un air grave.

— Qu'a-t-il dit au moment de mourir ? s'enquit Brendan.

— Il a juste dit « merci » répondit le chef indien.

Ils commencèrent à replacer les pierres qu'ils avaient enlevées mais furent interrompus par un bruit provenant du fond de la grotte. Aussitôt, Cody se tourna dans cette direction en brandissant le pieu qu'il venait d'utiliser.

Il se retrouva face à une très belle jeune femme aux longs cheveux noirs et aux traits harmonieux. Pourtant, sa beauté était entachée d'une forme de folie qui se lisait dans ses yeux et sur son visage. Ses traits trahissaient un mélange de colère et de haine et son rictus révélait des canines acérées.

Lorsque Longue Plume se tourna vers elle, son expression trahit brusquement une horreur et une détresse indicibles. Il prononça quelques mots que Cody n'eut pas besoin de comprendre pour savoir qu'ils se trouvaient face à Douce Colombe.

Les visions du chef indien ne l'avaient pas trompé, sa fille était bel et bien perdue pour lui. Incapable de contrôler la rage qui l'habitait, elle était sur le point de passer à l'attaque. Sans doute n'avait-elle pas supporté de les voir tuer son amant. Elle ne comprenait probablement pas qu'il était déjà mort et qu'elle l'était aussi.

L'idée de lui transpercer le cœur ne souriait guère à Cody, cependant il savait qu'il n'avait pas d'autre choix. S'il n'intervenait pas, elle s'en prendrait aux autres membres de son clan. Or les habitants de Victory ne pouvaient se permettre de se battre sur deux fronts à la fois.

Douce Colombe se jeta soudain sur eux et il bondit à sa rencontre, plantant le pieu dans sa poitrine. Arrêtée dans son élan, elle demeura quelques instants immobile, chancelante, un bras tendu en direction de son père. Puis elle s'effondra sur elle-même en gémissant.

Longue Plume laissa échapper un cri qui évoquait

le feulement d'un animal blessé. L'expression de pure souffrance qui se lisait sur ses traits transperça le cœur de Cody.

Incapable de le supporter, il se détourna et souleva le corps de la jeune Indienne pour aller le déposer auprès de celui de Chat agile, l'homme qu'elle avait aimé par-delà la mort. Il fit alors signe à Brendan d'entraîner le vieux chef indien à l'extérieur de la grotte.

Longue Plume se laissa faire, comprenant probablement qu'il ne supporterait pas la vue de ce que Cody s'apprêtait à faire. Ce dernier tira le couteau de chasse qui était accroché à sa ceinture et décapita la jeune femme.

Après avoir recouvert les deux corps à l'aide des pierres qu'ils avaient enlevées, il se signa et prononça une courte prière pour le repos de leurs âmes.

Lorsqu'il ressortit enfin de la grotte, Longue Plume paraissait s'être ressaisi et avait recouvré l'expression stoïque qui le caractérisait.

— Je dois retourner auprès de mon peuple, déclara le chef indien. Et vous devez retourner auprès du vôtre. Sachez que nous ferons tout ce qui est en notre pouvoir pour lutter contre ces démons. Mes guerriers n'auront de cesse qu'ils ne les aient tous anéantis.

Sur ce, il leur adressa un petit salut de la tête et monta à cheval. Cody le suivit des yeux tandis qu'il reprenait le chemin de son village, convaincu qu'il venait de gagner un précieux allié dans la lutte qui l'opposait à Milo Roundtree.

5

Dave et Alex avaient mis bien plus longtemps que prévu pour atteindre l'endroit où Eugène Gordon avait été tué. C'était à l'est des bois qui séparaient Victory du ranch de John Snow. Au loin, ils pouvaient apercevoir les falaises au pied desquelles était niché le village des Apaches.

Alex était frappée par l'impression d'isolement et de solitude qui émanait de ces lieux. On n'entendait pas un bruit à des lieues à la ronde à part le gémissement inquiétant du vent dans les branches des arbres.

Et en dehors de la piste sur laquelle ils se trouvaient, cela faisait plusieurs heures qu'ils n'avaient pas vu la moindre trace d'habitation humaine.

C'était probablement à cela que ressemblait le pays lorsque les premiers pionniers s'y étaient aventurés. Et Alex ne pouvait s'empêcher d'admirer le courage dont ils avaient fait preuve en s'enfonçant dans l'inconnu. Nombre de ceux qui avaient cherché un éden illusoire étaient morts au beau milieu de telles forêts.

— C'est ici que nous l'avons découvert, déclara Dave en désignant le talus herbeux qui bordait le sentier. Nous étions en route vers Calico Jack lorsque Cole l'a aperçu. Son corps était déjà froid et nous ne savons pas depuis quand il était mort.

Alex hocha la tête et descendit de cheval pour s'approcher de l'endroit qu'avait indiqué Dave. Les fougères qui poussaient là lui arrivaient aux genoux et, si elles avaient été aplaties par le poids du corps de son père, elles s'étaient redressées depuis.

En fait, rien ne permettait d'affirmer qu'il s'était passé quelque chose ici. Elle se demanda alors ce qu'elle avait espéré trouver au juste. Une explication ? Une justification ? Une forme de consolation ?

Tout ce qu'elle éprouvait en cet instant, c'était une profonde mélancolie à l'idée qu'elle ne reverrait plus jamais son père. Elle aurait voulu lui dire combien elle l'aimait. Au lieu de cela, elle se tourna vers Dave.

— Comment est-il mort ? lui demanda-t-elle.

Il descendit à son tour de cheval et la rejoignit sur le talus.

— A vrai dire, nous l'ignorons, répondit-il.

— Je ne comprends pas, objecta Alex en fronçant les sourcils. Je croyais qu'il avait été abattu par une flèche ou une balle de revolver.

— Non.

— Il a reçu un coup de couteau ou de lance, alors.

— Non plus.

— Pourtant, le bruit a couru que c'était les Indiens qui l'avaient tué. Et Cole pense que ce sont les hommes de Milo…

Dave secoua la tête.

— Ce qui nous a fait penser à une attaque, c'est le fait que son cheval et toutes ses affaires personnelles avaient disparu, expliqua-t-il. Mais il se peut très bien que quelqu'un les lui ait dérobés après sa mort. Quant aux causes du décès, il n'y avait aucune blessure apparente. A vrai dire, lorsque j'ai vu l'expression de son visage, je me suis dit qu'il avait dû mourir de peur. Je sais que cela paraît idiot mais je t'assure qu'il paraissait terrifié…

— Est-ce que Jim Green a examiné le corps ? demanda Alex, stupéfiée par ces révélations.

— Non. Il n'était pas en ville, à ce moment-là. Quant au Dr Astin de Brigsby et au Dr Peters de Hollow Tree, nous étions déjà sans nouvelles d'eux depuis plusieurs jours. Du coup, nous avons enterré ton père et nous t'avons prévenue aussi vite que possible.

Plongée dans ses réflexions, Alex passa la main dans ses cheveux.

— Aucune marque, murmura-t-elle pour elle-même. Cela n'a aucun sens.

— Ce qui n'a pas de sens, c'est que quelqu'un ait voulu tuer ton père, soupira Dave. Tout le monde l'aimait bien et on ne lui connaissait aucun ennemi. Il était même en très bons termes avec Longue Plume et les siens.

— Et s'il s'agissait d'une mort naturelle ? suggéra Alex.

— C'est possible, acquiesça Dave d'un ton dubitatif.

— Tu n'as pas l'air convaincu.

— C'est à cause de l'expression qu'il avait, expliqua l'adjoint du shérif. Il paraissait réellement terrifié.

Tous deux demeurèrent quelques instants silencieux. Mais comme Alex s'apprêtait à reprendre la parole, un hurlement terrifiant se fit entendre.

— Qu'est-ce que c'était ? s'enquit-elle, le cœur battant à tout rompre.

— Un loup, j'imagine, répondit Dave d'une voix mal assurée.

— Je n'ai jamais entendu un loup hurler comme cela.

— Il est peut-être blessé.

Dave rejoignit leurs chevaux qui paraissaient tout aussi nerveux qu'eux. Ils frappaient le sol de leurs sabots et bougeaient la tête en tous sens, jetant des coups d'œil nerveux aux alentours.

— Du calme, murmura Dave.

Mais un second hurlement se fit entendre, plus glaçant encore que le précédent. Et il était désormais évident que ce n'était pas un loup mais bien une meute tout entière qui criait de la sorte.

— Arrête ! s'exclama Dave à l'intention de son hongre qui s'était mis à ruer.

Alex se dirigea vers sa jument qui paraissait tout aussi agitée.

— Du calme, Cheyenne, lui dit-elle d'une voix qui se voulait apaisante mais cachait mal sa propre nervosité. Tout va bien. Je suis là pour te protéger…

Tout en parlant, Alex s'efforçait de se rassurer elle-même. Après tout, elle était armée et avait toujours été une excellente tireuse. Mais comme elle se faisait cette réflexion, le cheval de Dave partit au galop et ne tarda pas à disparaître dans les bois.

Avant même qu'Alex ait eu le temps de la prendre par la bride, Cheyenne s'élança derrière lui. La jeune femme sentit monter en elle un brusque accès de culpabilité. Après tout, c'était elle qui avait insisté pour venir jusqu'ici et avait entraîné Dave.

— Il faut absolument les retrouver, déclara alors ce dernier. Nous sommes bien trop loin de la ville pour rentrer à pied avant la tombée de la nuit…

— Peut-être se seront-ils arrêtés un peu plus loin, acquiesça Alex.

— De toute façon, nous ne pouvons pas rester ici à les attendre.

Ils se mirent donc en marche à la suite de leurs montures. Le silence qui régnait dans le sous-bois était presque plus terrifiant encore que les hurlements des loups.

— Reste près de moi, conseilla Dave en tirant son revolver.

— Ne t'en fais pas pour ça, répondit Alex en l'imitant.

Au bout de quelques centaines de mètres, Dave s'immobilisa et tendit l'oreille. Soudain, un crissement de feuilles se fit entendre sur leur droite.

— Cheyenne ? appela Alex d'une voix mal assurée.

— Ce ne peut pas être elle, souffla Dave. Ce massif est bien trop touffu pour qu'un cheval puisse s'y déplacer…

Plissant les yeux, Alex chercha à distinguer ce qui pouvait se trouver là. Il lui sembla alors apercevoir une ombre ailée qui devait avoir la taille d'un être humain.

— Tu as vu ça ? murmura-t-elle, espérant qu'elle avait été victime de son imagination.

— Je ne sais pas, répondit Dave. Un rapace…

— Dans les sous-bois ?

Dave ne répondit pas, sachant aussi bien qu'elle que cette explication ne tenait pas la route. Elle sentit alors son angoisse redoubler. Pour la première fois depuis qu'elle était rentrée à Victory, elle se demanda si les folles hypothèses qu'elle avait entendu Beulah formuler ne contenaient pas un fond de vérité.

Se pouvait-il que Brigsby et Hollow Tree aient été détruits non par de simples bandits mais par des créatures surnaturelles ?

Les loups se remirent alors à hurler à la mort. C'était le son le plus glaçant qu'Alex ait jamais entendu. Il trahissait une peur primitive qui faisait écho à celle qui l'avait envahie. Sans même s'en rendre compte, Dave et elle s'étaient placés dos à dos, prêts à faire feu.

Plusieurs ombres se mouvaient à présent dans le bosquet, faisant bruisser le feuillage des buissons.

— Nous sommes cernés de toute part, murmura Dave.

— Je sais…

— Ne tire pas tant que tu ne seras pas sûre d'en

toucher un, ajouta-t-il. Nous n'avons pas beaucoup de munitions.

Alex sentit son ventre se nouer sous l'effet de la terreur qui menaçait de la submerger à chaque instant. Jamais elle ne s'était sentie aussi exposée. Et elle savait que ces mystérieuses créatures ne tarderaient pas à passer à l'attaque.

Cody et Brendan chevauchaient à bride abattue à travers bois. Les hurlements des loups qui avaient commencé à résonner quelques minutes auparavant s'élevaient à présent en continu. La meute qui vivait dans cette forêt avait dû sentir la présence de prédateurs bien plus dangereux encore et manifestait la terreur qu'ils lui inspiraient.

Cody croyait connaître la nature de ces prédateurs. Et il n'était pas loin de partager l'angoisse de la meute. Car s'ils étaient sortis de jour, c'est probablement qu'ils étaient en chasse et il ne tenait pas à tomber entre leurs griffes.

Comme ils venaient de déboucher dans une petite clairière, Cody tira sur les rênes pour arrêter sa monture.

— Que se passe-t-il? lui demanda Brendan en l'imitant.

Cody désigna le cheval qui se tenait là, couvert de transpiration et tremblant de tous ses membres.

— Tout doux, murmura-t-il en se rapprochant de l'animal apeuré.

— J'ai déjà vu cette jument, remarqua Brendan. C'est celle de la pension de famille.

— Je sais, acquiesça Cody.

Son propre cheval commençait à donner des signes de nervosité. Il sauta donc à terre et décrocha l'arc et le carquois qui étaient accrochés à sa selle. Brendan l'imita et ils attachèrent les trois montures à un arbre avant de s'avancer prudemment sur le sentier.

Cody discerna alors des mouvements dans la futaie et comprit qu'ils n'étaient pas seuls. Plusieurs coups de feu claquèrent dans l'air par-dessus les hurlements des loups.

— Je crois que j'en ai touché un ! fit alors une voix qu'il reconnut aussitôt comme étant celle d'Alexandra Gordon.

Elle ne devait pas être très loin, comprit Cody qui se demanda ce qu'elle était venue faire en cet endroit.

— Alex ? appela-t-il.

— Par ici ! lui cria-t-elle.

Cody et Brendan se mirent à courir et ne tardèrent pas à rejoindre la jeune femme qui se trouvait en compagnie du shérif adjoint. Tous deux avaient ouvert le feu sur les ombres indistinctes qui se mouvaient dans le sous-bois.

Cody savait que leurs balles ne les tueraient pas mais elles pouvaient causer suffisamment de dommages pour forcer ces créatures à se retirer. Leurs flèches pouvaient par contre causer des dégâts bien plus importants et ils commencèrent à décocher une véritable pluie de projectiles sur leurs adversaires.

Si ceux-ci décidaient de passer à l'attaque, ils n'auraient d'autre choix que de rejoindre leurs montures et de filer aussi vite qu'ils le pourraient en direction de Victory. Car jamais ils ne seraient de taille à résister à un tel assaut. Fort heureusement, les ombres demeurèrent à couvert, se contentant apparemment de les observer. Puis des bruissements d'ailes se firent entendre tout autour d'eux et les hurlements des loups se turent aussi brusquement qu'ils avaient commencé.

Durant quelques instants, tous quatre restèrent parfaitement immobiles, l'oreille aux aguets. Un profond silence était retombé sur cette partie de la forêt et l'on n'entendait même plus le chant des oiseaux ni le bourdonnement des insectes.

— Une fois de plus, je vous remercie pour votre arrivée opportune, dit Alex.

Sa voix résonna étrangement dans le silence.

— Savez-vous ce qu'étaient ces créatures ? ajouta-t-elle.

— Tout ce qui compte, c'est qu'elles ont bien failli vous tuer, répondit Cody en fronçant les sourcils. Qu'est-ce qui vous a pris de venir vous promener par ici ?

Alex haussa les épaules. Elle paraissait avoir recouvré son calme, comme s'il ne s'agissait en fin de compte que d'un incident sans grande importance.

— Je ne crois pas que cela vous regarde, répondit-elle un peu sèchement. Mais il se trouve que mon père est mort ici même. Je voulais voir l'endroit où cela s'était passé.

Incapable de réprimer le mélange d'agacement et d'angoisse rétrospective qui l'habitait, Cody secoua la tête.

— C'était particulièrement stupide de votre part, déclara-t-il. Je vous prenais pour quelqu'un d'instruit et de sensé ! Dois-je vous rappeler qu'hier soir vous avez bien failli vous faire enlever, violer et assassiner ? Et vous ne trouvez rien de mieux à faire qu'aller vous promener en pleine forêt !

— Alexandra était sous ma protection, objecta Dave. Et ce n'est pas sa faute si ces loups se sont mis à hurler, faisant fuir nos montures.

— Justement, nous avons aperçu celle de Mlle Gordon, intervint Brendan pour atténuer la tension qui régnait désormais au sein du petit groupe. Elle est juste un peu plus loin. Par contre, nous n'avons pas trouvé trace de votre cheval, Dave. S'il n'est pas déjà rentré à l'écurie, il ne tardera pas à le faire. Vous n'aurez qu'à monter derrière moi.

Dave hocha la tête. Cody et Alex, quant à eux, se mesuraient toujours du regard.

— Monsieur Fox, déclara-t-elle enfin d'une voix glaciale, contrairement à ce que vous semblez penser, je suis majeure et responsable. Et jusqu'à ce jour, personne ne s'est jamais permis de me parler comme vous venez de le faire. Je vous prierais donc de ne pas recommencer à l'avenir. Je tiens également à ce que vous sachiez que, si je vous suis profondément reconnaissante pour l'aide que vous m'avez apportée à deux reprises, je me passerais en revanche très bien de vos conseils.

Sur ce, elle tourna brusquement les talons et se dirigea vers l'endroit où ils avaient laissé leurs chevaux. Brendan et Dave la suivirent en s'efforçant de dissimuler leur amusement. Cody finit par leur emboîter le pas, furieux de la façon dont il venait de se faire moucher.

De toute évidence, Alexandra Gordon n'avait pas conscience de la nature des forces auxquelles ils se trouvaient confrontés. C'était d'ailleurs probablement le cas de la plupart des citoyens de Victory, qui devaient penser que Milo et ses hommes étaient de simples bandits.

Il allait donc devoir les détromper à ce sujet. Car contrairement à ce qui s'était passé à Washington ou à La Nouvelle-Orléans, il n'avait pas affaire à un individu isolé mais à une véritable invasion. Et s'il n'obtenait pas rapidement le concours des habitants, ceux-ci seraient décimés comme leurs voisins de Brigsby et de Hollow Tree.

De retour dans la clairière, ils constatèrent sans surprise que leurs chevaux s'étaient calmés depuis que les créatures avaient fui et que les loups avaient cessé de hurler. Ils montèrent en selle et Cody approcha sa monture de celle d'Alex.

— Mademoiselle Gordon, lui dit-il d'une voix conciliante, je suis désolé d'avoir perdu mon calme et de m'être montré insultant à votre égard. Mais je tiens à ce que vous sachiez que le danger auquel nous nous trouvons confronté est bien réel. Et il nous sera nettement plus difficile à Brendan et à moi de le combattre si nous devons à chaque instant nous inquiéter à votre sujet...

Sur ce, il talonna sa monture et partit au galop sans lui laisser le temps de répondre.

Lorsqu'ils arrivèrent enfin à la pension, Alex était toujours aussi en colère contre Cody Fox. Certes, elle avait peut-être eu tort de lui parler aussi durement alors qu'il venait de voler à son secours. Mais elle avait été très vexée qu'il la traite de façon aussi cavalière.

Elle tenait à ce qu'il la voie comme une femme et non comme une enfant irresponsable. Quant aux raisons pour lesquelles elle se souciait tant de l'opinion qu'il avait d'elle, elle préférait ne pas trop s'y attarder. Mais l'attirance qu'il exerçait sur elle n'y était probablement pas étrangère.

Levy les accueillit avec soulagement et leur expliqua que le cheval de Dave était rentré à l'écurie sans son cavalier, ce qui n'avait pas manqué d'inquiéter le shérif. Ce dernier les attendait d'ailleurs à l'intérieur en faisant nerveusement les cent pas dans le salon.

Lorsqu'il les vit, il serra Alex dans ses bras et, à la ferveur de son étreinte, elle comprit combien il s'était fait du souci à son sujet. Il décocha ensuite une bourrade affectueuse à son adjoint avant de serrer la main à Brendan et à Cody.

— Dieu merci, vous êtes tous sains et saufs ! s'exclama-t-il. Je ne vous cacherai pas que j'étais terrifié. J'ai bien failli oublier mes bonnes résolutions et quitter la ville pour me mettre à votre recherche ! Que s'est-il passé ?

— Quelque chose a fait peur à nos chevaux, répondit Dave. Il y avait d'étranges animaux dans les bois. De grands oiseaux...

Il secoua la tête, comprenant probablement combien cela pouvait paraître absurde.

— Même les loups étaient terrifiés, ajouta-t-il. Ils se sont mis à hurler à la mort. Ces créatures s'apprêtaient à nous attaquer et nous avons ouvert le feu. C'est alors que Brendan et Cody nous ont rejoints. Avec leur aide, nous avons réussi à les faire fuir.

— De grands oiseaux ? répéta Cole d'un ton dubitatif.

— C'est ce qu'il nous a semblé, en tout cas, confirma Dave. Ils étaient de taille humaine, avec de grandes ailes sombres.

Il se tourna vers Alex qui hocha la tête, confirmant sa version des faits.

— Je ne sais pas ce que c'était, ajouta-t-elle. Mais je me demande si ce ne sont pas ces créatures qui ont dévasté Brigsby et Hollow Tree...

Elle fut interrompue par l'arrivée de Beulah, Bert, Tess et Jewell qui les accueillirent avec enthousiasme et les bombardèrent de questions. Alex remarqua que Cody demeurait quelque peu en retrait, visiblement plongé dans ses pensées.

Une fois de plus, elle se demanda ce qu'il savait exactement au sujet des monstres qu'ils avaient combattus dans les bois. Contrairement à eux tous, il n'avait manifesté aucun étonnement, comme s'il s'était attendu à les trouver là.

Partageait-il son avis à leur sujet ? Croyait-il lui

aussi qu'ils étaient responsables des récents massacres? Etaient-ce ces monstres qu'il était venu combattre, et non la bande de Milo Roundtree?

Elle se rappela brusquement le rêve qu'elle avait fait la nuit dernière. Il lui avait semblé apercevoir une créature ailée qui se dirigeait vers elle. S'agissait-il d'une nouvelle prémonition?

— Assez discuté! s'exclama alors Beulah. Le repas est prêt et vous attend.

— Je ne pourrai malheureusement pas être des vôtres, indiqua Cole. J'ai convoqué les habitants au saloon en fin d'après-midi et je dois aider à l'installation de la salle. J'espère que vous serez des nôtres, ajouta-t-il en se tournant vers Cody et Brendan.

— Vous pouvez compter sur nous, shérif, répondit ce dernier.

— Nous serons tous là, intervint Beulah. Mais vous n'avez pas besoin de tant de temps pour préparer cette réunion, monsieur Cole. Joignez-vous à nous. Vous avez grand besoin d'un repas chaud.

Cole s'inclina devant l'insistance de la cuisinière et Alex monta pour se rafraîchir un peu. Elle aurait préféré prendre un bon bain mais n'avait malheureusement pas le temps. Elle se promit de le faire dès que la réunion de Cole serait terminée.

Elle ressortit de sa chambre au moment précis où Cody émergeait de la sienne. Tous deux se raidirent de façon perceptible.

— Après vous, je vous en prie, murmura Cody en lui faisant signe de passer devant.

Elle inclina légèrement la tête et s'engagea dans l'escalier, terriblement consciente de sa présence juste derrière elle. Brendan, Cole et Dave avaient dû se laver les mains dans la cuisine car tous trois étaient déjà assis à table. Ils se levèrent lorsqu'elle entra et Cole tira sa chaise pour qu'elle s'installe.

Il prit alors place à sa droite et Dave à sa gauche. Cody et Brendan s'installèrent en face d'eux. Tess et Jewell les servirent rapidement. Une fois de plus Beulah s'était surpassée. Le poulet à la crème et aux petits légumes qu'elle avait préparé était un véritable délice.

Bert leur servit une excellente bouteille qu'il avait trouvée dans la cave de son père. Ce repas avait quelque chose d'étonnamment civilisé et l'on se serait cru à Washington bien plus que dans l'Ouest sauvage.

Pourtant, Alex ne se faisait aucune illusion : cette courtoisie cachait mal la tension sourde qui les habitait. Il était évident que personne ne tenait à parler de ce qui s'était passé dans la forêt. Cody fut le premier à briser le silence.

— Dites-moi, shérif, demanda-t-il, que comptez-vous dire lors de cette réunion, exactement ?

Cole reposa sa fourchette et poussa un profond soupir.

— Eh bien, je vais prévenir les citoyens de Victory qu'après s'en être pris à Brigsby et à Hollow Tree Milo Roundtree et sa bande comptent s'attaquer à nous. Malheureusement, nous manquons d'informations. Nous ne savons même pas ce que sont devenus les habitants des deux autres villes. Ont-ils fui ? Ont-ils été faits prisonniers ? Ou bien ont-ils été… ?

Cole s'interrompit en jetant un coup d'œil à Alex. Celle-ci savait que le shérif estimait que certains sujets de conversation ne pouvaient être abordés en présence d'une femme.

— Massacrés ? suggéra-t-elle, refusant de se laisser écarter de la sorte. Est-ce le mot que tu cherches, Cole ?

— Oui, soupira-t-il. J'imagine qu'il ne sert à rien de tourner autour du pot. C'est effectivement l'explication la plus probable. Je vais donc demander aux habitants de Victory de se tenir prêts à repousser une telle attaque. Nous ne pouvons pas nous contenter d'espérer que Cody et Brendan nous sauveront la mise chaque fois. Il faut que nous soyons sur nos gardes et prêts à nous défendre en cas de besoin.

— C'est un bon début mais ce n'est pas suffisant, opina Cody.

Alex sentit monter en elle une pointe d'irritation. De quel droit Cody Fox s'érigeait-il en donneur de leçons ? Que savait-il de Victory et de ses habitants ?

— Monsieur Fox, intervint-elle, ainsi que je vous l'ai déjà dit, nous vous sommes très reconnaissants de nous être venu en aide. Mais Cole est un excellent shérif et il sait ce qu'il a à faire.

— Je n'en doute pas un seul instant, répondit Cody sans paraître se formaliser du ton réprobateur qu'elle avait employé. Et je suis ravi que la ville soit défendue par un homme tel que vous, ajouta-t-il à l'intention de Cole. Mais j'ai bien peur que ni vous ni mademoiselle Gordon ne compreniez réellement ce à quoi nous avons affaire ici. Je pense aussi que, si je vous le disais, vous me prendriez très certainement pour un fou.

— Essayez toujours, l'encouragea Cole. Je vous promets de faire preuve d'ouverture d'esprit.

Cody hésita quelques instants avant de hocher la tête.

— Le mal auquel nous sommes confrontés n'est pas uniquement de nature matérielle, déclara-t-il. Milo et ses hommes ne sont pas de simples bandits. Certains d'entre eux ont été contaminés par un mal d'autant plus dangereux qu'il est transmissible. Il est possible d'en guérir si l'on agit très vite, dans les heures qui suivent la contamination. Mais la plupart du temps, les gens ne s'en aperçoivent que lorsqu'il est déjà trop tard…

— Je ne comprends pas, objecta Alex. Voulez-vous parler d'une forme d'épidémie ?

— En quelque sorte... Mais il s'agit d'une maladie de l'âme plus que du corps. Une maladie qui transforme profondément ceux qui en sont porteurs. La seule solution est de les combattre au moyen d'armes spécifiques.

— Quel genre d'armes ? s'enquit Cole en fronçant les sourcils.

— Des flèches ou des pieux pour leur percer le cœur, des couteaux ou des sabres pour leur trancher la tête. L'eau bénite peut être efficace pour les repousser, de même que l'ail et les objets de culte. Mais le plus important est de ne jamais les autoriser à entrer. Ces ennemis ne peuvent pénétrer dans un lieu sans y avoir été invités.

— C'est absurde, protesta Alex. Je vous assure que ni Roscoe ni moi n'avons invité Milo et ses hommes, hier.

— C'est exact, concéda Cody. Malheureusement, le saloon et la pension sont par définition des lieux d'accueil ouverts à tous. Ils sont plus susceptibles d'être attaqués par nos adversaires.

— Et ces adversaires ont-ils un nom ? s'enquit alors Dave.

— Ils en ont plusieurs. Mais le plus connu est celui de « vampires ».

6

— Du calme ! Du calme ! s'exclama Cole pour faire taire le brouhaha qui avait succédé à l'intervention de Cody Fox.

Ainsi que l'avait prévu ce dernier, la moitié de l'assistance semblait penser qu'il avait perdu la raison. Mais l'autre moitié paraissait prête à lui donner raison, comme si les événements qui s'étaient déroulés au cours de ces dernières semaines avaient quelque chose d'irrationnel.

Du coup, les discussions allaient bon train, chaque camp faisant assaut d'arguments et s'efforçant de tourner en dérision ceux de l'autre. Seules quelques personnes parvenaient à conserver leur calme et attendaient que revienne un semblant d'ordre.

— Silence ! s'exclama alors Cody, couvrant de sa voix le chahut ambiant. Quoi que vous pensiez de ce que je viens de vous dire, vous devez garder à l'esprit le fait que vos vies sont en danger !

Cet argument parut réconcilier momentanément les deux partis et le calme revint dans l'assistance. Une fois de plus, Alex considéra avec une pointe d'amusement la foule très disparate qui était regroupée dans l'enceinte du saloon.

Toutes les origines sociales étaient représentées, dont des femmes bien comme il faut et les prostituées de l'établissement, qui n'avaient pas jugé utile de se changer et paradaient donc dans leurs robes bigarrées aux décolletés vertigineux.

L'une d'elles, une jolie blonde un peu plus âgée que la moyenne des autres filles, ne portait que ses sous-vêtements sous la robe de chambre qu'elle avait enfilée dans un sursaut de pudeur.

— Je suis sûr que c'est un coup des Yankees! s'exclama l'un des membres de l'assemblée. Comme ils n'arrivent pas à vaincre les troupes du Sud, ils ont décidé de nous contaminer!

Cody le considéra avec une stupeur évidente.

— Les Yankees n'ont absolument rien à voir avec cette histoire, protesta-t-il enfin. Mais le fait que le Texas se soit rallié au Sud empêche l'armée nordiste de venir nous prêter main-forte. Quant aux confédérés, ils ne peuvent se permettre de nous envoyer des hommes qui leur font cruellement défaut dans l'Est. Cela signifie que nous serons seuls pour faire face à cette menace. Que vous me croyiez ou non n'a pas d'importance pour le moment : ce qui compte, c'est que vous appreniez à vous défendre. Respectez scrupuleusement les conseils que je vous ai donnés : n'invitez jamais un inconnu à entrer chez vous, surveillez attentivement vos proches et méfiez-vous du moindre changement dans leur comportement. La tactique de nos ennemis est très simple : ils contaminent ceux qui nous sont chers, qui se chargent à leur tour de nous prendre au piège. Suspendez des gousses d'ail et des croix dans vos maisons...

— Etes-vous certain que tous les hommes de Milo sont des vampires? demanda alors la prostituée aux cheveux blonds qu'Alex avait remarquée.

— Peut-être pas tous, répondit Cody. Mais probablement une bonne partie d'entre eux.

— Je croyais que ces créatures n'étaient actives que

durant la nuit, remarqua la blonde, curieuse. Comment se fait-il que Milo soit venu ici en plein jour?

— Contrairement à ce que l'on pense généralement, les vampires peuvent supporter la lumière du soleil, répondit Cody. S'ils évitent de sortir de jour, c'est uniquement parce qu'ils sont bien plus puissants la nuit. Ils tirent leur force des ténèbres… et du sang des vivants, bien sûr.

Cet échange raviva les débats passionnés qui s'étaient interrompus. Cody leva les mains, intimant de nouveau le silence. Ce n'était pas la première fois qu'il faisait preuve d'une telle autorité naturelle et Alex ne put s'empêcher d'admirer la facilité avec laquelle il parvenait à s'imposer à cette foule.

— J'en viens à présent à la partie la plus problématique de la situation, déclara-t-il. Les vampires sont extrêmement résistants. Les balles peuvent les blesser mais pas les tuer. La seule façon d'y parvenir, en fait, est de les décapiter et de transpercer ou arracher leur cœur.

Quelques femmes poussèrent des cris d'effroi et Mlle Madry, la couturière de la ville, s'évanouit. Plusieurs hommes s'avancèrent pour lui porter assistance mais aucun ne fit le moindre reproche à Cody pour la façon dont il venait de s'exprimer.

— Fermez vos portes à clé durant la nuit, martela ce dernier. Ne sortez jamais après la tombée de la nuit. Fabriquez des pieux à l'aide de ce morceau de bois, de manches de balais ou de râteaux. Entraînez-vous au maniement de l'arc qui est une arme bien plus efficace que le revolver. Munissez-vous d'eau bénite si vous pouvez en trouver : elle cause aux vampires d'atroces brûlures. Si quelqu'un a été mordu et qu'il ne réagit pas à l'eau bénite, c'est que sa transformation n'est pas encore définitive et qu'il est encore possible de le sauver.

— Croyez-vous que certains vampires puissent être bons? s'enquit alors la prostituée qui l'avait déjà interrogé à deux reprises.

Au grand étonnement d'Alex, Cody hésita avant de répondre.

— Disons que je n'en ai encore jamais rencontré, répondit-il enfin. Mais dans le cas de Milo et de sa bande, il n'y a aucun doute possible : ce qui est arrivé à Brigsby et à Hollow Tree prouve sans conteste qu'ils sont corrompus. Quant à leurs victimes, je crois qu'il est plus sage de penser qu'elles le sont tout autant...

Cody parcourut du regard la foule réunie devant lui.

— Vous êtes libres de croire ce que je vous ai dit ou de me considérer comme un mythomane, conclut-il. Mais je vous en supplie : quelle que soit votre opinion, respectez les consignes de sécurité et préparez-vous au combat. Soyez bien convaincus que, tôt ou tard, Milo attaquera cette ville.

Sur ce, Cody adressa un petit signe de tête au shérif et rejoignit Brendan qui était resté posté près de la porte comme pour monter la garde et interdire l'accès du saloon à toute personne indésirable.

— Voilà qui conclut notre réunion de ce soir, mes amis, annonça alors Cole. Quoi qu'il arrive, mon adjoint ou moi-même demeurerons en ville. A partir de demain, nous organiserons des séances d'entraînement au tir à l'arc. Je mettrai également en place un système de rondes de façon que des hommes patrouillent en permanence.

— Et que pensez-vous de l'étrange théorie de M. Fox? lui demanda alors la blonde en robe de chambre.

— Je pense que Cody Fox et Brendan Vincent ont sauvé plusieurs personnes hier soir et qu'à ce titre ils méritent d'être entendus. Comme l'a dit M. Fox, nous n'avons rien à perdre à suivre ses conseils.

Alex ne put qu'admirer le sens de la diplomatie dont Cole venait de faire preuve. En répondant de la sorte, il évitait de prendre parti et donc de s'aliéner une partie de la ville. Elle n'aurait su dire si son ami de toujours croyait aux déclarations de Cody Fox.

Elle-même ne savait qu'en penser.

Bien sûr, l'idée que des monstres buveurs de sang se cachaient dans la forêt voisine lui paraissait absurde. Mais ses propres visions prémonitoires lui avaient enseigné que le monde ne se limitait pas à ce que l'on pouvait expliquer de façon rationnelle.

N'avait-elle pas été arrêtée justement parce qu'elle disait pouvoir entrevoir l'avenir ? Ne devait-elle pas dès lors laisser le bénéfice du doute à Cody ?

— Nous devrions rentrer, mademoiselle Alex, suggéra alors Beulah, la tirant de ses réflexions. La nuit ne va pas tarder à tomber.

Alex hocha la tête et lui emboîta le pas. A la porte du saloon, ils retrouvèrent Tess, Jewell, Levy, Cody et Brendan. Ensemble, ils quittèrent l'établissement et se dirigèrent vers la pension.

— Beulah, sais-tu qui était cette femme ? demanda Alex. La blonde qui n'arrêtait pas de poser des questions à M. Fox ?

— C'est vrai, soupira la cuisinière. Vous n'êtes pas au courant.

— De quoi ?

— Eh bien… Cette femme est votre belle-mère, la veuve Linda Gordon. Il semblerait qu'elle soit rentrée en ville juste à temps pour assister à la réunion de M. Cole…

*
* *

Ce soir-là, après le dîner, Brendan et Cody s'installèrent dans le salon de la pension pour s'entretenir des événements de la journée en sirotant un dernier bourbon. Ils venaient de faire le tour de la pension pour vérifier que toutes les portes et fenêtres étaient bien fermées et protégées par des gousses d'ail et des croix.

— Ne penses-tu pas qu'il était trop tôt pour tout leur raconter ? demanda Brendan après avoir tiré avec délectation sur l'un de ces cigares qu'il affectionnait tant.

— Peut-être, concéda Cody. Pas dans le cas des Apaches, en tout cas. Longue Plume est un Indien. Il a l'habitude de ce genre de mythes et il a vu de ses propres yeux l'un de ses guerriers revenir d'entre les morts. Il était grand temps de lui expliquer comment combattre ce fléau. Quant aux habitants de la ville…

Il soupira et secoua la tête.

— Sans doute était-il trop tôt, effectivement. Tout ce que j'espère, c'est qu'ils se montreront un peu plus actifs la prochaine fois que Milo et ses hommes déferleront sur Victory. Malheureusement, il se peut que certaines personnes soient déjà affectées. Et elles n'auront guère de mal à prendre au piège leurs proches…

Cody s'interrompit brusquement, se rappelant que Brendan avait eu de la famille à Brigsby.

— Je suis désolé, lui dit-il. Tout ceci doit être très difficile pour toi.

Son ami hocha brièvement la tête.

— Tout ce qui compte, à présent, c'est de mettre un terme à cette épidémie, déclara-t-il. Je veux venger les miens et ramener un semblant de normalité dans la région. Il y a déjà eu bien trop de sang versé à cause de cette guerre fratricide.

— Je suis d'accord, acquiesça Cody. C'est la raison pour laquelle je ne me suis pas réengagé lorsqu'ils m'ont laissé rentrer chez moi.

— Tu te battais pour le Sud, n'est-ce pas ?

— Oui. J'estimais qu'il nous fallait défendre le droit des Etats confédérés à l'autodétermination. Mais je me rends compte à présent que le plus important est ailleurs. Lincoln a raison : l'esclavage est une pratique dégradante, autant pour l'esclave que pour le maître. Elle est également contraire à tout ce que nous enseignent les Ecritures. Je crois aujourd'hui que tous les hommes, et pas seulement les plus favorisés d'entre eux, devraient naître libres et égaux en droits.

— Ces idées ont dû t'attirer pas mal de problèmes, remarqua Brendan en souriant.

Cody haussa les épaules.

— Entre nous soit dit, si je ne me cache pas d'être devenu abolitionniste, je ne le proclame pas non plus sur tous les toits. Les gens ont de plus en plus de mal à faire la part des choses, de nos jours… Quant à moi, la seule chose qui m'importe, c'est d'en finir avec tous ces morts et de redevenir le médecin que j'étais avant la guerre. Après avoir pris des vies, il est grand temps pour moi d'en sauver.

Brendan leva son verre en un toast muet et les deux hommes vidèrent ce qui leur restait de bourbon.

— Je suis épuisé, déclara enfin Cody. Si cela ne t'ennuie pas, je crois que je vais aller me coucher.

— Je vais rester encore un peu ici, répondit Brendan. A demain, mon ami.

Cody lui adressa un petit signe de la tête et quitta le salon pour gravir l'escalier qui menait à l'étage. La journée avait été longue et éprouvante. Elle avait également réveillé en lui le souvenir de ce que sa mère appelait « la nuit des loups ».

Trente-six ans auparavant, non loin de Victory, Molly Fox avait elle aussi entendu les loups hurler à la mort juste avant de recevoir une bien étrange visite. Y avait-il un lien entre ce qui s'était passé à l'époque et les événements macabres de ces dernières semaines? Cette idée éveillait en lui une angoisse sourde dont il ne parvenait pas à se défaire.

Il fut pourtant tiré de ses sombres réflexions par l'impression étrange qui s'imposa à lui au moment précis où il s'engageait dans le couloir menant à sa chambre. Le cœur battant, il s'immobilisa et se concentra sur cette sensation.

Il pouvait se tromper, bien sûr, mais, étant donné les circonstances, il estima ne pas avoir le droit à l'erreur.

A grands pas, il gagna donc la porte de la chambre d'Alexandra et l'ouvrit. Ce qu'il vit confirma aussitôt ses craintes : la double porte donnant sur le balcon était grande ouverte. Au-delà, il aperçut Alex qui se tenait immobile, la tête légèrement renversée en arrière, uniquement vêtue de sa chemise de nuit.

Le vent faisait frissonner le vêtement et les cheveux de la jeune femme. Il la vit alors tendre les bras, paraissant adresser à la nuit une invitation muette. Sans attendre, Cody entra dans la chambre qu'il traversa à grands pas.

— Alex! s'exclama-t-il en sortant sur le balcon.

Mais elle ne l'entendit pas et il la prit dans ses bras pour l'attirer vers l'intérieur. Elle se laissa faire avec une docilité qui ne lui ressemblait pas. Il se demanda alors si elle n'était pas en proie à un charme. Si c'était le cas, cela signifiait que le vampire qui l'avait attirée dehors était très puissant.

Cody referma la porte-fenêtre et rajusta les guirlandes

d'ail qu'il avait fait installer. Evidemment, si c'était un vieux vampire qui avait jeté son dévolu sur elle, de telles précautions étaient vaines. Seuls les plus jeunes y étaient vraiment sensibles.

Cody souleva alors Alex entre ses bras et la porta jusqu'à son lit sur lequel il l'allongea. Ses yeux étaient ouverts mais elle arborait toujours une expression un peu perdue. Elle lui sourit alors et il ne put s'empêcher de remarquer combien elle était séduisante en cet instant.

— Vous devriez dormir, lui conseilla-t-il.

Mais lorsqu'il essaya de s'écarter d'elle, elle passa les bras autour de son cou et tenta de l'attirer contre elle. Il savait qu'elle n'avait pas conscience de ses actes et qu'il n'avait pas le droit de profiter de cet instant d'abandon involontaire.

C'était d'autant plus difficile qu'il était bien plus sensible au charme d'Alex qu'il ne l'aurait voulu. En fait, cela faisait bien longtemps qu'il ne s'était pas senti séduit à ce point par une femme. Mais il ne pouvait se permettre de céder à cette attirance.

Alex était quelqu'un de bien. Elle méritait d'être traitée avec décence et honnêteté. Or il ne pourrait jamais se montrer parfaitement honnête à son égard. De plus, ils appartenaient à deux mondes bien trop différents pour qu'il puisse espérer combler la distance qui les séparait.

— Alex, vous devriez vous reposer, dit-il en la repoussant avec fermeté. Ne vous en faites pas, je serai juste à côté pour veiller sur vous.

Cody se redressa et observa la jeune femme qui paraissait déjà plus détendue. Ses paupières étaient closes et elle avait apparemment échappé à l'emprise qui s'exerçait sur elle.

Il ne put cependant se résigner à se détourner et demeura quelques instants immobile, la buvant du regard. On eût dit une princesse de conte de fées. Son visage trahissait en cet instant un mélange d'abandon et d'innocence qui la rendait plus irrésistible encore.

Ses longs cheveux blonds et bouclés s'étalaient en cascade sur son oreiller, lui donnant une folle envie d'y plonger les doigts. Il s'efforça cependant de ne pas s'attarder plus que nécessaire sur la silhouette délicieusement sensuelle que révélait sa chemise de nuit.

Finalement, il s'arracha à contrecœur à cette contemplation et gagna sa propre chambre. Là, il s'allongea tout habillé sur son lit. Cette nuit, il ne dormirait que d'un œil de façon à pouvoir prévenir toute nouvelle tentative de la part du vampire qui paraissait s'intéresser d'un peu trop près à Alexandra Gordon.

Lorsque Alex ouvrit les yeux, elle sentit instinctivement qu'il s'était passé quelque chose, pendant la nuit. Se redressant sur son lit, elle constata avec soulagement que la porte-fenêtre conduisant au balcon était toujours fermée et bardée de guirlandes d'ail. La pièce paraissait dans le même état que lorsqu'elle s'était endormie la veille au soir.

Troublée, elle s'assit au bord du lit. C'est alors qu'elle s'aperçut que ses pieds étaient sales, comme si elle avait foulé le sol. Elle avait pourtant pris un bain en rentrant de la réunion publique organisée au saloon.

Un frisson glacé la parcourut. Se pouvait-il que son rêve de la nuit précédente se soit réalisé ?

Comme elle formulait cette question, quelqu'un frappa à la porte de communication de la chambre. Le cœur battant à tout rompre, elle se leva et enfila une robe de chambre par-dessus sa chemise de nuit.

— Alex ? appela Cody d'une voix teintée d'angoisse.

— Oui ?

Il poussa la porte et elle le regarda entrer, se demandant ce qui avait bien pu se passer pendant la nuit.

— Mademoiselle Gordon, lui dit-il d'une voix très douce, il faut que nous parlions.

— Vraiment ? articula-t-elle.

Cody alla prendre place sur le siège qui se trouvait devant sa coiffeuse.

— Tout d'abord, je dois vous dire que je suis désolé de m'être montré si dur envers vous, hier. C'est uniquement parce que j'avais peur…

— Peur ? répéta-t-elle. Vous ? Je n'en crois pas un mot. Je serais même prête à parier que vous n'avez jamais eu peur de toute votre vie.

— Vous vous trompez, répondit-il gravement. Personne ne peut prendre part à une guerre sans avoir peur au moins une fois. Et ceux qui prétendent le contraire sont des menteurs ou des inconscients. Ma mère me disait souvent que le véritable courage ne signifie pas ne pas avoir peur mais être capable d'accepter sa peur et de la surmonter.

— C'était une femme très sage, répondit Alex. Quoi qu'il en soit, j'accepterai vos excuses si vous voulez bien accepter les miennes. Je n'aurais pas dû faire preuve d'une telle hostilité à votre égard alors que vous veniez probablement de me sauver la vie.

— Disons que nous sommes quittes, suggéra Cody.

Il marqua un temps avant de reprendre.

— Savez-vous ce qui s'est passé cette nuit ?

Alexandra poussa un soupir résigné.

— Je pense que oui, avoua-t-elle. Non parce que j'en ai gardé le moindre souvenir mais parce que j'en avais rêvé la nuit précédente.

Cody la considéra avec étonnement et elle haussa les épaules.

— Cela m'arrive de temps à autre, expliqua-t-elle. J'ai des visions d'événements qui vont se produire… J'ai même été arrêtée lorsque je me trouvais à Washington parce que j'avais mis un officier en garde au sujet d'une expédition de reconnaissance qui devait mal tourner.

— Il a tout de même envoyé ses hommes ?

— Oui. Ils se sont faits massacrer jusqu'au dernier et, du coup, on m'a accusée d'être une espionne. Heureusement, le président Lincoln est intervenu en ma faveur.

— Je le connais aussi, acquiesça Cody. C'est quelqu'un de bien. Mais revenons-en à ce qui s'est passé cette nuit.

— Eh bien… Dans mon rêve prémonitoire, j'étais réveillée par la lumière de la lune. Il y avait aussi des ombres étranges, un peu comme des battements d'ailes. Je me levais et je m'approchais de la porte-fenêtre… J'avais conscience de ne pas être complètement responsable de mes actes, comme si quelqu'un avait pris le contrôle de mon esprit. Pourtant, je n'avais pas peur. Je sortais sur le balcon et je sentais le vent sur mon visage et sur ma peau. C'était un peu comme une caresse. Soudain une ombre ailée venue du ciel se rapprochait rapidement de moi… Et c'est là que vous êtes intervenu. Vous m'avez ramenée dans la chambre et vous m'avez conseillé de me rendormir. Vous m'avez aussi promis que vous veilleriez sur moi.

— Incroyable, murmura Cody.

— Est-ce bien ce qui s'est passé ?

— Mot pour mot, acquiesça-t-il. Et dans votre rêve, savez-vous qui était celui qui tentait de vous manipuler ?

— Pas sur le moment mais, en y repensant, je suis convaincue qu'il s'agissait de Milo Roundtree.

Cody hocha la tête.

— Ce ne serait pas étonnant, acquiesça-t-il. Il s'agit certainement d'un vampire ancien et assez puissant. Et il semble bien décidé à vous attirer à lui.

Alex ne put réprimer un frisson.

— Dans ce cas, vous m'avez de nouveau sauvé la vie, cette nuit, remarqua-t-elle.

— C'est probable.

— Merci, Cody…

— Tout le plaisir était pour moi, Alex.

La façon dont il avait prononcé ces mots et le sourire qui jouait sur ses lèvres éveillèrent instantanément sa suspicion.

— Il ne s'est rien passé d'autre, n'est-ce pas ? lui demanda-t-elle.

— Que voulez-vous dire ? lui demanda-t-il, feignant de ne pas comprendre.

— Vous m'avez ramenée dans ma chambre et vous m'avez conseillé de dormir.

— Effectivement…

— Et vous n'avez pas… Nous n'avons pas…

Elle s'interrompit, sentant son visage s'empourprer, ce qui ne fit qu'accroître l'amusement de Cody.

— Non, répondit-il enfin. Mais ce n'est pas ce dont vous devriez vous soucier, vous savez. Car si je n'étais pas intervenu, vous auriez certainement fini entre les mains de Milo et il ne se serait pas contenté de profiter de vous, croyez-moi. Vous étiez en son pouvoir, Alex. Vous auriez fait tout ce qu'il vous demandait, aussi atroce ou dégradant que cela puisse vous paraître.

— Je comprends, murmura-t-elle. Mais comment suis-je censée contrer ce genre d'attaque ?

— A présent que vous avez conscience de la réalité de la menace, il vous sera plus facile d'y résister. Vous êtes très forte, Alex, probablement plus encore que vous ne le soupçonnez. Je suis certain que vous parviendrez à repousser Milo. Et si vous faiblissez, je serai là pour vous aider.

Cody se redressa.

— Je vais vous laisser vous habiller, lui dit-il. La journée ne fait que commencer et j'ai beaucoup à faire.

Sur ce, il porta la main à son chapeau et se dirigea vers la porte. Lorsqu'elle se referma sur lui, Alex ne put retenir un soupir de soulagement. Car elle n'avait que trop conscience du fait qu'une partie d'elle-même regrettait qu'il ne se soit rien passé entre Cody et elle, cette nuit-là.

Cody eut à peine le temps d'avaler une tasse de café avant que Bert ne vienne lui signaler que l'adjoint au shérif se trouvait à la porte et demandait à lui parler. Sans attendre, il alla chercher Brendan et tous deux rejoignirent Dave Hinton.

— Le shérif Granger m'a envoyé vous chercher, leur déclara ce dernier. Dolorès Simpson et son mari sont venus le voir ce matin pour lui raconter une curieuse histoire qui pourrait avoir un rapport avec les derniers événements…

— Nous vous suivons, déclara Cody.

Brendan et lui enfilèrent leurs manteaux et mirent leurs chapeaux avant d'emboîter le pas à Dave.

— Qui sont les Simpson ? s'enquit Brendan tandis que les trois hommes traversaient la rue principale.

— Bill et Dolorès possèdent l'une des plus grandes fermes de la région. Elle est située à quelques kilomètres de la ville. Ils ont plusieurs enfants. La plupart sont des orphelins qu'ils ont recueillis. Mais leur fille biologique est décédée récemment de la tuberculose, je crois…

Dave s'interrompit alors qu'ils approchaient du bureau du shérif. Ils entrèrent et trouvèrent Cole Granger assis face à une femme très mince qui devait être âgée d'une quarantaine d'années. Elle avait dû être très séduisante, autrefois, mais la vie paraissait ne pas l'avoir épargnée, creusant sur son visage des rides d'inquiétude et de chagrin.

Elle avait pleuré très récemment et jouait nerveusement avec le mouchoir de batiste qu'elle tenait à la main. Son mari se trouvait debout derrière elle. Lui aussi était maigre et ses traits trahissaient un mélange de fatigue et d'inquiétude.

— Cody, Brendan, s'exclama Cole en se levant. Je vous présente Bill et Dolorès Simpson. Ils sont venus me faire part d'un événement très étrange. Apparemment, Bill a surpris Dolorès en pleine nuit sur le porche de leur maison. Lorsqu'il lui a demandé ce qu'elle faisait, elle lui a répondu qu'elle avait entendu leur fille Amy l'appeler. Or Amy est décédée il y a un mois.

Cody serra la main de Bill Simpson avant de s'agenouiller auprès de son épouse. Celle-ci tourna vers lui des yeux rougis par les larmes.

— Bill pense que je suis folle mais c'est faux. Je vous jure que je l'ai entendue, monsieur Fox.

— Je vous crois, répondit-il gravement. Ne vous ai-je pas mis en garde hier soir contre ce genre de phénomènes ? Nos ennemis se servent de ceux qui nous sont le plus proches pour nous faire du mal. Mais si vous entendez de nouveau Amy, il ne faut surtout pas l'écouter…

— C'est absurde ! intervint Bill Simpson. Notre fille est morte. Comment pourrait-elle appeler sa mère ?

Dolorès se remit à sangloter.

— Je te jure que c'était elle, insista-t-elle. Elle est

là dehors, quelque part, et il faut que je la retrouve... Elle doit se sentir si seule, si effrayée...

Cody se redressa en soupirant.

— Monsieur Simpson, je suis docteur en médecine. Si cela ne vous ennuie pas, j'aimerais prescrire à votre épouse une dose de laudanum. Vous la lui ferez boire dès votre retour chez vous. Cela devrait l'aider à dormir. Ce qui s'est passé cette nuit l'a visiblement ébranlée et elle a besoin de repos.

— Bien, docteur.

— Je vais te chercher ta sacoche à la pension, déclara alors Brendan.

Cody lui adressa un remerciement de la tête avant de se tourner de nouveau vers Bill.

— Durant les nuits prochaines, il se pourrait que Dolorès entende de nouveau Amy. Ne la laissez surtout pas sortir. Je vous conseille même de verrouiller les portes et de conserver les clés de façon à l'en empêcher.

Bill hocha la tête et Cody s'agenouilla de nouveau auprès de Dolorès. Il la fit parler un peu de ses autres enfants, deux garçons et deux filles qu'ils avaient recueillis, suite à une épidémie de variole qui avait éclaté à Brigsby.

Brendan revint alors avec sa sacoche et Cody prépara une petite fiole de laudanum qu'il tendit à Bill, avant de lui indiquer quelle dose il devait employer et de le mettre en garde contre d'éventuels risques d'addiction.

— Merci, docteur, répondit le fermier. Viens, Dolorès, il est temps de rentrer. Nous devons penser à nos autres enfants. Ils ont besoin de nous, tu sais.

— Mais je me sens si fatiguée, murmura son épouse.

— Le docteur Fox t'a prescrit quelque chose pour t'aider à te reposer.

— Vous vous sentirez mieux après, ajouta Cody.

Il suivit le couple des yeux tandis qu'ils se dirigeaient vers la porte. Lorsqu'elle se fut refermée derrière eux, il se tourna vers le shérif.

— Où Amy est-elle enterrée ? lui demanda-t-il.

— Au cimetière qui est situé au nord de la ville, répondit Cole. Pourquoi ?

— Parce que j'ai bien peur qu'il ne nous faille la déterrer.

— Pardon ? balbutia le shérif, choqué.

— Ne vous en faites pas, je suis prêt à parier que l'essentiel du travail sera déjà fait. Peut-être même ne retrouverons-nous pas de corps dans la tombe…

7

Après avoir avalé le solide petit déjeuner que lui avait préparé Beulah, Alex alla s'asseoir devant le piano qui se trouvait dans le salon. Ce magnifique instrument avait appartenu à sa mère. Eugène Gordon l'avait fait venir d'Europe à grands frais et le lui avait offert comme cadeau de mariage.

C'était sur ce clavier qu'Alex avait fait ses premières gammes. Et elle avait coutume de dire que la découverte de la musique avait été pour elle comme une seconde naissance. Chaque fois qu'elle jouait, elle avait l'impression d'accéder à un nouvel univers, d'effleurer une forme d'absolu qui n'était pas de ce monde.

Cette passion ne l'avait jamais quittée et c'est la raison pour laquelle elle était partie étudier à Washington. C'est au conservatoire qu'elle avait fait la connaissance de Richard Trask, un jeune pianiste avec lequel elle s'était fiancée avant qu'il ne parte combattre dans les armées du Sud et ne se fasse tuer.

Alex était restée à Washington et était devenue professeur de musique au conservatoire et pour plusieurs grandes familles de la ville. Elle aimait transmettre son art et prenait un immense plaisir à voir ses élèves progresser.

Sans doute serait-elle restée dans l'Est si son père n'était pas mort. A présent, elle avait hérité d'une pension de famille dont elle n'était pas certaine de vouloir. Mais elle estimait avoir une responsabilité vis-à-vis du personnel : Beulah, Tess, Jewell, Bert et Levy qui comptaient sur elle.

Evidemment, ce qui s'était passé au cours des derniers jours jetait un tout nouvel éclairage sur la question. Si Cody n'était pas fou et si le danger auquel ils se trouvaient confrontés était bien réel, Victory ne serait peut-être bientôt plus qu'une ville fantôme comme ses voisines, Brigsby et Hollow Tree…

S'efforçant de repousser ces idées noires, Alex se laissa absorber par la musique, improvisant à partir d'une sonate de Liszt dont elle avait obtenu la partition grâce à l'un de ses amis parti en voyage en Europe.

Mais elle fut interrompue par Beulah qui passa la tête par l'embrasure de la porte.

— Je suis désolée de vous déranger, mademoiselle Alex, mais il y a quelqu'un qui demande à vous voir.

— Qui donc ?

— Un vieil ami, répondit la cuisinière d'un air volontairement mystérieux.

Curieuse, Alex quitta le salon et gagna l'entrée où l'attendait le chef Longue Plume accompagné de deux de ses guerriers.

— Ça alors ! s'exclama-t-elle. Je ne m'attendais pas du tout à vous voir !

Sans se laisser décourager par l'attitude toujours très digne du chef apache, elle l'étreignit affectueusement comme elle l'avait toujours fait depuis son plus jeune âge.

— Qu'est-ce que vous faites là ? lui demanda-t-elle enfin. Je pensais que vous n'aimiez pas venir en ville.

— Il fallait que je te voie, déclara Longue Plume.

— Très bien. Voulez-vous boire quelque chose ? Je

sais que vous êtes un grand amateur de café. Et Beulah a préparé de délicieux gâteaux, ce matin.

Alex avisa le regard plein d'espoir que le plus jeune des guerriers lança à son chef. Elle prit donc le bras de ce dernier et l'entraîna en direction de la cuisine. Longue Plume adressa quelques mots en apache à ses braves qui leur emboîtèrent aussitôt le pas.

Pour le plus grand plaisir de Beulah, les trois hommes se régalèrent des pâtisseries qu'elle avait cuisinées. Puis Longue Plume parla de nouveau à ses guerriers, qui s'éclipsèrent après s'être inclinés devant Alex.

Celle-ci entraîna Longue Plume dans le salon où ils s'installèrent dans les confortables fauteuils tendus de velours. Beulah leur servit du café avant de se retirer. Le chef indien parut alors se détendre un peu.

— Je suis heureuse que vous soyez venu me rendre visite, lui dit Alex. Mon père a toujours accordé beaucoup de prix à votre amitié.

— Je sais, acquiesça Longue Plume, et quoi qu'en disent certaines personnes, je l'appréciais beaucoup moi aussi. Comme tous les miens, d'ailleurs. Nous l'appelions « Hibou réfléchi ». Il venait régulièrement nous voir et je t'assure qu'aucun de nous n'aurait pu lui faire le moindre mal. Ceux qui prétendent qu'il a été tué par des Apaches sont des menteurs.

— Je n'en ai jamais douté, dit Alex. D'ailleurs, je crois maintenant savoir quels monstres ont tué mon père.

Longue Plume la considéra longuement et, malgré son impassibilité coutumière, elle crut discerner dans son regard une pointe de tristesse.

— Ces mêmes monstres ont pris l'une de mes filles et un puissant guerrier qui aurait dû devenir mon gendre, déclara-t-il enfin.

— Je suis désolée, murmura Alex.

Il la considéra avec gravité.

— Tu ne dois jamais t'aventurer dehors durant la nuit, lui dit-il. Et tu dois te fier à ce que te dit Cody Fox. Telle est la vision que j'ai eue.

Alex savait que, tout comme elle, Longue Plume était parfois capable de discerner l'avenir. C'était d'ailleurs l'une des choses qui faisaient de lui un grand chef.

— Je vous promets d'être très prudente, murmura-t-elle.

— Bien. J'ai hâte que tout rentre dans l'ordre et que tu puisses de nouveau nous rendre visite. Mon épouse a très envie de te revoir.

— Dites-lui que je viendrai la voir dès que possible.

Longue Plume hocha la tête et se leva. Alex le raccompagna jusqu'à la porte d'entrée.

— Avez-vous des nouvelles de John Snow et de sa famille ? lui demanda-t-elle. Je sais que le shérif est allé les voir récemment, mais il s'est passé tant de choses, ces derniers jours, que je n'ai pas vraiment eu le temps de l'interroger à ce sujet.

— Cela fait un certain temps que je n'ai pas vu John Snow, répondit Longue Plume. C'est un homme intelligent, mais peut-être serait-il bon de l'avertir du danger qui nous guette tous. Parlez-en à vos nouveaux amis. Dites-leur qu'ils devraient aller le voir.

— Je vous promets de le faire, répondit Alex.

Longue Plume prit alors congé d'elle et rejoignit ses guerriers qui l'attendaient sous le porche. Elle les regarda monter à cheval et s'éloigner au trot.

Lorsqu'ils eurent disparu, Alex décida qu'il était temps pour elle de faire la connaissance de celle qui avait partagé les derniers jours de son père.

Le cimetière était situé à environ deux kilomètres de Victory, sur une hauteur qui surplombait la ville. C'était un endroit d'ordinaire calme et propice au recueillement. Mais en approchant, les quatre hommes ne tardèrent pas à s'apercevoir que les choses avaient bien changé.

Plusieurs croix avaient été arrachées et jetées à terre. La terre qui couvrait certaines des tombes paraissait avoir été récemment retournée. Sans surprise, Cody découvrit que c'était le cas de la sépulture d'Amy Simpson.

— Viens voir ! lui cria alors Brendan.

Cody le rejoignit et découvrit les carcasses de plusieurs petits animaux. La plupart d'entre eux avaient été à demi dévorés.

— Qu'est-ce que ça signifie ? murmura Cole, pétrifié par ce macabre spectacle.

— Lorsque ceux qui ont été contaminés par Milo et les siens reprennent conscience, ils doivent se frayer un chemin jusqu'à la surface, ce qui explique l'état de certaines tombes. Ils sont alors en proie à une faim qu'ils sont incapables de comprendre ou de maîtriser : le besoin de sang. C'est pourquoi ils se jettent sur les animaux qui passent à leur portée et les dévorent. Il aurait pu s'agir d'êtres humains si le cimetière n'avait pas été situé à l'écart de la ville. Ensuite, certains vampires sont trop effrayés pour s'éloigner de leurs sépultures. D'autres se mettent à la recherche de leur créateur, Milo en l'occurrence. D'autres encore cherchent à rejoindre leurs proches. C'est probablement ce qu'a fait Amy...

— Seigneur Dieu, murmura Cole en se signant. Amy était une enfant si gentille... Comment Milo a-t-il pu la contaminer ?

— Je ne sais pas, soupira Cody. Lorsque nous aurons fini ici, Brendan et moi irons voir les Simpson pour tenter d'en savoir plus.

— Nous ferions mieux de nous y mettre tout de suite, déclara Brendan. Profitons du fait que le soleil brille.

— Prenons chacun une tombe, suggéra Cody. Cela ira plus vite.

Les quatre hommes se séparèrent et commencèrent à creuser à l'aide des pelles dont ils avaient pris soin de se munir. La terre était meuble et Cody n'eut aucun mal à dégager le cercueil dont le couvercle avait été brisé de l'intérieur.

A l'intérieur était allongé un vieil homme qui ne présentait aucun signe de décomposition mais dont les mains étaient couvertes de terre. Levant les yeux, Cody lut l'inscription qui figurait sur sa pierre tombale : *Arthur Connelly, héros de la guerre contre le Mexique. Qu'il repose en paix.*

Cody sortit de sa sacoche un pieu qu'il planta sans hésiter dans le cœur du vieil homme à l'aide d'un maillet. Les yeux du vampire s'ouvrirent l'espace d'un instant mais il n'eut pas même le temps de crier avant de se décomposer sous le regard de Cody.

Ce dernier prononça une courte prière pour le repos de son âme et entreprit de refermer la tombe.

— Cody ! appela Brendan d'une voix pressante.

Se tournant vers son compagnon, Cody s'aperçut qu'il observait le shérif Granger d'un air inquiet. Ce dernier n'avait de toute évidence pas été préparé à ce qu'il allait trouver en ouvrant la tombe d'Amy et il était agenouillé, serrant contre lui le corps de la fillette.

Cody le rejoignit en courant, craignant qu'il ne se fasse mordre. Certes, les vampires les plus jeunes étaient le plus souvent gênés par la lumière du soleil, mais Amy avait peut-être été infectée par Milo qui était incontestablement le vampire le plus puissant que Cody ait jamais rencontré.

— Ce n'est pas possible, murmura Cole. Ne pourrait-il s'agir d'une simple erreur ? Ne pourrait-elle pas avoir été enterrée vivante ? Peut-être a-t-elle réussi à sortir par ses propres moyens...

— Dans ce cas, pourquoi se serait-elle enterrée de nouveau ? demanda Cody.

A cet instant, il vit les yeux d'Amy s'ouvrir. L'expression cruelle qu'ils arboraient ne laissait aucun doute sur la véritable nature de la petite fille. Retroussant les lèvres, elle révéla une paire de canines acérées qu'elle fit mine d'enfoncer dans le cou du shérif.

Cody bondit en avant et arracha l'enfant aux bras de ce dernier. Il la plaqua au sol et posa le pied sur sa poitrine pour la maintenir à terre. Mais il s'aperçut alors qu'il avait laissé son pieu et son marteau sur l'autre tombe.

— Attrape ! lui cria Brendan en lui lançant l'un de ses pieux.

Cody s'en saisit et frappa de toutes ses forces la poitrine d'Amy. Celle-ci poussa un hurlement strident avant de s'immobiliser complètement.

— Mon Dieu, murmura alors Cole, éperdu d'horreur. Ce ne peut pas être vrai...

Cody l'agrippa par les épaules, le forçant à le regarder.

— Vous êtes quelqu'un de bien, shérif. Je sais qu'il est difficile d'accepter le fait qu'un être aussi innocent puisse être corrompu de la sorte. Mais ce fléau risque de tourner rapidement à l'épidémie et vous ne pouvez pas vous permettre de flancher. Vous ne devez pas vous laisser guider par votre cœur mais uniquement par votre raison. Ce sera d'autant plus difficile pour vous qu'il s'agit de gens que vous connaissiez. Mais dites-vous bien qu'il ne reste rien de ce qu'ils étaient. En les tuant, vous les libérez du mal qui les habite. Si vous faiblissez, vous risquez de devenir l'un d'eux. Et je n'ai aucune envie d'avoir à vous planter un pieu dans le cœur.

Cole parut se ressaisir et hocha la tête.

— Cela ne se reproduira plus, promit-il. Je suis le shérif de cette ville et je ne peux pas me permettre de laisser tomber les habitants qui comptent sur moi pour les protéger. Mais tout le monde n'a pas le cœur aussi glacé et impitoyable que vous, monsieur Fox. Et je n'ai encore jamais poignardé une enfant de sang-froid...

Cody hocha la tête. Sans doute n'aurait-il pas dû laisser Cole se charger d'Amy. D'un autre côté, ce cruel baptême du feu avait dû lui faire comprendre la véritable nature du danger auquel ils étaient confrontés. Désormais, il serait prêt à affronter le pire.

— Ce n'est pas possible! s'exclama alors Dave qui avait terminé sa macabre besogne et se tenait à présent près de la dernière des tombes dévastées.

— Que se passe-t-il? lui demanda Cody.

Dave ne répondit pas, se contentant de garder les yeux braqués sur la sépulture. Ses trois compagnons le rejoignirent et lurent à leur tour ce qui était inscrit sur la pierre tombale :

A Eugène Alexander Gordon,
Père et mari aimé,
Ami au grand cœur et citoyen respecté de tous,
Que Dieu et ses anges t'accueillent auprès d'eux.

Les quatre hommes demeurèrent longuement silencieux.

— Finissons-en, murmura enfin Cody.

Ils se mirent tous à creuser et dégagèrent rapidement le cercueil qui se trouvait dans la tombe. Comme tous ceux qu'ils avaient trouvés jusqu'alors, il avait été forcé de l'intérieur.

Mais contrairement à eux, il était vide.

*
* *

Alex s'abstint prudemment de dire à Beulah où elle comptait se rendre. La cuisinière de la pension ne semblait pas avoir une très haute idée de sa belle-mère et il ne servait à rien de raviver les rancœurs qu'elle entretenait à son encontre.

Traversant la rue, elle pénétra d'un pas résolu dans le saloon qu'à sa grande surprise elle trouva complètement désert. Il n'y avait personne au bar ni aux tables où venaient souvent déjeuner les ranchers de la région. Jigs avait déserté son piano et aucune des filles de la maison n'était en vue.

En fait, le seul occupant de la pièce était Roscoe Sheen, le barman, qui taillait un pieu de bois à l'aide de son couteau. En apercevant Alex, il eut un large sourire.

— Ça alors, mademoiselle Alex ! Jamais je n'aurais cru vous voir ici. Comment se passe le retour au pays ?

— Eh bien… Je ne m'attendais certainement pas à trouver Brigsby et Hollow Tree détruits et Victory sur le pied de guerre. Mais j'imagine que nous avons de la chance que MM. Fox et Vincent aient volé à notre secours…

— Oui, je me suis laissé dire que leur discours lors de la réunion publique avait fait sensation…

— C'est le moins que l'on puisse dire. Mais comment se fait-il que vous n'ayez pas été là, Roscoe ?

— J'étais allé rendre visite à ma fille et je ne suis rentré que ce matin. Et j'ai l'impression qu'une partie des habitants de la ville sont devenus fous pendant que j'avais le dos tourné. Comment peuvent-ils croire à ces histoires à dormir debout ?

Alex se garda de lui répondre que l'expression n'était que trop bien choisie et qu'elle-même avait failli être victime de l'une des créatures dont avait parlé Cody Fox. Elle ne pouvait lui reprocher de se montrer aussi sceptique : elle-même avait eu beaucoup de mal à accepter la réalité de ces vampires et se prenait encore à douter de leur existence.

— Dites-moi, reprit le barman, que puis-je faire pour vous, au juste ?

— J'ai entendu dire que l'épouse de mon père travaille ici...

— Linda, acquiesça Roscoe dont le sourire s'était brusquement évanoui.

— J'aimerais bien faire sa connaissance.

— Eh ben ça, pour une surprise ! s'exclama alors Sherry Lyn qui venait de descendre l'escalier.

Elle portait un pyjama de soie qui moulait de façon très impudique ses longues jambes et sa poitrine. De toute évidence, elle ne se souciait guère de savoir qui pouvait la voir dans une telle tenue.

— Bonjour, Sherry Lyn, lui dit Alex, un peu mal à l'aise.

— Qu'est-ce que vous faites ici ? demanda la jolie brune.

— Elle vient voir Linda, expliqua Roscoe.

— Bien sûr ! s'exclama la prostituée. J'aurais dû m'en douter...

— Est-ce qu'elle est là ? J'ai remarqué sa présence hier après-midi mais je n'ai appris qui elle était qu'en sortant de la réunion.

— Je pense qu'elle est toujours là-haut, acquiesça Sherry Lyn. Mais je ne peux pas vous le garantir car nous fermons nos portes lorsque nos clients s'en vont. Si vous voulez, je peux vous mener à sa chambre.

— Je vous suis, acquiesça Alex.

Elle emboîta le pas à la brunette qui gravit l'escalier

menant aux chambres des filles. S'il était arrivé à Alex de pénétrer dans le saloon, jamais elle n'aurait imaginé s'aventurer un jour à l'étage.

— Ne vous en faites pas, lui dit Sherry Lyn qui paraissait avoir deviné son embarras, nous ne mordons pas…

Elle s'interrompit et fronça les sourcils.

— Etant donné les circonstances, le terme est peut-être mal choisi, remarqua-t-elle.

Alex lui jeta un coup d'œil amusé. Quitte à ce que son père tombe amoureux d'une prostituée, elle aurait préféré que ce soit de Sherry Lyn. Celle-ci lui avait toujours semblé sympathique. De plus, tout le monde s'accordait à dire qu'elle avait bon cœur.

Quelques années auparavant, elle semblait s'être éprise d'un jeune homme des environs. Hélas, il était mort à la guerre, comme tant d'autres et le mariage dont tous deux avaient discuté avant son départ pour le front ne s'était jamais concrétisé.

— Est-ce que vous croyez vraiment à cette histoire de vampires ? demanda alors Sherry Lyn.

— Pas vous ?

La prostituée haussa les épaules.

— Certaines personnes sont des monstres sans qu'il soit besoin de l'expliquer par des causes surnaturelles, déclara-t-elle. Croyez-moi, au fil des années, j'ai connu des hommes qui en auraient remontré à Lucifer en personne…

— Je n'en doute pas, acquiesça Alex.

— Tenez, nous y voici, déclara alors la brunette en désignant l'une des portes. C'est la chambre de Linda.

Elle frappa.

— Qui est-ce ? fit une voix de femme.

— Une visiteuse pour toi, Linda.

— Tu sais bien que je ne reçois pas de clients à cette heure.

— Ce n'est pas une cliente, c'est ta belle-fille.

Quelques instants s'écoulèrent avant que la porte ne s'ouvre, révélant la femme aux cheveux blonds qui avait posé tant de questions à Cody durant la réunion.

— Je vais vous laisser faire connaissance, déclara Sherry Lyn.

— Merci, lui souffla Alex sans quitter des yeux sa belle-mère.

C'était une femme très séduisante. De l'âge de Sherry Lyn, elle était grande, mince et dotée d'un visage à la fois harmonieux et délicat. Il émanait d'elle un mélange de charme et d'aisance naturelle qui intimida Alex.

— Voici donc la fille d'Eugène tout droit venue de la grande ville, murmura-t-elle en souriant.

Elle s'effaça pour la laisser entrer et Alex s'avança dans la chambre plongée dans la pénombre. Tout comme Sherry Lyn, Linda était vêtue d'un négligé qui ne dissimulait pas grand-chose de ses charmes. Mais elle ne paraissait pas embarrassée le moins du monde et ne prit pas même la peine de refermer les pans de sa robe de chambre.

— Asseyez-vous, dit-elle.

Alex prit place sur la chaise qui se trouvait devant la coiffeuse tandis que Linda se perchait au bord de son lit.

— Je suis désolée de vous avoir réveillée, s'excusa Alex.

— Ne vous en faites pas pour cela. J'ai tendance à me lever trop tard. Mais c'est sans doute parce que je suis née et que j'ai grandi dans une maison close. J'ai toujours eu des horaires de catin… Remarquez, cela ne m'a pas empêchée d'acquérir un peu d'instruction. Mon père était un employé du gouvernement et il versait à ma mère des sommes rondelettes pour qu'elle pourvoie à mon éducation. Il devait croire qu'ainsi il achetait son silence. Mais ma mère n'aurait jamais fait de scandale. Je crois qu'elle était assez naïve pour être tombée amoureuse de lui…

— Je vois, murmura Alex d'une voix blanche.

— J'en doute, répliqua Linda. Nous n'avons pas grandi dans le même monde, vous et moi.

Alex ne pouvait le nier.

— Est-ce que vous aimiez mon père ? demanda-t-elle de but en blanc.

— Est-ce que j'aimais Eugène ? répéta Linda en souriant. Oui. Votre père était quelqu'un d'extraordinaire. Et il s'est montré très généreux envers moi.

— Mais c'est à moi qu'il a légué la pension, remarqua Alex. Or je tiens à ce que vous sachiez que vous y serez toujours la bienvenue.

Le sourire de Linda se fit plus chaleureux et elle secoua doucement la tête.

— Vous êtes bien la digne fille de votre père, déclara-t-elle. Comme lui, vous avez le cœur sur la main… Mais ne vous en faites pas pour moi, ma petite : votre père m'a laissé de l'argent. Suffisamment pour pouvoir changer de vie si telle était mon intention. Comme vous pouvez le voir, j'ai fait mon choix. Lorsque votre père était encore de ce monde, je lui suis toujours restée fidèle. J'étais heureuse à ses côtés, assez pour ne pas me laisser blesser par les remarques désobligeantes et le mépris des gens. Mais je ne compte pas passer ma vie à jouer à la veuve modèle alors que l'on ne me pardonnera jamais ce que j'étais, ce que je suis redevenue…

— Mais, Linda, je ne laisserai jamais…

Alex fut interrompue par un éclat de rire de sa belle-mère.

— Je suis désolée, lui dit celle-ci. Je sais que vous

n'avez que de bonnes intentions et j'imagine que vous êtes aussi attachée que votre père à la justice et à l'équité. Mais cela fait trop longtemps que je suis une catin pour voir les choses de la même façon. Je peux vous dire que même lorsque l'on aura reconnu l'égalité des gens, quelles que soient leurs convictions politiques ou religieuses et leur couleur de peau, les catins resteront des catins. Et personne n'acceptera jamais le fait qu'une femme qui a vendu son corps puisse un jour rejoindre les rangs de la bonne société.

Alex ne sut que répondre à cela.

— Très franchement, reprit Linda d'une voix radoucie, j'ai été très heureuse de connaître votre père et d'avoir pu contribuer à le rendre heureux. Mais cette période de ma vie est révolue, et je ne peux me permettre de regarder en arrière. Quoi qu'il en soit, je suis heureuse d'avoir fait votre connaissance, Alex.

— Moi aussi, répondit celle-ci. Et je vous assure que si vous avez besoin de quoi que ce soit…

— Ne vous en faites pas pour moi, l'interrompit Linda.

— Sachez au moins que vous serez toujours la bienvenue à la pension.

Linda hocha la tête et Alex se leva pour prendre congé. Tout en quittant le saloon et en se dirigeant vers chez elle, elle se prit à songer que Beulah s'était méprise au sujet de Linda. De toute évidence, celle-ci n'avait rien d'une profiteuse.

Il s'agissait d'une femme aussi intelligente que séduisante, quoique un peu trop cynique à son goût. Et elle ne pouvait reprocher à son père de s'être laissé charmer.

Malheureusement, cette entrevue ne lui avait rien appris de plus sur les circonstances de sa mort et elle était réduite à de pures spéculations.

Lorsqu'elle arriva à la pension, la porte de devant

était verrouillée et Alex dut utiliser sa propre clé pour pouvoir entrer. La maison était silencieuse.

— Beulah ? Bert ? appela-t-elle en se dirigeant vers la cuisine.

Lorsqu'elle poussa la porte, elle se figea en découvrant que quelqu'un se trouvait dans le tub de bois.

— Je suis désolée, murmura-t-elle sans parvenir à détacher les yeux du visage de Cody Fox qui arborait un sourire légèrement amusé.

Il était allongé, les jambes repliées et la nuque posée contre le bord de la baignoire. Fort heureusement, la vapeur qui s'élevait du tub et le savon qui troublait l'eau empêchaient Alex de distinguer autre chose que sa poitrine et ses bras qui reposaient de chaque côté du baquet.

Sans doute aurait-elle dû reculer et refermer la porte derrière elle, pourtant elle ne put s'empêcher d'admirer ses épaules musclées et la teinte hâlée de sa peau.

— Je suis ravi que vous sembliez apprécier la vue, se moqua Cody. De toute façon, vous êtes ici chez vous, alors ne vous gênez pas, entrez.

Sans doute s'attendait-il qu'elle rougisse et prenne la fuite. Mais l'ironie dont il faisait preuve l'avait piquée au vif et, le prenant au mot, elle s'avança dans la pièce. Après tout, il avait essayé de la mettre mal à l'aise en faisant allusion à ce qui aurait pu se passer entre eux, la nuit dernière. Le moment était venu d'inverser les rôles.

Ne sortait-elle pas tout droit d'une maison close ?

D'un air faussement assuré, elle alla chercher un verre avant de le remplir à la pompe de l'évier.

— Monsieur Fox, j'espère que vous me pardonnerez d'être aussi franche mais vous semblez avoir une bien haute idée de vous-même. Au risque de vous surprendre, je ne m'intéresse nullement à votre… état naturel.

Il hocha la tête sans paraître réellement convaincu.

— Avez-vous passé une bonne journée ? lui demanda-t-elle pour meubler le silence embarrassant qui menaçait de s'installer.

Une pointe de tristesse passa dans son regard.

— Disons que nous progressons, répondit-il.

— Je ne comprends pas, objecta-t-elle. Comment peut-on « progresser » dans une telle situation ? Si j'ai bien compris, rien ne sera résolu tant que Milo Roundtree ne sera pas envoyé dans l'autre monde, n'est-ce pas ?

— C'est exact. Mais avant de frapper le chef, il nous faut mesurer l'étendue exacte de l'épidémie et nous occuper de ceux qui ont été contaminés. Ainsi, nous diminuons le nombre des combattants qu'il pourrait nous opposer et nous le forçons à réagir, dans l'espoir qu'il commette une imprudence.

— N'est-ce pas un jeu dangereux ?

— Très dangereux, acquiesça gravement Cody. Mais la seule autre option que nous ayons est d'attendre calmement de mourir ou, pire encore, de nous faire dérober nos âmes… Pourriez-vous me passer une serviette, s'il vous plaît ?

Alex avisa celle que Beulah avait posée sur la table de la cuisine à l'intention de Cody. Elle s'en saisit et s'approcha de la baignoire pour la lui tendre en s'efforçant de garder les yeux fixés sur son visage.

Si seulement son cœur n'avait pas battu la chamade, songea-t-elle. Si seulement elle n'avait pas été aussi tentée de laisser glisser son regard…

Malheureusement, les traits d'Alex étaient presque aussi troublants que l'idée qu'elle se faisait du reste de son corps. Après tout, c'était ses yeux qui l'avaient fascinée lorsqu'elle l'avait vu pour la première fois. Ils étaient d'un brun si clair qu'on aurait dit de l'or fondu.

Elle aimait aussi la force que trahissaient la courbe volontaire de sa mâchoire et la noblesse naturelle de son nez légèrement aquilin.

Il y avait en lui quelque chose du prédateur, une forme de force indomptable, de volonté d'acier qu'adoucissaient souvent l'expression bienveillante de son regard et le sourire qui jouait sur ses lèvres sensuelles.

Sans même qu'elle s'en rende compte, Cody s'était levé, lui avait pris la serviette des mains et l'avait nouée autour de sa taille. Ce qu'elle découvrait à présent de son corps confirmait ce qu'elle avait imaginé : la silhouette athlétique de Cody avait été façonnée par les années passées à se battre pour l'armée confédérée.

L'impression de puissance et d'assurance qui se dégageait de lui la fascinait bien plus qu'elle ne l'aurait voulu. Et l'idée qu'un tel homme dorme à quelques mètres d'elle lui parut soudain infiniment troublante.

Ce qu'elle éprouvait en cet instant était nouveau pour elle. Il ne s'agissait pas de l'affection mêlée de respect que lui avait inspirée son fiancé mais d'une réaction bien plus primitive, plus impérieuse, qui éveillait en elle des sensations aussi nouvelles qu'incontrôlables.

— Excusez-moi, lui dit-elle brusquement. Je n'aurais pas dû m'imposer de cette façon. Je vais vous laisser vous habiller.

Curieusement, elle ne lut aucune ironie dans le regard de Cody : juste une compréhension mêlée de tendresse qui ne fit qu'accentuer l'intensité de ses émotions.

— Je suis désolée, murmura-t-elle.

Sur ce, renonçant à préserver la moindre once de fierté, elle tourna les talons et se dirigea à grands pas vers la porte de la cuisine.

8

Ce soir-là, Cole Granger et Dave Hinton se joignirent de nouveau aux habitants de la pension pour dîner. Alex remarqua avec étonnement que le shérif évitait autant que possible de croiser son regard, mais elle mit cela sur le compte de la tension nerveuse qui les habitait tous.

Elle ne tarda pas à comprendre également que les quatre hommes qui se trouvaient à sa table avaient noué au cours de ces derniers jours une forme de camaraderie faite de confiance et de respect mutuels et renforcée par l'objectif commun qu'ils s'étaient fixé : défendre Victory et anéantir Milo Roundtree et sa bande.

Au cours du repas, Cole interrogea Cody sur son passé et Alex apprit que ce dernier était originaire de la région et que ses parents possédaient un ranch non loin de Victory. C'est là qu'il avait été conçu, juste avant que son père ne se fasse assassiner par des brigands.

Sa mère était alors rentrée à La Nouvelle-Orléans où vivait sa famille. C'est là que Cody avait grandi, puis il était parti étudier la médecine à la faculté de Harvard. Il avait exercé à Washington avant la guerre mais avait rejoint la Louisiane lorsque le conflit avait éclaté.

Il s'était alors engagé dans l'armée confédérée et s'était battu durant près de trois ans avant d'être blessé à la jambe. Démobilisé, il était rentré à La Nouvelle-Orléans où il avait passé quelques mois de convalescence.

— C'est à ce moment-là que j'ai fait sa connaissance, indiqua alors Brendan. L'un de mes cousins m'avait laissé entendre que Cody avait déjà affronté un tueur tel que Milo…

— Comment avez-vous appris ce qui s'était passé dans la région ?

— Comme vous le savez peut-être, j'étais dans l'armée de l'Union, à ce moment-là. Mais je restais en contact par courrier avec une partie de ma famille qui se trouvait à Brigsby. Lorsque leurs lettres ont cessé d'arriver, j'ai pris contact avec l'un de mes cousins qui travaillait pour l'état-major. Il s'est renseigné et m'a indiqué que Brigsby et Hollow Tree avaient été rayés de la carte à la suite de curieux événements. Il a obtenu ma démobilisation et m'a fait venir à La Nouvelle-Orléans pour me présenter Cody.

— Et il vous a dit qu'il s'agissait de vampires ?

— A demi-mot, acquiesça Brendan. Mais je ne l'ai pas cru, bien sûr.

— Personne ne croit aux vampires, intervint Cody avec un sourire désabusé. Pas avant d'en avoir vu un de ses propres yeux. Pas avant de l'avoir tué de ses mains.

— Et c'est ce qui s'est passé à Brigsby, reprit Brendan. Lorsque nous y sommes allés, la ville était déserte, ainsi que l'avait affirmé mon cousin, mais nous avons été attaqués par trois de ces créatures. Lorsque j'ai compris que tout ce que Cody m'avait raconté était vrai, ma vision du monde s'en est brusquement trouvée altérée…

Un lourd silence suivit cette déclaration avant que Dave ne reprenne la parole.

— Nous pourrions peut-être passer dans le salon, suggéra-t-il. Cela donnera à tes pensionnaires l'occasion de t'entendre jouer, Alex. Je ne sais pas si vous êtes au courant, ajouta-t-il à l'intention de Brendan et de Cody, mais votre logeuse est une pianiste de talent.

— Je l'ignorais, déclara Brendan en se tournant vers Alex.

— Dave exagère, dit Alex modestement. De plus, je suis certaine que vous préféreriez discuter entre vous de ce qui vous attend au cours des jours à venir.

— Préférer la compagnie d'autres hommes à celle d'une hôtesse aussi charmante ? protesta Brendan. Ce serait une faute de goût inexcusable !

Alex lui sourit, touchée par la noblesse de cet homme qui par beaucoup d'aspects lui rappelait son père. Elle était convaincue qu'il n'avait probablement eu aucun mal à gagner l'estime et le respect de ses hommes en tant qu'officier.

— Très bien, dit-elle. Vous voilà donc condamnés à m'entendre.

Ils se levèrent pour gagner le salon. Ce n'est qu'alors qu'elle se rappela ce que lui avait dit Longue Plume.

— Dis-moi, Cole, est-ce que tu as des nouvelles de John Snow ?

— Lorsque Dave et moi sommes allés le voir, il avait perdu quelques têtes de bétail. Et l'un de ses petits-fils était malade. En dehors de cela, il semblait plutôt en forme.

— Ne crois-tu pas qu'il faudrait l'avertir de ce qui est en train de se passer dans la région ?

— Bien sûr que si. Mais ni Dave ni moi n'avons eu le temps de nous en occuper aujourd'hui : il fallait mettre en place les rondes de surveillance et préparer une stratégie de protection de la ville. Nous ne pouvons malheureusement pas nous permettre d'aider les autres tant que nous ne serons pas en mesure de nous défendre nous-même…

— Brendan et moi irons parler à ce John Snow dès demain, déclara Cody. Sa ferme se trouve près de l'endroit où Eugène Gordon, Alex, Dave et les Indiens ont été attaqués. Les vampires sont très actifs dans le coin et nous ne pouvons courir le risque de voir une famille aussi nombreuse que celle de Snow se faire contaminer. Mais nous avons assez discuté de tout cela, ajouta-t-il en se tournant vers Alex. Qu'allez-vous nous jouer ?

— Que voulez-vous entendre ?

— Tout ce que tu voudras tant qu'il ne s'agit pas d'une marche funèbre, répondit Cole.

Elle prit donc place au piano et joua un prélude de Chopin qui fut très applaudi avant d'attaquer une gigue irlandaise au rythme endiablé.

— Nous devrions danser, remarqua Dave.

— Ce n'est pas évident lorsque la seule femme qui se trouve dans la pièce est assise au piano, objecta Cole.

A la grande surprise de celle-ci, Cody se leva.

— On voit que vous n'avez pas fait la guerre, déclara-t-il. Nous n'avions pas souvent de cavalières mais, croyez-moi, cela ne nous a jamais empêchés de danser. Capitaine Vincent, voulez-vous m'accorder cette danse ?

— Avec plaisir, lieutenant Fox, répondit Brendan en riant.

Sous le regard médusé de l'assistance, les deux hommes se lancèrent dans une gigue endiablée. Intriguée par le vacarme qu'ils faisaient, Beulah passa la tête par l'embrasure de la porte et, avant qu'elle ait eu le temps de s'éclipser, Cole l'entraîna sur la piste de danse improvisée.

Dave se glissa alors à côté d'Alex.

— Allez secourir l'un de ces hommes, lui dit-il en riant. Je ne suis pas aussi doué que vous mais je devrais pouvoir me débrouiller.

Elle lui laissa donc sa place et alla inviter Brendan avec lequel elle dansa avant de remplacer Beulah dans les bras de Cole. Lorsque Dave attaqua le morceau suivant, elle se tourna naturellement vers Cody.

Curieusement, danser avec lui fut une expérience très différente, à la fois exaltante et terrifiante. Le simple fait de sentir ses mains sur son corps éveilla en elle un léger fourmillement qui alluma au creux de son ventre un désir aussi puissant qu'incontrôlable.

Fort heureusement, Brendan finit par crier grâce et Dave mit fin à son récital.

— Dieu merci, s'exclama ce dernier. Mes doigts n'en peuvent plus ! Comme vous avez pu le constater, je ne suis pas vraiment un grand musicien…

— Pas de fausse modestie ! protesta Cole. Tu te débrouilles très bien. Et ton aide a été précieuse. Car si Cody semble être un cavalier très doué, j'avoue que je préfère danser avec Beulah et Alex. J'espère que cela ne vous vexe pas, ajouta-t-il à l'intention de Cody.

— Pas du tout, assura ce dernier.

— En ce qui me concerne, conclut Brendan, cet exercice m'a achevé. Si cela ne vous ennuie pas, je vais me retirer pour la nuit. Cody ?

— Ne t'en fais pas, je me charge de tout fermer.

Brendan hocha la tête et s'éclipsa. Dave et Cole annoncèrent alors qu'il était temps pour eux de rentrer.

— Vous devriez monter vous coucher, suggéra Cody en voyant Alex réprimer un bâillement. Je vais raccompagner le shérif et son adjoint. Ensuite, je ferai le tour de la maison.

— Merci, lui dit-elle.

Elle prit congé des trois hommes et gagna sa chambre. Là, elle se déshabilla rapidement et enfila sa chemise de nuit. Elle était en train de se coiffer lorsqu'elle entendit des pas dans le couloir. Puis la porte de la chambre voisine s'ouvrit et se referma.

Quelques instants plus tard, elle entendit frapper à la porte de communication. Le cœur battant à tout rompre, elle demeura figée, partagée entre des aspirations contradictoires. Une partie d'elle espérait que Cody allait la prendre dans ses bras et l'embrasser.

D'un autre côté, cette idée la terrifiait. Ce n'était pas tant en raison du caractère immoral de la chose qu'à cause des conséquences que pourrait entraîner une telle étreinte. Car elle sentait confusément que, d'un simple baiser, Cody Fox pouvait parfaitement lui dérober son cœur.

Or il n'était que de passage à Victory. Il venait de La Nouvelle-Orléans et c'est là qu'il retournerait dès que la situation dans la région serait résolue. Et il était fort peu probable qu'il décide de rester ici juste pour elle.

De nouveaux coups frappés à la porte la firent sursauter.

— Entrez, souffla-t-elle sans savoir s'il l'entendrait.

Ce fut apparemment le cas car il entra.

— Je suis venu vérifier votre porte-fenêtre, lui dit-il.

— Je l'ai fermée à clé, répondit-elle, terriblement déçue par cette entrée en matière.

Il hocha la tête et alla tout de même s'assurer que la porte-fenêtre était close. Il inspecta également l'autre fenêtre avant de regagner la porte de communication.

— Bonne nuit, Alex, lui dit-il.

Lorsque le battant se referma sur lui, elle ne put réprimer un grognement de frustration.

Dans son rêve, Alex chevauchait à vive allure à travers les bois. Elle savait que l'endroit dont elle approchait était dangereux mais elle n'avait pas le choix.

Et comme elle approchait de sa destination, elle aperçut sur le sentier une silhouette qui se découpait contre le feuillage des arbres. L'homme était grand, vêtu d'un long manteau de cuir huilé et d'un chapeau à large bord. Il lui tournait le dos et ne paraissait pas l'avoir entendue.

Le cœur battant, elle arrêta sa monture et descendit de cheval. Elle reconnut alors l'endroit où elle se trouvait : c'est là que le corps de son père avait été retrouvé, quelques semaines auparavant. Se rapprochant de l'homme qui se tenait toujours parfaitement immobile au milieu du sentier, elle posa la main sur son épaule.

Il se retourna alors vers elle et elle ne put retenir un cri de stupeur en découvrant qu'il s'agissait de son père. Il la contempla longuement, les yeux emplis de larmes.

— Alex…, murmura-t-il enfin.

— Papa ! s'exclama-t-elle en se jetant dans ses bras. Je t'aime tant…

— Je sais, souffla-t-il. Je t'aime aussi, ma chérie. Et tu dois me croire : ce n'est pas moi.

Surprise, elle s'écarta légèrement et avisa la souffrance qui se lisait sur son visage.

— Je ne comprends pas, objecta-t-elle. Qu'est-ce que tu veux dire ?

Il parut hésiter puis tendit brusquement l'oreille. Faisant de même, elle perçut soudain le grondement lointain de plusieurs chevaux lancés au galop.

— Il faut partir ! s'exclama alors son père. Il n'y a pas un seul instant à perdre !

Alex monta à cheval et son père s'installa en croupe.

— Vers les falaises ! s'exclama-t-il.

Alex guida Cheyenne dans cette direction, se demandant s'il comptait demander l'aide des Indiens. Mais lorsqu'ils parvinrent au pied de la falaise, il sauta à terre et lui demanda de faire de même. D'un coup sur la croupe, il fit détaler sa jument. Puis il prit sa main et l'entraîna vers les grottes que Longue Plume et sa tribu utilisaient pour inhumer leurs morts. Ils en dépassèrent plusieurs avant d'entrer dans l'une d'elles.

Elle entendit alors la troupe de cavaliers s'arrêter à proximité de l'endroit où ils se trouvaient.

— Fouillez les lieux ! cria une voix qu'elle reconnut comme étant celle de Milo Roundtree. Je ne veux pas qu'elle nous échappe, c'est bien compris ?

Alex se demanda avec angoisse si c'était elle qu'il recherchait. Si c'était le cas, que pouvait-il bien lui vouloir ?

Des bruits de pas se firent entendre tandis que les hommes de Milo lui obéissaient. Son père lui fit signe de demeurer silencieuse.

— Attendez ! s'exclama alors Milo. C'est une feinte ! Je suis sûr qu'il l'a emmenée à Brigsby, comme les autres. Tous en selle !

Les bruits de pas s'éloignèrent, bientôt suivis par le martèlement des sabots qui s'estompa aussi.

— Il est parti, soupira Alex. Nous sommes en sécurité, à présent. Mon Dieu, ajouta-t-elle en se tournant vers son père. Ils m'ont dit que tu étais mort mais je savais bien que cela ne pouvait pas être vrai !

— Chut ! répondit-il.

Elle s'interrompit et tendit l'oreille. Mais cette fois, elle ne perçut aucun bruit.

— Laisse-la partir ! s'exclama alors une voix derrière eux.

Sidérée, elle se retourna et découvrit Cody Fox qui se trouvait à quelques mètres de là, la main sur la crosse de son revolver.

— Alex est ma fille ! protesta vivement Eugène.

— Peut-être. Mais Milo se sert de vous pour l'atteindre.

— Vous savez que je ne lui ferai jamais le moindre mal.

— Cody ! s'exclama Alex. C'est mon père…

Mais il ne lui prêta pas la moindre attention et continua à affronter Eugène Gordon du regard.

— Vous devez me croire, insista ce dernier. Je ne fais pas partie de leur bande. Je me cache.

— Prouvez-le, dans ce cas, et laissez-la partir. Milo est en contact avec vous, et plus elle demeure en votre compagnie, plus il risque de détecter sa présence.

Eugène poussa un soupir résigné et se tourna vers sa fille.

— Va avec lui, lui dit-il. Il le faut.

— Pas question ! protesta-t-elle. Maintenant que je t'ai retrouvé, je ne te quitte plus !

— C'est impossible, lui assura son père. Va avec Cody, je t'en prie.

Puis il se détourna et s'enfonça dans la grotte. Il ne tarda pas à disparaître dans les ténèbres.

— Non ! hurla Alex.

Elle fut tirée de son sommeil par son propre cri. Haletante, elle se redressa dans son lit et scruta les ténèbres, s'attendant presque à voir resurgir son père. Mais elle comprit alors qu'elle venait de rêver et que, cette fois, ce songe ne pouvait être une vision prophétique. Car son père était mort et elle ne le reverrait plus jamais dans ce monde…

— Alex ?

Stupéfaite, elle se tourna vers Cody qui venait de pénétrer dans sa chambre, pistolet à la main.

— Que s'est-il passé ?

Incapable de contenir son chagrin, Alex se mit à sangloter. Aussitôt, Cody posa son arme et vint s'asseoir au bord de son lit. Lorsqu'il lui ouvrit les bras, elle se nicha contre son épaule, heureuse de sentir sa présence rassurante à son côté.

— Vous avez eu une nouvelle vision ? lui demanda-t-il d'une voix très douce.

— Ce n'était pas une vision mais un simple rêve..., articula-t-elle en s'efforçant de se ressaisir. Vous en faisiez partie, d'ailleurs. Une fois de plus, vous essayiez de me sauver.

— Que se passait-il, exactement ?

Alex entreprit de lui raconter son rêve. Cody l'écouta en silence et, lorsqu'elle eut terminé, elle se remit à pleurer.

— Je suis désolée..., articula-t-elle, partagée entre chagrin et embarras. Je n'ai pas l'habitude de me donner en spectacle de cette façon...

Cody secoua la tête sans mot dire et se pencha vers elle pour poser ses lèvres sur les siennes. Il y avait dans ce baiser une infinie douceur, comme s'il cherchait à la consoler, à chasser l'affreuse sensation de tristesse et de solitude qui lui avait inspiré son rêve.

Mais ce simple contact fit naître en elle une vague de désir si puissant qu'elle balaya sur son passage toute pudeur et toute retenue. Au lieu de s'arracher aux bras de Cody comme elle aurait sans doute dû le faire, Alex lui rendit son baiser avec une passion dont l'intensité la surprit elle-même.

Jamais elle n'avait éprouvé un tel besoin, une telle envie, et elle savait que seul Cody pourrait la satisfaire. Mais il se dégagea alors avec douceur et elle ne put retenir un petit gémissement de frustration.

— Pourquoi ? murmura-t-elle. Est-ce que je ne suis pas à votre goût ?

Il secoua la tête.

— Au contraire, lui assura-t-il, vous êtes tout ce qu'un homme peut espérer, et bien plus encore... Mais moi, en revanche, je ne suis pas l'homme qu'il vous faut. Je vous promets que je continuerai à veiller sur vous tant que Milo et ses hommes ne seront pas anéantis. Mais il ne peut rien y avoir de plus entre nous…

Sur ce, il se redressa et regagna sa chambre, la laissant de nouveau seule.

En se levant le lendemain matin, Cody craignit d'avoir vexé Alex. Mais lorsqu'il descendit dans la cuisine où il la trouva en train de boire une tasse de café, elle se montra parfaitement cordiale à son égard, s'abstenant de tout commentaire au sujet de ce qui s'était passé durant la nuit.

Elle lui servit même du café avant de s'installer en face de lui à la table de la cuisine.

— Je compte me rendre chez John Snow, lui dit-elle alors. C'était un ami de mon père et il vit non loin de l'endroit où il a été tué. Peut-être pourra-t-il me dire quelque chose à ce sujet…

— Je ne sais pas si c'est une bonne idée, objecta Cody.

— Pourquoi ? J'ai cru comprendre que vous vouliez vous y rendre. De quelle meilleure escorte pourrais-je rêver ?

Cody jeta un coup d'œil à Brendan qui venait d'entrer et avait surpris cette dernière réplique. Son compagnon se contenta de hausser les épaules d'un air fataliste. Sans doute savait-il qu'Alex n'était pas le genre de femme à se laisser décourager facilement.

— Très bien, soupira Cody. Allons-y sans perdre de temps, dans ce cas. Nous ne pouvons nous permettre de rentrer après la nuit tombée. Brendan, puisque Alex vient avec moi, il vaudrait peut-être mieux que tu restes ici pour t'occuper de l'entraînement de ceux qui se sont portés volontaires pour assurer la défense de la ville.

— Je suis d'accord, acquiesça Brendan. D'autant que le shérif a déjà envoyé Dave et quelques hommes faire la tournée des fermes des environs pour les prévenir du danger que nous courons.

Cody hocha la tête, espérant qu'ils ne trouveraient pas trop de propriétés dévastées par la bande de Roundtree. Car plus les vampires étaient nombreux et plus ils avaient besoin de sang pour se nourrir. Et tout en préparant l'attaque principale contre Victory, ils avaient probablement commencé par s'en prendre à des ranches isolés.

— Alex, je vous rejoins à l'écurie dans cinq minutes, déclara Cody.

Sans attendre sa réponse, il monta dans sa chambre pour aller chercher ses armes et son matériel médical. Quelque chose lui disait qu'il aurait grand besoin des deux, ce jour-là.

Pendant la plus grande partie du trajet, ils chevauchèrent en silence. Alex en profita pour observer son compagnon à la dérobée et pour réfléchir à ce qui avait bien pu le pousser à refuser ses avances.

Elle s'étonnait de la facilité avec laquelle elle avait surmonté la déception et l'humiliation que Cody lui avait infligées la veille. Ce n'était pourtant pas tous les jours qu'elle s'offrait de la sorte à un homme et il l'avait repoussée sans la moindre ambiguïté.

Mais elle ne parvenait pas à oublier les mots qu'il avait alors prononcés : « Je ne suis pas l'homme qu'il vous faut. » Quelque chose dans sa voix l'avait alors convaincue qu'il le pensait réellement. Et, l'espace d'un instant, elle avait cru percevoir en lui une douleur qui l'avait prise de court.

Apparemment, Cody Fox n'était pas aussi invulnérable qu'il le paraissait et il y avait en lui une part de souffrance qui, paradoxalement, le rendait à la fois plus humain et plus fascinant encore à ses yeux.

Lorsqu'ils atteignirent enfin le ranch de Calico Jack, ce dernier paraissait désert. Or l'endroit servait de relais pour les voyageurs et de magasin pour les éleveurs de la région et il était d'ordinaire très fréquenté. Pourtant, ce jour-là, il n'y avait ni chariot ni cheval arrêté devant le bâtiment principal.

— Ne descendez pas de votre monture, souffla Cody à Alex.

Elle hocha la tête et dégaina le revolver dont elle avait pris soin de se munir tandis que son compagnon mettait pied à terre et se dirigeait vers le relais. Il disparut à l'intérieur et elle attendit, le cœur battant.

Quelques instants plus tard, Cody resurgit et lui fit signe.

— Tout va bien, lui annonça-t-il. Vous pouvez venir !

Elle descendit de cheval et attacha Cheyenne avant de rejoindre Cody à l'intérieur. Elle fut accueillie chaleureusement par John Snow et son épouse Mina. Leur gentillesse cachait pourtant mal l'inquiétude qui les habitait.

— Je vais vous préparer du café, déclara Mina.

C'était une très belle femme aux cheveux blonds et aux yeux verts dont les yeux en amande et les pommettes très marquées révélaient le sang apache qui coulait dans ses veines.

John Snow aussi était un métis. Sa mère avait été capturée par son père mais, d'après lui, elle avait fini par tomber amoureuse de son ravisseur. Depuis son plus jeune âge, John avait toujours eu un pied dans chaque monde et c'était peut-être la raison pour laquelle il avait fini par créer sa propre tribu au milieu de nulle part.

Cody, John et Alex s'assirent à la grande table de bois qui occupait le centre de la pièce. C'était là que s'installaient généralement les clients et les voyageurs de passage pour échanger des nouvelles, comparer leurs marchandises ou parler affaires. Quelques instants plus tard, Mina les rejoignit avec une cafetière fumante et quatre tasses en terre cuite qu'elle posa devant eux avant de les remplir.

Ils avalèrent quelques gorgées en silence avant que John Snow ne prenne la parole.

— Un mal puissant s'est réveillé, déclara-t-il. Ce ne sont ni les Indiens ni les Blancs qui en sont responsables, mais il menace les uns comme les autres.

— C'est exact, acquiesça Cody. C'est d'ailleurs précisément ce que j'étais venu vous dire. Je sais que le shérif est venu, il y a quelques jours, mais il ignorait alors la véritable nature du danger. Il pensait qu'il s'agissait de simples bandits.

— Les bandits ne tuent pas de cette façon, répondit John Snow. J'ai trouvé des carcasses d'animaux mutilés. Des daims et des vaches que l'on avait lacérés et vidés de leur sang… Je sais qu'il ne s'agit pas d'un fantôme mais de quelque chose de bien plus terrible encore. Une abomination…

— Nous les appelons des vampires, indiqua Cody.

— Je n'ai jamais entendu ce mot auparavant.

— Celui de *wendigo* vous est peut-être plus familier ?

John hocha la tête et l'inquiétude qui se lisait dans son regard se fit plus vive encore.

— Est-ce que votre famille va bien ? demanda Cody.

Mina poussa un soupir à fendre l'âme.

— Notre petite-fille April est en train de mourir, articula John d'une voix brisée. Elle n'a que seize ans…

— Est-ce qu'elle a été attaquée par l'un de ces monstres ? s'enquit Cody.

— Je le crois.

— Si elle n'a pas déjà succombé, il y a peut-être une chance de la sauver, déclara Cody. Je suis médecin et j'ai déjà eu affaire à des cas semblables.

— Dans ce cas, suivez-moi, répondit John en se levant.

Tous quatre quittèrent le relais par la porte de derrière et se dirigèrent vers l'immense maison de bois qu'occupait la famille Snow. Là, ils traversèrent le salon où se trouvaient rassemblés plusieurs des enfants et des petits-enfants de John. Tous paraissaient inquiets et ils échangèrent juste quelques salutations avant de gagner la chambre d'April.

C'était une jolie jeune fille aux longs cheveux noirs et à la peau très pâle. Elle était étendue, les yeux clos, sous le regard attentif et éploré de son père, Jeremy. Lorsque John eut présenté les visiteurs à son fils, Cody s'avança pour saisir le poignet d'April.

Après lui avoir pris le pouls, il lui ouvrit les paupières, révélant des yeux d'un noir de jais. Puis il écarta ses lèvres et Alex ne put retenir une exclamation de stupeur en découvrant la façon dont les canines d'April avaient poussé. Ce n'était plus de simples dents mais bien de véritables crocs.

La jeune fille ouvrit alors les yeux et se redressa en essayant de mordre Cody. Mais ce dernier avait apparemment anticipé une telle possibilité et il la plaqua contre le matelas.

— Nous sommes peut-être arrivés trop tard, murmura-t-il.

— Non, articula Alex d'une voix blanche. Ce n'est pas possible… Vous devez faire quelque chose…

Il leva les yeux vers elle et hocha la tête.

— Je vais essayer, dit-il. Je vais avoir besoin de ma trousse.

— Je vais la chercher, déclara Mina qui quitta la pièce à vive allure.

— Que comptez-vous faire, au juste ? lui demanda Jeremy d'une voix inquiète.

— Une transfusion sanguine, répondit Cody. A ce stade de la maladie, c'est la seule solution. Ensuite, nous n'aurons plus qu'à prier pour que cela marche. Car si ce n'est pas le cas, votre fille deviendra semblable à ceux qui l'ont attaquée et représentera un risque pour tous les autres membres de votre famille.

9

Plongée dans un profond sommeil, April paraissait plus jeune et plus vulnérable que jamais. C'était une jeune fille magnifique et Cody était convaincu que Milo lui-même avait essayé de l'entraîner dans les ténèbres.

Pour la ramener dans le monde des vivants, il lui avait injecté une bonne quantité de son propre sang. Fort heureusement, il était arrivé au ranch suffisamment tôt pour que l'opération soit possible. Quelques heures de plus auraient suffi pour qu'April bascule de l'autre côté.

Juste avant de s'endormir, elle avait recouvré ses esprits et, d'une voix très faible, l'avait remercié pour ce qu'il avait fait. Cela lui avait valu la reconnaissance éperdue de John, de Jeremy et de tous les membres de leur vaste famille.

Ils s'étaient ensuite installés dans la cuisine où Mina leur avait préparé un solide repas auquel il avait fait honneur de façon à reprendre rapidement des forces.

— Je pense que nous devrions ramener April en ville, déclara-t-il lorsqu'il se fut restauré.

John et Jeremy échangèrent un coup d'œil.

— Pensez-vous que ce soit nécessaire ? demanda John Snow.

— Celui qui s'en est pris à elle pourrait recommencer et je préfère éviter de courir le moindre risque.

— Je vois. Mais dites-moi, monsieur Fox, Alex m'a dit que vous étiez originaire de la région.

— Mes parents avaient une propriété non loin d'ici, confirma Cody. Mais c'était il y a très longtemps.

— J'en ai entendu parler, acquiesça John. Est-ce que le terrain vous appartient toujours ?

— Oui, répondit Cody. Mais je ne pense pas que je m'y installerai un jour. Je n'ai rien d'un éleveur.

— Est-ce que votre maman vous a parlé de la nuit des loups ?

— Pardon ? fit Cody, feignant l'ignorance.

— Peu de temps après la mort de votre père, il s'est passé des choses étranges dans la région... Peut-être ont-elles un rapport avec ce qui se produit aujourd'hui.

— Mon père est mort avant ma naissance, il y a trente-six ans de cela, objecta Cody. Je doute qu'il puisse y avoir un lien. Quoi qu'il en soit, vous feriez bien de laisser April rentrer avec nous.

— Nous sommes capables de la protéger, objecta John.

— De Milo, peut-être, répondit Cody sans grande conviction. Mais pas d'elle-même. Or il existe désormais un lien entre eux et il s'en servira pour l'attirer à lui.

— Dans ce cas, nous veillerons à ce qu'elle ne soit jamais seule. Nous sommes nombreux et deux d'entre nous se trouveront continuellement auprès d'elle.

— Très bien, soupira Cody à contrecœur. Mais veillez à ce que Milo n'ait aucune chance de la récupérer. Car je ne pense pas que je pourrai la ramener une seconde fois. Si vous la laissez filer, elle deviendra un vampire et vous n'aurez pas d'autre choix que de la tuer.

Cody leur expliqua alors en détail la façon de se protéger contre les vampires et les méthodes à utiliser pour en venir à bout. John Snow et son fils l'écoutèrent attentivement et aucun d'eux ne mit en doute ses assertions.

Lorsqu'il eut terminé ses recommandations, Cody prit congé de la famille Snow et quitta le ranch, suivi d'Alex.

— Pourquoi ne leur avez-vous pas dit de se servir d'une croix ? lui demanda-t-elle tandis qu'ils montaient en selle.

— Parce que j'ai remarqué que John et son fils portaient des amulettes indiennes, expliqua-t-il. Ils ne possèdent probablement pas de croix et, même si c'était le cas, je doute que cela leur servirait beaucoup. Tout est affaire de croyances et je suis certain que John et sa famille en ont plus qu'il n'en faut.

— Je vois, acquiesça Alex.

— Vraiment ?

— Vraiment. J'ai bien vu ce qui était arrivé à cette fille. Que se serait-il passé si nous n'étions pas arrivés à temps ?

— Elle aurait certainement fini par s'enfuir en tuant ceux qui auraient tenté de l'en empêcher.

— Pourquoi ?

— Pour rejoindre celui qui l'avait vampirisée. Probablement Milo.

— Mais comment a-t-il fait pour la contaminer ?

— Il a dû procéder de la même façon qu'avec vous : en l'attirant à lui pendant qu'elle dormait.

Alex ne put réprimer un frisson. Sans doute comprenait-elle à présent ce à quoi elle avait échappé.

— Allons-y, conclut Cody. Nous n'avons pas de temps à perdre si nous voulons être en ville avant la tombée du jour.

*
* *

Lorsqu'ils furent de retour à la pension, Cody ressortit à la recherche de Brendan. Il commença par le bureau du shérif mais il était fermé. Sur la porte était accroché un mot indiquant que Cole se trouvait au saloon. Sans hésiter, Cody se dirigea vers l'établissement qui, comme tous les soirs, ces derniers temps, était étonnamment calme.

A l'intérieur, il n'y avait quasiment personne, ce qui indiquait que les habitants de la ville avaient pris au sérieux ses mises en garde et respectaient le couvre-feu. Cole Granger était installé à une table avec Dave Hinton, Brendan Vincent et Gérald Sweeney, le propriétaire du saloon. Tous quatre étaient en train de jouer au poker.

Jugeant préférable de ne pas les déranger en pleine partie, Cody les salua de la main et se dirigea vers le bar pour commander à Roscoe un verre de bourbon. Dolly se rapprocha alors de lui et lui décocha son sourire le plus irrésistible.

— Bonsoir, monsieur Fox, lui dit-elle. Est-ce que vous désirez quelque chose ?

— J'ai tout ce qu'il me faut, répondit-il en levant son verre de whisky.

— En êtes-vous vraiment sûr ? minauda-t-elle en laissant habilement glisser la bretelle de sa robe, révélant une épaule satinée.

— Parfaitement certain, répondit-il en rajustant le vêtement. A vrai dire, je suis juste venu m'assurer que tout allait bien. Vous n'avez rien remarqué d'étrange, ces derniers temps ?

— Nous n'avons rien vu du tout, répondit Dolly avec une petite moue boudeuse. Ni personne, d'ailleurs. Et si cette histoire ne se termine pas rapidement, nous risquons fort de nous retrouver sur la paille ! Certaines d'entre nous, en tout cas, ajouta-t-elle en jetant un regard peu amène à la blonde qui se tenait un peu à l'écart, visiblement perdue dans ses pensées.

C'était celle qui avait posé de nombreuses questions à Cody lors de son intervention.

— Que voulez-vous dire par-là ? s'enquit Cody, curieux.

— Que Linda pourrait bien s'arrêter de travailler. Son mari lui a légué une somme coquette à sa mort. Mais peut-être se cherche-t-elle un nouvel époux…

— On dirait que vous êtes jalouse, remarqua Cody.

Dolly haussa les épaules.

— Je trouve juste que Linda ne méritait pas un homme comme Eugène.

— Eugène ? répéta Cody, curieux. Vous voulez parler d'Eugène Gordon ?

— Le père d'Alex, oui, acquiesça Dolly. Vous n'étiez pas au courant ?

Il secoua la tête.

— Elle aurait pu rester à la pension, si elle avait voulu. En fait, Alex est venue le lui proposer pas plus tard qu'hier. Mais Linda n'a apparemment aucune envie de jouer les veuves éplorées. J'imagine qu'elle a déjà tourné la page…

Dolly s'interrompit en voyant Linda se lever et traverser la pièce pour venir vers eux. Cody l'observa attentivement et ne put s'empêcher de remarquer la sensualité qui émanait d'elle. Il ne pouvait reprocher au père d'Alex de s'être laissé séduire par une telle femme.

— Tu sais que je n'aime pas qu'on dise du mal de moi dans mon dos, dit-elle à Dolly.

— Nous ne parlions pas de toi, protesta celle-ci.

— Ne me prends pas pour une idiote : j'ai très bien vu la façon dont tu me regardais. N'écoutez pas les racontars, monsieur Fox. Mes collègues sont jalouses de moi. Par contre, si les femmes ne m'aiment guère, les hommes m'apprécient bien plus. Et je serais ravie de pouvoir faire plus ample connaissance avec vous…

— Je suis flatté, lui répondit Cody. Mais j'ai bien peur de devoir décliner votre offre. Comprenez bien que, si elle l'apprenait, ma logeuse actuelle trouverait probablement la chose inappropriée. Et je ne voudrais pas me retrouver sans toit alors que j'ai encore tant à faire à Victory.

— Je comprends, répondit Linda. En tout cas, si vous changez d'avis, n'hésitez pas à venir me trouver. Nous vous trouverons un lit où dormir jusqu'à votre départ…

Sur ce, elle se dirigea vers l'escalier qui menait à sa chambre.

— Alors? souffla Dolly. Qu'en pensez-vous? Il n'y a qu'à Victory qu'une catin peut devenir une femme respectable avant de décider de revenir à son ancien état.

— J'ai vu des choses plus étranges, répondit Cody. Surtout depuis que je suis dans cette ville.

— Ce n'est pas un mauvais endroit, vous savez. En temps normal, la vie y est plus douce qu'en bien d'autres lieux… J'espère que tout rentrera bientôt dans l'ordre.

— Moi aussi, Dolly, acquiesça Cody. Moi aussi…

Sur ce, voyant que les quatre hommes avaient terminé leur partie de cartes, il se rapprocha de leur table.

— Alors? Qui gagne?

— Votre ami M. Vincent nous a tous dépouillés, répondit Gérald Sweeney en se levant. Je préfère me retirer avant d'y laisser ma chemise.

Il salua tout le monde et se dirigea à grands pas vers l'escalier.

— Comment va John Snow? s'enquit alors Cole.

— Il va bien. Mais sa petite-fille a été mordue.

— Est-ce que vous l'avez…?

Cody secoua la tête.

— Fort heureusement, cela n'a pas été nécessaire. J'ai réussi à la soigner et je crois qu'elle devrait s'en sortir. J'ai informé Snow de la situation et il m'a promis de prendre les mesures nécessaires pour défendre sa famille.

— Vous avez de la chance, remarqua Dave. Tous ceux avec qui j'ai parlé ne se sont pas montrés aussi compréhensifs.

— Vraiment ?

— Pete Weathers a cru que j'étais devenu fou. Doherty, du ranch de Red Mountain, m'a cru sans hésiter, par contre. Il a perdu une partie de son troupeau ainsi que trois de ses hommes, il y a une semaine. Du coup, il m'a promis de prendre ses précautions.

— J'espère qu'il pourra convaincre ses voisins d'en faire autant.

— En tout cas, les habitants de Victory semblent vous avoir laissé le bénéfice du doute, remarqua Cole. Il y avait beaucoup de monde pour s'entraîner au tir à l'arc, aujourd'hui. Et il n'y a quasiment personne dans les rues.

— Tant mieux, approuva Cody.

— Je ne suis pourtant pas sûr qu'ils continuent éternellement à vous croire sur parole.

— Ne vous en faites pas pour cela. Ils auront la preuve que je ne suis pas fou quand Milo finira par passer à l'attaque.

— Et quand cela arrivera-t-il, d'après vous ?

Cole plongea son regard dans celui du shérif.

— C'est très simple, répondit-il. Quand ses hommes et lui auront vraiment faim.

*
* *

Alex n'arrivait pas à fermer les yeux. Juste avant d'aller se coucher, elle avait vu par la fenêtre Cody Fox pénétrer dans le saloon. Et depuis, elle ne cessait de l'imaginer auprès de l'une de ces femmes de mauvaise vie.

Les images qui avaient envahi son esprit menaçaient de la rendre folle et elle ne cessait de se retourner dans son lit, s'efforçant de se convaincre que Cody n'était pas du genre à recourir aux services d'une prostituée.

Lorsqu'elle entendit enfin la porte voisine s'ouvrir et se refermer, elle ne put s'empêcher de pousser un soupir de soulagement. S'il était de retour aussi vite, c'est probablement qu'il n'avait pas rendu visite à l'une de ces dames...

D'un autre côté, elle n'était vraiment pas assez experte en la matière pour savoir combien de temps pouvait durer ce genre d'étreinte. Elle réprima un gémissement de frustration et se retourna dans son lit.

Tendant l'oreille, elle entendit Cody traverser sa chambre et s'immobiliser près de la porte. Le cœur battant à tout rompre, elle attendit qu'il frappe. Puis de nouveaux bruits de pas se firent entendre, s'éloignant cette fois.

Incapable de supporter la tension nerveuse qui l'habitait, Alex sauta à bas du lit et se dirigea résolument vers la porte à laquelle elle frappa.

— Entrez, répondit Cody.

Alex le trouva debout près de son lit. Il avait déjà ôté son manteau, son chapeau et sa ceinture et était en train de déboutonner sa chemise.

— Que puis-je pour vous ? lui demanda-t-il.

— Je voulais juste m'assurer que tout allait bien, répondit-elle, embarrassée.

— Très bien, répondit-il en lui décochant le plus charmant des sourires.

— Je vous ai vu par la fenêtre vous diriger vers le saloon. Est-ce qu'il y avait un problème, là-bas ?

— Pas du tout. Je voulais juste boire un verre et discuter avec le shérif.

— C'est tout ?

Cody la considéra avec curiosité, se demandant visiblement où elle voulait en venir.

— Je suis désolée, articula Alex, je ne voulais pas me montrer indiscrète.

Ces excuses parurent éclairer Cody sur ce qu'elle voulait réellement savoir.

— Cela ne fait rien, répondit-il en s'efforçant de dissimuler son amusement. Je vous promets que j'ai été très sage, mademoiselle Gordon. Par contre, j'ai appris que votre père avait épousé l'une de ces dames ?

— Je ne l'ai découvert qu'à mon retour en ville. Je suis allée lui parler depuis et cette conversation m'a convaincue qu'elle avait réellement aimé mon père. D'après ce que dit Beulah, il semble que ce sentiment ait été réciproque. C'est étrange, vous savez… Je ne suis pas sûre que j'aurais été ravie d'apprendre cette nouvelle du temps où papa était vivant mais, rétrospectivement, je suis heureuse pour lui.

Cody hocha la tête. Alex se rendit compte alors qu'elle se trouvait en chemise de nuit dans la chambre d'un homme, ce qui n'aurait pas manqué de scandaliser la majorité des habitants de Victory s'ils l'avaient appris.

— Bonne nuit, monsieur Fox, lui dit-elle.

Il hésita quelques instants, ravivant l'espoir de la jeune femme.

— Bonne nuit, mademoiselle Gordon, murmura-t-il enfin.

S'efforçant de réprimer sa déception, elle referma doucement la porte qui séparait leurs deux chambres.

*
* *

Cette fois, son rêve commença par une rafale de vent qui traversa la ville. Elle ouvrit la porte-fenêtre qui donnait sur le balcon et fit voler les rideaux.

« *Alex...* »

Elle n'aurait su dire si cet appel avait résonné dans l'air ou seulement dans son esprit, mais il s'imposait à elle comme un ordre auquel elle n'avait d'autre choix que d'obéir. Sachant qu'elle était en train de commettre une grave erreur, elle se leva cependant et s'avança vers la fenêtre ouverte.

Une partie d'elle-même tentait de lutter contre cette attirance surnaturelle mais sa volonté n'était pas assez forte pour s'opposer à la puissance de son adversaire. Elle fit encore un pas et sentit le vent l'envelopper. C'était une brise chaude et douce qui caressait son corps, jouant sur sa peau d'une façon terriblement érotique.

Mais alors qu'elle était sur le point de s'abandonner complètement à cette sensation, elle entendit derrière elle une autre voix, une voix familière qui lui enjoignait de ne pas céder, de continuer à lutter de toutes ses forces. Elle comprit alors que son père s'efforçait de lui venir en aide et cette révélation l'aida à recouvrer un semblant de contrôle.

Elle ouvrit brusquement les yeux et s'aperçut qu'elle n'avait pas rêvé : elle se tenait effectivement tout près de la porte-fenêtre. Au même instant, la porte de communication s'ouvrit à la volée, laissant passer Cody qui se précipita vers elle et la tira en arrière.

Il se rua alors sur la baie vitrée au moment précis où une immense silhouette ailée fondait du ciel. A une vitesse stupéfiante, Cody dégaina et ouvrit le feu sur l'immense chauve-souris.

— Allez me chercher mon arc ! cria-t-il à Alex.

Celle-ci parvint enfin à se ressaisir et courut jusqu'à la chambre de Cody. Elle remarqua immédiatement l'arme qui était appuyée contre le bureau et le carquois qui se trouvait à côté. S'en emparant, elle revint dans sa chambre où Cody continuait à faire feu sans discontinuer.

Elle remarqua alors que ce n'était pas une mais des dizaines de chauves-souris géantes qui volaient autour de la pension.

— Tenez ! s'exclama-t-elle en tendant son arc à Cody.

Il s'en saisit et décocha immédiatement une flèche en direction de l'une des créatures. Celle-ci poussa un cri strident avant de se transformer brusquement en poussière. Stupéfaite, Alex vit Cody tirer sur un autre de ces monstres qui hurla et tomba sur le balcon.

Mais au lieu de se transformer en cendre, l'animal se changea en un cadavre en voie avancée de décomposition. Alors, Alex comprit ce qu'étaient en réalité ces chauves-souris. C'était bel et bien des vampires qui les avaient attaqués lorsque Dave et elle s'étaient aventurés dans la forêt.

Profitant d'un répit momentané, Cody ferma la porte-fenêtre et bloqua les poignées à l'aide de l'ombrelle d'Alex.

Celle-ci entendit alors sonner la cloche qui indiquait d'ordinaire les départs d'incendies. Plusieurs cris se firent entendre dans les rues.

— Venez ! s'exclama Cody.

Il lui prit la main et l'entraîna hors de la chambre sans se soucier du fait qu'il ne portait qu'un pantalon et qu'elle-même était seulement vêtue de sa chemise de nuit. Il lui fit dévaler l'escalier et ils retrouvèrent dans le hall les autres membres de la maisonnée. Brendan Vincent était agenouillé devant une couverture de selle qu'il venait de dérouler et dans laquelle étaient cachés plusieurs arcs, des flèches et des pieux.

Il tendit deux de ces arcs à Bert et à Levy avant d'en prendre un pour lui. Cody récupéra quelques pieux qu'il glissa sous son ceinturon.

— Restez ici ! ordonna-t-il aux quatre femmes. Ne sortez sous aucun prétexte. Levy, je te charge de les protéger au cas où l'un de ces monstres tenterait d'entrer. Brendan, Bert, avec moi !

Sur ce, il ouvrit la porte et s'élança dans la rue, suivi de près par les deux hommes. Tess et Jewell se tenaient dans un coin, tremblantes et serrées l'une contre l'autre. Beulah paraissait également en état de choc et marmonnait des prières. Décidant brusquement qu'elle ne pouvait laisser Levy les défendre seul, Alex se munit d'un arc et d'un carquois.

— Mais qu'est-ce que vous faites ? protesta Beulah.

— Je défends ma maison, répondit Alex avec plus d'assurance qu'elle n'en éprouvait réellement.

« Et je vais venger mon père », ajouta-t-elle mentalement.

Elle rouvrit la porte que Brendan avait refermée derrière lui et observa les environs. Des dizaines de vampires avaient envahi le ciel. Ils tournoyaient en poussant des hurlements terrifiants avant de piquer vers le sol pour passer à l'attaque.

Luttant pour réprimer la terreur qui montait en elle, Alex décocha une flèche en direction de l'un des monstres. Au lieu d'atteindre le cœur, le projectile transperça l'aile membraneuse. Le vampire tomba lourdement sur le sol mais se redressa aussitôt et se dirigea vers la pension.

Il s'était à moitié transformé et tenait à présent autant de la chauve-souris que de l'être humain. Ses yeux rouges brillaient de façon inquiétante, pleins de haine et de rage. Il se mit alors à courir à une vitesse stupéfiante.

Le voyant approcher, Alex tenta de bander son arc mais elle tremblait de tous ses membres et comprit avec horreur qu'elle ne serait pas assez rapide. C'est alors qu'une flèche vola par-dessus son épaule et alla se planter dans la poitrine du monstre qui poussa un hurlement de terreur et se désagrégea à quelques mètres d'elle seulement.

Alex se retourna et se retrouva face à Levy qui souriait crânement, visiblement très fier de lui. Elle le remercia d'un geste et se tourna de nouveau en direction de la rue. Un peu plus loin, Cody et Brendan se tenaient dos à dos, décochant sur leurs ennemis une pluie de flèches quasi continue.

Chacune paraissait atteindre sa cible et une véritable pluie de corps s'abattait autour d'eux, se transformant en cendre ou en corps à demi décomposés selon l'âge du vampire touché. Un peu plus loin, Cole et Dave conduisaient un détachement d'habitants de la ville, qui tiraient à l'arc avec moins de talent mais avec tout autant de détermination.

Les vampires paraissaient pris de court par cette résistance inattendue et leurs trajectoires erratiques trahissaient la désorganisation qui régnait dans leurs rangs. Encouragée par cette réaction, Alex se remit à tirer. Cette fois, elle fut un peu plus chanceuse et parvint à abattre deux des créatures qui s'étaient aventurées un peu trop bas.

Et soudain, paraissant répondre à quelque invisible signal, les vampires s'élancèrent vers le ciel où ils se regroupèrent avant de s'éloigner à tire-d'aile. Un lourd silence succéda aux cris et aux hurlements et tous les habitants se tinrent quelques instants immobiles, guettant une nouvelle attaque.

Comprenant qu'elle ne viendrait pas, plusieurs personnes se mirent alors à pousser des cris de victoire qui résonnèrent dans toute la cité. Cody laissa les habitants célébrer brièvement ce succès avant de lever les bras pour demander le silence.

— Bravo à tous ! Votre réaction a pris nos adversaires de court et vous leur avez infligé une défaite dont ils se souviendront. Mais nous devons finir le travail. Certains des vampires qui ont été abattus ne sont pas encore morts et il faut les achever à l'aide de pieux. Dans le doute, il faut également décapiter tous ceux qui n'ont pas été réduits en poussière. Si nous en oublions un seul, il risque de nous contaminer.

— Venez, mademoiselle Alex, lui dit alors Beulah. Vous en avez fait assez pour ce soir. Laissez les hommes finir le sale boulot.

Alex hocha la tête et suivit la cuisinière à l'intérieur. Levy fit de même et ordonna à Tess et à Jewell de vérifier que toutes les portes et les fenêtres étaient bien fermées et garnies de guirlandes d'ail. Une assurance nouvelle se dégageait de lui, comme si ce baptême du feu l'avait transformé en homme.

— Je vais aller nous préparer du thé avec une goutte de whisky, déclara Beulah. Nous avons tous besoin d'un remontant.

Alex alla l'aider et, quelques minutes plus tard, Bert, Brendan et Cody les rejoignirent dans la cuisine. Ils acceptèrent avec reconnaissance le thé arrangé de Beulah et s'assirent avec les autres à la grande table de bois.

— Pensez-vous qu'ils vont revenir ? s'enquit la cuisinière d'une voix tendue.

— Pas ce soir, répondit Cody avec assurance. Ils ont

essuyé une sacrée défaite. Mais ils vont se ressaisir et lorsqu'ils reviendront, ce sera avec un véritable plan de bataille et il ne sera pas aussi facile de les repousser.

— Mon Dieu, murmura Tess, horrifiée.

— C'est pour cela que je ne compte pas laisser à Milo le temps de monter une nouvelle offensive. Nous devons profiter de l'ascendant que nous avons pris ce soir et trouver l'endroit où il se cache pour en finir une bonne fois pour toutes. Mais en attendant, je suggère que nous retournions nous recoucher. La nuit a été rude et les jours à venir pourraient l'être tout autant…

10

Le lendemain matin, Cody et Brendan se levèrent à l'aube et se mirent aussitôt en route pour tenter de découvrir le repaire de Milo et de sa bande. Ils avaient décidé de commencer leurs recherches par la ville de Hollow Tree, la dernière à avoir été attaquée par les vampires.

Ainsi que Cody l'avait expliqué la veille, le temps pressait. Les vampires de la taille de Milo avaient régulièrement besoin de sang frais. Plus ils étaient nombreux et plus ces besoins augmentaient. Or tout laissait à penser que Milo avait transformé un grand nombre de personnes au cours de ces derniers mois.

La question était de savoir pour quel genre d'attaque il opterait. Il pouvait aussi bien s'agir d'un assaut frontal comme celui de la veille que d'une infiltration plus insidieuse fondée sur la séduction et la tromperie.

Les vampires prenaient généralement un malin plaisir à manipuler les émotions de ceux qui les entouraient. C'est ce qu'avait constaté le shérif Granger à ses dépens lorsqu'il s'était retrouvé confronté à Amy Simpson.

Ce qui inquiétait le plus Cody, c'était le fait qu'Alex paraissait sensible aux pouvoirs de suggestion de Milo. C'était probablement parce qu'elle avait des dons de médium.

Le pire, c'est que son père avait été contaminé et

risquait de s'en prendre à elle, lui aussi. Il n'avait pas encore eu le courage de lui dire qu'ils avaient retrouvé sa tombe vide, mais il ne pourrait se permettre de le lui cacher très longtemps sans courir le risque qu'Eugène Gordon ne la souille…

Ces sombres réflexions occupèrent l'esprit de Cody durant la chevauchée qui les conduisit à Hollow Tree. Lorsqu'ils atteignirent enfin la petite ville, ils s'arrêtèrent au bout de la rue principale et observèrent attentivement les alentours.

Ce qui frappa tout d'abord Cody, ce fut le silence pesant qui régnait en ces lieux. On n'entendait pas un son qui aurait pu indiquer la présence d'êtres vivants, qu'il s'agisse d'humains, de chevaux ou même de vautours et de coyotes.

Les trottoirs de bois étaient recouverts d'une couche de poussière que le vent avait déposée là et que personne n'avait balayée depuis plusieurs semaines. Il n'y avait que peu de traces du combat qui avait dû se dérouler, juste quelques vitres brisées et quelques portes qui semblaient avoir été forcées.

— Je vais jeter un coup d'œil au saloon, proposa Brendan.

— Mieux vaut que nous y allions ensemble, répondit prudemment Cody.

Ils firent avancer leurs montures jusqu'à l'établissement qui se dressait au milieu de la ville. Là, ils mirent pied à terre et entrèrent. Sans surprise, ils découvrirent que le bar était désert. Seul un cadavre momifié affalé sur une table de poker indiquait qu'il y avait eu des habitants, autrefois.

— Celui-là est bel et bien mort, remarqua Brendan.

— Oui. Malheureusement, nous n'aurons pas le temps de l'enterrer.

Brendan hocha la tête d'un air sombre. Ils parcoururent rapidement l'étage à la recherche de survivants ou de vampires mais ne trouvèrent pas d'autres corps. D'un commun accord, ils passèrent donc au bâtiment suivant, une épicerie dont les étals chargés de marchandises diverses étaient recouverts de poussière.

Cette fois, le sol était jonché de cadavres d'animaux : des chiens, des chats, des rats, un veau, et même un coyote qui avait dû s'aventurer en ville. Il y avait aussi le corps d'un vieil homme qui avait été sauvagement déchiqueté. Une odeur de putréfaction flottait dans la pièce.

S'emparant de l'un des pieux qu'il avait accrochés à son ceinturon, Cody s'avança prudemment jusqu'à la porte qui conduisait à l'arrière-boutique. Lorsqu'il l'ouvrit, un homme vêtu de haillons se jeta sur lui. Mais Cody était prêt. Son bras se détendit à une vitesse prodigieuse et il transperça la poitrine de l'attaquant.

Ce dernier bascula en arrière et retomba sur le sol, le corps agité de spasmes. Puis il se décomposa sous leurs yeux.

— Il ne devait pas être bien vieux, constata Cody en observant l'état du cadavre.

— Il a probablement été mordu au cours de l'attaque de la ville, répondit Brendan. Je le connaissais, tu sais. Il s'appelait JoJo Grayson. C'était un trappeur qui vivait dans la forêt, non loin d'ici. Il gagnait sa vie en vendant la fourrure des animaux qu'il capturait. Il était un peu fêlé mais c'était un brave type.

Cody se pencha pour décapiter Grayson.

— Alors ? Qu'est-ce que tu en penses ?

— Que la planque de Milo ne se trouve pas ici. Sinon, Grayson n'en aurait pas été réduit à saigner des animaux.

— C'est bien ce que je pensais, acquiesça Brendan. Cela nous laisse encore Brigsby...

— Exact. Mais avant de nous y rendre, nous devons faire le tour de Hollow Tree et nous assurer qu'il n'en reste pas d'autres comme lui. Nous ne pouvons courir le risque de laisser derrière nous un autre foyer d'épidémie.

— Je suis d'accord, déclara Brendan en bandant son arc. Ne perdons pas de temps car il nous reste encore pas mal de bâtiments à explorer.

Cody hocha la tête et ils reprirent leur inspection.

Alex avait décidé de rendre visite à Cole Granger mais, en arrivant devant le bureau du shérif, elle trouva porte close.

— Je crois qu'il est au cimetière avec Dave, lui indiqua Jim Green qui était assis devant sa boutique, juste de l'autre côté de la rue.

— Merci, répondit-elle, se demandant ce que les deux hommes pouvaient bien faire en un tel endroit.

Elle n'avait pourtant pas entendu parler de victimes du côté des habitants de la ville après la bataille rangée qui avait eu lieu la veille. Mais Cole avait probablement décidé de faire enterrer les corps à demi décomposés des vampires les plus jeunes.

Elle regagna donc la pension et se rendit directement à l'écurie pour seller son cheval. Levy se trouvait là et, lorsqu'elle lui apprit où elle comptait se rendre, il hocha la tête d'un air entendu.

— Je pensais bien que vous vous rendriez sur la tombe de votre papa, un de ces jours, déclara-t-il. A vrai dire, je suis même étonné que vous ne l'ayez pas déjà fait.

Cette remarque innocente éveilla en elle une pointe de culpabilité. Car si elle avait tenu à se rendre à l'endroit où son père était mort, elle avait évité jusqu'alors d'aller voir celui où il était enterré. Elle ne se l'expliquait pas vraiment, d'ailleurs. Mais en évitant de voir sa tombe, elle avait peut-être évité d'admettre l'inéluctable réalité de sa disparition.

Pourtant Levy avait raison. Il était grand temps qu'elle cesse de se mentir et se confronte à la triste vérité.

— Voulez-vous que je vous accompagne ? lui demanda le jeune homme, la tirant de ses sombres réflexions.

— Ce n'est pas la peine, assura-t-elle. Je n'en ai pas pour très longtemps. Et puis, Cole et Dave se trouvent déjà là-bas.

Levy hocha la tête et elle sauta en selle. Il ne lui fallut que quelques minutes pour atteindre le cimetière qui se dressait un peu en dehors de la ville. En approchant, elle put constater qu'elle ne s'était pas trompée : avec l'aide de quelques hommes, Cole avait bâti un grand bûcher sur lequel avaient été placés les cadavres décapités des vampires.

Il brûlait déjà, dégageant une odeur écœurante. Alex descendit de cheval et s'approcha du cimetière en plaquant un foulard sur le bas de son visage.

Lorsque Cole l'aperçut, il sortit à grands pas pour venir à sa rencontre.

— Qu'est-ce que tu fais là ? lui demanda-t-il.

Alex se demanda ce qui le rendait si nerveux.

— Je voulais te voir, répondit-elle. En apprenant que tu étais au cimetière, je me suis dit que c'était l'occasion d'aller voir la tombe de mon père. Jusqu'à présent, je n'ai pas encore eu le courage de le faire.

— Ce n'est pas le moment, objecta Cole en la retenant par le bras.

— Mon Dieu ! s'exclama alors Alex. Mais que s'est-il passé, ici ?

Jusqu'alors, elle n'avait eu d'yeux que pour le bûcher mais elle venait de s'apercevoir que le cimetière avait été profané. Plusieurs tombes étaient ouvertes et les cercueils qu'elles contenaient paraissaient avoir été forcés.

Le cœur battant à tout rompre, Alex dégagea son bras de l'emprise de Cole et s'avança. Elle n'eut aucun mal à trouver la tombe de son père, qui se trouvait juste sous l'arbre qu'il aimait tant. Il avait toujours dit qu'il souhaitait être enterré à cet endroit.

Mais sa tombe faisait partie de celles qui avaient été profanées. Et son cercueil grand ouvert ne contenait aucun corps.

En revenant de Hollow Tree, Brendan et Cody passèrent devant le petit cimetière de Victory. Cody aperçut aussitôt le brasier autour duquel étaient rassemblées plusieurs personnes qui avaient probablement participé à sa construction.

Pourtant, aucune d'elles ne regardait les flammes. En fait, tous les regards étaient braqués sur l'une des tombes devant laquelle se trouvaient Alexandra Gordon et Cole Granger.

Cody ne put réprimer un juron et dirigea sa monture vers le cimetière. Brendan le suivit et tous deux mirent pied à terre devant la grande porte en fer forgé.

— Attends-moi là, conseilla Cody à son compagnon.

Brendan hocha la tête et rejoignit Dave qui se tenait auprès du bûcher. Cody, quant à lui, gagna à grands pas la tombe d'Eugène Gordon. Les cris d'Alex s'entendaient à bonne distance.

— Comment as-tu pu faire une chose pareille, Cole ? Comment as-tu osé le déterrer de cette façon ? Tu n'avais pas le droit de profaner ces tombes ! Qu'as-tu fait de son corps ?

Elle remarqua alors Cody et tourna vers lui un regard accusateur.

— C'est lui qui t'a convaincu de le faire, n'est-ce pas ? demanda-t-elle à Cole.

— C'est exact, déclara Cody en la regardant droit dans les yeux. J'ai demandé au shérif de m'aider à déterrer certaines des personnes qui se trouvaient enterrées ici.

— J'en étais sûre ! s'exclama-t-elle, furieuse. Vous n'êtes qu'un être abject, dénué de toute moralité ! Qu'avez-vous fait de mon père et de tous ces pauvres gens ? Les avez-vous décapités et transpercés de pieux ?

— Nous avons fait ce qui était nécessaire, étant donné les circonstances, répondit calmement Cody. Je suis sûr que le shérif vous l'aurait expliqué si vous lui aviez laissé une chance de se justifier.

— Il n'y a aucune justification pour ce genre d'acte ! s'écria-t-elle d'un ton rageur. Vous avez profané ces tombes !

— Vous vous trompez, objecta Cody. Ces tombes étaient déjà profanées lorsque nous sommes arrivés ici.

— Par qui ?

— Par ceux qui se trouvaient à l'intérieur, expliqua-t-il. Tous étaient morts des suites d'une morsure de vampire.

— Cela n'a aucun sens ! protesta Alex. Si ces gens étaient des vampires, pourquoi se trouvaient-ils dans leurs tombes et non avec Milo ?

— Parce qu'il ne recrute que ceux qu'il estime dignes de rejoindre sa bande. Il laisse les autres se débrouiller seuls. Nous n'avons pas profané ces tombes, Alex. Au contraire, nous avons aidé leurs occupants à trouver le repos.

— Mais qu'avez-vous fait des corps ?

— Nous les avons remis dans leurs cercueils. Après avoir construit ce bûcher, Cole devait veiller à ce qu'ils soient inhumés de nouveau.

— Je ne comprends pas, murmura Alex en fixant le cercueil grand ouvert d'Eugène Gordon. Où est mon père ?

— Il ne se trouvait pas dans sa tombe, répondit Cody.

Alex releva les yeux et le contempla longuement en silence. Puis, brusquement, elle se détourna et se mit à courir vers la porte du cimetière. Une fois dehors, elle détacha la bride de sa jument et sauta en selle en direction de la ville.

Alex remonta la rue principale au grand galop et arrêta sa monture juste devant le saloon. Elle prit à peine le temps de l'attacher avant d'entrer d'un pas résolu. Sans hésiter, elle se dirigea droit vers le bar et se planta devant Roscoe qui la considérait avec un étonnement évident.

— Sers-moi un bourbon ! lui dit-elle.

— Pardon ? articula-t-il en clignant des yeux.

— Je voudrais un bourbon.

— Mademoiselle Alex…

— Je suis sérieuse, Roscoe.

Il dut comprendre qu'elle ne renoncerait pas facilement et poussa un profond soupir. Se détournant, il alla chercher une bouteille et remplit un verre qu'il posa devant elle. Alex le prit et le porta à ses lèvres pour le vider d'un seul trait.

Un frisson la parcourut alors que le liquide brûlant descendait le long de sa gorge pour venir se nicher dans son ventre. Cette sensation l'aida à recouvrer un semblant de calme et elle considéra ce que Cody venait de lui dire.

Ce n'était pas possible, décida-t-elle. Son père ne pouvait être devenu un vampire.

— Mademoiselle Alex?

Elle se retourna et avisa Jigs qui était assis devant son piano et la considérait avec attention. Elle remarqua qu'il avait les traits tirés et des cernes sous les yeux. Sans doute avait-il du mal à trouver le sommeil après les événements de ces derniers jours.

— Est-ce que ça va? lui demanda-t-elle.

— Oui mais j'avoue que je me sens un peu fatigué, soupira-t-il. Il faut croire que faire des rondes toutes les nuits ne me réussit pas vraiment...

Alex entendit alors des pas au-dessus d'elle et leva les yeux. Elle découvrit Linda qui se tenait en haut de l'escalier. Comme à son habitude, elle était vêtue de façon provocante, arborant une robe fendue sur le côté qui révélait une cuisse fuselée et un décolleté qui ne laissait que peu de place à l'imagination.

— Que se passe-t-il, ma petite? demanda sa belle-mère en descendant l'escalier pour la rejoindre.

— Vous étiez à l'enterrement de mon père, n'est-ce pas? lui demanda Alex. J'imagine que cette fois, au moins, vous n'aviez pas quitté la ville pour affaires?

— Je ne savais pas que vous aviez des griffes, mon chaton, ironisa Linda.

— Répondez-moi!

Toute trace d'amusement déserta le visage de Linda qui hocha la tête.

— Bien sûr, j'y étais, répondit-elle. Et je vous rappelle au passage que tel n'était pas votre cas.

— Je ne savais même pas que papa était mort,

répondit Alex. Vous savez bien qu'il a été enterré avant que la lettre de Cole ne me parvienne!

— Soit, concéda Linda. Mais pourquoi tenez-vous brusquement à savoir si j'étais là?

— Parce que Eugène Gordon ne se trouve plus dans son cercueil, fit une voix familière derrière elle.

Linda se tourna vers Cody qui se tenait sur le seuil.

— Qu'est-ce que c'est que cette histoire? lui demanda-t-elle en fronçant les sourcils.

— Cole et moi avons constaté que plusieurs tombes avaient été profanées, l'autre jour. Nous les avons ouvertes et avons découvert qu'un certain nombre de personnes avaient été contaminées par Milo et ses sbires. La tombe d'Eugène Gordon en faisait partie mais, contrairement aux autres, elle était complètement vide.

— Je ne comprends pas, objecta Linda en se tournant vers Alex. Seriez-vous en train de m'accuser d'avoir dérobé le corps de votre père?

— Non, répondit Alex. C'est M. Fox qui accuse mon père d'être un vampire tout comme Milo Roundtree.

— Je ne l'ai jamais comparé à Milo, objecta Cody.

— Dieu du ciel, murmura Roscoe qui se servit un verre de bourbon et le vida cul sec.

— Mais vous voulez lui transpercer le cœur et lui couper la tête, n'est-ce pas? s'exclama Alex.

Cody s'abstint prudemment de répondre.

— Dites-moi, demanda-t-elle en se tournant de nouveau vers sa belle-mère. Avez-vous vu mon père depuis qu'il a été enterré? Est-il venu vous trouver?

— Alex..., murmura Linda d'une voix pleine de compassion.

Alex se détourna brusquement et se dirigea vers la porte. Sans tenir compte de Cody, elle sortit du saloon et se retrouva nez à nez avec Cole et Brendan qui venaient de descendre de cheval.

— Alex, je suis désolé, lui dit le shérif. L'un de nous aurait dû…

— Pas maintenant, Cole ! s'exclama-t-elle.

Sans ajouter un mot, elle prit Cheyenne par la bride et se dirigea vers la pension.

— Est-ce que ça va, mademoiselle Alex ? lui demanda Levy d'une voix inquiète lorsqu'il la vit entrer dans l'écurie.

— Je ne vois pas qui pourrait aller bien dans cette ville de fous, répliqua-t-elle.

Le regard empli de sympathie qu'il lui lança l'aida à se reprendre.

— Et toi, Levy, lui demanda-t-elle, comment vas-tu ?

— Bien, mademoiselle. Je me sens prêt à botter les fesses de ces maudits vampires dès qu'ils oseront remettre les pieds en ville.

Cette remarque parvint à arracher un sourire à Alex.

— Dis-moi, Levy, est-ce qu'il t'arrive de rêver ?

— Comme tout le monde, j'imagine, répondit-il en haussant les épaules. Mais la plupart du temps, je ne m'en souviens pas.

— Tu n'aurais pas rêvé de mon père, ces derniers temps ?

— Pas que je sache, mademoiselle.

— Bien. Si jamais cela t'arrive, et s'il te demande de venir à lui ou de le laisser entrer, il faut que tu refuses. Tu comprends ?

— Euh… pas vraiment, avoua-t-il.

— Promets-moi juste que tu refuseras.

— Je vous le promets, mademoiselle Alex.

Le regard du jeune homme indiquait pourtant qu'il doutait quelque peu de sa santé mentale. Elle fut tentée de lui expliquer ce qui se passait mais y renonça. Quittant l'écurie, elle gagna donc la cuisine où Beulah préparait le dîner, aidée par Tess et Jewell qui épluchaient les légumes.

— Vous voilà, mademoiselle Alex ! s'exclama la cuisinière. Je commençais à me faire du souci. Savez-vous si ces messieurs seront de retour pour dîner ?

— J'imagine que oui, répondit Alex. Moi, par contre, je vais me coucher. Je ne me sens pas dans mon assiette.

— Raison de plus pour manger quelque chose ! protesta Beulah.

Mais Alex ne tint aucun compte de ses objections et se dirigea vers l'escalier. Elle n'avait aucune envie de recroiser Cody et Brendan, ce soir-là. Elle s'enferma donc dans sa chambre et se passa de l'eau sur la figure.

Lorsque ce fut fait, elle se débarrassa de ses bottes et de ses bas et s'étendit sur son lit, les bras en croix et les yeux résolument fixés sur le plafond.

Dave lui avait dit que les causes de la mort de son père n'avaient pu être déterminées. On n'avait retrouvé sur lui aucune blessure. Mais à l'endroit même où on l'avait retrouvé, Dave et elle s'étaient faits attaquer par des vampires. Et d'après Cole et Cody, non seulement la tombe de son père avait été profanée mais, de plus, le corps avait disparu.

Tous ces faits tendaient à prouver que Cody avait raison et qu'Eugène Gordon était bel et bien devenu l'une de ces créatures.

Mais si c'était le cas, le rêve qu'elle avait fait l'autre nuit prenait une tout autre signification. Car il ne s'agissait peut-être pas d'un simple songe mais bien d'un rêve prémonitoire. Or son père n'y était pas apparu comme un allié de Milo. Il avait même essayé de la protéger.

Evidemment, Cody les avait mis en garde contre les

subterfuges dont les vampires pouvaient faire preuve pour s'attirer la confiance de leurs proches. Mais elle était convaincue que son père était différent. N'avait-il pas passé sa vie à refuser la violence et à la dénoncer ?

Mais s'il était bien devenu un vampire et s'il avait résisté à la soif de sang qui, d'après Cody, devait le tarauder impitoyablement, où se trouvait-il donc ? Vivait-il caché quelque part dans la forêt, seul et sans le moindre contact avec ses semblables ?

La seule façon qu'elle avait de répondre à ces questions était de guetter un nouveau rêve prémonitoire. Hélas, elle n'avait jamais réussi à les provoquer et encore moins à les contrôler...

Lorsque Cody pénétra dans la cuisine de la pension, Beulah le considéra d'un air inquiet.

— Que se passe-t-il, monsieur Fox ? lui demanda-t-elle. Pourquoi Mlle Alex était-elle si bouleversée en rentrant ?

Cody décida d'opter pour la franchise. Il avait toujours été convaincu que, contrairement à la plupart des habitants de Victory, Beulah en savait plus long qu'elle ne voulait bien le dire au sujet des vampires.

— La tombe de son père est vide, déclara-t-il. Nous nous en sommes aperçus récemment et...

— Et personne n'a eu le courage de le lui dire, compléta Beulah.

— Exactement, soupira-t-il. Savez-vous où elle se trouve, à présent ?

— Dans sa chambre. Mais je crois que vous feriez mieux de la laisser tranquille. Elle a besoin d'un peu de temps pour se calmer et remettre de l'ordre dans ses idées.

— Sans doute, concéda Cody. Mais dites-moi,

Beulah, avez-vous revu M. Gordon, depuis le jour de son enterrement ?

— Non.

Quelque chose dans la voix de Beulah lui fit penser qu'elle ne disait pas toute la vérité.

— Vous sembliez pourtant savoir ce qui se tramait ici avant même que je ne l'explique à tout le monde.

— C'est vrai, concéda Beulah. C'est que, voyez-vous, ma grand-mère était originaire comme vous de La Nouvelle-Orléans. Elle savait... des choses...

— Vous voulez dire qu'elle pratiquait le vaudou ? s'enquit Cody, curieux.

Beulah hocha gravement la tête.

— Oui, répondit-elle. Et le maître chez qui elle avait servi avant d'être affranchie le pratiquait également. C'est elle qui m'a parlé des zombis et des vampires. Et quand Cole et Dave ont ramené le corps de ce pauvre M. Gordon, j'ai tout de suite compris qu'il n'était pas mort de cause naturelle...

— Pourquoi n'en avez-vous pas parlé aux autres, alors ?

— A votre avis, qui aurait cru une vieille cuisinière noire sans instruction ? répondit Beulah en haussant ses larges épaules. On m'aurait accusée d'être folle. Après tout, jusqu'à ce que ces chauves-souris de malheur nous attaquent, la majeure partie des gens d'ici étaient convaincus qu'ils avaient affaire à une bande de brigands particulièrement sanguinaires...

— Au moins, ils connaissent la vérité, à présent. Et ils sont prêts à affronter ces monstres.

— Prêts ? répéta Beulah d'un ton dubitatif. Vous le pensez vraiment ? Mais comment les gens pourraient-ils se défendre efficacement alors qu'il y a tant de fermes isolées dans la région ? Et puis, il faut compter avec les

Apaches. Que se passerait-il s'ils étaient tous contaminés et se retournaient contre nous ?

Cody fronça les sourcils. En quelques phrases, Beulah venait de résumer ses pires angoisses.

— Nous n'attendrons pas que les choses en arrivent là, dit-il avec bien plus d'assurance qu'il n'en éprouvait réellement. Nous trouverons le repaire de Milo avant.

— Que Dieu vous entende, répondit gravement Beulah. Car si ce n'est pas le cas, nos jours sont comptés...

Alex se concentra sur l'image de son père. A quarante-cinq ans, c'était toujours un bel homme. Ses cheveux grisonnants soulignaient l'impression de sagesse et de dignité qui émanait de lui. Il avait de larges épaules, de grandes mains aux paumes légèrement calleuses, et un sourire communicatif qui trahissait un amour immodéré de la vie.

Elle essaya de se le représenter comme elle l'avait vu, près de l'endroit où il avait été tué. Elle imagina le vent qui jouait dans ses cheveux, le soleil couchant derrière lui et les branches des arbres qui ondulaient légèrement au gré de la brise...

Mais chaque fois qu'elle se concentrait sur un nouveau détail, le reste de l'image lui échappait. C'était une expérience d'autant plus frustrante qu'elle cherchait uniquement à reconstituer une vision qu'elle avait déjà eue.

Pourquoi était-elle incapable de la recréer ?

Plus elle se concentrait et plus son esprit s'emplissait de ténèbres. Elle crut d'abord que c'était le sommeil qui menaçait de la submerger mais s'aperçut au bout d'un moment que cette obscurité correspondait à une autre vision, une vision qu'elle n'avait pas sollicitée mais qui s'imposait à elle.

Il y avait une maison.

Une belle maison entourée de champs et de prairies fermée par des clôtures blanches.

Il y avait un cheval qui lui semblait vaguement familier.

En esprit, Alex se rapprocha du bâtiment principal. Elle sut qu'en temps normal elle aurait dû entendre le rire des enfants. Mais; ce soir-là, un silence pesant régnait sur la maisonnée.

Elle pensa tout d'abord que les lieux étaient déserts, mais comprit qu'en fait tout le monde s'était endormi très tôt. Tous pleuraient la mort récente d'Amy, l'une des filles de la famille. Alex sentit son cœur se serrer. Elle était mieux placée que quiconque pour comprendre la détresse de ces gens.

Elle perçut alors un mouvement, quelque part dans la maison. Son esprit se projeta dans la chambre de Bill et Dolorès Simpson et elle vit celle-ci se lever. Elle n'enfila ni sa robe de chambre ni ses chaussons et se dirigea vers la porte.

Là, elle s'arrêta et jeta un coup d'œil en direction de son époux qui dormait toujours profondément.

Puis elle sortit et referma précautionneusement la porte derrière elle. A pas de loup, elle s'avança dans le couloir et atteignit une autre porte qui donnait sur la chambre des garçons. Elle la poussa doucement et s'approcha du lit de Jared, le petit dernier.

L'enfant était profondément endormi, serrant contre lui le morceau de tissu qui devait lui servir de doudou. Alex eut soudain l'impression que quelque chose n'allait pas. Elle n'aurait su dire ce qui lui inspirait une telle sensation mais son malaise ne cessait de s'amplifier.

Soudain, Dolorès Simpson plaqua sa paume sur la

bouche de son fils et se pencha vers lui. Ses lèvres se retroussèrent, révélant des canines surdimensionnées qui s'allongèrent encore, se transformant en véritables crocs.

Avec un grognement sauvage, Dolorès les planta dans la gorge de Jared et commença à boire avidement le sang qui coulait de la plaie. Ce n'est qu'alors qu'Alex parvint à s'arracher en hurlant à l'horreur de cette vision.

11

Cody et Brendan étaient en train de boire leurs cafés en se partageant les restes de la délicieuse tarte aux cerises qu'avait préparée Beulah lorsqu'un hurlement retentit au premier étage.

Aussitôt, Cody se leva, faisant basculer sa chaise, et il se rua dans l'escalier dont il gravit les marches quatre à quatre. Parvenu devant la porte d'Alex, il ne prit pas la peine de frapper en pénétrant à l'intérieur, pistolet en main.

Mais, cette fois, elle ne se trouvait pas sur le balcon et aucun monstre n'était venu la chercher. Pourtant, cela ne l'empêchait pas de paraître terrifiée. Assise sur son lit, elle haletait légèrement, en proie à une horreur aussi évidente qu'inexplicable.

Cody parcourut de nouveau la pièce des yeux, cherchant ce qui aurait pu lui échapper. Mais il ne vit rien de suspect et finit par rengainer son arme avant de s'approcher d'Alex qu'il prit par les épaules.

— Que se passe-t-il? lui demanda-t-il d'une voix très douce.

Elle parut brusquement revenir à elle et lui jeta un coup d'œil légèrement hagard.

— Alex?

— Il faut que nous allions à la ferme des Simpson,

déclara-t-elle. Sa femme… J'ai vu ce qui allait se produire mais il n'est peut-être pas trop tard pour l'empêcher…

Sur ce, elle se leva et alla chercher ses bottes qu'elle enfila à la hâte. Cody s'aperçut alors que Brendan se tenait sur le seuil de la pièce. Derrière lui se tenaient tous les membres de la maisonnée qui avaient été attirés par les cris de la jeune femme.

— Est-ce que tu lui as dit que les Simpson étaient venus voir Cole? s'enquit Brendan.

Cody secoua la tête.

— Dans ce cas, il ne s'agit peut-être pas d'un cauchemar. Nous ferions mieux d'aller vérifier.

— Je viens avec vous, déclara Alex en bouclant autour de sa taille le ceinturon qui contenait le revolver de son père.

— Il n'y a pas de raison que vous couriez un tel risque, protesta Cody.

— Au contraire, protesta-t-elle. C'est moi qui ai vu ce qui risquait de se passer et je tiens à l'empêcher. Bert, Levy, vous garderez la maison pendant notre absence.

— Alex, je vous en prie, plaida Cody.

— Nous perdons du temps, déclara-t-elle en le regardant droit dans les yeux. Je ne tiens pas à ce que les Simpson perdent un deuxième enfant, simplement parce que nous n'avons pas été assez rapides.

Cody ne tenait pas à ce que la présence d'Alex le déconcentre à un moment crucial. Mais il était évident qu'elle n'entendait pas lui laisser le choix et il dut se résigner à la laisser les accompagner.

— Bert, dit-il au passage, allez prévenir le shérif qui doit se trouver au saloon. Il pourrait s'agir d'une ruse pour nous pousser à quitter la ville avant une nouvelle attaque. Redoublez d'attention tant que nous ne serons pas de retour.

Bert hocha la tête et s'élança vers la porte d'entrée.

— Levy, ajouta Cody, ne quitte la maison sous aucun prétexte.

— Je vous le jure, répondit le jeune homme d'un ton solennel.

Une fois qu'il eut donné ces instructions, Cody rejoignit Alex et Brendan qui se trouvaient déjà dans l'écurie. Tous trois sellèrent leurs chevaux et s'élancèrent au galop à travers la ville. Les deux hommes laissèrent Alex les guider jusqu'au ranch des Simpson.

Tandis qu'ils chevauchaient à vive allure, Cody constata qu'il restait encore quelques jours avant la prochaine pleine lune. Il était déjà convaincu que ce serait le moment que choisirait Milo pour attaquer. Mais cela ne signifiait pas pour autant que la vision d'Alex ne constituait pas un piège.

Le vampire avait peut-être cherché à l'attirer hors de la ville, en pleine nature, là où la jeune femme serait plus vulnérable…

Fort heureusement, ils parvinrent au ranch des Simpson sans encombre. Sans hésiter, ils franchirent d'un bond la porte du ranch qui était fermée par une épaisse chaîne cadenassée.

— Ne tirez pas, Bill ! s'écria Alex lorsqu'ils approchèrent de la maison. C'est moi, Alex Gordon ! Je suis avec Cody et Brendan. Vous êtes en danger et nous sommes venus vous aider !

Cody n'attendit pas qu'on vienne leur ouvrir et, d'un coup de botte, il enfonça la porte principale et pénétra dans la maison, manquant percuter Bill qui se tenait là, le fusil à la main, et se demandait visiblement s'il devait ouvrir le feu.

— Bill, nous sommes venus vous prévenir que votre femme est malade, expliqua Alex.

Cody lui laissa le soin de lui expliquer la situation et s'avança pour explorer la maison. La première porte qu'il ouvrit donnait sur la chambre des filles. Sans attendre, il passa à la suivante et se retrouva face à Dolorès qui était penchée sur l'un de ses enfants, ses lèvres retroussées laissant apparaître des canines surdimensionnées.

Sans hésiter un seul instant, il se jeta sur elle et la repoussa violemment, la renversant sur le sol sur lequel il la maintint allongée en s'asseyant à califourchon sur sa poitrine. Elle se débattit en hurlant, s'efforçant vainement de le mordre. Le bruit qu'elle faisait réveilla les enfants qui se mirent à crier et à sangloter.

Cherchant à protéger sa mère, Jared se jeta courageusement sur Cody et entreprit de lui marteler le dos et la nuque de ses petits poings. C'est alors qu'il fut rejoint par les trois autres adultes.

— Bill, faites sortir les enfants ! s'exclama Brendan qui parvint à écarter Jared de Cody.

Bill demeura quelques instants figé sur place, les yeux fixés sur son épouse qu'il contemplait avec un mélange de stupeur et d'horreur. Alex le secoua par le bras et il parut enfin reprendre ses esprits. Elle entraîna alors le père et ses fils hors de la pièce.

Dès qu'ils furent sortis, Brendan se porta au secours de Cody et tous deux parvinrent à grand-peine à maîtriser Dolorès Simpson. Quelques instants plus tard, l'époux de celle-ci revint dans la pièce.

— Vous n'allez pas lui faire de mal, n'est-ce pas ? articula-t-il d'une voix étranglée.

— Pas si nous pouvons l'éviter, lui répondit Cody. Allez nous chercher de la corde !

Bill hocha la tête et s'éclipsa de nouveau. Quelques instants plus tard, il était de retour avec un rouleau de corde. Cody et Brendan attachèrent alors les chevilles et les poignets de Dolorès qui continuait à se débattre violemment et tentait de les mordre.

— Qu'allons-nous faire d'elle ? s'enquit Bill lorsqu'elle se retrouva enfin allongée sur le lit, réduite à l'impuissance.

— Vous devriez sortir, lui conseilla Cody d'une voix très douce. Il vaut mieux que vous ne la voyiez pas ainsi.

— Mais c'est ma femme, protesta Bill.

— Je sais. Et je vous promets de tout faire pour essayer de la sauver. Mais vous devez aller rassurer vos enfants. Ils ne doivent pas comprendre ce qui se passe.

Lorsque Bill eut enfin quitté la pièce, Cody se tourna vers Brendan.

— Je vais avoir besoin de ma trousse, lui dit-il.

— Tu comptes lui donner ton sang ? lui demanda son ami en fronçant les sourcils. N'est-ce pas trop tôt ?

— Ne t'en fais pas, j'ai plus de sang qu'il n'en faut.

— Très bien, soupira Brendan sans conviction.

Il sortit pour aller chercher la trousse. Pendant son absence, Dolorès reprit conscience. Ses paupières se fermèrent brièvement et, lorsqu'elle les rouvrit, elle observa la pièce dans laquelle elle se trouvait d'un air interloqué. Puis elle découvrit Cody et le considéra avec stupeur.

— Monsieur Fox ? Mais qu'est-ce que vous faites là ? Que s'est-il passé ?

Elle observa de nouveau la pièce et son inquiétude redoubla.

— Où sont mes enfants ? s'exclama-t-elle. Où est mon mari ?

— Ils vont tous bien, lui assura Cody. Mais ce n'est pas votre cas, madame Simpson. Vous avez été contaminée et vous avez failli tuer votre fils, ce soir...

Elle secoua la tête.

— Ce n'est pas possible, murmura-t-elle.

Il pouvait malgré tout lire le doute dans son regard.

— Ce n'est pas possible, répéta-t-elle.

— Dolorès, il va falloir que vous me fassiez confiance. Vous devez me laisser vous aider. Je vais vous injecter un peu de mon sang. Il devrait vous aider à combattre ce mal.

— Où est Bill ? gémit-elle.

— Dehors, avec vos enfants. Je ne voulais pas qu'il vous voie tant que vous ne serez pas redevenue... vous-même.

De grosses larmes roulèrent sur les joues de Dolorès.

— Comment aurais-je pu vouloir faire du mal à mes enfants ? souffla-t-elle.

— Vous n'étiez pas dans votre état normal, expliqua Cody. C'est la raison pour laquelle nous avons dû vous attacher. A présent, je vais vous donner un peu de mon sang et il ne faut pas que vous vous débattiez, vous comprenez ?

— Je comprends, acquiesça-t-elle. Je vous le promets...

Sa voix s'étrangla de nouveau.

— Je ne veux pas que mes enfants soient en danger à cause de moi, reprit-elle. Si vous n'arrivez pas à me soigner, promettez-moi que vous me tuerez...

Brendan revint alors avec la sacoche de Cody.

— Que fait Alex ? lui demanda ce dernier.

— Elle s'occupe de Bill et des enfants. Heureusement qu'elle est là, parce qu'ils sont tous en état de choc.

Cody hocha la tête et sortit son matériel tout en s'adressant de nouveau à Dolorès.

— La transfusion sanguine est une découverte majeure de la médecine, vous savez, lui dit-il d'une voix apaisante. En 1628, un médecin anglais appelé William Harvey découvrit le principe de la circulation sanguine.

Peu de temps après, d'autres médecins tentèrent la première transfusion. Il fallut pourtant attendre 1665 pour qu'une expérience de ce type fonctionne. C'est le Dr Richard Lower qui a réussi cet exploit en maintenant un chien en vie grâce au sang d'autres chiens. Le protocole se révéla efficace sur des humains mais la morale s'en mêla et la loi interdit ce genre de pratique pendant près de cent cinquante ans… Attention, cela risque de piquer un peu.

Dolorès poussa un petit cri lorsqu'il introduisit l'aiguille dans sa veine et la relia à la pompe qui avait déjà commencé à se remplir de son propre sang.

— Est-ce que ça marche ? lui demanda-t-elle.

— Il est encore trop tôt pour le dire, répondit Cody qui continua à pomper.

Le sang s'écoulait de son bras dans le petit réservoir de verre avant de pénétrer dans la veine de Dolorès. Il transféra ainsi près d'un litre du fluide vital.

Il détacha alors la pompe de leurs bras et alla la rincer dans la petite cuvette qui servait aux ablutions des enfants.

— Crois-tu que cela va fonctionner ? lui demanda Brendan en observant la forme recroquevillée de Dolorès qui s'était endormie pendant la transfusion.

— Je l'ignore, avoua Cody. La transformation est déjà bien avancée chez elle. Mais il y a toujours un espoir…

Milo Roundtree faisait nerveusement les cent pas à l'abri des arbres. Il paraissait de fort méchante humeur mais la femme qu'il avait envoyé chercher était bien décidée à ne pas se laisser impressionner.

— Tu aurais quand même pu te déplacer au lieu de me faire venir ici au milieu de la nuit ! lui dit-elle.

Il lui jeta un regard glacé et elle ne put réprimer le frisson qui la traversa de la tête aux pieds.

— Tu ne crois tout de même pas que je vais m'exposer inutilement ? répliqua-t-il durement.

Elle fronça les sourcils, se rappelant avec amertume les trésors de séduction qu'il avait déployés pour l'attirer à lui. Elle n'avait pas eu la moindre chance de lui résister et avait cru aveuglément à ses promesses d'amour éternel.

Il lui avait dit qu'il avait besoin d'elle, qu'elle serait la reine d'un monde nouveau, que lorsqu'ils seraient réunis rien ne leur résisterait, qu'ils régneraient ensemble sur le monde entier…

Mais cette époque semblait bien lointaine, à présent. Et il ne lui restait plus que le goût amer de serments oubliés.

— Je vois, répondit-elle froidement. Que me veux-tu, au juste ?

— Je veux savoir pourquoi tout est si long. Si ça continue, ces hommes finiront par découvrir l'endroit où nous sommes cachés avant même que nous soyons passés à l'action.

— Comment peux-tu avoir aussi peur d'eux alors que tu as rassemblé autour de toi une véritable armée ? lui demanda-t-elle d'un ton moqueur.

Curieusement, loin de se vexer, Milo parut réfléchir à la question.

— Il y a chez ce Cody Fox quelque chose qui ne me dit rien de bon. Ce n'est pas un homme comme les autres. Il ne semble pas nous craindre. Et je n'arrive pas à deviner ce qui peut bien le motiver. Je n'aime pas ce genre d'inconnues. Mais je finirai bien par me débarrasser de lui d'une façon ou d'une autre. Comment se passent les choses en ville ?

— Très bien. J'ai déjà transformé plusieurs personnes malgré le couvre-feu qui rend les choses difficiles. Et ce n'est pas fini. Par contre, j'ai cru comprendre que tout était calme chez les Apaches et au ranch de Calico Jack. Il s'agissait pourtant de deux cibles prioritaires, n'est-ce pas ? J'ai l'impression que c'est toi qui prends du retard sur notre programme. J'imagine que tu es trop occupé à ajouter de nouvelles têtes à ton harem…

Milo la fusilla du regard.

— Ne sois pas impudente, répliqua-t-il d'un ton menaçant. C'est moi qui t'ai faite et je peux facilement te détruire.

Elle savait qu'il ne mentait pas. A plusieurs reprises déjà, elle l'avait vu faire usage du pouvoir destructeur qui l'habitait et elle ne tenait pas à être anéantie de la sorte. Baissant les yeux, elle attendit donc que sa colère reflue.

— Qu'en est-il des ranches ? demanda-t-il enfin.

— Certains sont infectés mais ce n'est pas la majorité, répondit-elle. Les gens sont prudents depuis que Cody Fox a tenu cette réunion.

— Si tout se passe comme je l'espère, il ne verra pas le jour se lever.

Elle s'abstint de remarquer qu'une fois de plus il ne prenait pas part à l'affrontement, se contentant d'envoyer ses sbires pendant qu'il demeurait prudemment en arrière. C'était une chose qu'elle avait découverte depuis qu'elle avait été transformée : plus les vampires étaient âgés et plus ils étaient prêts à tout pour protéger leur existence.

Milo n'hésitait jamais à sacrifier les siens pour se défendre et elle avait parfaitement conscience qu'un jour ce serait son tour. Mais elle était bien décidée à ne pas se laisser faire. Elle n'était pas un simple pion qu'il pouvait manipuler à sa guise avant de l'immoler.

Milo dut percevoir sa défiance car il s'approcha d'un air menaçant, l'agrippa par le bras et la regarda droit dans les yeux. Ce qu'elle lut dans les siens la terrifia.

— Souviens-toi de ceci, articula-t-il d'une voix glaciale. Tu es ma créature. Je t'ai donné une vie nouvelle et je peux te la reprendre quand bon me semblera. J'aurais pu te laisser mourir et tu ne serais plus à l'heure actuelle qu'un cadavre putréfié. Mais je t'ai choisie, je t'ai accueillie parmi les miens et je t'ai conféré un pouvoir qui dépassait tes rêves les plus fous. Tâche de ne jamais l'oublier.

Sur ce, il la repoussa si violemment qu'elle fut projetée à terre. Tournant les talons, il s'éloigna à grands pas et elle le suivit d'un regard chargé de haine.

Alex était assise dans la cuisine avec Bill et ses enfants. Elle leur avait préparé du chocolat chaud et s'efforçait d'entretenir la conversation, choisissant délibérément les sujets les plus à même de détourner leur attention de ce qui était en train de se passer dans la pièce voisine.

— Je ne comprends pas, finit pourtant par déclarer Jared. Qu'est-ce que ces gens font à ma maman ?

Bill poussa un profond soupir et alla chercher une bouteille de bourbon qui se trouvait dans l'un des tiroirs. Il se servit un verre et en offrit un à Alex qui l'accepta volontiers.

— Vous êtes assez grands pour comprendre, dit Bill à ses enfants. Votre sœur, Amy, est morte à cause d'une terrible maladie, une maladie qui transforme les gens et les rend dangereux. Et malheureusement, Amy l'a transmise à votre mère.

— Alors ils vont la tuer? balbutia Jared, les yeux emplis de larmes.

Alex secoua la tête.

— Non, mon chou, répondit-elle. M. Fox est médecin et il essaie de la soigner pour qu'elle redevienne exactement comme avant...

Ils furent interrompus par l'arrivée de Cody. Ce dernier était livide et avait visiblement du mal à tenir sur ses jambes. Elle se demanda avec angoisse combien de transfusions de ce genre il pourrait encore réaliser avant que sa propre santé ne s'en trouve affectée.

— Est-ce que ça va? lui demanda-t-elle d'une voix qui trahissait son angoisse.

Il hocha la tête.

— Je n'aurais rien contre une tasse de chocolat chaud, répondit-il avec un pâle sourire.

— Comment va Dolorès? s'enquit Bill d'une voix blanche.

— Elle tient le coup, répondit Cody.

— Est-ce que les enfants et moi pouvons la voir?

— Juste quelques minutes. Mais ne la détachez surtout pas. Nous ne savons pas encore si le traitement a été efficace.

Bill hocha la tête et entraîna ses enfants en direction de la chambre de leur mère. Cody s'effondra alors sur la chaise la plus proche et but le chocolat chaud qu'Alex venait de poser devant lui.

— Est-ce qu'elle va s'en sortir? lui demanda-t-elle.

— Je ne sais pas. Je ne sais vraiment pas.

— A-t-elle au moins une chance?

— Oui, répondit-il. Et si elle survit, ce sera grâce à vous. Vous avez sans doute sauvé toute cette famille, ce soir. A l'avenir, j'aimerais que vous me racontiez chacune de vos visions. Elles pourraient nous donner un avantage déterminant sur Milo.

— Je le ferai, acquiesça Alex.

— Est-ce que vous avez rêvé de nouveau de votre père?

— Non, soupira-t-elle. Mais je refuse de croire qu'il puisse être devenu l'un de ces monstres. N'avez-vous jamais entendu parler de vampires qui parvenaient à combattre leur soif de sang et à ne pas devenir des tueurs?

Cody détourna les yeux.

— Tout ce que je sais, c'est qu'il est possible de sauver certaines personnes, comme April Snow ou Dolorès Simpson, lorsque la transformation n'est pas encore complète. Mais votre père a été attaqué il y a des semaines. S'il vient à vous, vous ne pourrez courir le risque qu'il soit différent de tous les vampires qu'il m'a été donné de croiser jusqu'à présent. Vous avez vu ce qui est arrivé à Dolorès : elle a probablement été mordue par sa propre fille. Et j'ai peur que votre père ne fasse la même chose si vous n'êtes pas assez forte pour lui résister…

— Ce dont j'ai peur, moi, c'est que vous le tuiez sans lui laisser la moindre chance de prouver son innocence, répliqua-t-elle. Rien n'indique qu'il se soit allié à Milo.

— Mais nous n'avons pas encore vu tous les vampires que Milo a créés, loin de là, objecta Cody. Nous savons qu'il a déjà dévasté deux villes. Combien de victimes cela représente-t-il, à votre avis? Combien d'alliés potentiels? Tout ce que nous avons vu, pour le moment, ce ne sont que quelques avant-gardes et non sa véritable armée.

— Je sais que mon père n'en fait pas partie, insista Alex.

— Vous ne *savez* rien, objecta durement Cody. Vous pouvez croire, espérer, souhaiter tout ce que vous voudrez mais la seule chose qui soit certaine, c'est que le corps de votre père n'est plus dans sa tombe et que tous les vampires que nous avons rencontrés jusqu'ici n'avaient qu'un but : nous anéantir tous. Amy a réussi à infecter sa mère. Celle-ci aurait probablement contaminé le reste de sa famille. Et tôt ou tard, nous aurions dû nous battre contre les enfants des Simpson dans les rues de Victory. C'est la stratégie de Milo : il gangrène progressivement la ville et les environs, il cultive le doute et l'incertitude, il brise les familles… Et lorsqu'il estime avoir créé suffisamment de chaos, il passe à l'attaque…

— Cody ? Je crois que tu devrais venir.

Tous deux se tournèrent vers Brendan qui se tenait sur le seuil de la pièce.

— J'arrive, répondit Cody en se levant.

Alex l'imita et tous trois rejoignirent la chambre des garçons dans laquelle la famille Simpson était rassemblée autour de Dolorès. Celle-ci avait les yeux ouverts et paraissait être de nouveau elle-même. Mais le regard qu'elle tourna vers Cody trahissait la tension qui l'habitait.

— Ils approchent, lui dit-elle. Je peux les sentir…

— Je ne sais pas de quoi elle parle, murmura Brendan.

— Moi si, répondit Cody. Suivez-moi tous. Il faut nous mettre à l'abri.

— Pourquoi ? lui demanda Bill, inquiet.

— Parce que ce que sent votre femme, c'est l'arrivée imminente d'autres vampires.

— Il faut la détacher, dans ce cas.

— Pas encore.

— Mais nous sommes tous en danger !

— C'est vrai. Mais il existe un lien entre Dolorès et ces créatures et je ne peux pas courir le risque qu'elle succombe à la tentation de les rejoindre ou de les appeler à elle. Avez-vous une cave ?

— Oui.

— Dans ce cas, nous allons y conduire votre femme et vos enfants.

— Très bien, soupira Bill. Suivez-moi.

L'accès à la cave en question se trouvait en dehors de la maison et, lorsqu'ils sortirent, Alex ne put réprimer un frisson d'angoisse. Elle percevait dans l'air nocturne une tension nouvelle, comme si la nature tout entière devinait l'arrivée imminente des vampires.

Soudain, les loups se mirent à hurler à la mort, les faisant tous violemment sursauter. Ils pressèrent le pas tandis que Brendan allait chercher les armes dont ils auraient besoin pour combattre les créatures des ténèbres. Il disposa trois arcs, trois carquois et de nombreux pieux le long de la balustrade.

Pendant ce temps, les autres avaient atteint la trappe qui permettait d'accéder à la cave. Cody fit descendre les enfants avant de se tourner vers Alex.

— Allez avec eux, lui dit-il.

— Pas question, répliqua-t-elle. Je peux me battre. Je l'ai déjà fait à Victory.

— Il faut que quelqu'un reste auprès de Dolorès, insista Cody.

— Il y a ses fils.

— Ce n'est pas suffisant. Milo exerce toujours une certaine influence sur elle et elle pourrait parfaitement convaincre ses enfants de la libérer.

— Bill peut y aller, dans ce cas.

Cody jeta un regard dubitatif au fermier, estimant probablement qu'il était tout aussi vulnérable.

— Dépêchez-vous ! leur cria Brendan. Je les aperçois déjà !

— Je vais aller avec ma famille, déclara alors Bill. Ils auront moins peur si je suis avec eux. Et je vous promets que je ne me laisserai pas influencer par Dolorès, quoi qu'elle puisse me dire. J'ai bien vu ce qu'elle a failli faire à Jared.

Cody hocha la tête et s'écarta pour le laisser passer. Il referma alors la lourde trappe et se dirigea vers le porche à grands pas. Alex le suivit.

— Prenez le centre, lui dit-il. Brendan, tu occuperas la gauche et moi la droite.

Alex obéit sans discuter et tous trois s'agenouillèrent derrière la balustrade du porche, l'arc bandé et le regard aux aguets. Elle ne tarda pas à repérer l'étrange nuage noir qui paraissait se mouvoir à l'encontre du vent.

— Préparez-vous, leur dit alors Cody. Ils seront bientôt sur nous.

Bill Simpson et ses enfants étaient assis dans la cave et s'efforçaient sans grand succès de dominer la terreur qui les avaient envahis. Mais les hurlements déments des loups ne les y aidaient guère. Un sourire aguicheur se dessina alors sur les lèvres de Dolorès.

— Tu devrais me laisser partir, dit-elle à son mari.

Il secoua la tête, comprenant qu'elle devait se trouver sous l'influence des vampires.

— S'il te plaît, Bill, souffla-t-elle d'une voix enjôleuse. Laisse-moi les rejoindre. Tu ne sais pas ce qu'ils peuvent nous offrir : la vie et la jeunesse éternelles. As-tu oublié comment c'était ?

Bill se souvenait parfaitement. Il se rappelait leur jeunesse, la passion avec laquelle ils s'embrassaient chaque fois qu'ils en avaient l'occasion, les premières fois où ils avaient fait l'amour...

Curieusement, la voix de Dolorès faisait resurgir en lui des images qu'il avait crues oubliées. Il revoyait notamment une folle nuit passée à la belle étoile, peu de temps avant leur mariage.

— Papa ? murmura Jared, visiblement nerveux. Que se passe-t-il ?

Bill revint brusquement à lui et secoua la tête.

— Rien, mon chéri. Tout va bien. Nous devons rester à l'abri comme nous l'a demandé Cody.

— Cody, cracha Dolorès d'un ton empli de haine et de colère.

Ses lèvres se retroussèrent soudain, laissant apparaître ses crocs. Les enfants se mirent à hurler et Bill comprit qu'il devait agir avant qu'elle ne se jette sur eux ou sur lui. Il avait déjà perdu Amy et refusait de voir d'autres membres de sa famille emportés par cette atroce maladie.

— Pardonne-moi, Dolorès, souffla-t-il en décochant à son épouse un coup de poing qui l'envoya heurter violemment le mur de la cave.

Sonnée, elle s'affaissa sur elle-même en gémissant.

Les loups se turent brusquement et Alex remarqua que le nuage était à présent juste au-dessus d'eux. Il était constitué d'une dizaine de formes ailées qui se rapprochaient rapidement.

Les deux hommes levèrent chacun leur arc, attendant qu'elles soient à leur portée, et Alex les imita. Ce fut Cody qui tira le premier et, un instant plus tard, un hurlement suraigu se fit entendre. Brendan et Alex lâchèrent alors leurs flèches en direction des créatures.

Sans prendre le temps de vérifier s'ils avaient fait mouche, tous trois encochèrent de nouvelles flèches et tirèrent de nouveau. Deux autres créatures tombèrent du ciel. L'une d'elles se désintégra avant de toucher le sol mais l'autre se redressa et se mit en marche dans leur direction.

Alex lui tira dessus à deux reprises. La seconde de ses flèches se planta dans sa poitrine, lui arrachant un cri déchirant. Elle s'effondra sur elle-même, se transformant en une masse informe.

Cody, Brendan et elle lâchaient sur les vampires une pluie presque ininterrompue de projectiles. Il faisait trop sombre pour ajuster chaque tir et la plupart devaient manquer leur but. Pourtant des hurlements de douleur se faisaient régulièrement entendre, leur indiquant que ce tir de barrage n'était pas entièrement vain.

Trois vampires se posèrent alors sur la pelouse, non loin d'eux, et Cody lâcha son arc pour s'emparer d'un sabre de cavalerie. D'un geste fluide, il sauta par-dessus la rambarde du porche et s'élança vers eux. Fascinée, Alex le vit frapper à une vitesse stupéfiante, évitant les griffes et les crocs de ses adversaires.

Il paraissait danser en face d'eux, se mouvant avec un mélange de grâce et de précision à couper le souffle. Et chaque fois que sa lame s'abattait, c'était pour lacérer l'un de ses adversaires. D'un geste, il en décapita un avant de sectionner le poignet d'un autre.

— Brendan, attention ! s'écria alors Alex en apercevant un vampire qui courait vers lui.

Il eut tout juste le temps de lâcher son arc et de s'emparer d'un pieu avant que le monstre ne se jette sur lui. Le cœur battant à tout rompre, Alex demeura figée, n'osant tirer de peur de blesser Brendan. Puis le vampire tomba en poussière.

Les loups se remirent alors à hurler de plus belle, ajoutant encore à la cacophonie ambiante. Brendan et

Alex recommencèrent à tirer tandis que Cody massacrait tous les vampires qui osaient se poser.

Brusquement, leurs adversaires parurent comprendre qu'ils avaient affaire à forte partie. Dans un grand bruissement d'ailes, ils s'élancèrent de nouveau vers le ciel, masquant un instant la lune rousse.

Lorsque la lumière revint, elle révéla l'amas de cendres et les corps en décomposition répandus sur la pelouse. Les loups poussèrent alors un dernier cri avant de se taire tout aussi brusquement qu'ils avaient commencé à hurler.

— C'est fini, articula Cody, haletant. Pour ce soir, au moins...

12

Cody ne devait pas être aussi sûr de lui qu'il le prétendait car dès que Bill et ses enfants furent sortis de la cave, il leur demanda de se préparer à partir. Bill protesta, assurant qu'il ne pouvait se permettre d'abandonner son troupeau.

— Croyez-moi, répondit Cody en le regardant droit dans les yeux, si vous restez ici une nuit de plus, vous mourrez tous. Et si Brendan et moi ne parvenons pas à localiser le repaire de Milo au cours des jours à venir, votre troupeau sera bientôt le cadet de vos soucis.

Quelque chose dans la voix de Cody dut convaincre Bill qu'il serait vain de continuer à protester et, avec l'aide de Brendan, il alla atteler son chariot tandis qu'Alex aidait les enfants à rassembler les affaires dont ils auraient besoin lors de leur séjour en ville.

Le trajet de retour parut interminable à Alex. Fort heureusement, ils n'entendirent pas le moindre hurlement de loup et ne virent pas trace de ces chauves-souris géantes dont ils avaient appris à redouter les apparitions.

Lorsqu'ils atteignirent enfin Victory, Cody laissa Brendan et Alex installer la famille Simpson dans les chambres disponibles de la pension et gagna le saloon pour informer Cole Granger des derniers événements.

Beulah ne parut pas étonnée outre mesure par l'arrivée inopinée d'un homme, d'une femme qui était toujours pieds et poings liés et de quatre enfants qui semblaient aussi perdus que terrifiés. Avec son efficacité coutumière, elle envoya Tess et Jewell préparer les chambres, fit réchauffer de la soupe pour les petits et servit un whisky à Brendan et à Bill.

Ceux-ci convinrent du fait que Dolorès passerait la nuit sur le canapé du salon et que les hommes de la maison se relaieraient pour la surveiller. Et lorsque Beulah suggéra de desserrer les liens de Dolorès, ce fut Bill lui-même qui protesta, déclarant qu'il était trop tôt pour prendre le moindre risque.

— Allez vous coucher, lui conseilla alors Brendan. Je vais prendre le premier tour de garde.

— Je peux le faire, déclara Cody qu'ils n'avaient pas entendu rentrer.

— Il n'en est pas question ! déclara Alex d'un ton sans appel. Vous ne vous êtes pas ménagé au cours de ces derniers jours et vous avez déjà donné votre sang à deux reprises. Il est grand temps que vous alliez vous reposer.

Cody lui jeta un regard étonné, pourtant il ne chercha pas à protester. Il paraissait réellement épuisé.

— Je prendrai le premier tour, répéta Brendan.

— Et moi le second, ajouta Bert.

— Et nous n'aurons malheureusement pas besoin d'un troisième volontaire, déclara Alex en regardant la pendule qui indiquait déjà deux heures du matin. Bonne nuit à tous.

— Je tiens à vous présenter mes excuses pour tout à l'heure, déclara Cody tandis que tous deux gravissaient l'escalier conduisant à leurs chambres. Vous vous êtes battue comme une lionne et je suis heureux que vous vous soyez trouvée à nos côtés.

Ce compliment alla droit au cœur d'Alex. Elle fit un

pas vers Cody, bien décidée cette fois à lui faire part des sentiments qu'il lui inspirait. Mais il ne lui laissa pas le temps d'ouvrir la bouche.

— Bonne nuit, dit-il avant de disparaître dans sa chambre.

Alex contempla longuement la porte qui venait de se refermer derrière lui. Elle était tentée de frapper mais finit par y renoncer, la mort dans l'âme.

Lorsque Alex descendit dans la cuisine, le lendemain matin, elle trouva réunis autour de la grande table Cody, Brendan, Bill Simpson et ses quatre enfants. Brendan était en train de parler des derniers développements de la guerre avec Bill tandis que Cody décrivait aux fils de ce dernier les tours pendables qu'il avait joués à ses amis et à ses professeurs lorsqu'il étudiait la médecine à l'université.

Lorsqu'ils la virent entrer, tous les hommes présents se levèrent galamment.

— Bonjour à tous ! s'exclama-t-elle, surprise par l'atmosphère chaleureuse qui régnait dans la pièce et contrastait tant avec les événements macabres des derniers jours.

Dolorès entra alors, escortée par Beulah qui l'avait apparemment conduite dans l'arrière-cuisine pour qu'elle puisse faire un brin de toilette avant de les rejoindre. La femme de Bill était toujours très pâle mais elle paraissait s'être ressaisie.

— Je voudrais vous remercier pour ce que vous avez fait pour moi, déclara-t-elle en prenant la main d'Alex entre les siennes. Sans vous, je n'ose imaginer ce qui se serait passé.

— Je suis heureuse de voir que vous allez mieux, répondit Alex en souriant.

— Je ne me rappelle pas tout, à vrai dire. On dirait un affreux cauchemar. Et j'ai peur de me réveiller brusquement pour découvrir que je suis redevenue le monstre que j'étais.

— Cela n'arrivera pas, lui assura Alex. Nous ne laisserons plus ces créatures vous approcher. Vous êtes en sécurité, à présent.

Les deux femmes s'installèrent à table et le repas se poursuivit dans la bonne humeur. Mais, au bout d'une dizaine de minutes, ils furent interrompus par un bruit de cavalcade qui résonna dans les rues de la ville.

Aussitôt, Cody se leva et se dirigea vers la porte de la cuisine. Alex remarqua avec un certain soulagement qu'il paraissait plus étonné qu'inquiet. De fait, lorsqu'il ouvrit la porte, elle constata que les cavaliers n'étaient autres que Longue Plume et plusieurs de ces hommes.

Alex se leva pour aller à leur rencontre. Il y avait neuf guerriers en plus du vieux chef. Ce dernier salua Cody et Alex bientôt rejoints par Cole Granger et Dave Hinton.

Plusieurs habitants étaient également sortis de chez eux et observaient la scène avec curiosité. Les Apaches ne venaient pas souvent en ville et tous devaient se demander ce qu'une telle visite pouvait bien signifier.

— Nous avons fait ce que tu nous avais recommandé, Cody Fox, déclara Longue Plume. Et nous vous avons amené quelque chose qui devrait vous intéresser. Hier soir, de nombreuses créatures se sont approchées du village. Elles ont attaqué en force, pensant bénéficier de l'effet de surprise, mais nous les avions repérées depuis longtemps et nous nous sommes défendus. Celui Qui Rit a été tué et nous avons disposé de son corps comme tu nous l'avais conseillé. Nous vous avons également rapporté les corps des attaquants qui ne sont pas tombés en poussière.

Longue Plume désigna deux chevaux en travers desquels étaient posés les cadavres enveloppés de couvertures. Cody s'en approcha mais Cole posa la main sur son bras.

— Faites attention, lui dit-il. Nombre d'habitants de Victory avaient de la famille ou des amis à Brigsby et à Hollow Tree.

Cody hocha la tête et écarta un pan de la première couverture. Alex sentit son cœur se soulever en découvrant le visage d'une jeune femme qui ne devait pas être beaucoup plus âgée qu'elle. Le deuxième cadavre était celui d'un vieil homme et le troisième celui d'un adolescent.

Un cri se fit alors entendre et Alex s'aperçut que c'était Jim Green qui venait de le pousser. Son visage trahissait une horreur indicible tandis qu'il s'avançait vers Cody d'un pas titubant.

— Montrez-moi l'enfant ! s'exclama-t-il d'une voix blanche. Il faut que je le voie !

Cody tourna un regard hésitant vers Cole qui hocha la tête. Il souleva alors de nouveau la couverture, révélant le visage de l'adolescent.

— Mon Dieu, murmura Jim Green. C'est mon neveu... Comment avez-vous pu ? ajouta-t-il en jetant un coup d'œil accusateur à Longue Plume.

Dolorès s'approcha de Jim et posa une main sur son épaule.

— Venez, murmura-t-elle. Je sais ce que vous ressentez, croyez-moi. Mais je vous assure qu'il vaut mieux pour lui que les choses se soient terminées ainsi. Si les Indiens n'avaient pas été là, il serait toujours sous le contrôle de ce démon. A présent, il est libre et il va pouvoir reposer en paix, comme ma petite Amy. Suivez-moi, maintenant. Il ne sert à rien de vous torturer inutilement. Le shérif et M. Fox vont s'occuper de tout…

Jim se laissa faire et tous deux disparurent à l'intérieur de la pension.

— Je suis désolé d'apporter la tristesse et la désolation parmi vous, soupira Longue Plume. Mais j'ai pensé que vous voudriez récupérer vos morts pour les ensevelir selon vos coutumes.

— Et vous avez bien fait, acquiesça Cody.

Tandis qu'il se détournait pour s'entretenir avec Cole, Alex s'adressa au chef indien.

— Dites-moi, est-ce que vous connaissiez l'un de ceux qui sont morts hier ? lui demanda-t-elle.

Il la contempla avec une infinie compassion qui la toucha droit au cœur.

— Ton père ne se trouvait pas parmi eux, lui dit-il gravement.

Alex hocha la tête, incapable de prononcer le moindre mot. Pendant ce temps, Cole et Cody avaient passé en revue les corps qui se trouvaient sur le deuxième cheval. Avec l'aide de Dave et de Brendan, ils déchargèrent les cadavres qu'ils étendirent sur le trottoir de bois, juste devant la pension.

Puis Dave alla chercher un chariot dans lequel ils chargèrent les malheureuses victimes de Milo.

— Longue Plume, dit alors Alex, votre route a été longue. Puis-je vous offrir quelque chose à boire ?

— C'est très gentil à toi, Alexandra Gordon, mais nous devons rentrer au plus vite au village. Après ce qui s'est passé hier soir, je préfère ne pas m'éloigner trop longtemps.

— Je comprends, acquiesça-t-elle.

Longue Plume remonta en selle avec une agilité

étonnante pour un homme de son âge. Après leur avoir adressé un salut solennel, il mit son cheval au trot et ses guerriers l'imitèrent.

— Nous ne pouvons pas nous permettre de rester plus longtemps, dit alors Brendan à l'intention de Cody. Sinon, nous n'aurons jamais le temps de rentrer avant la nuit.

— Où comptez-vous aller ? s'enquit Alex, curieuse.

— A Brigsby, répondit Cody. C'est peut-être là que se cachent Milo et ses hommes. Le temps presse et si nous ne trouvons pas leur repaire rapidement, c'en sera fini de nous…

Lorsque Cody et Brendan arrivèrent à Brigsby, la ville paraissait tout aussi déserte que Hollow Tree.

— Seigneur Dieu, murmura Brendan.

Il était livide et Cody comprit que jusqu'alors il avait espéré y trouver des survivants. Mais il était désormais évident que les habitants de la ville s'étaient évaporés, eux aussi.

— Tu ne préfères pas m'attendre ici ? s'enquit Cody, le cœur serré par la souffrance qui se lisait dans les yeux de son ami.

— Non, articula ce dernier d'une voix enrouée par l'émotion. Si Milo a laissé des vampires derrière lui, je tiens à mettre personnellement un terme à leurs souffrances. C'est sans doute la seule chose que je puisse faire pour les miens, à présent…

— Tu es sûr ?

— Quelle chance y a-t-il pour que nous nous retrouvions face à mon frère et à son épouse ? répondit Brendan.

Cody préféra ne pas répondre à cette question. Les deux hommes s'avancèrent dans la rue principale.

Brigsby était construite sur le même modèle que Hollow Tree et Victory. Le bureau du shérif se dressait à une extrémité de la rue principale et le saloon à l'autre bout. Entre les deux, on trouvait la majorité des commerces.

Mais contrairement aux deux autres villes, l'église de Brigsby était assez impressionnante. C'était une grande bâtisse blanche construite dans la plus pure tradition du Sud et dont la taille prouvait que la petite communauté avait dû être fort prospère.

Brendan et Cody entreprirent d'inspecter les bâtiments un par un. La plupart étaient déserts mais ils trouvèrent quelques corps humains ainsi que plusieurs vampires décapités. Apparemment, quelqu'un à Brigsby avait compris la nature de l'envahisseur et la façon de lui résister.

Mais si cette information pouvait paraître plutôt encourageante, elle tendait également à prouver que Milo et sa bande n'étaient pas ici. De fait, malgré leurs recherches intensives, ils ne trouvèrent pas trace du moindre vampire encore en vie.

Puis, soudain, alors qu'ils s'apprêtaient à entrer dans un autre bâtiment, un bruit aussi familier qu'inattendu se fit entendre.

— Un claquement de porte, murmura Brendan.

— En effet, souffla Cody en bandant l'arc qu'il tenait à la main. Et il provenait de l'intérieur de l'église...

D'un commun accord, ils se dirigèrent vers l'édifice et gravirent les marches qui menaient à la double porte en chêne massif. Celle-ci était verrouillée.

— Crois-tu que Milo ait installé son repaire dans une église ? demanda Brendan en fronçant les sourcils.

— Cela ne m'étonnerait pas outre mesure de sa part, répondit Cody. Mais je doute que ce soit le cas. Car s'il est probablement assez puissant pour entrer dans un lieu consacré sans avoir à en souffrir, ce n'est probablement pas le cas de la majorité de ses hommes.

— Alors que sommes-nous censés faire, à présent ? demanda Brendan. Frapper ?

Cody ne répondit pas. Il avait parfaitement conscience du fait qu'il leur serait très difficile de forcer ces portes. De plus, ils n'avaient aucune idée de ce qui pouvait bien les attendre à l'intérieur. Il se sentit soudain très exposé, au milieu de cette rue déserte.

Mais comme il s'apprêtait à suggérer une retraite stratégique, Brendan décida de mettre sa suggestion à exécution et frappa à la porte de l'église. Cody poussa un grognement mi-désespéré, mi-résigné et recula de quelques pas pour observer la façade.

A l'étage, juste au-dessus de la porte, il repéra une petite fenêtre munie de vitraux, derrière laquelle on devinait une silhouette. La croisée s'entrouvrit alors et un homme vêtu d'une soutane se pencha vers eux.

— Qui êtes-vous ? leur demanda-t-il.

— Mon nom est Cody Fox. Et voici Brendan Vincent. Nous traquons ceux qui ont détruit cette ville.

— Reculez-vous, retirez vos chapeaux et placez-vous en plein soleil.

Ils firent ce qu'on leur demandait.

— Ce n'est pas un test très probant, remarqua Brendan. Ils évitent de sortir de jour parce qu'ils sont plus puissants durant la nuit. Mais cela ne veut pas dire pour autant qu'ils sont incapables de supporter la lumière du soleil.

— Mais qu'est-ce qui te prend ? protesta vivement Cody. D'abord, tu frappes à la porte et, maintenant, tu vas lui faire croire que nous sommes des vampires !

— Je n'aime pas mentir aux ecclésiastiques, expliqua son ami en haussant les épaules. Ça porte malheur.

Cody secoua la tête, trop stupéfait pour répondre.

— Je descends, déclara le prêtre.

La fenêtre se referma et Brendan se tourna vers Cody.

— Tu vois ? fit-il. L'honnêteté paie toujours.

Ils remontèrent les marches de l'église et entendirent le prêtre tirer un objet très lourd qui devait être placé en travers de la porte. Un instant plus tard, celle-ci s'ouvrit et le prêtre qu'ils avaient aperçu s'avança prudemment vers eux.

Il devait avoir une trentaine d'années, des cheveux blonds coupés court et des yeux très bleus à la fois intelligents et volontaires.

— Entrez, leur dit-il.

A l'intérieur de l'église, ils découvrirent avec étonnement un groupe de personnes réunies près de l'orgue : il y avait là un adolescent, un homme dans la force de l'âge, une vieille dame et une jeune femme d'une vingtaine d'années environ.

Cody les considéra en silence avant de se tourner vers le prêtre.

— Comment diable avez-vous réussi à survivre ? s'exclama-t-il.

Brendan lui décocha un coup de coude.

— Nous sommes dans une église, souffla-t-il.

— Une église située au beau milieu de l'enfer, remarqua le prêtre en souriant. Si vous saviez combien j'ai prié pour que vous veniez...

— Nous ? s'étonna Brendan.

— N'importe qui susceptible de nous venir en aide, expliqua le prêtre. Je suis le père Joseph. Je vous présente Timmy Kale, Mlle Mona Hart, M. Adam Jefferies et Mme Alice Springfield, l'organiste de notre église.

— Enchanté, dirent simultanément Brendan et Cody.

Ils échangèrent un regard amusé. La situation avait

quelque chose de surréaliste. Mais c'était aussi l'un des rares moments heureux de ces derniers jours, songea Cody qui ne parvenait toujours pas à comprendre comment ces gens avaient pu échapper au massacre.

— Etes-vous sortis d'ici depuis que la ville a été dévastée ? s'enquit-il.

— Oui, répondit le père Joseph. Nous ne quittons l'église qu'en plein jour pour aller nous ravitailler dans les magasins ou chercher de l'eau dans les maisons avoisinantes. Nous avons également récupéré des matelas, des draps et une trousse à pharmacie.

— Et vous n'avez croisé aucune personne contaminée ?

— Des vampires, vous voulez dire ? Si. Et nous n'avons malheureusement pas eu d'autre choix que de les délivrer de leurs tourments.

— Je vois, murmura Cody, impressionné. Est-ce que vous êtes prêts à partir d'ici ?

— Bien sûr ! s'exclama le prêtre. D'où venez-vous, au juste ?

— De Victory.

— Je suis heureux d'apprendre que la ville n'a pas connu le même sort que Brigsby. Et Hollow Tree ?

Cody secoua la tête.

— Je vois, murmura le père Joseph. Je prierai pour les âmes des pauvres habitants...

— Avez-vous des chevaux ? s'enquit Brendan.

— Nos ennemis les ont presque tous tués ou emportés. Et ceux qui restaient se sont enfuis depuis longtemps.

— Dans ce cas, nous allons devoir trouver un chariot.

— Il y a une écurie au bout de la rue, leur indiqua le prêtre. Vous en trouverez sûrement un là-bas.

Brendan hésita un instant avant de poser la question qui lui brûlait les lèvres.

— Personne n'a eu le temps de fuir, n'est-ce pas ?

— Malheureusement, non. Ils sont arrivés de nuit, sans prévenir, et ils se sont jetés sur la ville comme une nuée de sauterelles infernales.

— Et vous étiez dans l'église, tous les cinq ? s'enquit Cody, curieux.

— J'étais ici, en train de prier, et Alice répétait pour l'office du dimanche. Les autres ne sont arrivés que plus tard. Un homme les a conduits ici. Je ne l'avais jamais vu auparavant, mais il est entré alors que le massacre faisait rage au-dehors et me les a confiés. Il m'a assuré que tant que nous resterions dans l'église nous serions en sécurité. Il m'a dit que les autres n'entreraient pas et il avait raison. En revanche, j'ignore pourquoi ils n'ont pas mis le feu à l'église. J'étais convaincu qu'ils le feraient.

— Ils n'aiment guère le feu, expliqua Cody. J'imagine qu'ils ont dû se dire que vous n'aviez pas d'importance.

— Nous devrions aller chercher ce chariot, intervint Brendan. L'heure tourne et j'ignore combien de temps nous mettrons pour regagner Victory.

— Tu as raison, acquiesça Cody. Rassemblez vos affaires. Ne prenez que le minimum et tenez-vous prêts, ajouta-t-il à l'intention du père Joseph.

— Peut-être vaudrait-il mieux que nous venions avec vous, remarqua ce dernier.

— Ce sera plus sûr si vous restez ici, lui assura Cody qui ne tenait pas à s'embarrasser de non-combattants tant que le moment ne serait pas venu pour eux de partir.

Brendan et lui ressortirent donc de l'église et allèrent chercher leurs chevaux qu'ils avaient attachés devant le saloon. Ils les guidèrent jusqu'à l'écurie que leur avait indiquée le père Joseph et y trouvèrent effectivement un chariot qui devrait leur permettre de ramener tout le monde.

— Que penses-tu qu'il se soit passé au juste ? demanda Brendan tandis qu'ils attachaient leurs montures à l'avant de la voiture. Qui était cet homme et, surtout, pourquoi est-il reparti alors qu'il aurait pu demeurer en sécurité à l'intérieur de l'église ?

— Je l'ignore, reconnut Cody. A moins qu'il ne s'agisse comme nous d'un chasseur de vampires.

— Possible, concéda Brendan. Cela expliquerait qu'il ait pu leur apprendre comment se débarrasser de ces monstres de façon définitive.

Leurs chevaux renâclèrent. Mais à force de caresses, leurs maîtres parvinrent à les convaincre d'avancer. Ils quittèrent l'écurie avec un chariot en état de marche qu'ils conduisirent jusqu'à l'église.

Le père Joseph fit monter ses ouailles à bord puis retourna chercher une malle dans l'église.

— Je ne sais pas si c'est une bonne idée, objecta Cody. Il vaut mieux voyager léger…

— Cette malle est remplie de croix aiguisées en forme de pieu ainsi que de fioles d'eau bénite. Je pense que nous serons heureux d'avoir tout ceci à portée de main si nos ennemis décident de nous attaquer en cours de route.

— Vous avez raison, mon père, concéda Cody.

Décidément, songea-t-il, celui qui avait informé le prêtre au sujet des vampires connaissait son sujet.

— Je conduis et tu fais le guet ? suggéra Brendan.

Cody hocha la tête et, tandis que son ami prenait place à l'avant, il alla s'installer à l'arrière du chariot avec son arc et un carquois rempli de flèches. Le père Joseph et les quatre autres survivants de Brigsby se tenaient immobiles et silencieux, jetant par intermittence des coups d'œil nerveux aux environs.

— Peut-être devrions-nous chanter un hymne, suggéra Alice. Cela nous redonnerait un peu de courage.

— Mais cela risque d'attirer l'attention sur nous, objecta le père Joseph. Nous chanterons à tue-tête lorsque nous serons arrivés à Victory mais, en attendant, il vaut mieux nous montrer aussi discrets que possible.

Cody adressa un remerciement silencieux au prêtre. Le trajet de retour serait déjà bien assez délicat comme cela.

Pour éviter que les Simpson n'aient le temps de ressasser les malheurs qui s'étaient abattus sur eux au cours des dernières semaines, Beulah avait décrété qu'il était temps de faire un grand ménage et elle les avait tous mis à contribution.

Alex avait participé au même titre que tous les autres membres de la maisonnée et cela l'avait quelque peu aidée à chasser l'inquiétude qu'elle éprouvait pour Cody. Bien sûr, elle savait qu'il avait une grande expérience de ce genre d'expédition mais c'était plus fort qu'elle : l'idée qu'il puisse être blessé lui était insupportable.

En l'espace de quelques jours, l'attirance qu'il lui inspirait s'était renforcée, se doublant d'un mélange de respect, d'admiration et de tendresse dont l'intensité ne cessait de l'étonner.

Comment pouvait-il lui manquer à ce point chaque fois qu'il s'éloignait alors qu'elle le connaissait à peine ? Cela paraissait n'avoir aucun sens. Et pourtant, elle ne pouvait nier la réalité de ses sentiments.

Comme l'après-midi touchait à sa fin et qu'il n'était toujours pas de retour, elle décida de sortir prendre l'air. Elle aperçut alors Cole qui était appuyé contre la rambarde du porche du saloon, les yeux dans le vague.

Lorsqu'elle s'approcha de lui, il se tourna vers elle et lui décocha un sourire fatigué.

— Comment ça va ? lui demanda-t-elle.

— Je suis moulu, avoua-t-il. Nous avons passé une bonne partie de l'après-midi à creuser des tombes pour enterrer les pauvres diables qu'a ramenés Longue Plume.

— Combien d'innocents devrons-nous encore inhumer avant que cela ne s'arrête ? soupira Alex.

— J'aimerais bien le savoir…

Le regard de la jeune femme se perdit au loin, cherchant la silhouette de deux cavaliers sur la route qui conduisait à Brigsby.

— Je m'inquiète pour eux, moi aussi, avoua Cole. Ils devraient déjà être rentrés.

— J'espère qu'ils ne sont pas tombés dans un piège.

— Ils savent ce qu'ils font, assura son ami d'enfance. Si quelqu'un est capable d'aller défier ces monstres sur leur propre territoire, c'est bien ce diable de Cody…

Tous deux demeurèrent silencieux, les yeux fixés sur la route.

— Dis-moi, reprit enfin Alex. Crois-tu vraiment que mon père puisse être devenu l'un de ces monstres ?

Cole poussa un profond soupir avant de se tourner vers elle, l'air grave.

— J'ai déjà vu beaucoup de gens bien succomber à ce fléau, lui dit-il.

— Mais ne penses-tu pas qu'il soit possible de lutter contre son influence ?

— Je l'ignore, Alex, avoua-t-il. Mais tu sais que, dans le doute, tu ne peux pas te permettre de courir de risques.

— Je sais, soupira-t-elle.

— Ecoute, Alex, ton père était un homme extraordinaire. Je le considérais un peu comme mon propre père. C'était certainement l'un de nos concitoyens les plus respectés. Mais j'ai bien peur que l'homme que nous aimions ne soit mort, aujourd'hui.

La gorge serrée par une émotion qu'elle n'aurait su exprimer, Alex se contenta de hocher la tête.

— Je veux aussi que tu saches que je tiens beaucoup à toi et que je ferai tout pour te protéger.

— Je sais, articula-t-elle.

Elle lui décocha un pâle sourire et le serra brièvement dans ses bras.

— Nous ferions mieux de rentrer, suggéra-t-il. Et tâche d'avoir foi en Cody et Brendan. Je suis sûr qu'ils nous reviendront sains et saufs.

— J'ai confiance en eux, acquiesça-t-elle en le suivant à l'intérieur du saloon. Mais si forts et si expérimentés qu'ils soient, ce ne sont que des hommes perdus au milieu des monstres...

Dans la salle principale, Dave était assis avec trois des filles et leur enseignait les règles du poker. Roscoe était assis derrière le bar et sirotait un verre de whisky.

— Où est Jigs ? s'enquit Alex, curieuse.

— Il dort, répondit Linda. En fait, il a passé la majeure partie de la journée au lit.

— Je vais aller voir s'il n'a pas attrapé un coup de froid, déclara Alex. Il ne paraissait pas très en forme, la dernière fois que je l'ai vu. Où est sa chambre ?

— En haut, répondit Linda. C'est la dernière au fond du couloir.

Alex gravit rapidement les marches qui conduisaient à l'étage. Elle gagna la porte du fond et hésita un instant avant de frapper. Si le vieux pianiste était endormi, elle ne tenait pas à le réveiller. Ne lui avait-il pas dit que les tours de garde qu'il effectuait chaque nuit l'épuisaient ?

Elle se contenta donc d'entrouvrir la porte et de

jeter un coup d'œil à l'intérieur. La pièce était plongée dans les ténèbres et elle plissa les yeux, cherchant à distinguer la silhouette de Jigs sur le lit. Mais il ne s'y trouvait pas. Surprise, elle s'avança dans la chambre.

C'est alors que Jigs se jeta sur elle en grognant, ses lèvres retroussées révélant une paire de canines impressionnantes.

13

— Ils arrivent, murmura Cody.

Le père Joseph le considéra avec étonnement.

— Je les entends. Tenez-vous prêts !

Brendan poussa un juron et fit claquer les rênes pour pousser les chevaux. Ils n'étaient plus qu'à cinq ou six kilomètres de Victory mais le soleil déclinait rapidement à l'horizon et il ne tarderait pas à faire nuit.

Cody se redressa à l'arrière du chariot et banda son arc, les yeux fixés sur le ciel qui virait déjà au mauve. Il les repéra alors et éprouva un léger soulagement en constatant qu'ils n'étaient que six qui volaient à tire-d'aile dans leur direction. Mais cela ne voulait pas dire que d'autres ne suivraient pas dès que l'astre du jour aurait disparu.

Au grand étonnement de Cody, le père Joseph récupéra dans sa malle un arc et un carquois qu'il accrocha à son épaule. Se redressant à son tour, il visa le groupe de créatures qui approchaient rapidement. Alice tendit à chacun des passagers un pieu et une fiole remplie d'eau bénite.

Ils se placèrent de chaque côté du chariot, de façon à pouvoir attaquer tout vampire qui déciderait de se poser. En voyant le calme et la méthode avec lesquels ils procédaient, Cody fut très impressionné.

De toute évidence, le père Joseph les avait parfaitement

formés et ils constituaient une équipe avec laquelle il fallait compter. Et s'ils survivaient à cette attaque, il leur demanderait de prendre en main la formation des habitants de Victory.

— Attendez encore un peu, souffla Cody au prêtre, tandis que les vampires approchaient. Encore... Maintenant !

Ils décochèrent leurs flèches simultanément, transperçant les poitrines des deux premiers attaquants qui furent désintégrés en plein vol. Le troisième parvint à se poser sur le chariot mais Adam Jefferies se jeta aussitôt sur lui et lui planta son pieu en plein cœur.

Cody encocha une nouvelle flèche tandis que les deux femmes propulsaient le cadavre du vampire hors du chariot. Se fiant à son instinct, il tira sur une autre créature qui alla s'écraser au sol. A ses côtés, le père Joseph venait d'abattre la cinquième.

Mais aucun d'eux n'aurait le temps de recharger avant que la dernière ne les atteigne.

— Seigneur, guide ma main ! s'exclama alors Alice.

Elle propulsa en direction du vampire la fiole d'eau bénite qu'elle tenait. Le petit récipient éclata à l'impact, aspergeant le monstre qui poussa un hurlement déchirant et battit des ailes pour s'éloigner au plus vite du chariot et de ses occupants.

— Victory est en vue ! s'exclama alors Brendan dans le silence qui suivit.

Des cris de joie accueillirent la nouvelle et il fouetta les chevaux qui galopaient à présent à vive allure, sentant se rapprocher l'écurie.

Alex poussa un cri de terreur et se projeta en arrière pour échapper à Jigs qui venait de se jeter sur elle.

Haletante, elle observa avec stupeur les changements qui s'étaient opérés chez lui depuis leur dernière rencontre.

Sa peau avait pris une teinte grisâtre. Ses joues mal rasées lui donnaient un air hirsute et sauvage. Ses yeux d'ordinaire si bons brillaient à présent d'un éclat malsain. Et le sourire qui déformait son visage n'avait plus rien d'humain.

— Jigs, ressaisissez-vous ! supplia-t-elle. C'est moi, Alex...

A sa grande surprise, il marqua un temps d'arrêt et la contempla d'un air incertain. Alex profita de cet instant d'hésitation pour se ruer vers la porte. Elle la referma derrière elle et s'accrocha à la poignée. Il se mit aussitôt à hurler et à frapper le battant de ses poings.

Attirés par le vacarme, Dave et Cole avaient déjà rejoint Alex dans le couloir.

— Bon sang, que se passe-t-il ? demanda le shérif.

— C'est Jigs ! Il a été contaminé !

— Mais il n'a pas quitté le saloon, objecta Cole.

Jigs se remit alors à cogner de toutes ses forces et Cole eut juste le temps de plaquer son épaule contre la porte pour empêcher qu'Alex ne soit projetée en arrière.

— Dave, trouve-moi une arme, vite !

Dave dévala l'escalier pour aller chercher l'un des pieux que Roscoe avait taillés. Sous le regard ahuri du barman, il s'en empara avant de remonter à toute vitesse. Au moment où il débouchait dans le couloir, la porte de la chambre céda sous les coups de boutoir de Jigs.

— Shérif ! cria Dave.

Cole se tourna à demi, juste à temps pour saisir le pieu que son adjoint venait de lui lancer. Il vit alors Jigs bondir en direction d'Alex. Sans hésiter, Cole s'interposa, brandissant son arme qui se planta dans le corps du pianiste.

Celui-ci poussa un hurlement déchirant et recula de quelques pas en titubant. Mais le pieu avait traversé son épaule et non sa poitrine. Secouant la tête comme un boxeur groggy, il l'arracha et se prépara à contre-attaquer.

— Couchez-vous ! cria une voix derrière eux.

Cole s'exécuta sans réfléchir et, un instant plus tard, une flèche se planta dans la poitrine de Jigs qui s'affaissa à quelques centimètres du shérif.

— Cody ! s'exclama Alex en se tournant vers le nouveau venu qui se tenait juste à côté de Dave, l'arc à la main.

Juste derrière eux se trouvaient Roscoe et les filles du saloon, qui contemplaient la scène avec stupeur. Au-delà, Alex aperçut un groupe hétéroclite parmi lequel se trouvait un prêtre vêtu de sa soutane.

Avant qu'elle ait pu revenir de sa surprise, le corps de Jigs fut parcouru de soubresauts et il se mit à hurler à la mort. Instantanément, Cody s'empara de l'un des pieux qui étaient accrochés à son ceinturon.

— Non ! s'exclama-t-elle.

Il s'immobilisa instantanément et lui jeta un regard interrogatif.

— C'est Jigs, expliqua-t-elle. Il n'a jamais fait de mal à personne… On peut peut-être utiliser mon sang pour lui faire une transfusion ?

Cody soupira et replaça le pieu à sa ceinture.

— Je vais vous aider, déclara alors le prêtre en se frayant un chemin jusqu'au pianiste qui continuait à tressauter sur le sol. Je vous en prie, Seigneur, libérez cette créature du démon qui l'habite…

Tout en parlant, il avait débouché une fiole d'eau bénite dont il aspergea Jigs. Instantanément, ce dernier s'arrêta de hurler et se figea.

— Je vais devoir lui retirer la flèche, déclara Cody

en s'agenouillant auprès du pianiste. S'il survit, il y a peut-être encore une chance de le ramener…

Joignant le geste à la parole, il arracha la flèche qui dépassait de la poitrine de Jigs. Ce dernier fut parcouru par un violent frisson mais ne prononça pas un son.

— Je vais avoir besoin de ma trousse, dit-il.

— J'y vais, déclara Brendan qui descendit les marches quatre à quatre.

— Cole, aidez-moi à porter ce malheureux sur son lit, demanda alors Cody.

Le shérif s'exécuta. Alex et le prêtre les suivirent dans la chambre de Jigs.

— Puis-je savoir qui vous êtes, mon père? s'enquit Cole tandis que Cody tentait d'étancher à l'aide d'une taie d'oreiller le sang qui s'écoulait de l'épaule du pianiste.

— Je suis le père Joseph. J'officiais à Brigsby avant que la ville ne soit dévastée par ces monstres.

— Et vous êtes toujours vivant? s'étonna le shérif.

— Je me suis réfugié dans l'église avec quelques-uns de mes fidèles.

— Est-ce que vous aurez besoin d'une corde pour entraver Jigs? demanda Alex à Cody.

— Bonne idée, répondit ce dernier. Pour le moment, il semble être sous le choc mais, s'il reprend ses esprits, il pourrait redevenir violent.

Alex courut prévenir Roscoe qui alla chercher de la corde. Au même moment, Brendan revint avec la sacoche de Cody.

— Vous pouvez tous sortir, déclara ce dernier. Je n'ai besoin que de Brendan pour m'assister.

— Mais je vous ai proposé mon sang, protesta Alex.

— Cela ne servirait à rien. C'est le mien qu'il lui faut. Faites-moi confiance, je sais ce que je fais. Maintenant, vous feriez mieux de sortir.

— Vous avez déjà donné beaucoup de sang au cours de ces derniers jours, objecta Cole. Prenez le mien.

— Ou le mien, proposa Dave.

— Je vous l'ai dit : seul le mien peut convenir. Tout le monde dehors. J'ai besoin de calme et de concentration.

Cole prit le bras d'Alex et l'entraîna à l'extérieur. Elle le suivit à contrecœur. Le père Joseph, Roscoe et Dave leur emboîtèrent le pas. Une fois qu'ils furent de retour dans la salle principale, le prêtre leur présenta les rescapés de Brigsby.

Linda s'approcha alors d'Alex.

— Vous devriez peut-être les conduire à votre pension, lui souffla-t-elle à l'oreille. Ce n'est pas un endroit très convenable pour un prêtre, une vieille grenouille de bénitier et un gamin de seize ans…

Alex hocha la tête.

— Je possède la pension de famille qui se trouve de l'autre côté de la rue, indiqua-t-elle au père Joseph. Que diriez-vous de venir dîner ? Vous pourriez également y séjourner, le temps de trouver un arrangement qui soit plus à votre convenance.

— Je vous remercie du fond du cœur, répondit le prêtre. C'est vraiment très généreux de votre part.

Alex haussa les épaules tout en se demandant avec une pointe d'ironie ce que Beulah penserait du fait qu'ils accueillent désormais treize pensionnaires dont deux seulement payaient le gîte et le couvert…

— Tu ne peux pas continuer à donner ton sang à tous ceux qui sont contaminés, déclara Brendan d'un ton réprobateur.

— Je sais, soupira Cody. Mais en voyant la réaction d'Alex, je n'ai pas eu le cœur de refuser.

— Alors, c'est Alex, maintenant ? ironisa Brendan.

Cody ne put s'empêcher de rougir, ce qui ne fit qu'accroître l'amusement de son ami.

— Vous feriez un joli couple, opina-t-il.

— Ne sois pas ridicule, protesta Cody.

Brendan haussa les épaules et se tourna vers Jigs.

— Crois-tu qu'il s'en sortira ?

— J'ai bon espoir. Tu as vu comment il a réagi à l'eau bénite ? On aurait dit un petit garçon pris en faute. Elle ne l'a même pas brûlé.

— Toute la question est de savoir comment il a bien pu être contaminé. Il n'est quasiment jamais sorti du saloon.

— Je ne pense pas qu'il ait été attaqué, répondit Cody en fronçant les sourcils.

— Que veux-tu dire ?

— Qu'il connaissait celui ou celle qui l'a mordu. J'ai bien peur que nous n'ayons un loup dans la bergerie.

Il faisait nuit noire à présent et Alex faisait les cent pas dans le salon de la pension en attendant que Cody revienne enfin du saloon. Elle commençait à se demander avec inquiétude s'il ne lui était pas arrivé quelque chose. Il avait donné bien trop de sang au cours de la semaine…

— Ne vous en faites pas, fit une voix derrière elle. Je suis certain que votre ami ira bien.

Elle se retourna pour observer le père Joseph qui se tenait sur le seuil de la pièce. Il lui fallut encore quelques instants pour comprendre qu'il voulait parler de Jigs.

— Je prie pour que nous sortions tous indemnes de cette situation, déclara-t-elle. Mais j'avoue que je suis toujours aussi stupéfaite que vous-même ayez pu survivre à l'attaque de Brigsby.

— Je crois qu'en fin de compte notre foi est ce qui nous a sauvés, déclara le prêtre. C'est la seule arme que nous puissions opposer à ces créatures.

— Mais comment avez-vous su qu'il s'agissait de vampires ? demanda-t-elle. Comment avez-vous compris comment il était possible de les tuer ?

— C'est l'homme qui a conduit les autres jusqu'à l'église qui me l'a expliqué. Au début, j'ai cru qu'il s'agissait d'un fou mais Timmy m'a dit que son propre père avait essayé de le tuer. Les histoires que m'ont racontées les autres ont achevé de me convaincre. L'homme m'a alors expliqué ce qu'étaient ces monstres et comment nous devions les affronter. De toute évidence, c'était quelqu'un de très savant, un lettré. Mais il semblait avoir une grande expérience de ces créatures. Il nous a même indiqué comment fabriquer des balles en argent. Je lui ai proposé de rester avec nous mais il a refusé et est reparti. Je ne l'ai plus jamais revu depuis et je suppose que les vampires l'ont pris. Mais je continue à prier pour lui chaque jour. Car aucun de nous n'aurait survécu sans son aide…

En écoutant le père Joseph, Alex n'avait pu s'empêcher de se demander si le mystérieux lettré qu'il avait vu cette nuit-là ne pouvait pas être son père.

— Père Joseph, combien de temps avez-vous officié à Brigsby ?

— Je suis arrivé il y a six mois.

— Vous ne connaissiez donc pas mon père ?

— Hélas, non.

— Mais Alice vit à Brigsby depuis beaucoup plus longtemps, n'est-ce pas ?

— En effet…

Sans attendre, Alex quitta le prêtre et gagna la cuisine où Alice et Dolorès Simpson aidaient Beulah à préparer le dîner.

— Madame Springfield ?

— Que puis-je pour vous, mademoiselle Gordon ?

— Je voulais vous poser quelques questions au sujet de l'homme qui vous a amenée à l'église, le soir où les vampires ont attaqué.

— A vrai dire, je me trouvais déjà sur place. J'étais en train de travailler les hymnes que je devais jouer à l'orgue le dimanche suivant.

— Mais vous avez vu l'homme qui a amené les autres ?

— Bien sûr.

— Est-ce que vous le connaissiez ?

— Non.

— En êtes-vous certaine ?

— Absolument.

Déçue, Alex la remercia et quitta la cuisine au moment où Adam Jefferies était sur le point d'y entrer.

— Mademoiselle Gordon ? l'interpella-t-il.

— Oui ?

— Je n'ai pu m'empêcher d'entendre ce que vous demandiez à Alice. Et je crois savoir ce que vous recherchez.

— Vraiment ?

— Vous ne vous souvenez sans doute pas de moi mais je travaillais à la banque de Brigsby. Votre père était l'un de nos clients et je le voyais régulièrement.

Le cœur battant à tout rompre, Alex attendit qu'il poursuive.

— Voyez-vous, je ne pourrais pas affirmer sous serment que l'homme qui m'a sauvé ce soir-là était bien votre père. Il portait un chapeau et un foulard qui dissimulait une partie de son visage. Il était également très pâle, livide même. Mais en entendant sa voix, je me souviens m'être demandé si ce n'était pas Eugène Gordon. Puis je me suis souvenu d'avoir entendu dire que votre papa était mort quelques jours auparavant…

Adam hésita avant de poursuivre.

— Si votre père n'était pas vraiment mort, reprit-il, s'il avait été mordu par un vampire, il se pourrait effectivement que ce soit lui qui nous ait secourus. Je sais que cela peut paraître absurde étant donné ce que nous savons de ces créatures, mais cela expliquerait cette étrange ressemblance…

Alex sentit son cœur se serrer dans sa poitrine.

— Merci, monsieur Jefferies, lui dit-elle d'une voix tremblante d'émotion.

— De rien, mademoiselle.

D'un pas nettement plus léger, Alex regagna le salon. Le père Joseph n'était plus là et elle s'installa au piano pour jouer un morceau. Mais ses doigts se figèrent sur le clavier tandis qu'une hypothèse terrifiante s'insinuait en elle…

Après avoir procédé à la transfusion, Cody demeura longuement au chevet de Jigs qu'il avait pris soin d'attacher aux montants de son lit. Il ignorait toujours si le pianiste parviendrait à échapper à la contamination ou s'il faudrait en fin de compte lui transpercer le cœur et lui trancher la tête.

Cette amère incertitude ne faisait qu'ajouter à sa résolution d'en finir au plus vite avec Milo et sa bande. Comme il se faisait cette réflexion, il entendit la voix d'Alex dans la salle principale. Quelques instants plus tard, les marches de l'escalier craquèrent doucement sous son pas.

Pensant qu'elle venait prendre des nouvelles de Jigs,

Cody se leva et alla ouvrir la porte. Mais il constata qu'Alex s'était arrêtée devant une autre chambre. Surpris, il la vit frapper avec insistance.

— Linda ! appela-t-elle.

Quelques instants s'écoulèrent avant que celle-ci n'entrouvre la porte.

— Que se passe-t-il ? demanda-t-elle à Alex.

— Où étiez-vous le soir où la ville a été attaquée ?

— Pardon ?

— Vous m'avez très bien entendue. Où étiez-vous ?

— Certainement pas en train de vampiriser qui que ce soit, répondit sèchement Linda. Et ce n'est pas moi qui ai infecté Jigs, si vous tenez à le savoir.

— Et mon père ? Ne trouvez-vous pas étrange qu'il se soit fait tuer par un vampire alors que lui aussi vivait à vos côtés ?

— Si tous les hommes que j'ai fréquentés étaient devenus des vampires, il n'y aurait plus beaucoup d'humains pour les nourrir, répliqua Linda d'un ton provocateur.

— Mesdames ! s'exclama alors Dave qui avait apparemment suivi Alex. Ce n'est pas le moment de se retourner les uns contre les autres. Nous devons faire front contre la menace qui pèse sur nous.

Linda prit une profonde inspiration et planta son regard dans celui d'Alex.

— J'aimais votre père. Mais je ne peux pas vous empêcher de proférer ce genre d'accusations ridicules. Bonsoir, Alex.

Sur ce, elle lui claqua la porte au nez. Furieuse, Alex décocha un coup de poing contre le chambranle.

— Je vous préviens, s'exclama-t-elle, si quelqu'un d'autre est contaminé ou si Jigs meurt, je vous le ferai payer très cher !

— Alex ! s'exclama Cody.

Elle se tourna vers lui.

— C'est elle ! lui dit-elle. C'est Linda qui a mordu Jigs.

— Comment pouvez-vous en être aussi sûre ? objecta-t-il d'une voix très douce.

— Parce que mon père a été victime du même sort peu de temps après l'avoir épousée.

— Dave a raison, vous savez. Nous ne pouvons pas nous permettre de nous entre-déchirer sans preuves. C'est exactement ce qu'espère Milo. Ne perdons pas de vue le fait que c'est lui que nous devons éliminer en priorité.

— Il faut que je parle à Cole. Lui au moins m'écoutera.

— Cole sait déjà que celui qui a mordu Jigs se trouve en ville, probablement dans ce saloon.

— Alors, pourquoi niez-vous l'évidence ? protesta Alex. Depuis la mort de mon père, Linda ne cesse d'aller et venir à sa guise sans que personne ne sache ce qu'elle fait au juste. C'est parce qu'elle passe une partie de son temps auprès de Milo et de sa bande. Elle les tient informés de nos moindres faits et gestes. Sans doute l'a-t-il également chargée de contaminer autant de monde que possible, ce qui explique qu'elle ait décidé de demeurer prostituée alors que le pécule que lui a légué mon père lui permettait de choisir une vie respectable…

Cody considéra ces arguments et dut bien reconnaître qu'ils étaient assez troublants.

— Très bien, déclara-t-il en se tournant vers Dave qui avait écouté avec attention le plaidoyer de la jeune femme et paraissait ébranlé. Je crois qu'il est plus important que jamais de monter la garde, ce soir. Veillez notamment à ce que Linda ne sorte pas d'ici. Le shérif et moi l'interrogerons dès demain.

— Vous pouvez compter sur moi.

— Merci, Dave. A présent, dit Cody à Alex, nous devrions rentrer. La journée a été longue et Dieu seul sait ce que demain nous réserve.

Alex hocha la tête et tous deux quittèrent le saloon. Lorsqu'ils arrivèrent à la pension, ils trouvèrent Bert qui montait la garde, son arc à la main.

— Vous voilà ! s'exclama-t-il. Beulah commençait à s'inquiéter.

— Tout va bien, dit Alex d'un ton rassurant. Si tu la vois, dis-lui juste que j'étais fatiguée et que je suis montée me coucher.

— D'accord. Bonne nuit, mademoiselle Alex.

Ils pénétrèrent dans le hall de la pension. De la cuisine leur provenaient les éclats de voix et les rires des pensionnaires qu'ils avaient recueillis ces derniers jours.

— Je ne me sens pas le courage de faire la conversation, soupira Cody. Je crois que moi aussi, je vais aller me coucher.

Ils gravirent l'escalier en silence et se dirigèrent vers leurs chambres respectives.

— Vous aviez tort, vous savez, déclara alors Alex.

— A quel sujet ?

— A propos de mon père. J'ai appris ce qui s'était passé à Brigsby. Quelqu'un a sauvé ces gens du massacre, quelqu'un qui connaissait la vérité, quelqu'un qui savait comment affronter les vampires... Je pense que cet homme en était un lui-même. C'est pour ça qu'il a hésité avant d'entrer dans l'église du père Joseph. C'est pour ça qu'il n'a pas voulu rester avec eux et qu'il s'efforçait de dissimuler son visage. Il ne tenait pas à ce que quelqu'un s'aperçoive qu'il avait affaire à un homme censé être mort. Mais j'ai parlé à M. Jefferies et il m'a confirmé le fait que cet inconnu pouvait parfaitement être mon père…

Cody poussa un profond soupir et secoua la tête.

— Vous ne devriez pas vous raccrocher à de tels espoirs, soupira Cody.

— C'est facile à dire, pour vous ! s'exclama-t-elle d'une voix tremblante de tristesse et de colère. Pour vous, ce n'est qu'un vampire parmi d'autres, un monstre que vous décapiterez sans le moindre état d'âme. Comment pourriez-vous comprendre ce que je ressens ?

Cody hésita quelques instants avant de lui répondre.

— Oh, je le sais très bien, lui dit-il enfin. Je sais même exactement ce que vous éprouvez. Parce que moi aussi, lorsque j'ai entendu l'histoire de ces rescapés, j'ai espéré, j'ai prié pour que ce mystérieux inconnu soit *mon* père…

Alex le considéra avec stupeur.

— Je ne comprends pas, murmura-t-elle. Je croyais que votre père était mort peu de temps avant votre naissance…

Cody ouvrit sa porte.

— Entrez, lui dit-il. Je crois que je vous dois une explication.

Elle n'hésita pas et pénétra dans sa chambre. Il la suivit à l'intérieur et referma la porte.

— Comme vous le savez, je suis né à La Nouvelle-Orléans, reprit-il. Mais j'ai été conçu près d'ici, dans un ranch situé à quelques kilomètres de Victory, non loin de celui de John Snow. Officiellement, je suis toujours propriétaire de ces terres et des bâtiments en ruine qui se dressent dessus.

Alex hocha la tête, attendant qu'il poursuive.

— La guerre entre vampires et humains est très

ancienne. Et ce n'est pas la première fois qu'une telle offensive se produit.

— Je m'en doutais, acquiesça Alex. Inutile d'être un grand devin pour savoir que vous avez déjà combattu des vampires auparavant.

— C'est vrai, reconnut-il. Je l'ai fait à plusieurs reprises, ce qui ne manque pas d'une certaine ironie si l'on considère que je suis moi-même un vampire...

14

Alex demeura quelques instants figée par la stupeur. Puis elle songea qu'à force d'être sans cesse confronté à ces monstres Cody avait peut-être fini par perdre la raison.

— C'est impossible, répondit-elle. Vous n'avez rien d'un vampire!

— Vraiment? Alors pourquoi croyez-vous que mon sang soit capable de ramener ceux qui sont passés de l'autre côté? Je suis un hybride, une aberration de la nature. Ma mère n'a jamais compris pas réellement ce qui lui était arrivé mais, rétrospectivement, je n'ai eu aucun mal à reconstituer la façon dont les choses s'étaient passées. Mon père devait conduire son troupeau à une foire agricole. En chemin, il a été attaqué par des vampires. Lorsqu'il a repris conscience, il est rentré chez lui. Il devait se douter qu'il s'était passé quelque chose de terrible. Il a fait l'amour avec sa femme puis il a disparu au beau milieu de la nuit. Neuf mois plus tard, je suis venu au monde à La Nouvelle-Orléans.

— Mon Dieu…

— Ma mère aimait profondément mon père, reprit Cody. Pas une seule fois il ne lui est venu à l'idée de se remarier. Et tout comme vous, elle était convaincue que mon père était incapable de faire le mal. Quant à moi, je n'ai pas tardé à comprendre que je n'étais pas comme les autres enfants. Je n'étais jamais malade et quand j'étais blessé, je me rétablissais à une vitesse stupéfiante. Durant la guerre, ma jambe a été si gravement touchée que les médecins ont voulu m'amputer. Lorsque j'ai refusé, ils étaient convaincus que la gangrène aurait raison de moi. Pourtant, une semaine plus tard, je marchais normalement…

— Incroyable, murmura Alex, sidérée par ces révélations.

— J'ai d'autres pouvoirs de ce genre : des réflexes supérieurs à la moyenne, la capacité à me fondre dans l'ombre, les sens de la vue et de l'ouïe surdéveloppés, et même la faculté de me changer en l'un de ces monstres volants que vous avez déjà aperçus à plusieurs reprises. Je suis un vampire, Alex. Un demi-vampire, en tout cas, ce qui explique peut-être certaines différences, comme le fait que, pour entrer quelque part, je n'ai pas besoin d'y être invité…

— Mais ce n'est pas possible, objecta-t-elle. Comment pourriez-vous être un vampire ? Vous ne buvez même pas de sang !

— Détrompez-vous.

Malgré elle, elle ne put réprimer le frisson glacé qui la parcourut de la tête aux pieds.

— Ne vous inquiétez pas, je ne bois pas de sang humain, assura-t-il. Comme vous, je tire principalement ma subsistance de ce que je mange. Mais il me faut ingérer régulièrement du sang sous peine de m'affaiblir dangereusement.

— Et quel genre de sang buvez-vous donc ?

Il haussa les épaules.

— Du sang de vache, principalement. C'est celui qui est le plus facile à trouver. Mais durant la guerre, j'ai dû me rabattre sur des cochons sauvages.

— Des cochons sauvages? répéta Alex d'une voix blanche.

— Oui. Lorsque j'étais enfant, j'ai mordu notre chien, une fois, et il a bien failli mourir à cause de moi. Je me suis alors juré que plus jamais je ne toucherais un animal domestique : ni chiens ni chats, pas même les chevaux.

Alex le contempla en silence, ne sachant comment réagir à ce qu'il venait de lui raconter.

— Tout ce que je viens de vous dire est vrai, déclara Cody. Quant au fait que je sois devenu chasseur de vampires, ironiquement, cela s'est produit par hasard. Avant la guerre, une série de meurtres a été commis dans le quartier où je vivais et c'est moi qui ai découvert qui était le tueur. J'ai également découvert qu'il s'agissait d'un vampire. Je me suis bien gardé de le clamer sur les toits, mais des bruits ont couru et, des années plus tard, on m'a chargé d'éliminer une autre de ces créatures à La Nouvelle-Orléans. Ensuite, j'ai fait la connaissance de Brendan qui m'a entraîné jusqu'ici.

— Et vous n'avez jamais cherché à retrouver votre père?

— Non, répondit Cody. Je ne tenais pas à me retrouver en face d'un monstre. Mais tout a changé, à présent.

— Pourquoi?

— Parce que j'en suis venu à douter de mes propres certitudes. Jusqu'à ce jour, j'étais convaincu que tous les vampires étaient voués au mal.

— C'est absurde! s'exclama Alex.

Ce fut au tour de Cody de la considérer avec stupéfaction.

— Pourquoi dites-vous cela?

— Parce que vous êtes la preuve vivante du contraire…

— Je ne suis pas bon, objecta Cody.

— Ne soyez pas ridicule! Vous avez choisi de

devenir médecin pour sauver des vies. Vous avez fait la guerre pour défendre votre pays, certes, mais vous êtes profondément pacifiste. Depuis que vous êtes ici, vous n'avez cessé d'aider les gens. D'ailleurs, personne ne vous a forcé à venir : vous l'avez fait parce que vous pensiez qu'il était important de lutter contre le mal. Et au cours de ces derniers jours, vous n'avez cessé de donner votre sang pour sauver des vies et des âmes... Que vous faut-il de plus ?

Cody ne répondit pas, visiblement pris de court par cet argumentaire.

— Homme ou vampire, vous êtes incontestablement l'une des personnes les plus admirables qu'il m'ait jamais été donné de rencontrer, reprit Alex.

— Vous ne me croyez pas, n'est-ce pas ? articula-t-il.

— Si, répondit-elle. J'ai vu tant de choses étranges au cours de ces derniers jours... Mais ce que vous venez de me dire ne change rien au fait que je ne vous vois pas comme le monstre que vous croyez être. Croyez-vous que je serais tombée amoureuse de vous si c'était le cas ?

Alex s'interrompit, le cœur battant. Elle n'avait pas vraiment prévu d'avouer ses sentiments à Cody. Mais elle ne regrettait pas de l'avoir fait. Cela faisait trop longtemps qu'elle se mentait à ce sujet et il était grand temps de faire preuve d'honnêteté. Envers lui et envers elle-même.

— Vous vous trompez, protesta-t-il faiblement.

— De quel droit osez-vous me dire cela ? rétorqua-t-elle vivement. Que savez-vous de ce que je peux ressentir ?

— Je ne suis pas l'homme qu'il vous faut, souffla Cody.

— J'accepterai de vous croire si vous me regardez dans les yeux pour me dire que vous ne voulez pas de moi.

Cody plongea son regard dans le sien et ouvrit la bouche. Retenant son souffle, elle attendit les mots qui tomberaient comme un couperet et lui briseraient le cœur. Mais Cody secoua la tête.

— Je ne peux pas, avoua-t-il.

Soulagée, Alex s'approcha de lui et posa doucement la main sur sa poitrine.

— J'ai besoin de vous, Cody, murmura-t-elle. Je ne vous demande aucune promesse, aucun engagement. Je sais ce que je veux, et ce que je veux, c'est vous. Alors pour une fois, laissez-moi avoir le dernier mot et faites-moi l'amour !

Cody secoua doucement la tête.

— Tu es vraiment incroyable, murmura-t-il.

— Si tu le penses vraiment, prouve-le-moi ! lui dit-elle sur le ton du défi.

Elle semblait avoir épuisé ses objections car, cette fois, il ne protesta pas. S'avançant vers elle, il l'entoura de ses bras et passa la main derrière sa nuque pour renverser sa tête en arrière et poser les lèvres sur les siennes. Son baiser était dépourvu de toute hésitation. Tout comme Cody lui-même, il était franc, direct et passionné. Et il éveilla en elle un désir dont l'impétuosité la prit de court.

Jamais elle n'avait éprouvé une envie aussi primitive, un besoin aussi puissant. Il lui semblait qu'un gouffre venait de s'ouvrir en elle et que seul Cody pourrait le combler. Le cœur battant, elle s'abandonna à lui et lui rendit son baiser avec ardeur.

Elle sentit alors les mains de Cody glisser sur son corps et ce simple contact la fit frissonner de part en part. Sa peau tout entière frémissait au gré de ses caresses et elle ne put réprimer le gémissement rauque qui lui monta aux lèvres.

Sans cesser de l'embrasser, il entreprit de déboutonner la robe qu'elle portait. Un exaltant mélange d'angoisse et d'impatience l'envahit alors. Car c'était la première fois qu'elle s'offrait ainsi à un homme. Son fiancé était un homme bien trop respectable pour cela et tous deux avaient décidé d'attendre le mariage pour se donner l'un à l'autre.

Cela rendait encore plus inexplicable à ses yeux la façon dont elle avait décidé de faire l'amour avec un homme qui ne lui avait jamais rien promis.

Mais ce qu'elle éprouvait à son égard n'avait aucun rapport avec les sentiments que lui inspirait Richard. Jamais ce dernier n'avait su éveiller en elle une passion aussi brûlante. Tout son être était en feu et elle avait l'impression que, s'il ne lui faisait pas l'amour, elle finirait par se consumer de l'intérieur.

Maladroitement, ils titubèrent jusqu'au lit de Cody sur lequel elle bascula finalement. S'agenouillant à son côté, il acheva de lui ôter sa robe et elle se retrouva étendue devant lui, vêtue uniquement de son corset, de sa culotte et de ses bas.

Cody la dévorait littéralement du regard et un soudain accès de pudeur s'empara d'elle. Rougissante, elle posa les bras en travers de la poitrine et du ventre.

— Tu es si belle, murmura Cody d'une voix éperdue d'admiration.

La vénération qui se lisait dans ses yeux l'aida à se détendre et, lorsqu'il se pencha vers elle pour couvrir de baisers sa gorge et la naissance de ses seins, elle renversa la tête en arrière pour mieux s'offrir à ses caresses.

— Je veux te voir vraiment, souffla-t-il contre sa peau.

Il l'aida alors à se redresser et délaça d'une main fébrile le corset qui dissimulait ses seins. Lorsqu'ils apparurent enfin à sa vue, il posa ses paumes brûlantes de chaque côté de sa poitrine.

Alex frémit de plus belle, stupéfiée par l'intensité de ses propres réactions. Jamais elle n'aurait imaginé pouvoir éprouver un tel bien-être. Mais lorsque les lèvres de Cody se posèrent sur la pointe d'un de ses seins qu'il entreprit d'agacer de ses dents et du bout de sa langue, ses dernières convictions volèrent en éclats.

Elle pénétrait dans un monde nouveau où rien de ce qu'elle avait cru savoir jusqu'alors ne paraissait s'appliquer. Basculant en arrière, elle se laissa aller à l'exploration toujours plus audacieuse de Cody. Son ventre était noué par une émotion qu'elle n'aurait su définir, sa poitrine gonflée par un désir qui ne cessait de croître. Elle était parcourue de frissons, de tremblements, de violents tressaillements qui semblaient se répercuter en elle à l'infini.

Son corps s'arquait au gré des caresses de Cody. Ses lèvres et ses doigts étaient partout : sur ses seins, son nombril, sa gorge, ses cuisses… Il la dévorait, la câlinait, la mordillait, et elle ne pouvait que s'abandonner sans rémission, folle de bonheur.

Puis sa bouche se posa au creux de ses cuisses, lui arrachant un feulement sauvage. Elle n'avait même pas remarqué qu'il lui avait ôté sa culotte. Elle n'eut pas eu le temps de se remettre de la vague d'extase qui venait de déferler en elle. Déjà, sa langue plongeait au creux des replis les plus secrets de sa chair.

Alex eut l'impression que son corps tout entier se liquéfiait. Elle n'était plus que le ressac violent de ce plaisir qui montait toujours plus haut et l'emportait toujours plus loin. Elle agrippa le drap et dut mordre l'oreiller de Cody pour étouffer ses cris.

Elle perdit alors toute notion du temps et de l'espace, dérivant au gré de ses propres extases. Puis Cody se redressa et entreprit de se défaire de ses propres vêtements. Fascinée, elle le dévora des yeux, admirant ses larges épaules, son ventre plat et son torse athlétique.

En avisant le désir qu'il avait d'elle, elle sentit sa gorge se nouer. Il l'embrassa alors de nouveau et elle le sentit entrer en elle. L'espace d'un instant, sa chair résista à cette intrusion et Cody hésita.

— Alex..., murmura-t-il, incertain.

Incapable de lui répondre par des mots, elle noua les cuisses autour de sa taille et l'attira plus profondément en elle, se mordant la lèvre pour ne pas crier de douleur. Puis, tout aussi soudainement, ce malaise se résorba, ne lui laissant plus que la sensation aussi étrange qu'exaltante de ne plus faire qu'un avec Cody.

Il s'immobilisa alors, enfoui au plus profond d'elle, et elle aurait voulu qu'il reste là à jamais. Mais lorsqu'il se mit à bouger, le plaisir qui l'envahit balaya ses dernières angoisses. Il dépassait tout ce qu'elle avait pu imaginer, tout ce qu'elle avait pu lire ou entendre.

Rien ne l'avait préparée à cette fusion parfaite du corps et de l'âme. Il y avait dans chacun de leurs mouvements une harmonie instinctive, une complicité qui dépassait ce que les mots pouvaient exprimer.

Ensemble, ils gravirent les degrés de la passion, s'envolant toujours plus loin de cette pièce, de cette maison et de cette ville assiégée, pour advenir à un monde nouveau où ils ne faisaient plus qu'un.

Et lorsqu'ils furent tous deux emportés par un ultime déferlement de passion, Alex comprit que sa vie ne serait plus jamais la même, que Cody avait laissé son empreinte au plus profond de son cœur.

Ils restèrent longuement enlacés, haletants, s'efforçant de prendre la mesure de ce qui venait de leur arriver. Alex aurait voulu lui dire combien elle l'aimait mais préféra n'en rien faire, de peur de briser la magie du moment.

— Alex… ? murmura-t-il enfin.

— Oui ?

— Est-ce que tu crois qu'un vampire peut être bon ?

— Il me faut le croire, répondit-elle. Pour mon père comme pour toi.

— Pourtant, tu ne peux pas en être vraiment sûre, n'est-ce pas ?

— Non. Mais cela n'a pas d'importance. Le père Joseph m'a dit que seule la foi pourrait nous permettre de l'emporter. Et j'ai confiance en mon père, Cody, tout comme j'ai confiance en toi.

Il resta longuement silencieux et elle crut qu'il s'était endormi. Mais elle sentit alors ses doigts se refermer sur les siens.

— J'ai peur, murmura-t-il.

Elle n'eut pas besoin de lui demander pourquoi. Demain, la lune serait pleine. Demain viendrait l'ultime moment de vérité…

15

Cette fois encore, Alex rêva de son père.

Comme dans sa vision précédente, elle était à cheval et galopait à travers la forêt qui se dressait entre Victory et les falaises où les Apaches avaient élu domicile. Il y eut soudain un grondement qui évoquait celui du tonnerre. Pourtant, Alex ne distinguait pas le moindre nuage dans le ciel nocturne qui était constellé d'étoiles.

La pleine lune se levait à l'horizon, illuminant les bois de sa douce lueur blonde. Alex sentit alors monter une étrange tension. Au loin, il lui sembla entendre la voix de son père qui lui criait de fuir.

Soudain, Cheyenne disparut et elle se retrouva en train de courir aux côtés de son père. Il ne lui fallut que quelques instants pour comprendre que, comme dans son rêve précédent, ils se dirigeaient vers les grottes qui avaient valu son surnom au clan de Longue Plume.

Ils pénétrèrent en courant dans l'une d'elles et s'enfoncèrent dans les profondeurs de la terre. La grotte qu'ils avaient choisie formait un véritable dédale de galeries et de salles souterraines qu'ils traversaient à vive allure.

Mais, brusquement, son père s'arrêta et une expression horrifiée se peignit sur son visage. Elle comprit qu'ils venaient d'être pris au piège. C'est alors qu'ils furent rejoints par Cody.

— Laisse-la partir ! s'exclama ce dernier.

— Alex est ma fille ! protesta vivement son père.

— Peut-être. Mais Milo se sert de vous pour l'atteindre.

— Vous savez bien que je ne lui ferai jamais le moindre mal…

Il s'interrompit brusquement et les deux hommes tendirent l'oreille, paraissant percevoir des sons qu'elle-même ne pouvait entendre.

— Ils arrivent ! s'exclama Cody. Je savais bien qu'il la retrouverait à cause de vous !

Alex se réveilla en sursaut, le corps couvert d'une fine pellicule de sueur glacée. Cette fois, elle ne pouvait plus douter du fait que son père se trouvait bien quelque part dans les bois et que c'était probablement lui qui avait sauvé le père Joseph et ses protégés.

Elle était plus convaincue que jamais du fait que, contrairement à la majorité des vampires, Eugène Gordon avait su résister à la soif de sang humain qui s'était sans aucun doute emparée de lui.

Elle aurait voulu le dire à Cody mais il avait dû se lever tôt car il n'était plus dans sa chambre. Elle quitta donc le lit qu'ils avaient partagé cette nuit-là, rassembla ses vêtements et utilisa la porte de communication pour regagner sa propre chambre.

Là, elle prit soin de défaire son lit et de froisser les draps pour faire croire qu'elle y avait dormi. Puis elle fit un brin de toilette et s'habilla à la hâte, choisissant des vêtements confortables et résistants. Elle se brossa ensuite les dents et c'est alors que, par la fenêtre de sa chambre, elle aperçut Linda Gordon.

Sa belle-mère se tenait sur le balcon du saloon et surveillait attentivement les alentours. Puis, s'étant assurée que personne ne se trouvait en contrebas, elle se laissa glisser jusqu'au sol le long de la gouttière.

Elle courut alors jusqu'à l'écurie qui se trouvait derrière le saloon et en ressortit à cheval quelques instants plus tard. Alex fut tentée de donner l'alerte mais elle se ravisa. Si elle agissait de la sorte, elle perdrait une chance inespérée de découvrir ce que manigançait sa belle-mère et peut-être même de localiser le repaire de Milo Roundtree.

C'était un pari dangereux mais elle estima que tant qu'elle garderait ses distances, elle aurait toujours la possibilité de tourner bride et de s'enfuir. Sans attendre, donc, elle dévala l'escalier et, craignant de croiser quelqu'un, sortit par la porte d'entrée et contourna le bâtiment pour se diriger vers l'écurie.

Comme elle passait près de la fenêtre du salon, elle surprit une conversation entre le père Joseph et Bert.

— Cody Fox m'a dit qu'il avait l'intention de ramener John Snow et sa famille en ville, expliquait ce dernier. Mais comment pouvons-nous être certains que, ce faisant, il ne va pas ramener un vampire parmi nous ?

— Il nous faut faire confiance à l'intuition de M. Fox, déclara le prêtre. Si j'ai bien compris, il n'a pas commis beaucoup d'erreurs jusqu'à présent.

— Dans le doute, mieux vaudrait que vous fabriquiez de nouvelles fioles d'eau bénite, remarqua Bert.

Alex ne put retenir un juron. Elle avait bien failli se lancer à l'aventure tête baissée et sans armes. Aussi discrètement que possible, elle revint sur ses pas et alla ouvrir la malle du père Joseph, qui se trouvait toujours dans l'entrée.

Elle y prit quelques fioles d'eau bénite ainsi qu'un pieu, un arc et un carquois. Puis elle gagna l'écurie en courant et sella Cheyenne à la hâte. Quelques instants plus tard, elle remontait la grande rue au galop dans la direction où était partie Linda.

A contrecœur, Cody s'était arraché aux bras d'Alex dès les premières lueurs de l'aube. Il avait alors rejoint Brendan et tous deux s'étaient mis en route en direction du ranch de Calico Jack. Lorsqu'ils l'atteignirent enfin, ils furent accueillis en héros par John Snow et les siens.

April s'était complètement rétablie et elle remercia les deux hommes pour ce qu'ils avaient fait. Lorsqu'ils interrogèrent son grand-père au sujet des récents agissements des vampires, ce dernier leur indiqua que, la veille, plusieurs d'entre eux avaient tourné dans les airs au-dessus de la maison.

— Je crois qu'il s'agissait d'une mission de reconnaissance, expliqua-t-il. Il cherchait sans doute notre point faible. Mais ce sont eux qui ont été surpris lorsque nous avons abattu deux des leurs.

— Pouvons-nous les voir ?

— Si vous voulez. Nous avons pris toutes les précautions nécessaires mais nous ne les avons pas encore enterrés.

Cody et Brendan allèrent jeter un coup d'œil aux deux corps décapités qui gisaient sous une bâche dans la cour du ranch. Il s'agissait de deux hommes d'une trentaine d'années qui avaient dû être contaminés peu de temps auparavant s'il fallait en croire la bonne conservation de leurs dépouilles.

— Je ne les avais jamais vus auparavant, dit John Snow.

— Moi non plus, ajouta Brendan.

— Ce n'est pas bon signe, commenta Cody. Dépêchons-nous de les enterrer. J'aimerais vous ramener le plus rapidement possible à Victory, vous et votre famille.

A ces mots, John Snow se rembrunit. Cela n'étonna pas Cody qui s'était attendu à une telle réaction de sa part.

— Nous pouvons très bien rester ici et nous défendre, objecta-t-il. Nous avons déjà prouvé que nous en étions capables.

— Nous le savons, intervint Brendan d'un ton conciliant. Et c'est justement pour cela que nous avons besoin de votre aide. La pleine lune approche et c'est certainement cette nuit que Milo choisira pour lancer sa grande offensive. Pour pouvoir le repousser, votre soutien nous sera des plus précieux.

Cody sourit intérieurement, comprenant que c'était le seul argument susceptible de convaincre le vieux rancher.

— Dans ce cas, c'est entendu, acquiesça gravement ce dernier. Nous devons bien cela aux habitants de Victory avec qui nous avons toujours eu d'excellentes relations. De plus, nous avons une obligation envers vous depuis que vous avez sauvé ma petite-fille. Nous vous accompagnerons donc en ville et nous participerons activement à sa défense. Je vais demander à mes enfants de préparer leurs bagages.

— Merci John, répondit Cody. Votre aide nous sera des plus précieuse.

Ce fut presque sans surprise qu'Alex constata que Linda se dirigeait vers les grottes. Elle la suivit de loin, convaincue qu'elle n'avait toujours pas été repérée. Mais lorsqu'elle s'engagea dans le lit d'une rivière à sec qui conduisait aux falaises, elle se retrouva nez à nez avec sa belle-mère qui paraissait l'attendre.

— Alexandra, s'exclama-t-elle. Il me semblait bien que c'était vous… Puis-je savoir pourquoi vous me suivez ainsi ?

— Je vous ai prise en flagrant délit, répondit Alex en prenant soin de maintenir une certaine distance entre leurs montures.

Elle se sentait déjà suffisamment ridicule de s'être laissée surprendre de la sorte.

— Vraiment ? ironisa sa belle-mère. Et qu'ai-je donc fait de mal ?

— Le simple fait que vous vous soyez enfuie du saloon pour éviter l'interrogatoire de Cole est un aveu de culpabilité.

— Vous vous trompez, répondit Linda. Je ne suis pas un vampire.

— Je ne vous crois pas. Je suis sûre que c'est vous qui avez infecté mon père puis Jigs.

— C'est absurde ! Jamais je n'aurais fait de mal à ce pauvre garçon.

Alex comprit alors qu'il n'y avait qu'une façon de faire la preuve de ce qu'elle avançait. Portant la main aux fontes de sa selle, elle en sortit l'une des fioles d'eau bénite et la lança de toutes ses forces en direction de Linda.

Le fragile récipient éclata, répandant son contenu sur sa belle-mère qui poussa un juron bien senti.

— Mais pourquoi est-ce que vous avez fait ça ? s'exclama-t-elle, furieuse.

Elle était trempée mais le liquide ne paraissait pas avoir le moindre effet sur elle.

— Est-ce que vous êtes enfin convaincue ? reprit-elle. L'eau bénite ne me fait aucun effet. Je ne suis pas un vampire.

— Alors qu'est-ce que vous êtes venue faire ici, dans ce cas ? lui demanda Alex d'un ton suspicieux.

— Ce n'est pourtant pas difficile à deviner ! s'exclama Linda avec une pointe d'agacement. Je suis venue voir mon mari, votre père.

*
* *

Lorsque Cody et Brendan revinrent enfin à Victory, l'après-midi était déjà bien entamé. Après avoir installé John Snow et sa famille dans l'hôtel de ville qui devait temporairement leur servir d'habitation, Cody se rendit directement au saloon. C'était là que Cole Granger avait installé son quartier général d'où il supervisait les préparatifs en vue de la défense de la ville.

Contrairement aux jours précédents, l'endroit fourmillait d'activités : certaines personnes taillaient des pieux, d'autres fondaient toutes les pièces en argent qu'on avait pu récupérer pour en faire des balles, d'autres encore remplissaient d'eau bénite toutes sortes de fioles et de bouteilles.

— Comment se porte Jigs ? demanda Cody au shérif.

— Il est toujours très faible mais il ne présente plus aucun signe inquiétant. Il lui faudra certainement pas mal de repos au cours des jours à venir mais j'ai l'impression qu'il s'en sortira…

— Est-ce qu'il a dit qui l'avait mordu ?

— Non. Il n'a rien dit de cohérent depuis hier. Mais je pense qu'Alex avait raison : lorsque j'ai voulu interroger Linda comme vous me l'aviez demandé, nous nous sommes aperçus qu'elle avait filé.

— C'est regrettable, remarqua Cody. Car si elle est de mèche avec Milo, elle pourra lui donner une idée assez précise des défenses que nous avons mis en place…

— C'est ce que je crains, soupira Cole.

Contrarié par cette nouvelle, Cody regagna la pension pour aller manger un morceau. Dans le hall, il croisa le père Joseph qui était en train d'inventorier le contenu de sa malle.

— Je ne comprends pas, marmonna-t-il. J'étais pourtant certain d'avoir un arc de plus… Et il me manque plusieurs fioles d'eau bénite.

Un brusque soupçon s'insinua dans l'esprit de Cody.

— Est-ce que vous avez vu Alex, ce matin? demanda-t-il au prêtre.

— Non, répondit ce dernier en fronçant les sourcils. Beulah m'a dit qu'elle n'était pas descendue déjeuner.

Le cœur battant, Cody se précipita en direction de l'escalier. Il ne lui fallut que quelques secondes pour s'assurer qu'Alex ne se trouvait ni dans sa chambre ni dans la sienne.

Il dévala les marches et fila vers l'écurie où Levy lui confirma que Cheyenne ne se trouvait plus dans son box.

Cela faisait près de deux heures que Linda et Alex s'étaient installées à l'ombre d'un éperon rocheux. Elles avaient partagé le déjeuner que Linda avait emporté et attendaient patiemment que la lumière commence à décliner.

— Il a encore du mal à affronter l'éclat du soleil en pleine journée, expliqua Linda.

— Ainsi, c'est vrai. Il est devenu l'un des leurs…

— Certainement pas! s'exclama sa belle-mère. Votre père a toujours refusé de boire du sang humain. Milo l'a attaqué par surprise alors qu'il rentrait du ranch de Calico Jack. Il l'a mordu et l'a laissé pour mort. Eugène pense qu'il comptait profiter de sa popularité pour infiltrer Victory. Il s'est réveillé dans son cercueil et a découvert qu'il était doté d'une force surnaturelle. Il a donc réussi à briser son cercueil et à creuser un passage jusqu'à la surface. C'est alors qu'il a ressenti les premiers effets de la soif de sang. Fort heureusement, au cours de ses lectures, il avait entendu parler des vampires et des légendes les concernant. Il n'a donc pas tardé à comprendre ce qui lui arrivait et s'est réfugié dans la forêt de peur de faire du mal à l'un de ses concitoyens...

— Mon Dieu, murmura Alex, horrifiée.

— Il a vécu en se nourrissant exclusivement de sang animal et il est parvenu à dominer cette soif qui ne le quitte jamais. Lorsqu'il s'est senti suffisamment sûr de lui, il a gagné Brigsby où il courait moins de chances d'être reconnu. C'est alors que Milo et ses hommes ont attaqué la ville...

— C'est donc bien lui qui a sauvé ces pauvres gens !

— Exactement. Ensuite, il a compris que Milo ne s'arrêterait pas là et qu'il s'en prendrait tôt ou tard à Victory. C'est alors qu'il m'a contactée. Il a longtemps hésité car il ne souhaitait pas que quiconque le voie tel qu'il est à présent. Il m'en voudra beaucoup de vous avoir conduite jusqu'ici...

— C'est moi qui vous ai suivie. Et je suis désolée de vous avoir soupçonnée de cette façon.

— Cela ne fait rien. J'imagine que je ne vous ai guère donné de raisons de me faire confiance. C'est assez cocasse, d'ailleurs, puisque c'est en grande partie pour veiller sur vous que je suis revenue à Victory au lieu de rester auprès de votre père.

— Vous l'aimez toujours, n'est-ce pas ?

— Je l'aimerai jusqu'à mon dernier souffle.

— Je ne comprends pas... Pourquoi êtes-vous revenue au saloon, dans ce cas ?

— Parce que c'était l'endroit idéal pour me tenir informée des rumeurs qui circulaient à Victory et les transmettre à votre père. Il est bien décidé à trouver un moyen de vaincre Milo...

Alex fit mine de lui répondre mais s'interrompit en découvrant l'homme qui se trouvait à quelques centaines de mètres de là. Elle ne pouvait distinguer son visage mais, comme dans son rêve, il était vêtu d'un long imperméable gris et d'un chapeau à large bord.

— C'est lui, n'est-ce pas ? articula Alex, le cœur battant. Il faut que j'aille le voir...

Sans attendre la réponse de Linda, elle s'élança en courant vers son père qui se tenait immobile, comme dans la vision qu'elle avait eue de lui. En approchant, elle constata avec étonnement qu'il lui tournait le dos.

— Papa ? appela-t-elle en pressant le pas.

Il se retourna lentement et elle se figea en découvrant le visage de l'homme qui se tenait à présent à quelques mètres d'elle. Un sourire malsain se dessina sur les lèvres de Milo Roundtree qui porta la main à son chapeau en un salut moqueur.

Cela faisait près de deux heures que Cody cherchait vainement la trace d'Alex. Il l'avait suivie jusqu'à un cours d'eau à sec situé non loin des falaises occupées par les Apaches, et puis plus rien.

Luttant contre la panique qui menaçait à chaque instant de le submerger, il se dirigea une fois de plus vers une hauteur pour inspecter les environs. Il avait terriblement conscience du fait que le soleil déclinait à l'horizon et que la nuit ne tarderait pas à tomber.

Lorsqu'il parvint enfin au sommet de la colline qu'il avait repérée, il vit fondre sur lui quatre vampires. Détachant l'arc qui était accroché à sa selle, il prit une flèche et l'envoya en direction de l'un de ses adversaires. Ce dernier poussa un cri perçant et tomba à terre.

Mais les autres étaient déjà sur lui et Cody eut tout juste le temps de dégainer son sabre de cavalerie pour frapper. Un deuxième vampire se désintégra sous ses coups, mais les deux autres lui décochèrent des coups de griffes qui auraient certainement eu raison d'un simple être humain.

Profitant de la surprise de ses ennemis qui s'étaient déjà crus victorieux, Cody frappa de nouveau, atteignant un vampire auquel il trancha une aile. Le dernier, jugeant probablement que le jeu n'en valait pas la chandelle, préféra battre en retraite avant de finir comme ses camarades.

Mais comme Cody s'apprêtait à aller achever celui qu'il avait blessé, il entendit résonner une voix familière. Non loin de l'endroit où il se trouvait, Alex venait de pousser un hurlement de terreur.

Eperdu d'angoisse, Cody guida son cheval jusqu'au bord de la colline et aperçut la jeune femme en contrebas. Il reconnut aussitôt avec effroi l'homme qui se trouvait en face d'elle.

Eperonnant son cheval, il lui fit dévaler la colline à toute vitesse tout en gardant les yeux fixés sur Alex qui s'était mise à courir en direction de sa propre monture. Milo éclata de rire et leva une main vers le ciel. Presque instantanément, un coup de tonnerre assourdissant se fit entendre et la foudre s'abattit à quelques mètres de Cheyenne. Terrifiée, la jument s'éloigna au galop.

Cody était suffisamment proche, à présent, pour que son ouïe surdéveloppée puisse entendre ce que disait Milo.

— Tu ne devrais pas avoir peur de moi, disait-il à Alex. Je t'ai choisie pour régner à mes côtés. Tu seras mienne et notre pouvoir s'étendra au pays tout entier. Nul ne pourra nous résister. Je sais que tu te méfies de moi pour le moment mais je te promets que c'est juste une question de perspective. Lorsque tu comprendras quelle est ma puissance, tu me vénéreras comme un dieu...

*
* *

Paradoxalement, ce furent les forfanteries de Milo qui permirent à Alex de recouvrer un semblant de contrôle. Elle se rappela alors qu'elle avait toujours sur elle plusieurs fioles d'eau bénite. Plongeant la main dans la poche de son pantalon, elle en saisit une.

— Vous vous trompez ! s'exclama-t-elle avec bien plus d'assurance qu'elle n'en éprouvait réellement. Vous n'êtes pas un dieu mais un monstre !

Sur ce, elle propulsa de toutes ses forces la fiole en direction de son visage. Lorsqu'elle éclata, Milo poussa un hurlement de souffrance et de rage mêlées et Alex se mit à courir à toute allure. Elle manqua alors percuter Linda et son père qui arrivaient dans l'autre sens.

— Dieu merci, tu n'as rien ! s'exclama Eugène Gordon.

Interdite, Alex ne parvenait pas à détacher le regard de ce visage si familier. En dehors de son étrange pâleur, il paraissait être exactement le même homme que celui qu'elle avait vu pour la dernière fois, presque un an auparavant.

— Nous devons trouver refuge dans les grottes, lui dit-il.

Linda la prit par le bras et tous trois se remirent à courir vers les falaises.

— Est-ce que vous avez encore de l'eau bénite ? s'enquit sa belle-mère.

Alex hocha la tête, trop déconcertée par la présence de son père pour pouvoir articuler le moindre mot.

— J'ai enfin découvert où ils se cachent, déclara ce dernier. Il y a un réseau de grottes de l'autre côté de la falaise qui communique avec les cavernes des Indiens. Il faut que tu en informes ce Cody Fox…

— Eugène ! s'écria alors Linda d'une voix terrifiée.

Alex suivit son regard et s'aperçut que Milo s'était redressé. Sous ses yeux, il se métamorphosa en une immense chauve-souris et prit son envol. Mais au même instant, une deuxième forme ailée fondit sur lui et toutes deux percutèrent violemment le sol.

Lorsqu'elles se redressèrent, elles avaient déjà repris leur apparence humaine.

— Cody, s'exclama Alex, terrifiée. Il faut que nous fassions demi-tour ! Il a besoin de notre aide !

— Non, Alex, répondit Linda. Vous ne feriez que le distraire.

— Elle a raison, renchérit Eugène. Il faut que Linda et toi vous mettiez à l'abri.

— Ce n'est pas possible ! murmura alors Linda, désignant la falaise toute proche.

Juste au-dessus de la paroi rocheuse, une véritable armée de vampires s'élevait dans l'air nocturne. Il devait bien y avoir une centaine de ces créatures et, s'ils ne faisaient rien, elles ne tarderaient sans doute pas à les repérer.

Eugène guida donc les deux femmes en direction de la grotte la plus proche. Mais alors qu'ils s'apprêtaient à y entrer, Alex jeta un dernier coup d'œil en direction de Cody. Ce dernier se précipitait vers Milo, qu'il percuta d'un violent coup d'épaule en pleine poitrine.

Tous deux roulèrent sur le sol poussiéreux en luttant avec acharnement. Et au moment où elle se détournait à contrecœur, il lui sembla entendre résonner dans l'air un cri de guerre sudiste.

Cody avait parfaitement conscience que sa vie était en jeu et qu'il n'avait jamais affronté un adversaire du calibre de Milo. Malheureusement, il ne parvenait pas à se concentrer sur le combat qu'il était en train de livrer et ne cessait de penser à Alex.

Il était terrifié à l'idée qu'elle se soit aventurée toute seule jusqu'ici. Le fait qu'elle se trouve en compagnie d'Eugène Gordon ne contribuait guère à le rassurer. Car contrairement à elle, il avait beaucoup de mal à croire qu'un vampire puisse échapper très longtemps à l'emprise des ténèbres. Et s'il avait raison, cela signifiait qu'elle venait très probablement de se jeter dans la gueule du loup…

Milo se jeta de nouveau sur lui mais, cette fois, il avait dégainé l'épée qui était accrochée à son côté. Cody recula juste à temps pour ne pas être décapité. Milo frappa de nouveau et Cody réussit une nouvelle esquive.

— Imbécile ! s'exclama le vampire. Pourquoi ne me rejoins-tu pas ? Si nous étions alliés, rien ni personne ne pourrait nous arrêter. Nous régnerions sur l'Ouest tout entier !

— Je n'ai aucune envie de régner, répliqua Cody.

— Dans ce cas, je pourrais t'aider à retrouver ton père. Je sais qu'il est toujours de ce monde.

— J'en suis convaincu. Et je le trouverai sans ton aide.

— Je vois… C'est à cause de la femme, n'est-ce pas ? Si tu y tiens tant, je te la laisserai.

Tout en prononçant ces mots, Milo s'était de nouveau jeté sur lui. Cody fit un pas de côté et se retrouva derrière son adversaire. Joignant les doigts, il se servit de ses poings noués comme d'une massue et assena un coup au creux des reins du vampire.

Ce dernier tomba à genoux et Cody en profita pour lui décocher un coup de pied en plein visage. Le talon de sa botte blessa la lèvre de Milo, faisant jaillir le sang. Le vampire eut un sourire amusé.

— Très bien, gronda-t-il en se redressant. Assez joué. Je vais en finir avec toi une bonne fois pour toutes !

Cody se garda bien de trahir sa satisfaction. Il était évident qu'il avait provoqué la colère de Milo. Or la rage était mauvaise conseillère et poussait généralement celui qu'elle animait à commettre des erreurs.

— Tu te crois très fort, Milo, mais tu n'es qu'un lâche. Jusqu'à présent, tout ce que tu as su faire, c'est nous envoyer tes laquais. Au fond de toi, tu sais que tu n'es pas aussi puissant que tu voudrais nous le faire croire…

— Tu feras moins le malin lorsque tu découvriras que la ville que tu t'es promis de protéger a été dévastée par mes enfants.

— S'ils s'attaquent à Victory, ils mourront, répondit Cody avec assurance.

Milo poussa un nouveau hurlement de rage et se jeta sur lui. Alors que Cody se préparait à recevoir son attaque, elle ne vint jamais. A mi-chemin, Milo s'était brusquement transformé en chauve-souris et volait à tire-d'aile en direction de la falaise.

Ils se trouvaient à présent dans le réseau de cavernes qui, depuis des générations, servait de crypte aux Apaches. C'est ici qu'ils venaient déposer leurs morts, ainsi qu'en témoignaient les nombreuses niches creusées dans la roche.

En d'autres circonstances, Alex aurait certainement trouvé l'endroit macabre et légèrement inquiétant. Mais elle venait d'échapper à un vampire et avait entrevu l'armée qu'il s'apprêtait à lancer sur sa ville. Quant à son père qui les guidait dans ce dédale souterrain, il était lui-même l'un de ces morts-vivants qu'elle avait appris à redouter.

— Nous n'allons pas tarder à atteindre la cache que j'ai aménagée, déclara-t-il alors. Là, nous serons en sécurité…

Mais au moment où il prononçait ces mots, un courant d'air glacé traversa la pièce et, juste devant eux, une silhouette menaçante apparut.

— Milo…, murmura Linda.

Une douleur foudroyante traversa Alex qui sentit son cœur se briser en mille morceaux. Car si Milo les avait suivis, cela ne pouvait signifier qu'une chose : il était parvenu à terrasser Cody. Cette seule idée lui inspira une vertigineuse sensation de vide et de désarroi qui la fit vaciller.

Elle vit à peine son père se jeter sur Milo. Ce dernier le repoussa d'un simple geste, l'envoyant percuter violemment l'une des parois de la grotte.

— Linda, restez derrière moi ! s'exclama Alex lorsque sa belle-mère fit mine de se précipiter vers Eugène.

Milo se retourna alors, le visage déformé par un rictus de rage et de haine. Ses lèvres retroussées révélèrent une paire de canines acérées et, soudain, il se précipita sur elle. Alex eut à peine le temps de prendre l'une des fioles d'eau bénite qui se trouvaient dans sa poche avant que les bras du monstre ne se referment sur elle.

Elle parvint à briser la fiole, l'éclaboussant ainsi de nouveau. Sa chair émit un grésillement qui souleva le cœur de la jeune femme mais, cette fois, il ne recula pas et se pencha sur elle pour planter ses crocs dans sa gorge.

Elle ferma les yeux et recommanda son âme à Dieu. C'est alors que Milo poussa un cri de douleur et recula en titubant. Stupéfaite, Alex découvrit Cody qui se tenait juste derrière lui, un sabre de cavalerie à la main. Milo hurla de nouveau et se jeta sur son adversaire.

Mais Cody était prêt à le recevoir. A une vitesse défiant l'imagination, il pointa sa lame vers la poitrine de Milo. Comprenant brusquement son erreur, ce dernier tenta de s'arrêter mais il avait trop d'élan pour y parvenir.

Le sabre plongea droit dans son cœur. Instantanément, le corps du vampire se désintégra et retomba en fine poussière sur le sol de la grotte.

Sans marquer le moindre temps d'arrêt, Cody se dirigea vers Eugène Gordon qui venait de reprendre conscience et s'efforçait de se relever.

— Non ! s'écria Alex en se jetant entre les deux hommes. Pas lui, Cody ! Je t'en prie. Il n'a jamais fait de mal à personne !

Cody s'arrêta et la dureté qui se lisait sur son visage reflua, remplacée par une expression de tendresse qui bouleversa Alex. Elle s'élança vers lui et il la serra si fort que son étreinte en était presque douloureuse.

Il s'écarta alors légèrement et observa Linda qui se serrait contre Eugène.

— Nous devons rentrer à Victory, déclara-t-il. Milo est peut-être mort mais ses rejetons ne le savent pas encore et ils sont en train d'attaquer la ville.

— J'ai toujours mon cheval, déclara Linda.

— Vous monterez avec Eugène, et Alex prendra le mien. Mais je vous préviens, ajouta Cody en se tournant vers le père de la jeune femme, si vous leur faites du mal…

— Alex est ma fille et Linda ma femme, répondit-il gravement. Je les aime bien plus que ma vie… ou ce qui me tient lieu de vie à présent.

— Dans ce cas, nous nous retrouverons à Victory. J'y serai plus vite en volant.

Cody se tourna vers Alex et déposa un baiser sur ses lèvres. Puis, sous ses yeux, il se transforma en chauve-souris et s'envola.

— Ne perdons pas de temps ! s'exclama alors Eugène qui se mit en marche en direction de la sortie de la grotte.

Il leur fallut dix minutes pour en sortir et regagner l'endroit où Milo les avait attaqués. Fort heureusement, les montures de Linda et de Cody se trouvaient toujours là. Ils montèrent en selle et s'élancèrent à toute vitesse sur le chemin du retour.

Pendant tout le temps que dura cette folle chevauchée, ils ne virent pas trace des vampires. Mais alors qu'ils se rapprochaient de Victory, ils comprirent pourquoi : tous s'étaient rassemblés là pour prendre la ville d'assaut. Il y en avait des dizaines qui harcelaient sans relâche les habitants.

Ceux-ci, cependant, n'étaient pas demeurés inactifs, loin de là. Des groupes d'archers tiraient sans faiblir sur les assaillants, se servant des bâtiments de la ville pour s'abriter contre leurs attaques. De très nombreux corps gisaient un peu partout dans les rues.

De toute évidence, l'entraînement au tir à l'arc que Cole avait mis en place quelques jours auparavant avait porté ses fruits. Comme les cavaliers approchaient de la pension, ils virent le père Joseph qui dirigeait les manœuvres de sa petite troupe de vétérans de Brigsby.

Lorsque le prêtre vit Eugène descendre de cheval, il comprit aussitôt qu'il avait affaire à un vampire. Sans hésiter, il détacha l'une des fioles d'eau bénite qui pendait à sa ceinture et la lança sur lui. Alex ne put retenir un cri de terreur au moment où le récipient éclata, éclaboussant son père de la tête aux pieds.

Mais le liquide parut n'avoir aucun effet sur lui. Le père Joseph s'avança alors et le contempla avec stupeur.

— C'est bien vous, n'est-ce pas ? Vous êtes l'homme qui a sauvé ces gens à Brigsby.

Eugène ne répondit pas. Il contemplait avec étonnement sa main trempée d'eau bénite.

— Je ne comprends pas, murmura-t-il. Cela devrait me brûler…

— Je ne sais pas comment vous y êtes parvenu mais on dirait que vous avez réussi à sauver votre âme, répondit le prêtre, visiblement aussi surpris que lui.

Un vampire blessé s'abattit alors non loin d'eux et Bert se précipita pour lui enfoncer un pieu dans le cœur. En avisant la présence d'Eugène, il resta interdit.

— Est-ce que vous avez vu Cody ? s'enquit alors Alex.

— Il est à l'intérieur, répondit le père Joseph en désignant le saloon.

Alex traversa la rue en courant et pénétra dans le bar. Là, elle tomba en arrêt devant une vision inattendue. Cody se tenait face à sept vampires qui étaient tous des habitants de la ville. A leur tête se trouvait Sherry Lyn. En voyant entrer Alex, celle-ci éclata de rire.

— Voilà notre gentil petit couple au complet ! s'exclama-t-elle en riant. Réjouissez-vous ! Mes amis et moi allons vous unir pour l'éternité. Et lorsque vous serez des nôtres, vous m'aiderez à me débarrasser de ce maudit prêtre et de ses fidèles qui ont déjà causé assez de dégâts comme cela !

Sur ce, elle se jeta sur Cody, aussitôt imitée par les monstres qui l'accompagnaient. Alex sortit les deux dernières fioles d'eau bénite qu'elle avait emportées et les jeta sur la horde. Trois vampires s'effondrèrent en hurlant, bien trop jeunes pour supporter une telle attaque.

Cody se défendait à présent comme un diable, esquivant à une vitesse prodigieuse les coups qui pleuvaient sur lui. Mais il ne pouvait les rendre et, tôt ou tard, il finirait par être submergé par le nombre.

Alex chercha des yeux une arme qu'elle pourrait

employer contre ses adversaires. C'est alors qu'elle avisa la présence de Linda et Eugène qui venaient de pénétrer dans le saloon et brandissaient des arcs. Ils lâchèrent au même instant leurs projectiles qui transpercèrent deux des adversaires de Cody.

Ce dernier put enfin contre-attaquer. Tirant deux pieux de son ceinturon, il se jeta sur Sherry Lyn. L'autre vampire survivant fit mine de s'enfuir mais fut arrêté net par les flèches d'Eugène et de Linda.

Sherry Lyn poussa un nouveau cri, de terreur et de frustration, cette fois. Mais Cody était déjà sur elle et les pieux qu'il tenait s'enfoncèrent dans la poitrine de la créature qui s'écroula sur elle-même, touchée à mort.

— Où en est la situation, dehors ? demanda Cody à Eugène.

— Nous avons gagné, répondit ce dernier.

Cody s'avança vers Alex et lui prit la main. Lorsque tous deux émergèrent du saloon, ils furent frappés par le profond silence qui régnait au-dehors. Il n'y avait plus trace du moindre vampire.

Les loups se mirent alors à hurler à l'unisson, comme pour célébrer l'anéantissement des prédateurs qui les avaient tant effrayés.

Epilogue

Le lendemain de la bataille, John Snow et sa famille prirent congé des habitants de Victory et quittèrent la ville pour regagner le ranch de Calico Jack. Deux guerriers de Longue Plume vinrent également annoncer à Cole et à Cody que les Apaches avaient été attaqués, la veille, mais qu'eux aussi avaient repoussé avec succès l'assaut des vampires.

Au cours des jours suivants, tandis que Cole supervisait l'enterrement de tous ceux qui étaient tombés au combat, Cody et le père Joseph prirent la tête d'un petit groupe d'hommes qui se chargèrent de déloger les derniers vampires qui s'étaient réfugiés dans le réseau de grottes situées de l'autre côté de la falaise.

Ils effectuèrent également plusieurs patrouilles dans les ranches des environs pour s'assurer qu'aucun d'entre eux n'abritait un nouveau repaire de vampires.

Chaque soir, Cody revenait à la pension et, chaque soir, Alex venait le rejoindre. Ils faisaient l'amour avec une tendresse et une complicité toujours plus grandes. Mais elle se gardait prudemment d'évoquer leur avenir.

Au bout de dix jours de cette étrange existence, le père Joseph, Cole et Cody décidèrent que la menace que représentaient les vampires était à présent endiguée. Ce jour-là, pour la première fois, Alex trouva le courage de lui poser la question qui lui brûlait les lèvres.

— Que comptes-tu faire, à présent?

Cody hésita avant de lui répondre.

— Je ne sais pas encore, lui avoua-t-il enfin. Mais il va falloir que je parle à ton père.

Ce dernier s'était installé au saloon en compagnie de son épouse. La plupart des gens évitaient de s'appesantir sur ce qui lui était arrivé et la version communément admise était qu'il avait été enterré par erreur, qu'il avait réussi à s'échapper et qu'il était resté caché tout ce temps pour combattre les vampires.

— Tu sais bien qu'il ne représente pas une menace, remarqua Alex.

— C'est vrai, acquiesça Cody. A vrai dire, grâce à lui, j'ai même retrouvé espoir. Car je sais maintenant que certains vampires peuvent échapper à l'emprise du mal.

— Tu étais pourtant bien placé pour le savoir, objecta Alex.

— Mais je suis à moitié humain, lui rappela-t-il.

— Alors pourquoi veux-tu parler à mon père?

— Tu ne devines vraiment pas?

Alex sentit les battements de son cœur s'accélérer. Pourtant elle refusa de se laisser aller à l'espoir qui montait en elle.

— J'ai beaucoup discuté avec lui, reprit Cody. Et sans même m'en rendre compte, je lui ai avoué ce que je ressentais pour toi.

— Et qu'a-t-il dit?

— Il a fait une remarque que j'ai trouvée très judicieuse : il m'a rappelé qu'il y avait un prêtre sous notre toit…

— Tu sais que je ne t'ai jamais rien demandé de tel, murmura Alex d'une voix nouée par l'émotion.

— Je sais. Mais ce n'est pas de toi qu'il s'agit.

— Vraiment ? s'exclama-t-elle, riant et pleurant à la fois.

— C'est la seule façon de résoudre mon problème, expliqua Cody en souriant. Car je suis terriblement amoureux de toi, Alex, et je ne vois pas d'autre solution que de demander ta main à Eugène...

Alex se jeta dans ses bras et se serra contre lui. Jamais au cours de toute son existence elle ne s'était sentie aussi heureuse qu'en cet instant précis.

— Crois-tu qu'il acceptera de me la donner ? lui demanda Cody.

Avec stupeur, elle comprit qu'il était réellement inquiet à l'idée que son père puisse refuser.

— S'il ne le fait pas, c'est moi qui le ferai ! s'exclama-t-elle. Je t'aime, Cody Fox, et je veux passer ma vie avec toi.

Elle se dressa sur la pointe des pieds et le baiser qu'ils échangèrent avait comme un avant-goût du bonheur qui les attendait au cours des années à venir.

TANITH LEE

L'étreinte de l'ombre

NOCTURNE

éditions Harlequin

Titre original : SHADOW KISSING

Traduction française de LUCIE DELPLANQUE

Ce roman a déjà été publié en mai 2009

83-85, boulevard Vincent-Auriol, 75646 PARIS CEDEX 13.
Service Lectrices — Tél. : 01 45 82 47 47
www.harlequin.fr

1

Le premier jour, lorsqu'elle l'avait aperçu dans le jardin, cela lui avait fait un choc. Addie ne l'avait pas prévenue. Il se tenait juste derrière un buisson de lierre et de roses enchevêtrés, le visage tourné vers le soleil. Vivian était restée muette de stupeur. Jamais dans sa vie elle n'avait vu un homme aussi beau. Il était même plus que cela : il était parfait. Après être restée un long moment à le regarder, elle avait murmuré :

— Eh bien… Il va falloir que je peigne ton portrait. Si tu veux bien, évidemment…

Comment aurait-il pu refuser ? Il n'était après tout qu'une statue de pierre.

— Tu n'as vraiment aucun sens pratique, Viv'.

— Non, Addie.

Vivian n'avait jamais aimé qu'on utilise ce surnom, mais c'était pourtant celui qu'Addie employait à tout bout de champ. En ce qui concernait le sens pratique, force lui était d'admettre la vérité, même si tous les artistes peintres n'étaient pas comme elle, bien sûr. Certains étaient au contraire très pragmatiques.

Addie Preece n'avait rien d'une artiste, mais avait l'esprit éminemment pratique. Ce samedi matin-là, lorsqu'elle était venue déposer les clés, elle avait balayé d'un regard désabusé le petit appartement que Vivian louait dans Camden Town.

— Tiens, voilà de l'argent pour le taxi, avait-elle décrété.

D'un geste brusque, elle avait sorti un billet de dix livres de son porte-monnaie, pensant sans doute que cela suffirait pour le trajet en taxi entre leurs deux appartements.

— Je ne comprends pas pourquoi tu n'as toujours pas ton permis. Pas de voiture, pas d'ordinateur... et même pas de téléphone mobile ! Tu n'as vraiment pas les pieds sur terre, Viv'.

Vivian avait acquiescé poliment.

Elle avait accepté d'occuper l'appartement d'Addie, pendant que celle-ci partait trois semaines dans le sud de la France et en Espagne. Addie habitait dans un ensemble de petits hôtels particuliers londoniens du XIXe siècle, qui avaient presque tous été divisés en appartements somptueux. Pourtant, elle avait l'intention de déménager très prochainement. Elle avait invité Vivian quelques jours avant son départ pour lui demander de faire office de gardienne pendant son absence. Vivian avait alors remarqué des meubles couverts de draps et des bibelots emballés dans de robustes cartons.

— Je cherche encore un acquéreur pour l'appartement, avait expliqué Addie. La première offre était vraiment trop basse. J'espère en tirer plusieurs milliers de livres de plus. Le quartier est calme et les autres logements sont vides, tout comme la résidence voisine... C'est d'ailleurs pour ça que je préfère que quelqu'un reste pour surveiller. Je ne te paierai pas pour garder l'appartement, mais tu pourras peindre, non ? Il y a un jardin...

Elle avait fait un geste vague en direction de la fenêtre.

—... C'est un jardin privatif. Sinon, tu n'auras pas

grand-chose à faire. Je te laisserai une liste des choses que tu dois savoir.

Addie était comme certaines personnes aisées : un peu pingre. Elle avait choisi Vivian, parce que celle-ci lui devait un service et qu'elle n'exigerait pas d'être payée. La rencontre avait donc tout de l'entretien d'embauche. Exactement comme celui que Vivian avait dû subir lorsque Addie l'avait recommandée pour des illustrations de couvertures auprès de trois grands éditeurs. Employeur et employée. Elles n'étaient pas amies.

De toute façon, je n'ai pas d'amis, avait pensé Vivian. A part Ellie, qui était retournée aux Etats-Unis. Et pas d'amant, non plus.

Ce samedi-là, après qu'Addie eut déposé les clés, Vivian s'était attardée devant le miroir de l'entrée, qui prenait la poussière dans son cadre doré. Elle avait contemplé pensivement cette jeune femme de vingt-huit ans, pâle et mince, aux longs cheveux noirs flottant librement sur ses épaules. Ses grands yeux gris l'avaient longuement observée, presque perplexes. Son nom de famille était Gray. Vivian Gray. Les gens plaisantaient souvent à ce sujet. Les yeux gris de Vivian Gray. Lui, avait simplement un jour constaté : « Des yeux gris comme le verre... ». Avec mauvaise humeur, Vivian s'était détournée du miroir, fuyant son reflet et ses souvenirs.

Pas d'amis, pas d'amant. L'homme qu'elle aimait l'avait quittée trois ans plus tôt et depuis, elle n'avait voulu de personne d'autre. Il était resté prisonnier au fond de son cœur, comme une relique dans les ténèbres.

Il régnait une chaleur étouffante dans le taxi, mais cela aurait sans doute été pire dans le métro. C'était la fin du mois de juillet et Londres s'étiolait dans la touffeur estivale. Sur Coronet Square, les arbres du petit parc semblaient flétris.

Vivian avait porté ses sacs et son chevalet jusqu'à l'élégant porche de l'appartement en rez-de-chaussée et, dix minutes plus tard, elle ouvrait les portes-fenêtres donnant sur le jardin privatif. Agréablement surprise, elle avait déambulé un moment parmi la végétation luxuriante, se faufilant entre les lauriers et les lilas, jusqu'à ce qu'elle tombe sur… *lui*.

C'était la statue grandeur nature d'un homme d'environ un mètre quatre-vingts. Il se tenait là, vêtu d'un court pagne noué autour de la taille. Il ne ressemblait à personne qu'elle connaissait, pourtant sa beauté le rendait vaguement familier. L'influence des Grecs était évidente, avec une touche Art nouveau. Il était simplement d'une beauté étourdissante.

Le marbre, poli par le temps et les intempéries, n'était pourtant ni taché ni abîmé. Peut-être avait-il récemment été nettoyé. La simple idée de laver ce corps lisse et viril fit monter le rouge aux joues de Vivian. C'était absurde.

Les yeux de l'homme étaient ternes, mais pas aussi vides que ceux de la plupart des statues. Sa chevelure longue et épaisse était ciselée en vagues souples. Son corps était magnifiquement proportionné : de longues jambes de coureur, un buste mince et musclé, les épaules larges, la nuque solide. Il lui rappelait les lions, les pumas ou les chiens de chasse de la Renaissance. Son visage était celui d'un dieu païen. Après l'avoir longuement observé, elle décida de le dessiner dès le lendemain.

Elle était sur le point de rentrer lorsqu'elle aperçut l'inscription gravée sur le socle. Dégageant le mince rideau de lierre, elle lut : « Mon cœur est changé en pierre : je le frappe, et il me blesse la main… »

La citation lui rappelait quelque chose. Shakespeare, sans doute, mais dans quelle pièce ? Ellie l'aurait reconnue immédiatement. Le soleil avait disparu derrière les immeubles voisins ; la pénombre gagnait, baignant les roses d'une lueur sanglante.

Elle acheva de visiter l'appartement. L'endroit était absolument immense. A gauche de l'entrée se trouvait un dressing ; sur la droite, la salle à manger et des placards. En face, le hall donnait sur une vaste pièce octogonale, un salon à la fois étrange et merveilleux, avec un plafond orné de corniches et de moulures et de grandes portes-fenêtres ouvrant sur le jardin. Plusieurs portes menaient vers les autres pièces.

En plus des trois chambres à coucher, l'appartement comprenait aussi le bureau d'Addie — une pièce austère pleine de dossiers, où trônaient *quatre* ordinateurs, tous éteints et protégés par des housses de plastique —, deux salles de bains carrelées, une petite véranda accessible par la cuisine et qui ouvrait également sur le jardin. Il n'y avait aucune plante dans la véranda. Addie n'avait pas le temps pour ce genre de futilités, ce qui expliquait pourquoi le jardin était aussi mal entretenu.

Le cellier était empli de cartons scellés et de caisses de vin ouvertes. Dans la cuisine, le plan de travail immaculé accueillait un four à micro-ondes, un véritable moulin à café et quelques autres appareils électroménagers. Le réfrigérateur, de la taille d'un minibus, ne contenait qu'une bouteille d'eau minérale, une brique de lait périmé, ainsi qu'une tranche de pain de mie et une feuille de laitue qui devaient se cacher là depuis quelque temps déjà. Il allait falloir faire des courses.

Il était près de 19 heures quand Vivian revint de l'épicerie de quartier, dont les prix l'avaient sidérée. Le téléphone sonnait sans arrêt dans l'appartement. Le répondeur clignotait furieusement, indiquant qu'il était déjà saturé de messages. Elle s'apprêtait à répondre lorsque la sonnerie se tut. A peine avait-elle regagné l'entrée qu'elle retentit de plus belle.

— Allô ?

— Eh bien, quand même ! Vous en avez mis du temps ! Je suis bien chez Adelaïde Preece ? demanda une voix de femme avec impatience.

— Oui, mais elle est absente en ce moment.

— Mais qui est à l'appareil, enfin ?

— Puis-je savoir à qui j'ai l'honneur de parler ? demanda Vivian, légèrement agacée.

— Cannelle Boyle-Martin. Bon, peu importe qui vous êtes, madame Machin. Mon associé et moi-même souhaiterions venir demain, comme convenu. D'accord ?

— Pour quelle raison exactement ?

— Addie a dû vous en parler. Nous sommes intéressés par deux ou trois bricoles.

— Elle ne m'a rien dit.

— Tant pis. Elle vend certains de ses meubles. Je vous apporterai sa lettre, si nécessaire. Avez-vous une adresse mail ?

— Non, répondit Vivian.

— Tant pis. Nous viendrons demain matin, vers 10 h 30.

— Je ne…

— Ciao ! lança Cannelle, avant de raccrocher.

Addie avait-elle laissé des instructions sur sa liste à ce propos ? Il y avait une note coincée sous le moulin à café, sur laquelle Addie lui interdisait formellement de puiser dans sa réserve personnelle de café. Vivian se pencha pour lire la seconde note. Ah, voilà. Addie avait griffonné dans un coin : « Les Maraudeurs — Antiquités. C.S. et nom d'épice. Sans doute dimanche. »

Vivian décida de s'en inquiéter plus tard.

Tandis que la nuit tombait, elle enleva la housse

d'un fauteuil et s'assit près des portes-fenêtres. On ne distinguait pas la statue depuis le salon. Elle ferma les yeux et, contre toute attente, s'endormit.

Presque nu, l'homme se tenait devant elle, parmi les arbres. Il tourna lentement la tête vers elle ; ses yeux, humains et vivants, brillaient d'une lueur sombre…

Vivian se réveilla en sursaut. Il était presque 23 heures. Elle alluma une lampe et le jardin s'illumina. Elle ouvrit les fenêtres et sortit prendre l'air.

Elle se retourna pour observer la résidence : il n'y avait vraiment personne aux autres étages ; aucune lampe ne brillait dans l'immeuble mitoyen. Tout était vide, comme l'avait dit Addie. Le mur de séparation, à moitié dissimulé par des arbres et du lierre, faisait au moins trois mètres de haut. Vivian s'avança un peu plus, se sentant bêtement inquiète.

Il apparut dans l'obscurité, à peine éclairé par les fausses lampes à gaz installées çà et là dans le feuillage. Quel homme pouvait être comparé à une telle beauté ? pensa Vivian. *Tu ne vas quand même pas tomber amoureuse d'une statue ? Ecoute-moi bien, ma fille, il y a des erreurs que même toi tu peux éviter.*

Son cœur battait la chamade. C'était sans doute son côté artiste, se dit-elle avec sévérité. L'idée de peindre un tel modèle…

Elle s'imagina en train d'en parler à Ellie, qui aurait sans nul doute éclaté de rire et l'aurait une fois de plus ramenée sans ménagement à la réalité. Pourtant, elle ne pouvait pas vraiment appeler Ellie à New York sur le téléphone d'Addie.

Vivian s'apprêtait à rentrer dans l'appartement lorsque quelque chose la retint. Elle s'immobilisa, les yeux rivés sur son ombre qui s'étirait au sol. A la lueur des réverbères, sa silhouette était à peine visible, à moitié cachée par l'ombre des feuilles ; pourtant, elle distinguait nettement une seconde ombre à ses côtés. Une silhouette masculine. La disposition du jardin et des éclairages suggérait qu'un homme se tenait près d'elle, le bras légèrement tendu vers elle… comme s'il avait posé la main sur son épaule pour l'inviter gentiment à rester.

Vivian ne put s'empêcher de se retourner. Il se tenait là, immobile sur son socle, impassible et froid dans la nuit.

Vivian avait programmé le radio-réveil pour 7 h 30, comme tous les jours. Et comme tous les jours, elle ne l'entendit pas. Il était un peu moins de 10 heures lorsqu'elle ouvrit enfin les yeux.

Elle buvait tranquillement son thé à la menthe, les cheveux encore mouillés et simplement vêtue de son peignoir, lorsque l'Interphone sonna sur le mur de la cuisine. Horrifiée, Vivian se souvint brusquement qu'elle attendait de la visite. Comment avait-elle pu l'oublier ?

— Allô, oui ?

— Oui, c'est Cannelle Boyle-Martin. Je suis avec mon associé, Connor Sinclair. Vous pourriez peut-être nous ouvrir ?

Elle voulut répliquer que non, mais elle était trop bien élevée pour ça.

— Juste une minute, répondit-elle à contrecœur.

Elle manqua s'étouffer en vidant sa tasse d'une traite. Pourquoi était-elle si nerveuse, bon sang ? Elle se sentait vulnérable dans son long peignoir de bain. Il ne pouvait s'agir de cambrioleurs s'ils connaissaient Addie. Non ?

Lorsqu'elle ouvrit, les deux visiteurs attendaient sur le pas de la porte, dans le soleil du matin. Ce fut Cannelle qu'elle aperçut en premier, brusque et vulgaire comme elle se l'était représentée. L'homme qui se tenait derrière était grand et elle ne distingua tout d'abord pas son visage, à cause du soleil qui l'aveuglait. Lorsque ses yeux s'habituèrent un peu, elle crut qu'elle allait s'évanouir. Une peur glacée envahit son corps, l'empêchant de faire le moindre geste.

Elle connaissait déjà cet homme, pour l'avoir vu la veille dans le jardin. Connor Sinclair était la réplique exacte de la statue d'Addie. Sauf que lui était vivant.

2

Ses longs cheveux d'un noir de jais encadraient son visage hâlé, vide de toute expression. Ses yeux, dont l'éclat intense était souligné par des cils interminables, se posèrent sur Vivian, froids comme la glace, malgré leur couleur de café chaud. L'homme portait un jean et un sweat-shirt blanc qui soulignaient les contours de son corps musclé et puissant : épaules larges, hanches étroites et jambes élancées. Il avait remonté les manches de son sweat-shirt, dévoilant des avant-bras solides d'un brun doré, couverts d'un duvet noir. *Il a des mains magnifiques*, pensa Vivian. Puissantes et calleuses, avec de longs doigts aux ongles carrés. Des mains d'artisan. Avait-elle remarqué ce détail sur la statue dont cet homme était le double vivant ? Ses yeux étaient d'ailleurs tout aussi froids et impassibles que ceux de la statue.

Cannelle s'était aussitôt mise à déverser un flot de paroles à propos d'Addie, mais Vivian n'écoutait pas. Soudain, l'homme lui coupa la parole, sans avoir besoin d'élever la voix, comme un acteur expérimenté.

— Tais-toi, Cannelle, dit-il simplement.

Puis il s'adressa directement à Vivian.

— Je ne sais qui vous êtes, mais soit vous nous laissez entrer, soit j'appelle la police.

— Quoi ? s'exclama Vivian, en le regardant avec stupeur.

— Eh bien, vous pourriez très bien être une voleuse ou une squatteuse, non ? Adelaïde ne nous a pas prévenus qu'il y aurait quelqu'un. J'imagine qu'elle n'est pas chez elle ?

Vivian tenta de se reprendre.

— Non, en effet. C'est moi qui garde l'appartement en son absence.

— Vraiment ? Il va falloir vous croire sur parole, dans ce cas...

En un instant, Vivian sentit sa stupéfaction et l'admiration qu'elle avait pu ressentir pour la beauté de cet homme se muer en une rage folle. Comment pouvait-il l'avoir si mal jugée ? Elle aurait dû lui claquer la porte au nez et appeler elle-même la police. Cannelle lui fourra une carte et une lettre dans les mains. La carte annonçait : « Les Maraudeurs, Connor Sinclair ». Dans la lettre, de son écriture illisible, Addie expliquait quelque chose à propos de ce dimanche.

— Très bien, dit Vivian en s'écartant.

Cannelle se précipita à l'intérieur tel un charognard blond platine. Lorsque l'homme s'avança, Vivian ne put s'empêcher de reculer d'un pas, comme si elle craignait d'être brûlée à son contact. Brûlée... ou plutôt transformée en statue de glace. Il fit quelques pas dans l'entrée. Le nez en l'air, Cannelle explorait déjà le salon octogonal, observant avec gourmandise les moulures du plafond. A chacun de ses mouvements, on entendait tinter furieusement ses longues boucles d'oreilles.

— Dommage qu'on ne puisse pas emporter ces trucs, hein, Connor ?

— Mmm.

L'air distant, Connor Sinclair toisait l'espace autour

de lui. Il sembla à Vivian qu'il était un peu plus grand que la statue du jardin : sans doute plus d'un mètre quatre-vingt-dix. La ressemblance n'était donc pas parfaite. A vrai dire, il y avait même de nombreuses différences. Par exemple, la statue n'avait pas les mêmes yeux, ni ces longs cils. Elle n'avait pas non plus le teint hâlé. Et surtout, elle était presque entièrement nue…

Un élan de désir surgi de nulle part vint se loger au creux des reins de Vivian. La sensation était si soudaine, intense et inopportune qu'elle en devenait presque douloureuse.

— Je crois qu'Addie a laissé des cartons quelque part, dit Connor Sinclair, de sa voix à la sonorité insupportable.

— Oui, dans la cuisine, confirma Vivian, en se secouant pour la seconde fois.

— Je vais aller voir ça, alors. Il y a aussi quelque chose qui m'intéresse dans le jardin. Si cela ne vous dérange pas, bien sûr.

Son ton sarcastique lui fit l'effet d'une gifle.

— Je ne vois pas bien comment je pourrais vous en empêcher…, répondit-elle.

— En effet. Il serait donc plus simple de me laisser travailler.

Vivian pensa qu'il attendait sans doute qu'elle lui montre le chemin. Elle avait l'impression d'être la soubrette qui faisait visiter les communs au maître des lieux. Elle pouvait littéralement sentir sa présence dans son dos, oppressante et glaciale. La cuisine lui sembla aussi étrange qu'une planète inconnue. Elle laissa son regard errer à travers la pièce et se surprit à expliquer d'une voix détachée :

— Les cartons sont dans le cellier. C'est la porte…

— Je vous remercie. Je crois que je vais trouver mon chemin.

A ce moment, Cannelle arriva en sautillant, accompagnée par un tintement métallique incessant.

— Bien, je vous laisse, dit Vivian en emportant sa théière pleine.

Elle n'avait pas l'intention de leur offrir quoi que ce soit à boire. Dommage, cela aurait pu être amusant de les empoisonner un peu…

De retour dans sa chambre, elle enfila un jean et un ample chemisier noir, l'un de ceux qu'elle préférait pour travailler. Elle se sécha les cheveux et les brossa longuement.

Bon, calme-toi, pensa-t-elle. *Ils seront partis d'ici une heure. Ce n'est pas la mer à boire.*

Soudain, on frappa à la porte de la chambre. Trois coups secs, comme si l'Inquisition se tenait derrière la porte. Ce devait être lui. D'ailleurs, elle n'avait entendu aucun tintement de boucles d'oreilles.

— Oui ?

Elle ouvrit la porte avec mauvaise humeur. Il semblait aussi indifférent à sa présence qu'à son agacement.

— Je souhaiterais voir le jardin, à présent.

— Ah.

— Les portes-fenêtres sont fermées.

— Et vous pensiez trouver les clés dans cette chambre ?

Il savait où j'étais. Il connaît l'appartement, c'est certain.

— Ecoutez, plus vite vous me laisserez faire mon travail, plus vite je débarrasserai le plancher, dit-il en la regardant droit dans les yeux.

Vivian eut l'impression qu'il lisait en elle et détourna le regard pour cacher son malaise.

Dans le salon octogonal, Cannelle était assise en tailleur à même le sol et examinait le contenu d'un carton qu'elle avait étalé devant elle, comme des marchandises exotiques sur un tapis d'Orient. Aucun moyen de savoir si ces bibelots — des bols, des petites boîtes, des candélabres — venaient bien des cartons laissés par Addie ou s'ils avaient été dérobés dans des placards. Vivian s'empara du trousseau de clés sur un meuble et ouvrit les portes-fenêtres. Aussitôt, Connor Sinclair passa devant elle sans un mot et sortit dans le jardin.

C'était une journée magnifique, malgré la chaleur qui s'installait déjà. Le parfum des roses se mêlait aux senteurs piquantes de la ville. Connor Sinclair s'arrêta un instant pour jeter un regard autour de lui.

Il connaît cet endroit, pensa de nouveau Vivian.

Il descendit le petit chemin et contourna sans hésiter le lilas. Bien qu'il soit sorti de son champ de vision, elle savait qu'il se tenait devant la statue. Cannelle passa en tintinnabulant et partit le rejoindre. Comme hypnotisée, Vivian la suivit. Debout devant la statue, Connor contemplait le reflet de sa propre image. De l'endroit où elle se tenait, Vivian ne pouvait distinguer son visage. Ou plutôt si, car la statue lui faisait face sur son socle, les yeux baissés vers son double vivant.

— Tu sais, il te ressemble un peu, Connor, commenta Cannelle, qui regardait la statue d'un air perplexe.

Vivian se crispa, sans savoir pourquoi. Comme si, de façon ridicule, il lui incombait de défendre et protéger cette ressemblance précieuse.

— Il paraît, répondit Connor Sinclair, sans se retourner. Mais ça ne m'a jamais frappé.

— Non, mais c'est vrai... Ça pourrait être toi... Enfin, si on veut...

— Je ne suis quand même pas si maniéré.

Il se retourna et son regard passa au-dessus de Cannelle pour se poser directement sur Vivian.

— Comme vous l'avez sans doute compris, c'est la statue qui m'intéresse vraiment. Elle est intitulée *Jalousie*.

— Pourquoi ? demanda Vivian, mal à l'aise.

— Ne connaissez-vous pas les vers gravés sur le socle ? Non, évidemment...

Avec un mépris à peine dissimulé, il récita de sa voix grave extraordinaire.

— « Mon cœur est changé en pierre : je le frappe, et il me blesse la main... » C'est tiré d'*Othello*. Mais peut-être ne connaissez-vous pas la pièce...

— Bien sûr que si, répliqua Vivian, acerbe. C'est sans doute après que Iago a discrédité Desdémone... quand Othello commence à penser à la tuer.

— Dix sur dix, vous aurez un bon point, répondit Connor Sinclair.

Cannelle étouffa un bâillement.

— Je n'ai jamais supporté Shakespeare.

— Je n'en doute pas, Cannelle, répondit-il simplement.

Cette femme devait avoir la peau dure comme celle d'un éléphant ! pensa Vivian avec une pointe d'envie. Elle n'avait même pas bronché.

Vers midi et demi, Vivian pensa qu'il était temps de retourner dans le salon pour leur demander s'ils en avaient encore pour longtemps. Un peu plus tôt, tandis qu'elle triait son matériel de peinture dans la chambre, elle avait cru entendre la porte d'entrée claquer. Pourtant, des bruits lui parvenaient encore de l'autre côté de l'appartement.

Lorsqu'elle entra dans le salon octogonal, Connor était seul. Assis sur le divan recouvert d'un drap, il faisait tourner une petite figurine blanche dans ses mains. Vivian remarqua avec agacement qu'il s'était fait du café, avec l'excellent colombien qu'elle s'était acheté la veille pour se faire plaisir. Au moins, le monstre n'y avait pas mis du lait, pensa-t-elle en apercevant sa tasse où refroidissait un fond de café aussi noir que ses yeux. Connor ne lui prêtait pas la moindre attention. Elle aurait pu être une minuscule araignée sur le tapis du salon.

— Votre associée est partie ?

— Mon… ? Oh, vous parlez de Cannelle. Nous ne sommes associés en rien, croyez-moi. Mais oui : elle est partie.

— Et vous-même, avez-vous l'intention de partir un jour ? demanda Vivian, d'un ton aussi grossier que celui de Cannelle. C'est que j'ai à faire…

— Je vous en prie, ne vous gênez pas.

— Non, c'est vous qui me gênez, monsieur Sinclair ! Vous m'empêchez de m'installer pour peindre.

Lorsqu'il leva enfin la tête, elle parvint à grand-peine à ne pas baisser les yeux, ce qui sembla l'amuser au plus haut point. Avec un sourire arrogant, il détourna le regard. Elle venait sans doute d'échouer une fois de plus à quelque épreuve mystérieuse.

— Vous installer pour peindre, disiez-vous ? demanda-t-il en enveloppant la figurine dans du papier journal. Avez-vous l'intention de repeindre la pièce ? Vous n'avez pourtant pas l'air d'un peintre en bâtiment.

— Non, en effet. Je peins des tableaux. Votre intrusion me retarde dans mon travail.

— Je vois. Très bien. Je serai parti dans dix minutes.

La colère de Vivian retomba brusquement. Elle s'apprêtait à ressortir lorsqu'il ajouta :

— En revanche, je reviendrai demain pour montrer la statue à quelqu'un.

— Ce n'est pas un jardin public, monsieur Sinclair, lui fit-elle remarquer.

— Ecoutez, dit-il en se levant. Ces conversations avec vous sont un réel plaisir, madame… Madame ?

— Mlle Gray.

— Mademoiselle Gray… Mais elles nous font perdre beaucoup de temps à tous les deux. Cette statue m'appartient et je souhaite l'emporter. C'est pourquoi j'ai besoin que quelqu'un d'autre vienne d'abord y jeter un coup d'œil.

— Comment pourrait-elle vous appartenir ? Elle fait partie du jardin de l'appartement et elle date du XIXe siècle…

— Je sais tout cela. Ecoutez, mademoiselle Gray : je suggère que vous appeliez Adelaïde Preece. De toute évidence, elle a oublié de vous informer de la situation.

— Je ne peux pas l'appeler…

Il poussa un juron. Ce n'était pas le pire qu'elle ait entendu, mais, venant de lui, cela lui fit l'effet d'un coup de poing dans l'estomac. Il avait sorti un téléphone portable de sa poche et, en le voyant pianoter, Vivian comprit qu'il était en train d'appeler Addie en France. Se sentant comme une enfant prise en faute, elle s'assit rageusement sur la chaise la plus proche.

— Adelaïde, bonjour ! lança Connor Sinclair. Oui, c'est Connor. Vraiment ? Peu importe, vous êtes réveillée, à présent… Il y a une jeune femme qui vit dans votre appartement… Elle fait, voyons voir… à peu près quarante-huit kilos, un mètre soixante-cinq… Quelques longueurs de cheveux bruns et…

Il dévisagea Vivian avec une insolence presque révoltante.

— … et des yeux comme ceux de la nonne de Chaucer, « gris comme le verre ».

Vivian en resta bouche bée.

— Vous êtes au courant ? reprit Connor Sinclair. Oh, parfait, parfait. Voudriez-vous bien lui parler, dans ce cas ? Elle s'entête à défendre bec et ongles ce qu'elle considère comme vos biens, y compris la statue dans le jardin. Elle ferait un adorable chien de garde, cela dit, dans le genre rottweiler, peut-être…

S'avançant vers Vivian, il lui tendit le téléphone, visiblement amusé de la voir en colère et mal à l'aise à la fois. Comment osait-il… ? Et tous ces détails sur son physique ! Pour ne rien arranger, il avait vu juste en ce qui concernait sa taille, même s'il lui avait enlevé deux kilos. Quant à la citation de Chaucer… une seule personne l'avait jamais employée pour la décrire auparavant. La référence l'avait ébranlée.

La voix agacée et endormie d'Addie lui parvint.

— Tu n'as pas lu ma note, Viv ?

— Si, mais rien ne…

— Je lui ai déjà vendu les antiquités. La statue lui appartient, comme deux ou trois autres choses. Enfin, Viv' ! C'est à lui que j'ai acheté l'appartement !

— Oh…

Vivian sentit qu'elle rougissait, sans vraiment savoir pourquoi. Elle s'était couverte de ridicule. A moins qu'on ne se soit moqué d'elle.

— Laisse-le faire son travail, d'accord ? Et ne m'appelle plus, sauf en cas d'urgence.

Elle mit brusquement fin à la conversation. Comme engourdie, Vivian tendit le portable à Connor Sinclair.

— Je suis désolée. Elle ne m'avait rien dit, donc je ne savais pas.

— Vous savez, à présent.

Il désigna les cartons que Cannelle et lui avaient remplis.

— Je vais porter cela au camion.

Elle lui tint la porte ouverte pour lui faciliter la tâche et il emporta les deux cartons. Rien ne semblait l'affecter, pas plus le poids de sa charge que la présence de Vivian.

Pourquoi devrait-elle s'excuser, après tout ? Cet homme était un rustre et un monstre. Il aurait pu s'expliquer et se débrouiller pour trouver la cuisine et les clés tout seul. Le camion bleu clair ne portait aucune inscription. De retour devant la porte, il vint se planter devant elle. Le soleil était haut dans le ciel et illuminait ses cheveux noirs. Surprise, elle se rendit compte pour la première fois qu'il avait le nez légèrement busqué. Une imperfection !

— Je serai là vers 9 heures demain, mademoiselle Gray, avec mon collaborateur. Faut-il que nous nous munissions d'une pièce d'identité ? Un extrait de naissance, peut-être ? A moins qu'un passeport ne fasse l'affaire...

— Un peu de savoir-vivre suffira.

Son éclat de rire la prit au dépourvu. Cela devait l'amuser comme un fou que quelqu'un ait l'audace de lui répondre ! Elle battit en retraite, fermant la porte avec ce qu'elle espérait être un mélange de véhémence et de maîtrise. Elle bouillait intérieurement, pourtant elle ne pouvait se cacher que ce n'était pas que de la rage.

Dans la cuisine, Cannelle avait renversé des grains de café et du lait, en plus d'avoir bloqué le moulin. Vivian avait commencé à nettoyer lorsqu'elle découvrit une troisième note, juste en dessous de la première. Addie reprenait ce qu'elle avait écrit sur C.S. et Les Maraudeurs, précisant que la statue devait être enlevée du jardin. L'écriture d'Addie avait beau être illisible, le message ne laissait aucun doute. Vivian sentit sa mauvaise humeur grandir.

Malgré tous ses efforts, Vivian ne parvint pas à se mettre au travail. Le salon octogonal, dans lequel elle avait installé son matériel, fut bientôt jonché de pages chiffonnées remplies de traits et de formes inutiles. Elle était en train de prendre du retard sur la seule commande de l'année, une couverture de livre. C'était Addie qui lui avait obtenu ce contrat. Encore un mauvais point.

Elle avait prévu de travailler toute la matinée, puis de s'arrêter un peu pour déjeuner avant de s'accorder le droit d'aller faire des esquisses du jardin et de la statue.

Son travail n'étant pas terminé, elle s'interdit sa petite récréation. Le ciel semblait d'ailleurs d'accord avec elle : tandis qu'elle grignotait un sandwich au fromage et une pomme, de gros nuages noirs s'amoncelèrent et, bientôt, une pluie torrentielle s'abattit en trombe sur le jardin et la véranda. L'orage ne se dissipa que vers le soir.

Elle ne parvenait pas à dormir. Pourtant, elle dut finir par s'assoupir, car elle se réveilla en sursaut vers 2 heures, comme si quelqu'un venait de hurler dans son oreille. Elle pensa un instant que le téléphone avait sonné, mais le silence régnait dans l'appartement. Elle avait dû rêver, mais de quoi ? Il ne lui restait qu'un vague sentiment de malaise.

Elle se leva pour aller se faire une infusion dans la cuisine. Pieds nus sur le carrelage frais, elle se surprit à penser de nouveau à Connor Sinclair.

Comme chaque fois, la colère l'envahit, mais elle sentait aussi autre chose traverser son corps, qui la mettait encore plus hors d'elle. Elle savait bien que c'était à cause de cela qu'elle n'avait pas réussi à travailler. Et c'était sans doute de ça qu'elle avait rêvé.

Vivian, arrête de fantasmer sur cet homme, tenta-t-elle de se raisonner. *Tu vas encore souffrir.*

Comme si elle n'avait pas déjà assez souffert auparavant… Pourquoi Connor Sinclair avait-il employé justement cette phrase ? Exactement la même que l'autre, par le passé. « Des yeux gris comme le verre »…

Je ne dois pas penser à lui. A aucun des deux.

Elle emporta sa tasse au lit, la vida et se laissa retomber sur l'oreiller, bien décidée à sombrer dans le sommeil, malgré les craquements sinistres de l'appartement. Elle s'endormit presque aussitôt.

Il ne pleuvait plus, mais des gouttelettes cristallines étincelaient çà et là sur les feuilles de laurier et les pétales de rose. Dans le chatoiement fantomatique des réverbères, la statue se tenait sur son socle et la regardait. Ses yeux étaient sombres. Vivants.

Subjuguée, mais sans crainte, Vivian le vit descendre tranquillement de son socle et s'avancer vers elle. Vivian se contenta de reculer d'un pas, comme s'il lui semblait naturel qu'un homme de marbre se mette à bouger. Il marchait avec aisance et grâce ; pourtant, malgré l'étincelle de vie dans ses yeux, il était toujours fait de pierre. Quelques gouttes d'eau tombèrent en pluie sur les cheveux de Vivian, puis glissèrent sur sa peau nue. Elle était nue, tout comme la statue. Encore plus nue, à vrai dire.

Elle continuait de s'esquiver. Soudain, elle se retrouva le dos contre les portes-fenêtres et sentit le verre froid contre sa peau brûlante. Il ne s'arrêta pas. Pour quoi faire ? Elle ne pouvait plus lui échapper.

Elle se demanda avec stupeur ce qu'elle éprouverait en ressentant la caresse glacée de ces douces mains de pierre sur son corps nu, passant avec lenteur sur ses seins, subtiles et agiles entre ses cuisses…

Elle avait réussi à passer à travers les portes-fenêtres fermées et se trouvait à présent dans le salon. Elle reculait toujours et, toujours, il s'avançait vers elle. Il n'avait pourtant pas encore posé les mains sur elle ; il s'arrêta devant les fenêtres fermées. Pouvait-il ouvrir ? Avait-elle seulement tourné le verrou ? Souhaitait-elle qu'il ouvre ? Désirait-elle qu'il entre ? Ou bien était-elle purement et simplement figée d'effroi ?

Vivian se réveilla. Elle s'assit brusquement dans son lit, pantelante. De nouveau, elle entendit le frottement de la pierre contre le métal. Elle était pourtant bien réveillée, cette fois-ci.

— Oh, mon Dieu…

Elle se leva d'un bond pour allumer et resta un instant à cligner des yeux dans la clarté soudaine. Son premier réflexe fut de courir vers les portes-fenêtres pour les verrouiller, mais une pensée la retint. Elle ne pouvait avoir entendu un bruit si discret depuis la chambre. Non. Cela devait venir de beaucoup plus près, au bout du couloir… ou dans la véranda près de la cuisine.

Vivian enfila à la hâte un T-shirt et s'avança dans le couloir d'un pas rapide. Elle entra brusquement dans la cuisine, allumant au passage toutes les lumières. Elle agissait ainsi pour se donner du courage, car, au fond d'elle-même, elle aurait voulu se réfugier sous son lit.

La véranda ressemblait à une boîte de verre noir à côté de la cuisine illuminée. Mais il n'y avait rien là-bas. Rien de terrifiant, aucun être merveilleux en train de gratter à la porte.

La lumière tombait sur les galets de l'allée dans le jardin. Le sol était déjà sec. Seules des ombres dansaient entre les arbres. Vivian s'assura que la porte était bien fermée. Le verrou, bien que rouillé, était tiré. Addie l'avait informée que les fenêtres de l'appartement étaient toutes équipées de verre anti-effraction.

Vivian vérifia chaque ouverture, y compris dans le salon. Rien n'avait bougé, malgré le malaise qu'elle ressentait chaque fois qu'elle entrait dans une nouvelle pièce. Elle n'entendait que les bruits de la nuit et le murmure lointain de la ville. Rien à voir avec le grattement de doigts de pierre sur un verrou.

Elle n'alla pas jusqu'à vérifier si la statue se trouvait toujours sur son socle. En revanche, elle laissa toutes les lampes allumées dans l'appartement.

A 5 h 30 du matin, il faisait déjà jour et Vivian se leva pour prendre une douche et s'habiller. Elle n'avait pas réussi à se rendormir et elle avait cette mine de papier mâché et ces yeux rouges symptomatiques des grands soirs d'insomnie. Lorsqu'elle retourna dans la cuisine et jeta un œil vers la véranda, elle remarqua ce qu'elle n'avait pas vu la veille, malgré l'éclairage de la cuisine.

C'était là, dans un coin, à l'autre bout de la véranda. Elle ne pouvait pas le manquer.

Une rose. Parfaite, pensa-t-elle jusqu'à ce qu'elle se penche pour s'en emparer. Seule la tige, hérissée de piquants, était intacte. La tête de la fleur était déjà tombée. Ou avait été arrachée. Chaque pétale était semblable à une goutte de sang.

3

— Bonjour. Lewis Blake. Vous devez être mademoiselle Gray ?

Vivian observa un instant le grand gaillard musclé qui se tenait sur le pas de la porte. Il portait un vieux T-shirt noir et un jean couvert de poussière ou de sciure. Ses vêtements semblaient de bonne qualité, mais il les avait joyeusement usés sans le moindre remords. Il avait aussi l'air jovial, malgré son crâne soigneusement rasé et l'anneau d'or qui ornait son arcade sourcilière. Sans le vouloir, comme une enfant guettant le Père Noël — ou le Père Fouettard —, Vivian jeta un œil derrière l'inconnu.

— Ne vous inquiétez pas, dit Lewis Blake, avec un drôle de sourire bienveillant. Il n'est pas encore là. C'est lundi… Il cherche une place où garer le camion.

— Vous parlez de M. Sinclair ? demanda Vivian en se sentant bête et cérémonieuse. Vous êtes venu avec lui pour la statue ?

— Tout juste, Auguste. Mais si vous préférez que j'attende dehors le temps qu'il arrive, il n'y a pas de problème. Vous n'avez sans doute pas envie de laisser entrer n'importe qui dans l'appartement.

— Dommage que M. Sinclair n'ait pas été aussi compréhensif hier…

Cela lui avait échappé, mais Lewis la regarda avec sérieux.

— Désolé pour hier, dit-il.

— Ce n'était pas votre faute.

— Non, mais… Je n'ai pas vraiment de raison pour…

— Ne restez pas là. Entrez, je vous en prie.

Tandis qu'ils traversaient le hall d'entrée, Lewis demanda :

— Si je comprends bien, il vous en a fait voir de toutes les couleurs, hier. C'est vrai qu'il peut parfois être… bon, il a ses raisons, il faut dire.

Vivian préféra ignorer cette dernière remarque. Le monstre n'était pas encore arrivé que déjà ils ne parlaient plus que de lui. Elle avait mal à la tête à cause du manque de sommeil. Et à cause d'une rose fanée apparue dans la véranda.

— Voulez-vous du café ?

— Avec plaisir. Merci.

Ils se dirigèrent vers la cuisine, où Vivian leur versa à chacun une tasse. Lewis rajouta sans hésiter trois sucres dans la sienne.

— Joli jardin… J'aime bien quand la nature reprend un peu ses droits. Ma femme est un vrai démon : si je la laisse seule cinq minutes, elle commence à arracher les fleurs sauvages de la pelouse. Des pâquerettes, comme ici. Pensez-vous qu'elle écouterait ? Mais je suis fou d'elle, alors… Pas vraiment le choix, à vrai dire. Elle et sa famille, ils sont encore plus dingues que moi.

Vivian sentit une pointe d'envie. Pour Lewis Blake et sa femme dotée d'une famille de dingues. Cela lui aurait bien plu. Certains parvenaient à avoir une famille unie et à être heureux en couple. Quel était leur secret ? Elle aimait bien Lewis. Il était sympathique… même si ce n'était qu'en comparaison de son patron.

— Parlez-moi de la statue, dit Vivian.

Elle ne tentait pas de faire la conversation ; elle ressentait à présent un réel besoin de savoir.

— C'est une authentique œuvre de Nevins. Vous n'avez sans doute jamais entendu parler de lui. Il n'est pas très connu, mais c'est un sculpteur de la fin du XIXe siècle dont les œuvres se vendent plutôt bien en ce moment. Celle-ci part sur un tournage de film. C'est notre boulot, chez Les Maraudeurs. On ne cherche pas des antiquités pour les vendre ; on les loue à des boîtes de production et à des compagnies de théâtre. Vous avez peut-être vu des objets à nous dans certains films. Vous avez vu *La Réponse du lion* ?

— Oui.

— C'est nous qui avons fourni presque tous les décors. Statues, fontaines, fauteuils, horloges… Le Théâtre national nous a aussi loué plein de trucs pour sa dernière production, *Venise sauvée*.

— Je l'ai vue aussi.

Vivian trouvait la conversation agréable et intéressante. Peut-être parce que Lewis était quelqu'un de plaisant et qu'il se donnait la peine de lui parler comme à un être humain…

— La statue de Connor, en revanche, elle a une drôle d'histoire.

— Drôle comment ?

— A vrai dire, ce n'est pas drôle du tout. Hum… Je crois que je peux vous raconter. Vous le liriez dans n'importe quel livre sur Nevins. Il a eu une liaison avec une femme mariée, une actrice. En fait, c'était la femme de l'homme qui a servi de modèle pour la statue. Puis…

Il s'arrêta. Vivian vit qu'il en avait peut-être dit plus qu'il ne l'avait voulu. Pourquoi faire tant de secrets pour une histoire vieille de plus de cent ans ? Elle décida de le taquiner un peu.

— Je vois, c'est l'histoire classique. Infidélité, jalousie, crimes et châtiments.

Lewis ne mordit pas à l'hameçon. Il semblait mal à l'aise.

— Nevins sculptait le visage du mari le jour et faisait l'amour à la femme de celui-ci la nuit, mais le mari a fini par découvrir la vérité. Comme d'habitude. C'était un acteur et imprésario de talent… un type très renommé, tout lui réussissait. Il a perdu la tête et il l'a tuée. Sa femme, Emily. D'un coup de revolver. Puis il a retourné l'arme contre lui. La citation sur le socle… c'est Nevins qui l'a ajoutée plus tard, avant de sombrer dans l'alcool. Vous voyez, le mari trompé n'a jamais cherché à s'en prendre à Nevins. Il paraît que celui-ci aurait préféré que Sinclair le fasse… qu'il le punisse lui aussi.

— Vous avez dit « Sinclair » ? demanda doucement Vivian.

— Euh, oui. Je ne devrais pas vous parler de ça… Connor est mon patron, c'est lui qui a fondé Les Maraudeurs… L'acteur jaloux s'appelait Patrick Aspen Sinclair et sa femme était Emily Sinclair, célèbre en son temps pour son interprétation de Juliette et d'Ophélie. Certaines personnes disent que la statue ressemble à Connor, mais Connor n'en a jamais été convaincu. Patrick et Emily sont morts jeunes, mais ils ont laissé un enfant. C'était l'arrière-arrière-grand-père de Connor.

Une ombre pesante semblait s'être abattue sur la cuisine. Le bruit de la sonnette retentit comme un coup de feu lointain dans le brouillard.

— Je vais aller ouvrir au patron, annonça Lewis, qui avait soudain retrouvé sa bonne humeur. Et surtout, que tout ça reste entre nous, hein ?

Le premier réflexe de Vivian fut de quitter la cuisine et de trouver quelque chose d'urgent à faire ailleurs. *Résiste*, se reprit-elle. *Connor Sinclair est le pire spécimen d'homme qui soit et il a décidé qu'il ne t'appréciait pas. C'est réciproque, d'ailleurs. Tu peux admirer sa beauté, si ça te chante, mais ça s'arrête là.* La double dose de café qu'elle avait ingérée lui avait éclairci les idées… Un peu trop peut-être. Elle se sentait légèrement euphorique. Il lui restait encore un mystère à résoudre : comment une rose rouge avait-elle pu se retrouver dans une véranda fermée à clé ?

Comme attirée malgré elle, elle se dirigea vers la véranda et resta un moment à contempler la rose. Les pétales avaient déjà commencé à se flétrir. A qui pouvait-elle bien parler de ça ? Elle était toujours penchée sur la rose lorsque Lewis et Connor entrèrent dans la cuisine. Trop tard pour fuir. Elle devait donc faire face.

— J'aime assez ces carreaux de faïence, disait Lewis.

Vivian eut l'impression qu'il s'efforçait d'agir comme si tout était normal.

— Oui, pas mal, répondit Connor.

Vivian se sentit attirée par le son de sa voix, comme dans un mauvais film de science-fiction. Il portait une chemise bleu clair rentrée dans un jean noir. Tous ses vêtements semblaient avoir été conçus expressément pour mettre son corps en valeur. Vivian se sentit prise d'un vertige mortel et envoûtant. Elle aurait voulu pouvoir sortir de son corps pour se secouer elle-même.

— Bonjour, monsieur Sinclair, parvint-elle à articuler d'une voix posée.

— Bonjour à vous, mademoiselle Gray, répondit-il en lui accordant à peine un regard. Avons-nous votre gracieuse permission pour nous rendre dans le jardin ?

Vivian vit Lewis lever les yeux au ciel, mais refusa de se laisser impressionner.

— Les portes ne sont pas fermées et vous connaissez le chemin. Je vous laisse à vos affaires.

En quittant la pièce, elle entendit Lewis émettre un petit sifflement mi-admiratif, mi-moqueur.

— Eh bien, te voilà rhabillé pour l'hiver, Connor.

Connor ne répondit rien.

De retour dans sa chambre, Vivian ferma les yeux. Aussitôt, le visage de Connor se mit à la narguer, aussi net que si un peintre bien plus doué qu'elle l'avait peint sur l'intérieur de ses paupières. Le noir profond de ses yeux, la barre sévère de ses sourcils, le nez légèrement arqué, la ligne mince de sa bouche… Quel goût pouvait avoir une bouche pareille ?

Vivian émit un grognement agacé. *Non. Cet homme ne vaut rien. Et cesse de te comporter comme une collégienne.* D'un pas décidé, elle se rendit dans le salon octogonal et ouvrit en grand les portes-fenêtres. Elle installa son chevalet et prépara ses pinceaux et ses croquis. Elle n'avait pas l'intention de se cacher. La vie continuait.

Elle n'eut pas le temps d'en faire plus.

Levant les yeux, elle vit Connor remonter l'allée du jardin, tel un cyclone. Il entra dans le salon, le visage figé comme un masque de granit.

— Bon sang, mais qu'est-ce que vous avez fichu ?

Vivian reposa sa palette.

— Pardon ?

— J'ai dit : qu'est-ce que vous avez fichu ? Non, laissez tomber. J'ai très bien compris, mademoiselle Gray, ce que vous avez essayé de faire.

— Et moi, monsieur Sinclair, je n'ai pas la moindre idée de ce dont vous parlez.

— Vraiment ?

Vivian n'avait jamais reçu un regard aussi noir de sa vie.

— Allons, venez, vous allez voir par vous-même.

— Ne me parlez pas comme si j'étais une enfant.

— Alors, ne vous comportez pas comme telle !

Lewis apparut derrière Connor.

— Heu… Connor, peut-être que…

— Peut-être que quoi ? aboya Connor, en dirigeant ses foudres vers Lewis, qui recula d'un pas d'un air conciliant.

— Heu, mademoiselle Gray… C'est comme…

— *Quelqu'un…*, interrompit Connor, et je me demande bien qui cela peut être… *Quelqu'un* a tenté de déplacer la statue. Voyons voir, c'est peut-être un voisin qui a escaladé le mur, histoire de jouer les vandales. A moins qu'une petite voleuse du nom de Vivian Gray n'ait appelé quelques copains pour essayer de subtiliser la statue, à présent qu'elle en connaît la valeur…

Il s'arrêta au beau milieu de sa phrase. Vivian, blême de rage, le foudroya du regard.

— Vos propos frisent la diffamation. Pensez-vous sérieusement que si j'avais tenté une chose pareille, je serais restée sagement ici ?

— Oui, parce que vous n'avez pas réussi votre coup.

Lewis intervint d'une voix hésitante :

— La statue a bien bougé, Connor, mais…

Le reste se perdit dans un brouillard confus. Lentement, à travers sa furie, Vivian venait de saisir les paroles de Lewis.

La statue avait bougé.

Chancelante, elle passa en trombe devant les deux hommes. Son attitude risquait de confirmer sa culpabilité, mais elle n'en avait cure. Quelle importance, si un homme de marbre pouvait bouger… Tremblante, elle se tenait au pied de la statue lorsque Lewis la rejoignit.

— Oh là là, Vivian… Vous permettez que je vous appelle Vivian ? Ecoutez, je suis vraiment désolé. Je veux dire… Il a beaucoup plu hier soir et… vous voyez, le socle est envahi par le lierre. Ça peut basculer, ces trucs-là. Une pluie soudaine, un sol détrempé… J'ai bien essayé de le lui expliquer, mais lorsqu'il est de mauvaise humeur… Nevins avait fait détacher la statue de son socle lorsqu'il a gravé l'inscription.

Vivian aurait préféré qu'il se taise, mais il ajouta :

— Ce bon vieux Patrick est simplement cloué, maintenant, alors si le socle bouge, cela peut expliquer…

Vivian regardait toujours la statue qui était légèrement penchée sur son socle, un pied dans le vide, comme si l'homme de marbre venait de retrouver sa liberté et s'apprêtait à descendre pour marcher vers elle.

Instinctivement, elle recula d'un pas.

Je fais mes valises et je rentre à Camden.

Vivian avait pris sa décision. Elle appellerait Addie le lendemain pour s'excuser en prétextant une quelconque urgence familiale. Addie serait fâchée. Elle ferait peut-être même en sorte que Vivian ne travaille plus pour ses petits éditeurs chéris. Tant pis. Vivian n'aurait jamais cru que son minuscule appartement lui manquerait un jour. Il lui tardait d'être chez elle. Bien sûr, elle avait réagi bêtement. Lorsque Lewis s'était tu et l'avait laissée seule, après lui avoir tapoté gentiment le bras, elle avait commencé à comprendre la vérité, dans toute sa simplicité : le sol était détrempé ; la statue avait bougé et un pied était sorti de son attache. C'était peut-être même déjà arrivé auparavant. Les statues ne se déplaçaient pas toutes seules. Ou alors, seulement en rêve.

Quoi qu'il en soit, cet endroit la mettait mal à l'aise et elle ne parvenait pas à y travailler. De plus, *il* allait certainement revenir, pour Patrick Aspen Sinclair. C'était Lewis Blake qui le lui avait dit, la mine contrite, juste avant de partir. Connor, lui, était déjà parti, semblait-il. Lewis était vraiment très embêté, mais Vivian avait tout fait pour être polie avec lui. Après tout, il n'y était pour rien.

Vivian rangea l'appartement, enleva les draps du lit et les mit dans la machine à laver. Elle fit le ménage dans la salle de bains qu'elle avait utilisée, ainsi que dans la cuisine. Elle ne voulait pas donner à Addie plus de raisons de se fâcher. Aux alentours de 18 heures, le téléphone se mit à sonner dans l'entrée. Devait-elle répondre ? Ce n'était plus son problème, à présent. La sonnerie insista pendant plusieurs minutes, s'arrêtant et reprenant aussitôt. Peut-être était-ce Addie ?

— Bonjour, c'est Lewis Blake. Ecoutez, avez-vous cinq minutes ?

— Non, vraiment pas. Désolée, monsieur Blake.

— Ne raccrochez pas, Vivian. Cela m'a trotté dans la tête tout l'après-midi. Je ne sais pas si je dois vous en parler ou non. Je veux dire que je ne devrais pas, mais… après la façon dont Connor s'est comporté avec vous… Oh, et puis zut ! Vous avez le droit de savoir pourquoi il s'est conduit comme un parfait goujat.

— J'ai pensé que ça lui venait naturellement, répondit Vivian, d'un ton acide.

— Vous êtes un peu injuste avec lui. Bon, je sais, il a été particulièrement odieux envers vous. Je ferais mieux de vous expliquer.

— Je n'ai pas envie d'entendre de nouveau les petits secrets sordides de vos amis.

— Ecoutez...

— Si j'en avais les moyens, je l'attaquerais en justice et vous ferais appeler comme témoin.

— Bigre... Vous êtes vraiment en colère, constata tristement Lewis.

— Cela vous surprend? Excusez-moi, mais j'ai à faire. Ravie d'avoir fait votre connaissance, Lewis. Merci d'avoir essayé de m'aider, mais les raisons de son comportement ne m'intéressent pas. Au revoir.

Juste avant de raccrocher, elle entendit Lewis dire :

— « Qui se ressemble... »

Cela ne fit qu'aggraver sa mauvaise humeur. Connor et elle? Pour se calmer, elle sortit les draps du sèche-linge et se débattit un instant pour les plier. Puis elle alla dans la cuisine chercher la bouteille de merlot qu'elle s'était achetée pour le week-end et n'avait pas encore ouverte. En retirant le bouchon, elle pensa que c'était presque un sacrilège de boire un vin pareil dans de telles conditions. Après une ou deux gorgées, elle reposa le verre sur la table basse du salon.

C'était une soirée magnifique. Un dernier rayon de soleil parvenait à éviter les maisons voisines pour venir éclairer la robe rubis du vin dans son verre. La couleur de la passion. La couleur d'une rose brisée... et celle d'un homme rendu fou de jalousie qui faisait couler le sang de sa femme, puis le sien, laissant l'amant se noyer dans sa culpabilité honteuse.

A présent, elle se demandait ce que Lewis avait été sur le point de lui révéler à propos de Connor Sinclair. Trop tard. Aurait-elle dû l'écouter? Le secret de la statue était déjà bien assez sinistre. Quelle autre histoire pouvait être pire, au point de « trotter dans la tête » de Lewis tout l'après-midi ?

Elle avait trouvé la carte d'un taxi sous le téléphone d'Addie. Illico Taxi, quel drôle de nom. Le plus drôle était qu'Addie mettait un point d'honneur à faire le moindre déplacement dans sa voiture personnelle.

Vivian avait rangé ses affaires et attendait le taxi dans l'entrée lorsque la sonnette retentit. Le taxi était en avance, tant mieux.

Lorsque Vivian ouvrit la porte, elle vit Connor Sinclair qui se tenait devant elle, silencieux dans les derniers rayons du soleil.

4

Sa peau semblait d'or pur dans la lumière chatoyante. Avec ses cheveux de jais, sa chemise bleue et le rouge sombre des fleurs qu'il tenait à la main, il ressemblait aux anges annonciateurs de la Renaissance. Il n'était plus le même : toute colère avait quitté son visage, qui était à présent tendu et grave.

— Avant que vous ne me claquiez la porte au nez, dit-il sans préambule, même si vous avez toutes les raisons de le faire, me permettrez-vous de vous présenter mes plus plates excuses ?

Vivian s'était attendue à tout sauf à cela. Elle resta silencieuse, sans pour autant refermer la porte.

— Je ne suis pas très fréquentable lorsque je suis nerveux, Vivian Gray. Et, comme vous avez pu le constater, j'étais terriblement nerveux hier et ce matin. Cela n'excuse pourtant en rien mon comportement déplorable. Je ne m'attends pas à de la clémence de votre part, croyez-moi. Mais je vous sais gré de me permettre d'exprimer ainsi mes regrets. Je me suis comporté comme le dernier des goujats. Je vous ai apporté ces fleurs… Peut-être allez-vous les jeter par terre et les fouler aux pieds, mais quelque chose me dit que non. Elles n'y sont pour rien… les roses, je veux dire. Je crois que vous êtes une femme très juste.

Il y en avait deux douzaines, du même rouge éclatant

que celles du jardin. Vivian les contempla sans mot dire, mais, lorsqu'il lui tendit le bouquet, elle l'accepta.

— Il y a déjà des roses dans le jardin, monsieur Sinclair.

— Je sais. Mais si vous en cueillez une, elle ne durera pas. J'ai pensé que celles-ci apporteraient une touche de vie à ce salon plein de draps et de caisses fermées, ou même à ce bloc opératoire aseptisé qui fait office de cuisine.

Vivian se tenait là, les roses à la main, tandis qu'il la regardait, guettant le moindre signe de sa part. Un moment hors du temps, un instant suspendu comme une graine dans une goutte d'ambre à la lueur du soleil couchant.

— Je vais les mettre dans un vase. Merci.

Elle voulait rester digne et distante, mais c'était impossible face à cet homme. Il se tenait si près d'elle qu'elle percevait le parfum chaud de sa peau et de ses cheveux. Un parfum viril et unique. Elle en aurait presque pleuré. C'était stupide. De son propre aveu, il s'était comporté comme un parfait goujat. Ces quelques roses ne lui coûtaient rien, pas plus que ses excuses faciles. Cela n'aurait pas dû suffire à effacer le souvenir cuisant.

Pourtant non, ces excuses n'étaient pas feintes.

Dans son regard, Vivian croyait à présent distinguer quelque chose que son impolitesse et ses paroles blessantes avaient réussi à dissimuler jusque-là.

— Bien, dit-il enfin. Merci d'avoir accepté ce cadeau. Je vous laisse tranquille.

Lorsqu'il tourna les talons pour se diriger vers le trottoir, Vivian resta figée sur place. L'instant d'après, il s'était retourné et marchait de nouveau vers elle. Le cœur de Vivian se mit à battre à une vitesse folle.

— J'allais oublier : je vais envoyer Lewis avec l'équipe pour la statue. Je suis sans doute la dernière personne que vous ayez envie de voir dans votre salon... Vivian, je vous en prie, croyez-moi, je suis sincèrement désolé pour toutes les horreurs que je vous ai dites.

— Vous avez vraiment peur que je vous traîne devant un tribunal...

Il sourit, apparemment heureux de cette pique mordante.

— Vous pouvez le faire, je plaiderai coupable. Que demanderiez-vous en dédommagement ?

Tout allait beaucoup trop vite. Par-delà la douleur sourde qui dansait dans ses yeux, elle entraperçut cette élégance joyeuse, ce charme conquérant qu'elle lui connaissait déjà et qu'il s'efforçait de masquer, comme s'il craignait de l'insulter de nouveau. Comment un homme pouvait-il être à la fois si perspicace et si obtus ?

— Ces roses suffiront, répondit Vivian. Cela m'ira très bien.

— Vous êtes, comme je l'ai dit, très juste. Et bien trop clémente.

Il ne fit pas mine de s'en aller ; pourtant, dans une seconde, il n'aurait plus d'autre choix que de partir. Ensuite, ce serait fini, elle ne le reverrait plus jamais. Il veillerait personnellement à lui épargner le fardeau de sa propre présence.

— Ecoutez, Vivian, m'accorderez-vous encore cinq minutes de votre temps ?

C'était presque exactement ce que lui avait demandé Lewis au téléphone.

— Mon taxi va arriver dans cinq minutes, dit-elle, de nouveau méfiante.

— C'est plus qu'il ne m'en faut. Je ne m'attends pas que vous m'invitiez à entrer. Nous pouvons parler ici.

Connor, comme Lewis, semblait désireux d'expliquer les raisons de son comportement. Avait-elle vraiment envie de l'entendre ? Ne serait-il pas stupide de sa part de refuser ? Un mystère sinistre et malsain planait à la fois sur l'appartement d'Addie et sur cet homme qui se livrait à présent à son jugement, avec une humilité inhabituelle.

— Il faut que je mette ces fleurs dans un vase, dit Vivian. Entrez donc.

Son regard se posa sur les bagages dans l'entrée, mais il ne fit aucun commentaire. L'appartement était à présent plongé dans la pénombre et Vivian alluma quelques lampes. Elle savait qu'elle ne partirait pas tant que Connor ne lui aurait pas dit ce qu'il avait à lui dire.

Dans la cuisine, il s'adossa contre un des murs carrelés de blanc qu'il détestait tant et regarda Vivian mettre les fleurs dans un vase. Jamais elle ne s'était sentie aussi mal à l'aise. Lorsqu'une des roses tomba à terre, Connor, tel un courtisan élisabéthain, la ramassa pour elle. Etrangement, leurs mains ne se rencontrèrent pas. Ils ne s'étaient jamais touchés, même par accident, même dehors, lorsqu'il lui avait tendu les fleurs. On aurait dit qu'il faisait tout pour ne pas entrer en contact physique avec elle. Mais ne faisait-elle pas exactement la même chose ? Ils n'avaient échangé que quelques paroles futiles depuis qu'ils étaient entrés dans l'appartement. Un silence léger flottait comme une brume dans la cuisine.

Lorsque Vivian retourna dans le salon octogonal, il la suivit. Il y avait quelque chose d'électrique dans la situation, même si Vivian refusait de l'admettre. Elle posa le vase sur un guéridon et admira un instant le rouge flamboyant des fleurs. Son regard se posa ensuite sur la bouteille de merlot à peine entamée qu'elle avait négligemment laissée sur la table. Connor ne s'assit que lorsqu'elle l'y invita. Pourtant, cet appartement avait été le sien, autrefois, et il en connaissait chaque recoin. Il semblait de toute évidence mal à l'aise, à présent. Pourquoi ? Et pourquoi avait-il vendu l'appartement à Addie ? Pourquoi être parti en laissant une statue de valeur dans le jardin ?

— Aimez-vous le vin ? demanda Vivian.

— A l'occasion.

— Puis-je vous en offrir un verre ?

Sa politesse lui sembla ridiculement excessive. Ils étaient tous les deux tendus et empruntés. Il leur avait été plus aisé de communiquer sous le coup de la colère. Assis l'un en face de l'autre, ils buvaient tranquillement leur vin dans la lumière tamisée ; dehors, le jardin passait lentement du bronze à l'ébène.

— Ce vin est très bon, Vivian... Vous permettez que je vous appelle par votre prénom ?

— Du moment que ce n'est pas Viv', monsieur Sinclair.

— Non. Vivian, toujours. Appelez-moi Connor, voulez-vous ?

Vivian sourit, se sentant devenir aussi rouge que les roses. Pour masquer sa réaction émotive, elle demanda vivement :

— Que vouliez-vous donc me dire... Connor ?

— Lewis vous a parlé de mon ancêtre Patrick, l'homme qui a servi de modèle pour la statue ? Vous ne trahirez pas Lewis en me répondant. Je sais qu'il est bavard, mais je préfère me concentrer sur ses qualités.

— Il en a parlé, en effet.

— Vous a-t-il raconté ce qui était arrivé au sculpteur, Nevins ?

— Oui.

— Il vous a parlé d'Emily et...

Connor s'interrompit. Il vida d'un trait le reste de

son vin et se mit à faire tourner son verre vide entre ses mains.

— Patrick l'a tuée, puis s'est lui-même tiré une balle, laissant Nevins en vie. Une tactique intéressante. Ce n'est certes pas celle d'Othello…

— J'ai bel et bien lu la pièce, vous savez…

— Evidemment. Moi aussi. Je l'ai même jouée… Oh, je n'étais pas Othello, bien sûr. Un comédien noir s'est chargé du rôle. J'ai eu le plaisir de tenir le rôle du traître Iago. Etrange, n'est-ce pas, que Nevins ait fait graver ce vers d'*Othello* sur le socle de la statue. Quelle ironie… Il est mort en 1906 à Paris, d'un excès d'alcool et de laudanum. Un véritable gâchis, tout comme Patrick et Emily.

Un long silence s'installa de nouveau entre eux.

C'est une histoire horrible et triste, pensa Vivian, *mais ce ne peut être la seule cause de ses inquiétudes !*

— Ecoutez, Vivian, je ne rentrerai pas dans les détails, mais… quelque chose… quelque chose de grave m'est arrivé lorsque je vivais ici. Quelque chose de terrible… à moi et à une autre personne. J'ai fini par déménager et j'ai vendu l'appartement à Addie. J'ai pensé que sa personnalité bouillonnante et dépourvue de la moindre imagination parviendrait à exorciser l'endroit. Je ne sais si cela a fonctionné, mais je redoutais de revenir ici. Quant à la statue… Je ne sais si les objets peuvent porter des stigmates, mais cette statue représente trop de choses pour moi. Dès que j'ai appris que des gens s'y intéressaient pour un film, j'ai su que l'occasion était trop belle. Je pouvais réaliser une bonne opération financière et me débarrasser de cette chose en même temps. J'ai hérité de cette statue, Vivian. C'est à peu près tout ce dont j'ai hérité, d'ailleurs, mais ceci est une autre histoire.

— Pourquoi être venu ici, si vous le redoutiez tant ? Lewis n'aurait-il pas... ?

— Si, bien sûr. Mais j'avais recommencé à faire ces rêves... Je me suis alors dit qu'il fallait en finir, faire face une fois pour toutes. J'avais même amené cette bonne vieille Cannelle en renfort. Je pensais qu'elle réussirait à chasser les dernières ombres qui planaient sur ce lieu. Pourtant, quand je vous ai vue...

Vivian releva brusquement la tête : Connor semblait perdu dans la contemplation de son verre vide.

— Une jeune femme aux cheveux longs, telle une nymphe de Waterhouse en peignoir.

Que pouvait-elle répondre à ça ? Waterhouse était un peintre préraphaélite, célèbre pour ses représentations de nymphes et d'ondines. Un tel compliment en disait long, sans pour autant signifier quoi que ce soit...

— Je suis désolée de vous avoir tourmenté ainsi, dit-elle doucement.

— Je n'avais aucun droit d'être tourmenté par une personne aussi gracieuse, aussi aimable et aussi merveilleuse que vous, Vivian. Mais c'était bien là le problème, je crois. L'immense et impardonnable fichu problème.

Vivian se leva pour remplir son verre, qu'il contempla en silence.

— Ce n'est pas grave, Connor. Merci de m'avoir expliqué. Cela ne fait rien. Je vous promets de...

Elle sourit encore.

—... Je ne vous attaquerai pas en justice.

Rien ne se passait comme elle avait pu l'imaginer, ce soir-là. Il s'était levé, grand et fort, telle une barrière solide entre la lumière et elle. A contre-jour, elle ne distinguait pas son visage, mais elle sentit qu'il posait les mains sur ses bras avec une infinie légèreté. Ce contact aérien la brûla aussi certainement qu'une décharge électrique. Elle avait bien heureusement reposé la bouteille de vin, car elle l'aurait sans doute lâchée. Elle ne voyait plus que lui ; le reste de la pièce s'était voilé d'un brouillard incertain. Leurs visages étaient si proches qu'elle pouvait sentir son souffle tiède sur ses lèvres.

Puis, brusquement, il se redressa et s'éloigna.

— Non, dit-il, avec la même froideur qu'elle lui connaissait déjà.

Vivian recula d'un pas.

— Attendez…, dit-il d'une voix douce. Je suis désolé, une fois encore. Ce n'est pas ce que vous voulez. Pas moi.

Oh si, Connor. C'est ce que je veux…

Semblant venir d'un monde lointain, une sonnerie incongrue retentit à travers la pièce.

— Votre taxi.

— Oui…

— Voulez-vous… Je vais lui demander d'attendre une minute.

— Non, je vais y aller, dit-elle sans force.

L'homme qui se tenait sur le pas de la porte n'avait pas l'air très amical. Sans doute ne l'avait-elle pas entendu klaxonner depuis la rue. Il avait dû descendre de son véhicule et semblait de très mauvaise humeur, derrière ses lunettes noires, étonnamment recherchées.

— Je suis désolée, dit-elle. Je n'ai plus besoin de taxi.

— Comment ça ?

Le sentant presque menaçant, Vivian crut prudent d'ajouter :

— Mon ami vient d'arriver.

Comme pour confirmer ces paroles, un cliquetis de verre se fit entendre dans le salon. Elle sentit le regard furieux de l'homme, à travers ses lunettes.

— Super, merci, m'dame. Les gens, quand même… La prochaine fois, pensez à appeler pour annuler, O.K.??

Elle lui donna un peu d'argent, se sentant coupable de l'avoir dérangé pour rien. De mauvaise grâce, il accepta les pièces et partit.

Dans l'entrée, Vivian hésita. Qu'était-elle en train de faire ? Avait-elle l'intention, après tout, de rester dans cet appartement où « quelque chose de terrible » était arrivé ?

Oui.

Debout devant les portes-fenêtres, Connor contemplait en silence le jardin plongé dans l'obscurité. Sur la table, son second verre de vin était toujours intact. Une fois encore, le temps sembla s'immobiliser, puis il se retourna et la regarda. Ou plutôt, son regard passa *à travers* elle, sans la voir. Avec une courtoisie bien plus blessante que sa grossièreté, il dit :

— Vous êtes quelqu'un de bien, Vivian. Merci de m'avoir si gentiment écouté. Je ne l'oublierai pas. Prenez soin de vous. Je vous souhaite beaucoup de bonheur dans votre vie.

Ensuite, tout alla très vite : il passa devant elle pour se rendre dans l'entrée. L'instant d'après, elle entendait la porte d'entrée s'ouvrir, puis se refermer. Il était parti. Immobile, Vivian resta là à contempler le vide béant de sa vie, dont il venait de sortir en lui souhaitant tout le bonheur du monde.

5

Epuisée physiquement autant que mentalement, Vivian se coucha et s'endormit aussitôt. Elle n'aurait jamais cru en être capable. Au beau milieu de la nuit, elle rêva qu'elle entendait des bruits étouffés dans l'appartement, tantôt dans le salon octogonal, tantôt dans le couloir — des bruits de pas, un bruit mat, comme un chat sautant du rebord d'une fenêtre...

Du fond de son rêve, Vivian se reprit. *Ne sois pas stupide, il n'y a rien du tout. Toutes les maisons craquent, surtout après une chaude journée, comme aujourd'hui.* Cette fois-ci, hors de question d'aller explorer tout l'appartement.

Lorsque le réveil sonna à 7 h 30, elle se souvenait encore de son rêve. Si elle avait l'intention de rester, elle allait devoir se ressaisir. Les statues ne se déplaçaient pas toutes seules ; c'était à cause de la pluie ou d'un glissement de terrain. Quant à la rose dans la véranda, il devait y avoir une ouverture quelque part, par laquelle un petit animal avait dû se glisser. Curieuse image que celle d'une souris avec une rose entre les dents... Tous ses problèmes, absolument tous, venaient de son imagination débordante.

Elle ne se sentait pas reposée, malgré sa longue nuit de sommeil. Même la douche n'y fit rien. Une tasse de thé bien fort serait plus efficace que du café, pensa-t-elle en se traînant jusqu'à la cuisine. Malgré toutes ses bonnes résolutions, elle ressentait une certaine appréhension.

Tout était normal. Dans la véranda, la rose était complètement fanée. Vivian se prépara du thé et en but plusieurs tasses, l'esprit et le regard dans le vague.

Heureusement que c'était un type bien, finalement. Il a essayé de se rattraper, c'est déjà ça. Même si…

Pourtant, il avait bien failli l'embrasser. Il voulait le faire ! Le salon s'était même mis à vibrer de ce désir intense. A moins qu'elle n'ait rêvé ? La dernière fois, trois ans auparavant, les choses avaient été bien plus simples. Son amant s'était servi d'elle une fois — il n'y avait pas d'autre terme — avant de la jeter comme un vieux mouchoir usagé. Effarée, elle avait tenté avec tact de comprendre ce qu'elle avait fait de mal, mais il s'était contenté d'un : « Oh, allez, Vivian. On ne peut pas s'amuser un peu sans que cela devienne un drame en trois actes ? »

Même dans la pire des situations, elle n'imaginait pas Connor Sinclair en train de se comporter de la sorte. La veille au soir, elle avait perçu chez lui quelque chose de bien plus attirant que sa perspicacité ou son charme… Une sorte de loyauté. Oui, ses paroles pouvaient être tranchantes comme des lames, mais il restait quelqu'un de profondément honnête.

Mais après tout, que savait-elle de lui ? Presque rien. Et elle n'en saurait jamais davantage.

Trop engourdie pour se mettre immédiatement au travail, Vivian décida de faire un grand ménage dans l'appartement. Rien de tel pour se changer les idées. Visiblement, c'était encore une chose qu'Addie ne prenait jamais la peine de faire. Elle embauchait régulièrement des femmes de ménage, mais finissait toujours par les renvoyer, quand celles-ci ne partaient pas d'elles-mêmes, révoltées par les manières de leur patronne. Vivian dénicha quelques chiffons, sortit l'aspirateur d'un placard et se dirigea vers le salon.

— Que… ?

Figée sur place, elle sentit ses cheveux se dresser sur sa tête tandis qu'un frisson glacé lui parcourait l'échine. Elle se souvenait clairement avoir laissé la bouteille de vin à moitié vide, sans la reboucher. A côté, sur la table, Connor avait posé son second verre, intact. Elle-même avait laissé son verre à moitié bu.

Elle en était sûre et certaine.

Pourtant, la bouteille vide gisait sur le tapis ; les deux verres étaient également vides.

Mais ce n'était pas le pire. Oh non.

Chacune des grandes roses avait été sortie du vase, puis décapitée. Le tapis et le parquet étaient jonchés de tiges nues et de pétales. Dehors, le jardin s'épanouissait au soleil — en toute innocence.

Vivian sortit de la pièce à reculons et se précipita vers le téléphone de l'entrée. Sur sa droite, la porte de la salle à manger était ouverte. C'était une pièce sombre, dans laquelle rien n'avait encore été emballé. C'était là qu'Addie avait installé, en plus d'une table et de chaises en chêne, sa seule bibliothèque.

La première chose que Vivian aperçut fut le livre, ouvert à l'envers sur la table. Il n'y était pas la veille. Il avait de toute évidence été sorti des rayonnages… à moins qu'il n'en soit tombé tout seul. Vivian crut qu'elle ne parviendrait plus jamais à respirer de nouveau. Elle s'avança vers la table et retourna le livre. Quelque part au fond d'elle-même, elle savait déjà ce qu'elle allait trouver.

Addie, qui ne lisait que le journal, possédait l'inévitable collection de grands classiques de la littérature, élégamment reliés, mais jamais ouverts. Là, sur les étagères, entre l'intégrale de Jane Austen, avec cuir et dorures, et un Milton et Shelley doté d'une épaisse reliure violette, se trouvaient quatre volumes de Shakespeare, recouverts de tissu blanc : les comédies, les pièces historiques, les sonnets… et les tragédies. C'était bien évidemment le volume des tragédies qui était ouvert sur la table. Incapable de résister, Vivian lut les mots imprimés sur la page :

« Othello —… Une femme accomplie ! une femme si belle ! une femme si douce !

Iago — Allons, il faut oublier tout cela.

Othello — Oui ; qu'elle meure, qu'elle périsse, qu'elle soit damnée cette nuit ; elle ne vivra point. Non, mon cœur est changé en pierre, je le frappe et il me blesse la main… »

Vivian referma brusquement le livre ; ses mains tremblaient tellement que le livre lui échappa. En tombant, il s'ouvrit de nouveau, à la première page cette fois-ci. Une vieille photographie avait été reproduite en dessous du titre : une femme vêtue d'une longue robe pâle, la taille étroite marquée par une large ceinture, prenait une pose théâtrale. Ses longs cheveux noirs flottaient librement et ses grands yeux scrutateurs fixaient l'objectif… Une légende indiquait : « L'actrice Emily Sinclair, dans l'un de ses rôles les plus célèbres : Ophélie. » En dessous, quelqu'un avait griffonné une dédicace, d'une main énergique mais féminine : « Pour C. de la part de K., avec tout mon amour. Je parie que tu aimerais rencontrer ta belle aïeule ! Si cela était possible, je n'aurais plus qu'à m'éclipser ! »

Cette K. faisait ou avait fait partie de la vie de Connor. Car le C. était sans aucun doute Connor Sinclair, puisque la photo était celle de son arrière-

arrière-arrière-grand-mère, Emily, l'épouse infidèle que Patrick Sinclair avait tuée.

Le livre appartenait donc à Connor. Il l'avait sans doute laissé là, tout comme la statue. Tout comme cette K. ? Malgré elle, bien malgré elle, Vivian regarda de nouveau la photographie. Dans sa tête, elle entendit une petite voix lui murmurer ce qu'elle-même ne voulait pas admettre. Emily Sinclair lui ressemblait à s'y méprendre.

Personne n'avait appelé à l'appartement après Lewis Blake, la veille au soir. D'une main tremblante, Vivian chercha à connaître son numéro. Lewis n'avait pas pris la peine de le masquer ; Vivian le nota et l'appela immédiatement. Au bout de huit sonneries, une jeune fille répondit :

— Les Maraudeurs, bonjour !

Vivian demanda à parler à Lewis.

— Désolée, il n'est pas là. Voulez-vous laisser un message ?

Vivian hésita. Elle n'arrêtait pas de jeter des regards par-dessus son épaule.

— Non, merci. Ça ira.

Quelle menteuse ! Mais qu'aurait-elle pu dire d'autre à Lewis ? « Ecoutez, je sais que vous êtes une vraie commère, c'est votre ami et associé Connor qui me l'a dit. Alors, racontez-moi ce que vous vouliez me dire l'autre fois. Je dois vraiment savoir, à présent. »

Un bruit se fit entendre dans le salon octogonal. Vivian sursauta violemment. Après quelques secondes, elle se força à aller voir, examinant la pièce depuis le pas de la porte : rien ne semblait avoir bougé. La bouteille de vin et les roses étaient toujours sur le sol. Non, finalement, elle n'allait pas rester ici. Il se passait quelque chose d'incroyable ou de franchement inquiétant. Elle en avait assez.

Elle rangea à la hâte les quelques affaires qu'elle avait ressorties de son sac, la veille. Elle dut se battre un moment avec son chevalet, comme si celui-ci refusait de se laisser plier pour partir. Elle se força à ranger un peu : elle remit le volume de Shakespeare sur l'étagère, ramassa les roses et la bouteille, rinça et essuya les verres, avant de les remettre dans le vaisselier du salon. Tout ce temps, elle ne put s'empêcher de regarder constamment par-dessus son épaule.

Dehors, l'été battait son plein ; des oiseaux chantaient dans le jardin et le parc, couvrant le ronronnement de la circulation. Tout semblait lui confirmer qu'elle se comportait comme une idiote et qu'elle avait dû se tromper.

Elle ne pouvait pas rappeler la compagnie de taxi de la veille. D'après la réaction du chauffeur, ils refuseraient de renvoyer quelqu'un. Les deux autres compagnies qu'elle dénicha dans l'annuaire n'avaient aucune voiture disponible. Après avoir vérifié toutes les fenêtres et les portes, Vivian ferma l'appartement et porta péniblement ses bagages et son chevalet jusqu'à la station de métro la plus proche. En quittant Coronet Square, elle crut voir le conducteur de la compagnie Illico Taxi passer en trombe dans une voiture privée, avec ses lunettes de soleil. Il ne sembla pas la reconnaître.

Le métro était bondé et des retards étaient annoncés. Il lui fallut presque deux heures pour rentrer chez elle. Lorsqu'elle poussa enfin la porte de son appartement, le téléphone sonnait. Elle se surprit à prier pour que ce soit Lewis qui tentait de la rappeler.

— Oui, allô ?

— Bonjour ! lança Ellie. Eh bien ! Tu as l'air parfaitement zen et détendue, dis-moi... Que vous arrive-t-il encore, mademoiselle Gray ?

— Oh, Ellie...

— Oh là ! fit Ellie, soudain alarmée. Calme-toi. Je n'arrêtais pas de penser à toi. Est-ce que j'ai pressenti quelque chose ? Que se passe-t-il ?

Vivian se laissa glisser lentement au sol, le dos contre le mur. Elle raconta tout à Ellie. Quelle bénédiction, ces communications par satellite...

Vivian avait déjeuné et bu presque une bouteille d'eau entière. Par la fenêtre du salon, elle laissait son regard errer par-dessus les toits et les clochers, vers les quartiers chic de Camden, à l'opposé du sien. Parler avec Ellie lui avait fait du bien. Il était 8 heures du matin à New York et Ellie semblait en pleine forme. Cela dit, Ellie était toujours en pleine forme et cela lui faisait toujours du bien de parler avec elle. Malgré son travail dans une grande librairie du cœur de Manhattan, Ellie avait une conception de la vie relativement simple. Dans son bureau était accroché un grand cadre noir sur lequel on pouvait lire, en lettres roses : « *Carpe Diem* ». Ce sage conseil était accompagné d'un dessin représentant un pêcheur en train de prendre un poisson au bout de sa canne. Sous le dessin, en lettres jaunes, on pouvait lire : « Cueille la carpe ». Ellie profitait bel et bien de chaque jour, sans se soucier du lendemain. Elle avait un don pour ça.

— Ecoute-moi bien, Vivian, avait-elle dit au téléphone. Pour commencer, je suis sûre qu'il y a une explication logique à ce qui t'est arrivé là-bas. Les trucs comme ça... les fantômes... ça existe peut-être, mais ils ne te feront jamais de mal. C'est bon pour les livres et les films. Alors, même s'il y a un fantôme, eh bien... il semblerait simplement qu'il aime un peu trop le bon vin et qu'il a renversé les roses en titubant à travers le salon. Qu'est-ce que tu crois ? Qu'il va être propre et bien élevé après toutes ces années passées au fond du jardin ?

— Les boutons de roses avaient été coupés, Ellie.

— En es-tu bien sûre ? Peut-être se sont-ils détachés en tombant au sol. Le vase n'était pas cassé, non ? Ni les verres ni la bouteille ? Quant à la photo d'Emily… tu en fais tout un plat. La ressemblance n'est peut-être pas si flagrante. Cela dit, si c'est vrai, cela pourrait expliquer pourquoi le type s'est transformé en monstre en te voyant. Tu as dû lui coller une sacrée frousse ! Ce qui m'amène au type en question…

— Il n'y a plus grand-chose à dire, à présent…

— Oh, vous, les Anglais… On n'est plus au XVIIIe siècle, Vivian ! D'après ce que tu m'as dit, ce type est complètement gaga de toi. D'accord, il n'a pas eu le culot de t'embrasser, mais, ma chérie, il a quand même eu le cran d'admettre qu'il s'était comporté comme un mufle. Bon, il est parti vers le soleil couchant sur son blanc destrier, mais tu as son numéro, non ? Pourquoi ne l'appellerais-tu pas ?

— Je ne peux pas faire ça, Ellie.

— Trouillarde.

— Ellie, il a de gros problèmes…

— Alors, va lui donner un coup de main. Oui, je sais, c'est risqué, il va peut-être te sortir une des répliques cinglantes dont il a le secret, mais tu sais, il faut savoir prendre des risques de temps en temps… A force de craindre d'être blessée une fois de plus, tu vas peut-être rater une belle histoire… avec lui !

— Je ne pense pas que…

— Arrête de penser ! Appelle-le.

— Mais qu'est-ce que je lui dis ?

— Oh, mon Dieu, je rêve… Dis-lui : « Salut, Connor,

tu es libre ce soir ? On pourrait aller boire un café, prendre un verre, s'embrasser dans un parc ! »

— Il dira non aux trois.

— D'accord, c'est nul. Mais, qu'as-tu à perdre ? Ta dignité ? Et s'il disait oui ?

Après ça, Vivian avait changé de sujet ; Ellie l'avait laissée faire. Elles avaient parlé encore de tout et de rien pendant une joyeuse demi-heure, sans se soucier de la facture, puis Ellie avait dû raccrocher pour aller travailler.

Assise dans le salon, Vivian savait pertinemment qu'elle n'appellerait pas Connor Sinclair. Elle n'en avait tout simplement pas le courage. En revanche, elle avait bien l'intention d'appeler Lewis.

Il était vrai que le... fantôme ne lui avait fait aucun mal... s'il s'agissait bien de Patrick Aspen Sinclair prisonnier d'une statue de marbre... Il n'était sans doute jamais rien arrivé de tel à Addie. Elle avait dû exorciser l'endroit, comme l'avait suggéré Connor. Vivian était différente. Même si elle n'était pas la sœur jumelle d'Emily, elle était d'une sensibilité à fleur de peau et traînait son propre bagage de peines, de frustration et de rage. Connor était revenu, poussé par le second secret qu'il n'avait pas révélé. Que s'était-il donc passé dans cet appartement ? Qu'était-il donc arrivé de si terrible pour transformer cet homme si facile à aimer et à désirer en un bloc de glace et de venin ?

Avec une pointe d'agacement, Vivian reconnut immédiatement la voix au téléphone.

— Les Maraudeurs, bonjour ! Cannelle Boyle-Martin à votre service.

— Pourrais-je parler à Lewis Blake, s'il vous plaît ?

— Qui est à l'appareil ? Non, attendez, je sais...

Vous êtes madame Machin ! Bonjour, madame Machin ! Qu'est-ce que vous lui voulez à Lewis ?

— Je le lui dirai moi-même, répliqua Vivian, entre politesse et autorité.

Evidemment, Cannelle ne se démonta pas.

— Lewis est très occupé. Peut-être pourriez-vous me donner ne serait-ce qu'une vague idée ?

— Je vous remercie, mais ce serait une perte de temps. C'est à Lewis que je veux parler.

— Et si je vous dis que c'est impossible ? fit soudain Cannelle, comme une enfant têtue.

— Je pense que Lewis se demanderait pourquoi vous avez refusé de lui passer un appel tout à fait légitime.

— Ou pas. Vous n'êtes pas sans savoir que Lewis est très heureux en ménage, madame Machin…

Vivian sentit la colère monter, mais elle s'efforça de rester calme.

— Je vous demande pardon ?

— Oh, vous pouvez même m'implorer si ça vous chante ! Je voulais juste vous en informer, histoire que vous ne vous emballiez pas. J'imagine que je pourrais vous aider un peu… mais n'est-il pas un peu jeune pour vous ? Enfin, vous faites ce que vous pouvez…

Vivian raccrocha. Quelle sale petite… !

Du calme. Elle essaierait de nouveau plus tard. Cannelle ne serait pas toujours là pour décrocher. Il y avait eu cette autre fille, la dernière fois ; ou Lewis répondrait peut-être lui-même. Elle n'avait pas tenté de trouver son numéro personnel, pensant que ce serait un peu déplacé. En tout cas, heureusement qu'elle n'avait pas suivi le conseil d'Ellie et demandé à parler à Connor. Elle osait à peine imaginer la réaction de Cannelle…

Vivian rappela Les Maraudeurs vers 16 heures. De nouveau, ce fut Cannelle qui décrocha avec enthousiasme… avec joie? Vivian raccrocha aussitôt. Elle se demanda pourquoi Cannelle et elle s'étaient mutuellement détestées dès leur première rencontre… A part la grossièreté naturelle de Cannelle, bien sûr. Etait-ce une question de karma?

Vivian chassa toutes ces pensées de son esprit. Elle n'avait pas pris la peine de défaire ses valises, mais avait juste sorti son matériel de peinture. Elle devait se mettre au travail. Vers 18 heures, elle se fit du thé pour se préparer psychologiquement à appeler Addie en France, près de Perpignan. Elle allait poser la main sur le téléphone lorsque celui-ci se mit à sonner. Etait-ce Addie, par le plus grand des hasards? Prenant son courage à deux mains, Vivian décrocha.

— Bonjour, suis-je bien chez Vivian Gray?

— Connor…

— C'est bien vous! Savez-vous le nombre de personnes qui portent le même nom que vous dans l'annuaire? Heureusement qu'Addie m'avait écrit votre nom quelque part : il n'y a que deux Gray avec un « A ». L'autre dame m'a accusé de vouloir lui vendre du double vitrage.

Vivian s'assit lentement, tenant le combiné comme un objet fragile et précieux.

— Vous êtes toujours là, Vivian Gray? Est-ce que je vous dérange?

Il était direct et plaisantait joyeusement. On aurait dit un vieil ami.

— Oui, je suis toujours là et non, vous ne me dérangez pas.

Il poussa un soupir. Etonnée, elle se demanda si, lui aussi, avait retenu son souffle.

— J'ai un service à vous demander, Vivian.

— Oui?

— Comme vous le voyez, j'ai compris que vous aviez

quitté l'appartement d'Addie… J'ai vu vos bagages hier soir, dans l'entrée. Le problème est que Lewis ou moi devons venir avec les gars pour emporter Patrick. Je pourrais demander à Addie de me faire parvenir un double des clés, mais, la connaissant, cela va prendre un temps fou. Je préférerais en finir au plus vite. Pourrais-je vous emprunter les clés qu'elle vous a confiées ? Je vous les rapporterai dès que nous aurons fini.

— Oui, répondit doucement Vivian. Quand… quand voulez-vous passer les prendre ?

— Ce soir ? Je viendrai moi-même, si cela ne vous dérange pas.

Une bouffée à la fois glaciale et brûlante envahit Vivian.

— Non, bien sûr.

— Merci, Vivian. C'est très gentil de votre part.

Après avoir raccroché, Vivian se répéta : *il va venir prendre les clés et repartir aussitôt. Demain, il viendra les rendre.* Ce ne serait peut-être même pas lui. Il enverrait peut-être quelqu'un d'autre. Tant pis : ce soir, pendant quelques instants, il serait là.

Ne tombe pas amoureuse, Vivian. Tu ne dois pas tomber amoureuse de Connor Sinclair.

Pourtant, au fond d'elle-même, une autre voix se faisait entendre : *Tu l'aimais avant même de le rencontrer. Tu l'as aimé dès que tu as vu la statue.*

Elle avait repris une douche et enfilé une jupe en lin et un chemisier vert. Elle se regarda dans le miroir. Oui, elle était jolie ; non, elle n'avait pas l'air trop habillée, comme si elle venait de se changer juste pour lui. Tout ça pour deux minutes sur le pas de la porte. Vers 7 heures, Vivian ne tenait plus en place. Lorsque la sonnette retentit enfin, elle sentit son cœur se mettre à battre à grands coups irréguliers, comme s'il était sur le point d'exploser.

— Bonsoir, Vivian.

Dès qu'elle le vit, toute sa nervosité fut balayée par une onde chaude qui déferla en elle. Sa tête se vida de toute pensée. Transportée et terrifiée à la fois, elle leva les yeux et s'entendit prononcer d'une voix raisonnable, comme si elle avait encore toute sa tête :

— Bonsoir, Connor.

Il portait une chemise blanche, un pantalon de toile noire et des chaussures de sport qui semblaient assez solides pour un trek en montagne. L'ensemble était étrange, mais lui allait comme un gant. Comme la fois précédente, il n'était pas venu les mains vides. Il suffit d'un coup d'œil à Vivian pour voir que la bouteille de merlot qu'il apportait avait coûté le double de la sienne.

— Vraiment, vous n'auriez pas dû…

— C'est une belle soirée pour du merlot, Vivian.

L'entrée de l'appartement était si petite qu'elle ne fit pas l'erreur de s'écarter pour le laisser passer. Elle le devança dans la cuisine.

— Voici les clés.

— Super. Je vous les rendrai lundi au plus tard. D'ici là, peut-être avez-vous un tire-bouchon? Le vin est à bonne température. Il a juste besoin de s'aérer un peu.

Vivian ouvrit un tiroir et lui tendit le tire-bouchon, puis elle sortit deux verres dépareillés — elle n'en possédait pas deux semblables — un rouge et un bleu, qu'elle rinça et essuya. La bouteille ouverte attendait sur le rebord de la fenêtre, scintillant dans la lumière du soir.

— Comment allez-vous? demanda-t-il, souriant avec cérémonie.

— Très bien, merci. Et vous-même?

— Je meurs de faim et j'ai très envie d'aller faire

une promenade. J'ai passé la journée à enlever du plâtre, coincé en haut d'une échelle ou plié en deux. En compagnie de Lewis, qui était perché sur l'autre échelle. Il vous salue bien, d'ailleurs.

Il lui tendit le verre rouge. Le vin était parfait, mais elle s'en rendit à peine compte.

— C'est merveilleux. Merci.

— A votre santé, mademoiselle Gray.

Il avait dit avoir faim et vouloir se promener. Il ne resterait sans doute pas longtemps. Déjà, il avait empoché les clés d'Addie.

— Il y a une troisième chose qui me ferait plaisir, en plus d'un bon dîner et d'une petite promenade : j'apprécierais grandement que vous me teniez compagnie. Je sais que je m'y prends un peu au dernier moment, mais pourriez-vous envisager une telle chose ?

Confiant. Légèrement arrogant. Combien de femmes auraient pu refuser une telle invitation ? Elle aurait dû refuser. Elle était déjà trop impliquée.

— J'en serais ravie.

Le sourire de Connor se fit éclatant, illuminant son visage sculptural d'une beauté irrésistiblement humaine. Tandis qu'elle allait prendre son sac à main, Connor se dirigea vers le salon, son verre à la main.

— Vous permettez ? demanda-t-il, avec aisance.

Lorsque Vivian le rejoignit, il étudiait les peintures accrochées au mur.

— C'est de vous ?

— Oh. Oui…

— C'est très bon. C'est même mieux que ça.

— Merci. J'ai réussi à faire à peu près ce que je voulais, pour celles-ci. C'est assez rare.

— Délicat, commenta-t-il, mais puissant. Mystérieux. Un mélange inhabituel.

Il la dévisagea sans ciller. Dans ses yeux, elle lut clairement qu'il ne faisait pas seulement allusion à ses peintures. Il ajouta :

— Je ne sais pas pourquoi, mais cela ne me surprend pas...

6

Après s'être assuré que marcher ne la dérangeait pas, Connor la guida tranquillement parmi les rues animées de la ville. Ils marchèrent ainsi pendant une vingtaine de minutes dans la lumière du soleil couchant, jusqu'à un petit restaurant qu'il connaissait. Lorsqu'ils furent assis devant le menu, Vivian s'aperçut qu'ils bavardaient comme de vieilles connaissances qui avaient l'habitude de dîner ensemble. Connor semblait déjà connaître ses goûts en matière de nourriture, car il lui recommanda l'entrée à l'avocat sur laquelle elle avait déjà jeté son dévolu.

Le restaurant était agréablement éclairé et il n'y faisait pas trop chaud ; la salle n'était qu'à moitié pleine. Tandis que le soleil se couchait et que le soir se glissait par les fenêtres, un serveur s'approcha pour allumer les bougies disposées sur la table.

Connor lui raconta alors un peu sa propre histoire. Il avait presque entièrement abandonné une carrière d'acteur pour se consacrer à la société Les Maraudeurs. Il parla brièvement de son père, joueur invétéré qui avait dilapidé la fortune familiale, avant de quitter la femme et l'enfant. Il ne s'attarda pas sur le sujet, mais il ne semblait ni en colère ni amer. Malgré cet air détaché, Vivian sentit qu'il en souffrait et elle eut mal pour lui et l'enfant qu'il avait été.

De son côté, Vivian évoqua sa vie un peu terne et précaire, son « manque de sens pratique » : le lycée, les Beaux-Arts, puis une série de petits boulots, avant sa percée dans l'illustration de couvertures de livres et quelques expositions dans de modestes galeries. Elle lui parla aussi brièvement de ses parents qui critiquaient son parcours, de son père réprobateur et de sa mère distante et froide. Elle les voyait rarement, à présent, et leur parlait encore moins souvent. D'Ellie Leiber, Vivian parla longuement et avec chaleur et nostalgie, ce que Connor sembla tout de suite comprendre.

— On ne choisit pas sa famille, mais il est possible d'en fonder une avec ses amis, dit-il simplement.

Ni elle ni lui ne parlèrent de leurs relations passées. D'ailleurs, Vivian n'avait pas grand-chose à dire sur le sujet. Elle sentit cependant qu'une zone d'ombre, bien plus obscure que l'histoire du père absent, pesait sur le passé émotionnel de Connor. Cela avait-il quelque chose à voir avec cette mystérieuse K. ? Sûrement pas. Le petit mot qu'elle avait rédigé au début du volume des tragédies de Shakespeare appartenant à Connor était léger et plaisant. Où était-elle, à présent ? Vivian se réprimanda intérieurement. Elle se comportait de façon stupide : parfois, les gens se séparaient ; parfois même, sans drame.

Connor et Vivian ne prirent pas de dessert, mais le serveur leur apporta un plat de raisin, de noix et de fromages, ainsi que deux petits verres de liqueur.

— C'est la maison qui offre, *Signor* Sinclair. Avec les compliments de Milo.

Plus tard, Milo, le patron du restaurant, vint en personne leur offrir le café et échanger quelques mots avec Connor. Il s'inclina avec respect devant Vivian, qui eut soudain l'impression de se retrouver dans l'Italie du XVIIIe siècle.

— Le nom du restaurant est apparu au générique d'un film sur lequel nous avons travaillé, expliqua plus tard Connor. Milo affirme que cela a été bon pour les affaires et il n'en finit pas de me remercier. Ce n'était vraiment rien du tout, mais il est comme ça.

Après le repas, ils marchèrent encore, dans les rues où s'allumaient les premiers lampadaires.

— Pollution lumineuse…, commenta laconiquement Connor.

— J'aimerais tant pouvoir regarder les étoiles, de temps en temps.

— Il existe des endroits cachés dans Londres où cela est encore possible. Par exemple, il y a un petit jardin public à dix minutes à peine d'ici, près de St George's Church. Les lampadaires ne sont pas très puissants et, lorsque le ciel est dégagé, comme ce soir, on peut voir les étoiles.

Ils marchèrent jusqu'au parc. Vivian se demandait s'il s'agissait d'un véritable rendez-vous. Sans doute que oui… mais comment être sûre ? Elle demeurait mal à l'aise, malgré le bonheur que lui procuraient ces instants en compagnie de Connor. C'était véritablement étrange, car jamais auparavant elle ne s'était sentie aussi à l'aise avec un homme.

Sa raison ne cessait de la rappeler à l'ordre : *Reste prudente !*

Oui, maman…

L'église se dressa bientôt devant eux, dans la pénombre ; juste à côté, fermé par des grilles en fer forgé, s'étendait le jardin. Quelques rares personnes s'attardaient encore dans les allées ou sur les bancs. Il n'y avait aucun bruit. C'était un endroit paisible ; un léger parfum de feuilles flottait dans l'air frais de la nuit. Un chemin montait en lacet vers le sommet d'une butte. Connor lui prit la main pour la guider, l'avertissant lorsqu'une racine ou une pierre risquait de la faire trébucher. Le contact de cette main dans la sienne était presque insupportable. Pourtant, ce serait pire lorsqu'il la lâcherait… En haut de la colline, ils marchèrent un moment entre les grands arbres. Au-dessus d'eux, le ciel s'ouvrait comme le dôme d'une immense cathédrale, une étendue de velours indigo, parsemée d'un millier d'étoiles.

Ils se tenaient là, les yeux tournés vers le ciel. Connor semblait avoir oublié de lui lâcher la main. Tous les deux se taisaient. Telle une enfant rêveuse, elle aurait voulu que cet instant dure toujours.

— Vivian…

Comme dans un rêve familier, les mains de Connor l'attirèrent gentiment mais fermement à lui. S'arrachant à la contemplation du ciel étoilé, Vivian baissa les yeux vers son visage. L'espace d'une seconde, un soupçon d'hésitation, une question douloureuse passa dans les yeux de Connor, mais s'enfuit aussitôt. Sans doute y avait-elle répondu, car il se pencha vers elle et des mèches soyeuses de cheveux lui caressèrent les joues, le cou et les épaules. Puis il posa la main sur sa nuque et elle sentit la chaleur de sa peau. Jusqu'au dernier instant, elle vit son regard, intense et sûr de lui, altier et cruel, empli de désir.

Lorsque sa bouche se referma sur la sienne, elle entrouvrit les lèvres. Sa langue, d'une douceur brûlante, portait encore les saveurs du vin, du raisin, de la nuit, des feuilles… sa saveur à lui, sa virilité et sa puissance essentielles. Vivian se sentit comme aspirée vers le ciel. Seule cette main ferme posée sur sa nuque, ce bras protecteur autour d'elle, l'empêchaient de disparaître dans un vortex tournoyant dépourvu de toute gravité.

Elle laissa sa main errer sur le dos de Connor. Sous l'étoffe de sa chemise, elle sentait les muscles souples mais assez puissants pour la maintenir dans ce tourbillon de désir étourdissant. Serrée contre lui, parmi les étoiles et les constellations, Vivian n'avait plus besoin de rien d'autre.

Un premier baiser prit fin, reprit, en fit naître un deuxième. Lorsqu'il leva de nouveau la tête pour la regarder, Vivian ne vit que le reflet de son propre désir et de cette faim qui la dévorait. Jamais de sa vie elle n'avait autant désiré un homme. Non, pas même cette autre fois, dans le passé. Se hissant sur la pointe des pieds, elle vint se blottir contre lui jusqu'à sentir chaque fragment de son corps, comme s'ils avaient tous les deux été nus. La réponse de Connor fut immédiate : sa bouche trouva de nouveau la sienne et leur troisième baiser se perdit dans la nuit. Enfin, il releva la tête et relâcha un peu son étreinte. Ses yeux étaient plus sombres que le ciel nocturne.

— Vivian, murmura-t-il simplement.

— Connor, répondit-elle.

Ils restèrent ainsi un instant à se regarder, unis par un lien vibrant, invisible mais presque palpable.

— Et maintenant ? demanda-t-il en souriant. A vrai dire, je suis désolé, Vivian, mais j'ai rendez-vous avec Lewis dans une heure...

Vivian acquiesça sans vraiment comprendre, tant le sens de ces paroles lui semblait étranger.

— Il y a une avant-première demain pour le film sur lequel Les Maraudeurs ont travaillé. Il devrait avoir un certain succès, s'ils parviennent à trouver un distributeur. C'est un film historique qui se passe à la fois en France et en Angleterre, avec quelques éléments surnaturels. Cela te plairait ?

— Je…

— J'ai deux invitations. Ce genre d'événement peut parfois être intéressant. Le film sera peut-être sélectionné pour Cannes.

Le cœur de Vivian battait la chamade, comme si elle se voyait déjà au spectacle.

— Oui, j'aimerais vraiment voir ce film.

— Il y aura aussi le reste de l'équipe. Lewis et Angela, sa femme. Juste pour que tu saches que tu seras à l'abri de mes assiduités.

— C'est un soulagement, dit Vivian.

— Je comprends. En revanche, une fois sortis de la salle, je ne peux plus rien te promettre. Peut-être que si tu t'enfuis à toutes jambes dès que nous aurons franchi les portes, je ne parviendrai pas à t'attraper… Mais je pense que j'y arriverai quand même.

— Et moi, murmura-t-elle, je veillerai toujours à courir le plus lentement possible.

Il posa doucement les mains sur ses épaules et se pencha pour l'embrasser. Ce fut un baiser léger et pourtant possessif.

— Je vais te trouver un taxi.

Vivian rêvait qu'elle était allongée sur un lit tendu de satin rose. Des volutes de mousseline légère flottaient autour d'elle, agitées par une brise invisible. Le drap et la brise jouaient également sur son corps nu, faisant naître en elle une attente lointaine et étrange.

Il ne tarderait plus à la rejoindre.

Bientôt, ses mains courraient sur son corps, dessinant ses contours, modelant ses formes comme les mains d'un sculpteur travaillant une glaise humaine. Il la façonnerait à sa guise sans qu'elle puisse rien y faire. Rien. Entendant un bruit de pas, elle ouvrit les yeux. Des chandelles ou des lampes invisibles baignaient la pièce d'une clarté intime. Une ombre passa. Une ombre blanche.

Non...

Son corps semblait de pierre et refusait de bouger. Elle était immobile. Tandis qu'elle s'efforçait de tourner la tête avec crainte, elle aperçut, noire comme la nuit contre les rideaux et le mur, l'ombre de deux êtres enlacés. Lui... et elle.

Déjà, il semblait qu'il la prenait... et déjà, elle était consentante.

Peut-être n'était-ce pas l'amour qu'il apportait, mais un châtiment. Un châtiment pour un crime qu'elle n'avait pas commis.

Je ne suis pas Emily...

Une main lui frôla les côtes, le ventre. Un geste délicieusement léger... La lumière était si faible qu'elle ne distinguait plus rien à présent, même plus les ombres. Elle ne pouvait non plus voir si son amant était de chair... ou de marbre.

Elle entendit sa voix. Ce n'était pas celle de Connor. Une fois encore, une pensée traversa son esprit, sans qu'elle puisse la formuler : *Je ne suis pas Emily...*

« Une femme accomplie ! dit une voix, une femme si belle !... une femme si douce ! »

Vivian savait qu'elle devait se réveiller. Elle ouvrit les yeux.

Le lendemain, il faisait trente degrés à Londres, mais on aurait cru qu'il en faisait quarante. Connor vint la chercher en taxi à 18 heures. Il resta un instant sur le pas de la porte à la contempler.

— Tu es magnifique, dit-il enfin en se penchant pour lui déposer un léger baiser sur la joue.

Elle avait choisi sa seule robe « correcte » : une robe de soie gris pâle, sans manches et à col rond, qui s'arrêtait juste au-dessus du genou et mettait en valeur sa silhouette sans être trop moulante. Elle portait des souliers vert pâle, des sandalettes à talons qu'elle avait achetées à New York, parce que Ellie avait insisté.

— Quand veux-tu que je porte des chaussures pareilles ? avait-elle demandé.

— Les fois où tu seras toi-même, avait répondu Ellie, de façon mystérieuse.

Vivian portait également de longues et fines boucles d'oreilles vert pomme, qu'elle avait achetées au marché de Camdem Lock. Petit à petit, elle s'aperçut que Connor lui aussi portait une chemise de soie tissée grise — d'un gris plus foncé, presque noir. Même dans des vêtements qui semblaient sur mesure, il avait toujours l'air parfaitement naturel et à l'aise. Dans le taxi, ils bavardèrent du film pour passer le temps.

— Ça s'appelle *L'Ere du Bélier*… Ça se passe pendant les guerres napoléoniennes, quand la France était en guerre avec la moitié de la planète. D'autres passages se déroulent parallèlement en Angleterre. Les deux univers sont reliés par une histoire de loup-garou. Lewis et moi avons aperçu l'acteur avec son maquillage complet : c'était très impressionnant, même en plein jour. Le pauvre, il devait manger son déjeuner avec une paille pour ne pas abîmer sa fausse truffe !

Le taxi les déposa à l'entrée d'une allée pavée ; la salle privée se trouvait en plein centre, près de Piccadilly. Un homme imposant en uniforme napoléonien les accueillit à la porte. Il s'inclina devant Connor et fit un baisemain à Vivian, puis les invita à entrer. En riant, ils montèrent l'escalier qui menait à la salle de réception. En haut des marches, Vivian eut un instant d'hésitation : la longue pièce était jonchée de pétales écarlates, formant un tapis sanglant. L'espace d'une seconde, l'image des roses brisées s'imposa à elle, puis elle entendit Connor murmurer :

— Des pétales de géraniums. Apparemment, c'est l'impératrice Joséphine qui a introduit le géranium en France...

— Tu en sais des choses !

— Je m'instruis, répondit Connor, en montrant du doigt un panneau sur lequel il avait lu l'information.

Un peu partout dans la pièce étaient accrochés des panneaux similaires, ainsi que des gravures du début du XIXe représentant des batailles, des sièges et des combats navals, où des canons crachaient des nuages de fumée. Un véritable lustre à chandelles éclairait la pièce, augmentant encore la température déjà étouffante ; sur la table centrale, une pyramide de coupes de cristal se dressait fièrement, attendant de se transformer en une fontaine de champagne.

— Il paraît que les coupes ont été modelées d'après la forme parfaite des seins de Marie-Antoinette, expliqua une voix derrière eux.

Lewis les regardait en souriant. Son pantalon de velours et sa chemise impeccable semblaient un peu étranges avec son piercing et son crâne rasé, mais il était très élégant.

— Par contre, ils ne précisent pas lequel des deux a servi de modèle, ajouta une femme aux cheveux roux qui se tenait à ses côtés.

Elle était mince et élégante dans son tailleur de lin blanc.

— Salut, je suis Angie. Et vous devez être Vivian.

La femme de Lewis lui tendit une main parfaitement manucurée. Quelque chose chez Angela la mit vaguement mal à l'aise, mais elle ne sut dire quoi. Peut-être son acharnement vis-à-vis des pelouses, évoqué par Lewis lors de leur première rencontre ? La conversation se poursuivit. Angela semblait sûre d'elle et amicale ; pourtant, son aisance en société semblait presque artificielle, comme un moyen de défense… ou d'attaque. Lorsqu'elle parlait, elle regardait ses interlocuteurs droit dans les yeux mais, dès qu'elle se taisait, elle se mettait à scruter la pièce, comme si elle cherchait quelqu'un. Peut-être était-ce le cas.

Des jeunes femmes vêtues à la mode de Paris et de Londres en 1800 passaient entre les invités avec des plateaux chargés de coupes de champagne. Vivian vit Angie boire avidement sa première coupe avant d'en reprendre immédiatement une seconde.

— Je ne supporte pas le vin rouge, expliqua-t-elle. Cela me donne des migraines. Et puis, le blanc est tellement plus rafraîchissant !

— C'est l'enfer dans Londres, dit Lewis. Angie pense qu'il doit faire au moins trente-cinq.

Un homme vêtu d'une ample chemise indienne avait engagé la conversation avec Connor. Il semblait terriblement nerveux et un deuxième homme, vêtu d'un smoking comique à pois jaunes, tentait en vain de l'apaiser en lui proposant des verres de limonade.

— Ce sont les gars qui ont réalisé le film, expliqua Lewis en aparté. L'ulcère de J.D. le travaille, on dirait. D'où la limonade… Le producteur n'est pas encore arrivé.

— Chut, Lewis ! chuchota furieusement Angela. Il va t'entendre.

— Pardon, m'dame ! dit Lewis avec un clin d'œil à Vivian. Elle surveille mes manières. C'est une des raisons pour lesquelles je l'aime tant.

— Oh, je vois, répondit Angie avec aigreur. C'est donc pour ça que tu m'aimes !

Un ange passa, puis Angela tenta de détendre l'atmosphère.

— Regardez ! s'écria-t-elle. Le type à l'air sérieux qui vient juste de passer avec son assistante : c'est le distributeur que tout le monde attend !

Un certain désordre régna juste après, une sorte de valse au cours de laquelle tout le monde sembla changer de partenaires. Vivian perdit Connor de vue dans la foule, tandis que les serveuses alignaient de nouvelles bouteilles de champagne qu'un homme en uniforme de l'armée de George IV sabrait d'un geste sûr. Les invités poussaient des cris de joie chaque fois qu'un bouchon manquait d'atteindre le lustre ; le champagne coula de nouveau à flots dans les coupes en forme de sein.

— Mon Dieu, comme c'est charmant, cette petite robe !

Se tournant, Vivian découvrit Cannelle à ses côtés, deux coupes de champagne à la main. Elle lui lança un regard morne, qui ne sembla pas du tout affecter Cannelle.

— Il y en a une pour Connor. Où est-il, celui-là, d'ailleurs ? Ah, là-bas, avec le distributeur... Il vous a abandonnée, on dirait. Il est très doué pour ça, quand il veut.

Vivian la regarda, sidérée.

— Oups ! pouffa Cannelle. Le second verre est pour moi, au fait. Je n'en ai pas pris pour vous, j'espère que ça ne vous embête pas.

— Pas du tout.

— Vous ne savez pas grand-chose de Connor, hein? demanda malicieusement Cannelle, par-dessus le bord de son verre. La lettre « K ». vous dit-elle quelque chose?

Vivian sentit son cœur se serrer, mais elle répondit calmement :

— A vous, en revanche…

— Moi? Aucune chance. J'ai dit quelque chose, moi?

Je ne vais pas jouer à ce petit jeu avec vous, Cannelle, pensa Vivian. Elle avait déjà rencontré des femmes de ce genre auparavant. Des provocatrices, prêtes à tout pour déstabiliser les gens. Cannelle était amoureuse de Connor et crevait de jalousie, c'était évident. Oui, Vivian connaissait l'existence de K., la belle et plaisante K. Qui n'avait sans doute plus aucune place dans la vie de Connor? Cannelle la regardait fixement, les yeux brillants.

Quelqu'un lui toucha le bras; elle sut immédiatement qu'il s'agissait de Connor. Avec une joie étourdissante, elle se rendit compte qu'elle reconnaîtrait désormais ce contact entre mille. Connor lui tendit une coupe de champagne.

— Au succès de *L'Ere du Bélier*! dit-il. Oh, Cannelle! Deux coupes? C'est du vice!

— L'une des deux est pour Angie, inventa Cannelle, en agitant ses boucles d'oreilles qui faisaient concurrence au lustre. Nous savons tous qu'elle doit en descendre le plus possible, si on veut pouvoir la traîner dans la salle.

— Cannelle, tais-toi et bois.

— Oh, ne sois pas si cruel avec moi, mon petit Connor…

Connor lui tourna le dos et prit Vivian par le bras pour l'entraîner à travers la foule.

— Je veux te présenter quelqu'un.

La salle derrière le bar était aussi bondée, mais

donnait sur un petit balcon avec vue sur les toits. Il n'y avait personne dehors, les invités ayant abandonné l'espoir de trouver un peu d'air frais en sortant.

— Qui veux-tu me présenter, Connor ?

— Moi.

— Oh. Je croyais que nous nous étions déjà présentés.

— Vraiment ?

Sa bouche frôla rapidement la sienne, chassant les derniers doutes. Malgré la chaleur étouffante, Vivian se sentit frissonner de tout son corps.

— Ravi de faire votre connaissance, Vivian Gray. Je suis désolé pour ce qui s'est passé tout à l'heure. Les Maraudeurs sont une sorte de famille. Et les familles se disputent.

— Ce n'est pas grave.

Une fanfare retentit dans la salle de réception.

— On nous appelle. J'espère que le film te plaira.

Même si je déteste le film, pensa Vivian, *j'en apprécierai chaque minute.*

7

— Heureusement, nous n'avons plus rien à craindre, à présent. Si on croise un loup-garou, on pourra toujours tirer ces balles en argent.

— Elles sont en chocolat, Connor.

— Vraiment ? Mieux vaut les manger, alors.

— Les deux ?

Les fausses balles avaient été distribuées à tous les invités à la sortie de la salle.

— Du papier d'aluminium et du chocolat, commenta Connor. Elles sont pourtant bien imitées.

Son regard se fit lointain l'espace d'une seconde, mais Vivian aperçut le voile qui passa devant ses yeux.

— C'est étrange comme les apparences peuvent parfois être trompeuses...

Il se reprit :

— Viens, allons dehors prendre un peu l'air.

— Je veux bien. J'en ai bien besoin après cette scène avec J.D.

Le film, une histoire merveilleuse de près de deux heures, avait remporté le succès escompté auprès du distributeur. Les réalisateurs, J.D. et Ronald Whiting, son acolyte en smoking à pois, avaient ressorti le champagne et J.D. avait fait le tour de toutes les personnes qui avaient travaillé de près ou de loin sur le film, pour leur serrer longuement la main. Arrivé devant Connor,

J.D. s'était répandu en louanges : « Rien n'aurait été possible sans lui ! »

— Nous n'avons fait que fournir ce qui nous avait été demandé, expliqua Connor. Il nous a d'ailleurs payés grassement, malgré un budget restreint.

— Allez, Connor, arrête de faire le modeste, protesta Lewis. On a fait un super boulot ! Et puis, qui a déjà vu un film qui se passe pendant les guerres napoléoniennes sans la moindre scène de bataille ? Bon, d'accord, l'histoire est une saga familiale avec un loup-garou dans le placard… Mais c'est grâce à nos décors que ça marche !

— Tu oublies quelques acteurs, Lewis. Un metteur en scène et un producteur, aussi. Et l'équipe des décors.

— Oui, bon, d'accord…

— Sans parler des cameramen, qui méritent un oscar.

— Bien sûr, mais…

— J'ai faim, interrompit Cannelle.

Ils se tenaient tous sur le trottoir bondé, dans la chaleur de la nuit londonienne. Il était près de 22 h 30.

— Allons manger, suggéra Angela.

— Où allons-nous ? demanda Cannelle.

— Toi, je ne sais pas, répondit Lewis. En enfer ?

— Je parlais du dîner, Lewis…

— Où tu voudras.

— Oh, alors…

— Non, intervint Angela d'une voix ferme. Lewis et moi allons dîner chez Goya, mais toi, tu n'es pas présentable avec ta robe en papier toilette. Vivian, en revanche, et peut-être même Connor, s'il promet d'être sage, sont les bienvenus.

Cannelle manqua s'étouffer de rage. Ainsi donc, il était possible de la faire taire…

— Merci, Angela, dit Connor, mais Vivian et moi avons réservé ailleurs.

Vivian tendit la main à Lewis, qui l'ignora pour l'embrasser.

— Faites attention à Connor. N'est-ce pas la pleine lune, ce soir ? Si ses cheveux s'allongent encore, courez sans vous retourner !

Après avoir embrassé Connor sur les deux joues avec une chaleur étonnante, Angela tendit simplement la main à Vivian.

— Ravie de vous avoir rencontrée, Vivian.

— Bon, on ne peut pas laisser cette pauvre Cannelle toute seule ! s'exclama soudain Lewis. Sa robe n'est pas si horrible que ça.

Il sembla à Vivian qu'Angela n'avait pas l'air ravi, mais Lewis la nargua du regard, en murmurant :

— C'est un cas de force majeure, non ?

Intriguée, Vivian se demanda ce qu'il se tramait, mais déjà Connor courait vers un taxi qui venait de s'arrêter. Pendant le trajet, ils discutèrent du film. Connor lui raconta quelques anecdotes sur le tournage, notamment la scène du canon fou poursuivant un troupeau de vaches.

Le second restaurant choisi par Connor était plus grand : c'était une sorte de cave voûtée, illuminée d'une myriade de petites lampes. Les haut-parleurs diffusaient des concertos de Mozart.

Ils parlèrent et plaisantèrent tout en mangeant, puis, soudain, ce fut la fin du repas. Les assiettes furent débarrassées, les verres vidés, la cafetière aussi. Vivian pensa, avec un brusque sursaut : et maintenant ? C'était exactement ce qu'avait demandé Connor dans le parc, près de l'église. Allait-il se sauver de nouveau ? Avait-il quelque rendez-vous de prévu ? Et demain ?

— Vivian, je devrais peut-être te raccompagner chez toi.

— Quelle heure est-il ?

— Presque 1 h 15.

— Tu ne t'es pas transformé en loup-garou. Quelle déception !

— Tes habits ne sont pas tombés en poussière à minuit, comme ceux de Cendrillon. Quelle déception aussi ! Du moins, pour moi et la majorité des hommes dans cette salle.

Ils se regardèrent et il reprit, d'une voix douce :

— Je veux rentrer avec toi, Vivian. Je veux que tu m'invites dans ton petit appartement fascinant, avec ses miroirs et ses tableaux accrochés au mur. Pas pour prendre le café ou un dernier verre. Je veux te porter jusqu'à ta chambre, Vivian, ma Vivian, et te faire l'amour.

Ses yeux étaient comme deux océans noirs, dans lesquels elle plongea sans hésiter. Il lui prit les mains.

— Est-ce trop tôt ? demanda-t-il. Est-ce que je vais trop vite ? Dis-le-moi.

— Non, ce n'est pas trop tôt, chuchota-t-elle. Tu ne vas pas trop vite. Je veux tout cela, moi aussi.

— Alors, ma gente dame, dit-il en se levant. Venez à moi.

Dans une sorte de transe, Vivian se leva à son tour. Plus tard, elle ne parvint pas à se souvenir du trajet jusqu'à son appartement. Pourtant, ils marchèrent sur le trottoir, serrés l'un contre l'autre, jusqu'à ce qu'un taxi surgisse de la nuit londonienne, comme si des anges l'avaient envoyé juste pour eux.

Le taxi roulait sans heurt dans la circulation lorsque le portable de Connor sonna. L'air mécontent, il sortit un appareil mince comme une feuille de la poche intérieure de sa veste.

— Je croyais avoir éteint ce truc pendant le film,

marmonna-t-il sans répondre. Non, attends, je l'ai prêté à Lewis après. C'est lui qui a dû le laisser allumé…

La sonnerie aiguë s'arrêta, puis reprit de plus belle.

— Je suis désolé, Vivian. Je ferais mieux de répondre.

Vivian resta silencieuse, perdue dans la contemplation de cet homme qui lui parlait. Quelle importance pouvait avoir un simple appel téléphonique ?

— Salut, Lewis. Que se passe-t-il ?… Non… Non, elle n'y est pas… C'est à elle qu'il faut poser la question… D'accord.

Il y eut un long silence.

— Oui, oui, c'est moi qui ai les clés, reprit Connor. D'accord… Je te tiens au courant, mais pas ce soir.

Connor raccrocha.

— Vivian, on va devoir faire un petit détour.

— Que se passe-t-il ? demanda-t-elle, tandis que Connor se penchait pour donner de nouvelles instructions au chauffeur.

De mauvaise grâce, celui-ci fit demi-tour.

— Tu peux m'expliquer ?

— Il vaut mieux, oui. Lewis avait à faire après le dîner, apparemment. Il est passé devant l'appartement d'Adelaïde.

— Et ? demanda vivement Vivian.

— Il dit qu'il a vu de la lumière.

— Oh non…

— Tu n'as pas laissé de lampe allumée ?

— Non. Je suis sûre que non.

— Il m'a demandé si tu y habitais encore, parce qu'il a cru comprendre ce soir que tu étais retournée à Camden. Ecoute, Vivian, ce n'est sans doute rien. Il y a peut-être un déclencheur automatique dont Addie a oublié de te parler.

— Je suis sûre que non. Addie est… Elle n'installerait jamais un truc pareil. Et puis, je m'en serais rendu compte.

— Bon, je vais passer prendre les clés à mon appartement. L'endroit est spartiate, c'est pour cela que je ne t'y ai pas invitée... C'est suffisant pour travailler et dormir, c'est tout. Tu vas m'attendre là, le temps que je règle cette affaire.

— Tu crois que quelqu'un est entré dans l'appartement ?

— Non, mais mieux vaut s'en assurer.

— S'il y a eu un cambriolage, c'est ma faute. J'aurais dû rester... c'était toute l'idée d'Addie. Oh, mon Dieu ! Je ne l'ai même pas encore appelée ! Il faut que je vienne avec toi.

Connor la regarda longuement. Elle crut qu'elle serait obligée d'insister, pourtant il finit par dire :

— D'accord.

Il était plus de 2 heures lorsqu'ils atteignirent Coronet Square. La ville silencieuse était plongée dans la pénombre ; seuls quelques lampadaires de style victorien éclairaient les rues de leur lueur pâle. Dans le square, un oiseau se réveilla et piailla furieusement en entendant le moteur du taxi.

— Vous en avez pour longtemps ? demanda le chauffeur. C'est pas que je m'ennuie, mais j'aimerais bien rentrer chez moi...

Connor lui tendit un billet.

— Voulez-vous bien attendre un peu, s'il vous plaît ?

Après avoir accepté le billet, le chauffeur croisa les bras d'un air résigné.

— Vivian, peut-être que tu ferais mieux d'attendre dans le taxi.

— Non. Je me sens responsable de ce qui arrive. Je viens avec toi.

— D'accord, mais je passe en premier.

En bas de l'immeuble, l'appartement d'Addie brillait comme un sapin de Noël dans la nuit.

— Si c'est un voleur, il est d'une discrétion charmante, marmonna Connor.

Il tourna la clé dans la serrure. La porte s'ouvrit sur l'entrée illuminée.

Il n'y avait aucun bruit et l'appartement semblait vide. Apparemment, tout était normal. Ils avancèrent lentement, Connor en tête. Dans le salon octogonal ainsi que dans la salle à manger sur la gauche, toutes les lampes avaient été allumées. La porte du dressing était ouverte et la lumière brillait. Après avoir examiné le salon, sans rien trouver, ils explorèrent avec prudence le reste de l'appartement. Dans chaque pièce, chaque couloir, chaque salle de bains, ils trouvèrent la même chose : toutes les lampes allumées, les placards ouverts, pourtant rien ne semblait avoir disparu. Dans la cuisine, ils arrêtèrent leurs recherches, perplexes.

— On dirait que rien n'a été touché.

— Non, je ne crois pas. Peut-être que je ne me rends pas bien compte, cela dit. Il pourrait y avoir des bricoles… Mais c'est surtout cette impression que quelqu'un est venu ici. J'ai vérifié les vêtements qu'Addie a laissés dans les armoires : personne ne semble y avoir touché. A vrai dire, je ne sais même pas comment ils étaient rangés auparavant. Toutes les housses semblent en place. Et les cartons ?

— Rien à signaler… Pour les caisses, également.

Connor s'appuya contre le plan de travail immaculé.

— Ils ont ouvert le frigo, aussi, mais tu m'as dit que celui-ci était déjà vide.

— Je pense qu'ils ont ouvert le frigo pour que la lumière s'allume, comme pour les placards.

— Oui, tu as raison, Vivian. Bon, je vais aller voir si la statue est toujours là.

Vivian crut défaillir. Depuis le début, elle s'efforçait de ne surtout pas penser à la statue.

— Tu crois que c'est ce qu'ils cherchaient ?

— Possible. Même si cela aurait été plus simple de passer par le mur du jardin. Personne n'a essayé de forcer les portes-fenêtres. Et regarde : la véranda est fermée à clé et le cadenas a l'air solide.

Vivian ne répondit rien.

— La seule explication plausible, c'est qu'ils avaient une clé. Mais il n'existe qu'un seul autre trousseau : celui qu'Addie a emporté en France. Je ne pense pas qu'elle soit rentrée sans prévenir. Je connais son programme : la France, puis Barcelone. Elle ne raterait ça pour rien au monde.

— Connor…

— Oui ?

Elle hésita, puis finit par murmurer :

— Allons voir la statue.

— Non, cette fois, tu restes ici. Laisse toutes les lumières allumées. Je prends la lampe torche, par précaution. Honnêtement, je crois qu'il s'agit surtout d'une blague idiote.

— Une blague…

Vivian le regarda ouvrir le gros cadenas de la véranda et sortir dans le jardin. Elle pensa à la rose fanée, au bouquet décapité dans le salon octogonal et à la bouteille de vin vide. Elle eut envie de suivre Connor, mais se retint. Elle attendit sur le pas de la porte de la véranda, entre ombre et lumière. La vague de désir brûlant s'était retirée, la laissant frigorifiée et tremblante. C'était comme si Connor avait été avalé par les ténèbres.

Que se cachait-il dans l'ombre ? Tout ceci était-il seulement l'œuvre d'un plaisantin ? Ou bien, s'agissait-il de quelque chose de bien pire… Le jardin était si calme qu'elle entendait les battements de son propre cœur. Londres semblait s'être évaporé dans la nuit.

Connor ne revenait toujours pas.

Vivian s'avançait dans le jardin, prête à se mettre à courir, lorsqu'une silhouette surgit derrière le buisson de lilas. L'espace d'une seconde, elle ne vit qu'une forme vague, puis le faisceau de la lampe torche éclaira le chemin. Connor.

— Vivian ! appela celui-ci. Tout va bien. Ma pauvre chérie, tu frissonnes. Viens, rentrons.

— Est-elle là ?

— La statue ? Oh, ce bon vieux Patrick se porte comme un charme. Il est toujours un peu de guingois sur son socle, mais c'est tout. Je ne savais pas qu'il te plaisait autant…

Avec un petit rire, il l'attira contre lui et déposa un baiser dans ses cheveux.

— Devrais-je être jaloux ?

Soudain, un calme glacé sembla l'envahir. Vivian le sentit à travers ses vêtements.

— Non, reprit-il doucement, comme pour lui-même. Je ne suis pas du genre jaloux.

— Connor ?

Elle leva la tête vers lui, prête à tout lui raconter, tous ces événements sinistres qui devaient pourtant bien avoir une explication rationnelle. Mais, à cet instant, elle vit l'expression figée sur son visage.

— Que se passe-t-il ? demanda-t-elle.

— Rien, ce n'est rien.

Pourtant, son visage restait de marbre. Ses yeux

étaient impénétrables et sans vie, telles deux pierres noires.

— Connor ? appela-t-elle encore. Connor !

Elle l'entendit soudain inspirer bruyamment et le masque à la beauté terrifiante redevint lentement humain. Les yeux, de nouveau vivants, se posèrent sur elle, sans la voir. Sa voix était dure, comme habillée de givre.

— « S'il ne m'était pas interdit de dire les secrets de ma prison, je ferais un récit dont le moindre mot labourerait ton âme, glacerait ton jeune sang »...

Soudain, il rejeta la tête en arrière et partit d'un rire terrifiant. Stupéfaite, Vivian le regarda sans rien dire jusqu'à ce qu'il baisse de nouveau les yeux vers elle. Son visage était redevenu celui de l'homme qu'elle connaissait.

— Pardon, Vivian. Oui, j'ai joué le rôle du fantôme du père de Hamlet.

— J'ai reconnu les vers...

— Oui, ma douce et belle. Comment ai-je pu jamais penser que tu ne connaissais pas chacune des pièces dans lesquelles j'ai joué... quand je ne les ai pas massacrées.

Soulagée, Vivian riait doucement, mais tremblait encore un peu. Elle se pressa contre la chaleur de son corps et il la serra dans ses bras. Pourtant, quelque part au fond d'elle-même, une petite voix lui disait que cet homme n'était pas étranger aux ténèbres. L'obscurité vivait en lui.

Mais quelle importance ?

La bouche de Connor cherchait la sienne. Il avait posé la lampe torche par terre et le faisceau lumineux les éclairait. Tout était illuminé autour d'eux, mais l'obscurité se lovait entre les bras de Connor et elle vint s'y blottir aussi. Elle avait vécu, pensa-t-elle confusément, dans l'attente de ces baisers et du contact de leurs deux corps. Son désir l'avait trompée : loin de s'enfuir et de quitter son corps, il n'avait fait qu'attendre, tapi au fond d'elle-même.

La langue de Connor glissa doucement sur ses lèvres et elle l'accueillit, dans un duel de délices. Une gerbe d'étincelles lui parcourut l'échine. Elle se sentait pleine d'électricité, comme si son sang s'était fait lumière. Son dos vint heurter sans ménagement le mur de brique de la maison. Peu importait.

La bouche de Connor se promenait à présent le long de son cou, la faisant fondre ; ses mains glissèrent sur ses seins, faisant naître en elle des frissons liquides. A travers leurs vêtements, elle sentit son désir à lui, ferme et décidé contre elle. Elle crut que ses jambes allaient refuser de la porter. Plus rien n'avait d'importance que l'instant présent.

— Vivian..., murmura Connor d'une voix rauque, tout contre son oreille. Ecoute-moi. Cet appartement... Cela t'embête si...

— Si ?

— Devons-nous vraiment attendre ? J'ai entendu cet imbécile de taxi démarrer il y a quelques minutes. Il y a un lit dans la chambre... c'est là que tu as dormi, non ? Mais si tu ne veux pas...

Ses doigts, agiles et conquérants, faisaient éclore des bourgeons de douceur étoilée sur ses seins. Elle se sentit fondre, tandis que tout son corps vibrait comme les cordes d'un violoncelle.

— Oui, souffla-t-elle. Ici.

N'importe où... contre le mur... un arbre... sur le sol, dans l'obscurité totale. Peu lui importait, du moment qu'ils se possédaient l'un l'autre immédiatement. Seul cet instant d'éternité comptait.

Il s'arrêta un instant pour refermer la porte de la véranda, sans pour autant relâcher son étreinte. Ses lèvres ne perdirent rien de leur voracité, tandis qu'il cherchait à tâtons la clé. Puis, sans le moindre effort apparent, il souleva Vivian du sol, embrassant son corps à travers la robe, ses bras et le haut de sa poitrine que le décolleté laissait à nu. Ils laissèrent toutes les lampes allumées. Ou oublièrent de les éteindre. Dans la chambre, le lit nu recueillit leurs deux corps.

D'un simple geste, il fit disparaître la robe de Vivian. Elle se retint de lui arracher sa chemise ; ensemble, ils en défirent chaque bouton, avant de l'enlever et de la jeter au loin. Vivian se rassasiait de son torse, de son dos, si ferme et si doux, de sa peau hâlée, de ses muscles souples d'athlète. Cachée au cœur de la toison sombre qui parsemait son torse, elle découvrit une mince cicatrice qu'elle embrassa avidement. Son pantalon et son boxer rejoignirent bientôt le petit tas de vêtements sur le sol de la chambre. Les vêtements de Connor semblaient s'étaler sur ceux de Vivian… de façon presque possessive.

Vivian s'empara alors de son sexe, libre et arrogant dans toute sa puissance ; elle en fit son jouet, le soumettant un moment aux caresses de ses doigts, de sa langue et de ses lèvres. Allongé sur le dos, Connor laissait ses mains se perdre dans sa chevelure, gémissant tandis qu'elle s'amusait avec son plaisir et la promesse de sa virilité.

Elle sentait des vagues d'extase parcourir ce ventre ferme et plat ; son corps long et sculpté se tendait à l'extrême. Il était à présent aussi dur que du marbre ; chaque gémissement qui s'échappait de ses lèvres, chaque petit spasme qui parcourait l'arc tendu de son corps, rebondissait sans fin au plus profond d'elle-même, en un unisson de désir. Chaque caresse qu'elle lui prodiguait ne faisait qu'augmenter sa propre faim et elle sentit qu'elle aussi perdait pied. Finalement, après l'avoir si bien soumis à sa volonté, elle se retrouva elle-même pantelante, faible et gémissante de désir inassouvi. D'une main douce, il la repoussa. Il la guida pour qu'elle s'allonge sur lui, cuisses contre cuisses, sa poitrine contre la sienne, son visage près du sien. Lorsqu'il l'embrassa, ce fut comme une invasion totale et merveilleuse qui n'épargna pas la moindre parcelle de ses lèvres et de sa bouche. Incapable de bouger, Vivian se laissa fondre dans son corps, soumise à ses caresses. Elle était à lui. A lui.

Lorsqu'il se fut repu de sa bouche, il la souleva comme si elle n'avait été qu'une étoffe de soie et s'allongea sur elle, pesant de tout son poids sur son corps, souverain et impitoyable. Il se souleva un instant pour la laisser observer à loisir la puissance du désir qu'elle avait fait naître en lui.

Cet homme… Le souffle court, elle laissa ses mains courir le long de ses hanches, avant de remonter vers sa poitrine. A contre-jour, elle distinguait à peine son visage. Un visage de léopard au regard à éclipses et à la chevelure soyeuse étendue comme des ailes noires. Une vague noire de cheveux glissa sur son visage, tandis qu'il plongeait tout entier vers ses seins. Ses caresses brûlantes firent jaillir des trémolos de plaisir si intenses qu'elle sentit son corps perdre le peu d'équilibre qui lui restait.

Elle se colla contre lui de toutes ses forces, s'agrippant à ses cheveux, à son cou, mais il la repoussa, refusant cet élan, n'acceptant que sa soumission totale, la forçant à endurer une fois encore la torture délicieuse de sa langue et de ses lèvres. De nouveau, il se pencha vers elle. Ses yeux n'étaient plus que deux gouttes d'or fondu.

— Connor...

— Maintenant, Vivian ?

Elle crut qu'elle ne parviendrait plus jamais à parler.

— Je devrais te faire attendre, murmura-t-il. Après tout le mal que j'ai eu à me retenir depuis que je t'ai rencontrée.

Pourtant, sa respiration était tout aussi haletante que la sienne. Vivian, soudain confiante en son propre pouvoir, s'étira sous lui comme une lionne. Les bras au-dessus de la tête, les seins gonflés de désir, elle le laissa la dévorer des yeux.

— Fais-moi attendre, Connor. Si tu en es capable...

— Oh, mais je sais comment faire, mon amour. Toi et moi, je crois que nous savons très bien comment faire...

A travers une brume dorée, elle vit sa silhouette glisser à contre-jour. Elle laissa de nouveau ses mains errer sur le corps de Connor, son ventre ferme, sa virilité arrogante qui était à la fois son esclave et son maître. Un rire rauque et chaud jaillit de la gorge de Connor. Lorsqu'il se pencha vers elle, la masse de ses cheveux lui chatouilla le ventre.

Au creux de l'intimité la plus secrète de son corps, il fit naître des flammes à la brûlure insoutenable. Vivian sentit un chant primitif naître en elle. Les bras en croix, elle agrippa les bords du lit afin de ne pas se noyer dans cette mer d'extase. Il leva la tête par deux fois encore. La première fois, le regard noyé, Vivian vit qu'il avait pensé à emporter de quoi se protéger. Jamais elle n'avait vu un homme accomplir ce geste nécessaire de façon si ouverte et pourtant si élégante et provocatrice. Il revint vers elle, enfouissant son visage entre ses cuisses pour reprendre ses baisers d'une intimité à la limite du supportable. Agiles et douces, ses mains trouvèrent lentement leur chemin jusqu'à ses seins.

Au plus profond d'elle-même, Vivian sentit son corps commencer à se dissoudre — mais il avait jugé de ses réactions au plus près. Se redressant soudain, il l'attira à lui, les yeux noirs et sans pitié ; cherchant à atteindre son point le plus sensible, mais cette fois ni avec sa bouche ni avec ses doigts, il laissa enfin son corps se fondre dans le sien.

Sa puissance et sa force l'emplissaient, l'amarrant à ce monde comme une ancre dans la tempête. Ensemble, comme un seul être, ils s'élancèrent l'un vers l'autre encore et encore, aveugles et chuchotant à l'approche de la vague ultime.

A présent, seul Connor pouvait la guider dans ce cataclysme. Au bord de l'abîme, elle laissa ses mains errer le long de son dos pour se poser sur ses fesses ; avec désespoir, elle se jeta contre le rempart de son corps, encore et encore. La vague s'abattit sur eux. Elle sentit Connor perdre pied lorsqu'elle se mit à gémir. Tandis que les dernières barrières se brisaient, dans un tumulte de joie infernal, elle entendit sa voix se joindre à la sienne. Sans un mot, comme une complainte sourde. Elle le serra contre lui — pour le protéger, l'aimer, le chérir et l'adorer, même si le ciel devait leur tomber sur la tête. Jusqu'à la mort et même au-delà.

La chambre bruissait encore des mille et un murmures de leur désir assouvi. Le corps de Vivian semblait étinceler de l'intérieur. Elle comprit que toutes ses craintes s'étaient évanouies. Elle n'avait plus peur des ombres ni des statues. Elle n'avait plus peur de rien. Allongés côte à côte, ils se regardaient, les mains jointes. Ils ne dirent pas un mot, car cela aurait été inutile.

Au bout d'un long moment, Connor se redressa sur un coude, se pencha vers elle et l'embrassa, chastement. Il semblait pensif.

— Que fait-on à présent ?

— Si on escaladait l'Everest ?

— Pourquoi pas, mon ensorceleuse ? Mais c'est assez ordinaire…

— C'est vrai, c'est d'un banal. Que dirais-tu de traverser l'Atlantique à la nage ?

— Sans assistance, bien sûr. Et sans planche de salut.

— Aucune.

— Vivian… Tu es la femme la plus belle que j'aie jamais rencontrée. Tout est beau en toi, Vivian. Tu dois être la descendante de la fée Vivianne, celle qui a envoûté Merlin et causé sa perte et qui l'a enfermé dans la falaise de cristal ou je ne sais trop où.

Il s'allongea de nouveau.

— Merci. Merci d'avoir permis que ceci arrive… ici. Je crois que nous venons d'accomplir un exorcisme parfait.

Elle rit, sans se soucier de quel exorcisme il parlait.

— Où vas-tu ? demanda-t-il en la voyant se lever.

— J'ai soif. Je vais chercher de l'eau… et du café, peut-être ?

— Oui. Celui d'Adelaïde est très bon. Elle le cache comme un écureuil, mais nous n'aurons qu'à en racheter demain.

Demain, songea Vivian. Il y aurait donc un lendemain pour eux deux.

Nus, ils se rendirent ensemble dans la cuisine. Là, dans la lumière blanche, ils burent longuement et se firent une cafetière du meilleur arabica cubain d'Addie. Ils emportèrent la cafetière dans la chambre, avec quelques draps propres. Lorsque le lit fut fait, ils commirent l'erreur de s'allonger dessus. Le café pouvait bien refroidir…

8

Principalement mue par son sens aigu de l'honneur, Vivian décida de revenir habiter dans l'appartement d'Addie. Cependant, elle dut bien admettre que l'exorcisme évoqué par Connor n'était pas étranger à sa décision. C'était comme si leur nuit d'amour avait purifié et illuminé les pièces de l'appartement. Le lendemain matin, tandis qu'ils puisaient une fois de plus dans la réserve de café d'Addie, Vivian se demanda si ces phénomènes étranges n'avaient pas été provoqués par les angoisses et les complexes qui la rongeaient.

Dans la véranda, il n'y avait plus aucune trace de la rose ; elle commença à se demander si son imagination ne lui avait pas joué des tours. Elle avait entendu dire que l'amour provoquait parfois les mêmes réactions qu'une forte fièvre. Quant à la photo d'Emily...

— Je préférerais que tu ne restes pas ici, Vivian.

— Tout ira bien, ne t'inquiète pas. Je partirai juste après toi et ne rentrerai que vers 16 heures. Et puis, il y a ce type que je viens de rencontrer... un type bien, vraiment... il a promis de me rejoindre à 18 h 30 pour boire du thé glacé dans le jardin.

— Il t'a d'ailleurs conseillé de faire changer les serrures, si je ne m'abuse.

Finalement, elle ne lui avait pas parlé des incidents précédents, ni des conclusions hasardeuses qu'elle avait tirées par la suite. Peut-être ne lui faisait-elle pas encore suffisamment confiance, après tout ? Non, ce n'était pas ça. Elle ne voulait pas paraître stupide et timorée.

— C'est ce que va dire Addie qui t'inquiète ? Ne t'en fais pas, je lui parlerai.

— J'ai vraiment mauvaise conscience, Connor...

— Tu peux, espèce de dévergondée !

La discussion se termina de la même façon que toutes celles qu'ils entamaient depuis le matin. Vers 11 heures, ils se séparèrent enfin. Connor partit en taxi, déjà en retard pour son rendez-vous. Vivian, après avoir sommairement rangé l'appartement, partit une heure plus tard sans un regret. Elle n'avait même pas jeté un seul coup d'œil dans le jardin.

Elle prit le métro, vaguement consciente que sa robe de soirée de soie grise devait paraître bien incongrue à cette heure. Elle pensait à Connor. A son corps et à sa bouche, à ses mains sur elle, à la douceur de sa peau, au rythme lancinant de son corps en elle. Aucun fantôme ne pouvait plus l'atteindre. Seul comptait le corps de Connor contre le sien. Elle n'attirait plus le surnaturel ni l'étrange. Elle était de nouveau vivante. Plus vivante qu'elle ne l'avait jamais été en trois ans.

Il était presque 15 heures lorsque quelqu'un sonna à la porte de son appartement. Ses bagages, qu'elle n'avait pas pris la peine de défaire, attendaient sagement dans l'entrée, à côté du chevalet. Vêtue d'un simple jean et d'une blouse, elle était en train de glisser quelques provisions dans un cabas en plastique. A sa grande surprise, elle découvrit Lewis Blake sur le pas de la porte. En souriant, celui-ci balaya du regard les sacs dans l'entrée.

— Je vous dépose, Vivian ? Chez Adelaïde ?

Connor lui avait-il dit qu'elle retournait dans l'appartement d'Addie ?

— Est-ce Connor qui vous l'a demandé ? C'est très gentil à vous, Lewis, mais je peux me débrouiller, vous savez.

— Disons qu'il me l'a suggéré. Vous connaissez Connor : lorsqu'il veut quelque chose, il vaut mieux se mettre au garde-à-vous. Mais ça ne pose vraiment aucun problème.

Vivian n'en fut pas mécontente. Il était toujours pénible de trouver un taxi dans le quartier et elle n'avait vraiment pas envie de refaire le trajet en métro, avec tous ses bagages.

— Vous êtes sûr ?

— Sûr, Arthur.

Vingt minutes plus tard, Lewis avait descendu tous les sacs jusqu'à une énorme jeep garée en bas de l'immeuble.

— Comment va Angela ? demanda Vivian.

— Angie ? Oh, elle fait les comptes.

— Elle est comptable ?

— Oui. Ça ne se voit pas ?

— Pas vraiment…

— Les Maraudeurs lui doivent une fière chandelle. C'est elle qui a remis de l'ordre dans les comptes et je peux vous dire qu'il y avait du travail ! Je crois qu'elle se sentait un peu redevable envers Connor, après ce qui s'est passé. Mais elle en a là-dedans, ma p'tite femme.

Vivian ne ressentit aucune envie en entendant Lewis complimenter sa femme. Bizarrement, elle crut même déceler une pointe d'ironie dans sa voix. Pourtant non, Lewis était ainsi, léger et enjoué. En revanche, ce dont Angie pouvait être redevable à Connor restait un mystère.

Une fois les sacs rangés dans le coffre, Lewis aida Vivian à grimper dans la jeep et ils s'éloignèrent sur

West Camden Road. Lewis était l'ami de Connor, sans doute un des membres de la « famille » que celui-ci s'était choisie. Dès le début, Vivian l'avait apprécié. C'était toujours le cas… Seulement…

Seulement, il était différent à présent, mais elle n'arrivait pas à trouver en quoi. Il y avait quelque chose de légèrement téméraire et en même temps d'étrangement hésitant dans son comportement, malgré son offre chevaleresque de la déposer. Et puis, il ne disait pas un mot en conduisant. Mais certaines personnes préféraient conduire en silence, surtout en plein cœur de Londres.

Vivian se souvint de ce qu'il avait dit lorsqu'il l'avait appelée à l'appartement d'Addie : « Je ne sais pas si je dois vous en parler ou pas… Oh, et puis zut. Je pense que vous avez le droit de savoir… ». Il avait également marmonné : « Qui se ressemble… » juste avant qu'elle ne raccroche, folle de rage d'avoir été comparée à Connor.

Pourtant, il avait eu du flair.

Qu'avait-il été sur le point de lui révéler ? Cette question était restée sans réponse. A présent, cela avait-il moins d'importance ? Ou, au contraire, beaucoup plus ?

Tant bien que mal, ils passèrent Kensington Gardens, puis Hyde Park, qui semblait avoir été fraîchement repeint, tant le vert des pelouses était lumineux. En plus des embouteillages, ils durent suivre quelques déviations, mais la jeep se glissa sans heurt dans les petites rues, avant de retrouver sa route initiale.

Pourquoi Lewis était-il si nerveux ? se demandait Vivian, incapable de profiter du trajet. Bon, elle n'allait pas recommencer à s'inquiéter pour rien ! Elle était sans doute en manque de Connor. Après tout, cela faisait déjà cinq heures qu'elle l'avait quitté… A moins que la statue d'Eros, qu'ils venaient de contourner sur

Piccadilly Circus, ne lui ait décoché une de ses flèches en plein cœur.

Malgré tout, lorsqu'ils atteignirent Coronet Square, Vivian se sentait vaguement inquiète. Elle pensait pourtant en avoir fini avec tout cela. Tandis qu'ils transportaient les bagages jusqu'à la porte, Lewis retrouva toute sa jovialité.

— Alors, ce n'était ni un cambrioleur ni un vandale, hier soir ? demanda-t-il tandis qu'elle glissait la clé dans la serrure.

C'était la première fois que Lewis faisait allusion à l'incident qu'il avait lui-même signalé.

— Non, pas d'effraction. Juste un truc étrange.

— Oui, j'imagine que ce devait être assez bizarre.

— Que vous a dit Connor ?

— Pas grand-chose. Mais j'étais sorti hier soir et je suis allé directement aux Maraudeurs ce matin. J'ai juste croisé Connor en passant. Nous nous sommes à peine… Que se passe-t-il ?

— Je n'arrive pas à ouvrir la porte.

— Laissez-moi essayer.

Il s'empara de la clé, l'introduisit de nouveau dans la serrure, puis donna un bon coup d'épaule contre la porte. Celle-ci s'ouvrit brutalement.

— C'est la chaleur, expliqua Lewis. Parfois, ça fait coller la peinture.

Vivian se rendit compte qu'elle avait retenu son souffle. Pourquoi ? Avait-elle cru que *quelque chose* était entré et bloquait la porte de l'intérieur ? Tout semblait normal dans l'entrée : lumières éteintes, le salon en face, baigné de soleil, la salle à manger sur la gauche. Aucun placard ouvert et rien non plus sur la table ou sur le sol. Lewis passa devant elle, les bagages à la main.

Ne sois pas bête, Vivian. Oui, les portes peuvent parfois se bloquer à cause de la chaleur. Calme-toi.

Dans le salon, Vivian ouvrit les portes-fenêtres, dans l'espoir de créer un courant d'air. Vert et gracieux dans sa générosité estivale, le jardin paraissait accueillant. Il était presque 17 heures. Il ne lui restait plus qu'une heure et demie avant l'arrivée de Connor. Ce matin même, l'endroit lui avait semblé innocent, lavé, ordinaire. A présent, l'atmosphère avait changé de façon subtile. Elle remarqua même une trace sur le mur qu'elle croyait ne jamais avoir aperçue auparavant…

Ne sois pas idiote !

— Merci, Lewis, c'était vraiment gentil de votre part. Puis-je vous offrir une tasse de thé ?

— Je préférerais une bière, Viv'.

Vivian ne laissa rien paraître de son aversion pour l'abréviation brutale et disgracieuse de son prénom.

— D'accord. J'en ai acheté pour Connor, mais elles ne seront pas très fraîches.

— Je la bois chambrée, Viv'. La bière glacée, c'est bon pour les Américains.

Vivian porta le sac de provisions jusqu'à la cuisine. Elle n'avait jamais aimé les surnoms,et le ton un peu supérieur que Lewis avait employé à l'égard des Américains ne lui plaisait pas non plus. Et puis, qui buvait de la bière tiède de nos jours ? Tandis qu'elle décapsulait la bouteille, elle jeta un œil vers la véranda. Tout était paisible. Dehors, au bout du chemin, caché par les arbres, Patrick Aspen Sinclair veillait sur le jardin, tel un dieu de l'amour. Une simple statue. Lorsque Lewis entra nonchalamment dans la cuisine, la pièce sembla soudain trop petite pour deux, comme dans les westerns. Il prit la bouteille qu'elle lui tendit et but une gorgée. Vivian mit la bouilloire sur le feu pour elle-même.

— Beurk… Comment faites-vous pour boire ça ?

— Du thé à la menthe ? j'adore ça. Sinon, il y a citron-gingembre, pomme…

— N'en jetez plus ! Je ne veux pas savoir. Vous êtes pire qu'Angie. Elle, au moins, elle se contente d'un bon vieux Tetley.

— J'aime bien le Tetley, aussi.

Vivian mit le sachet dans sa tasse et contempla la bouilloire qui, bien évidemment, mit deux fois plus de temps que d'habitude à bouillir. La magie sympathique ne fonctionnait jamais, c'était bien connu. Elle venait de se rendre compte que Lewis, bien qu'elle n'ait rien fait pour le retenir, la mettait vraiment mal à l'aise. Lorsqu'il lui toucha le bras, elle sursauta si fort qu'elle crut qu'elle allait lâcher sa tasse.

— Oh, du calme ! Eh bien, vous êtes bien nerveuse aujourd'hui.

— Pardon, je suis juste…

— Nerveuse… Mais séduisante.

— Merci.

— Oui, je suis impressionné, Viv'. Vous m'impressionnez. Connor aussi ? Ce n'est pas grave. Vous savez quoi ? Laissez tomber le thé et allons prendre un verre. Il y a un pub sympa…

Vivian sentit une chape de plomb s'abattre sur elle.

— Non, merci.

— Allez, quoi. Lâchez-vous un peu…

Sa main, importune et inattendue, vint se glisser derrière sa nuque.

— Vous êtes tellement tendue ! C'est ça que vous fait Connor ? Il vous tient par la nuque comme ça ?

Lorsqu'il commença à lui masser les épaules, Vivian sentit le dégoût l'envahir. Elle se recula brusquement.

— Lewis, je crois que...

— Quoi ? Vous ne voulez pas jouer ? Mais si. Vous m'aimez bien. Je suis un gars sympa.

— Oui, et vous êtes aussi marié. J'ai rencontré votre femme.

— Angie n'est pas jalouse. Elle a l'habitude de mes copines.

— Je ne suis pas votre copine.

— Trop accro au grand dieu Connor ? Je vais vous avouer un truc, ce type n'est vraiment pas une affaire. Bon, d'accord, écoutez : même si vous m'avez mené en bateau à essayer de me draguer, je vais vous laisser filer. Un simple baiser suffira. Qu'en dites-vous ?

Sidérée, Vivian se demanda comment elle avait pu ne pas prévoir ce qui allait arriver.

— Je n'ai aucune envie de vous embrasser. Vous feriez mieux de partir, Lewis.

— Allons bon, voilà qu'elle se fâche, à présent. Ecoute, ma belle, un baiser, c'est tout. Tu ne le regretteras pas...

Dans une horrible parodie de Connor, la veille au soir, Lewis la forçait à reculer contre le mur.

— Laissez-moi passer, dit-elle d'une voix posée. Je suis sérieuse, Lewis. Poussez-vous !

Elle pensa à la bouilloire posée juste à côté, sur le gaz. Lewis hésita, comme s'il avait perçu la menace. Il se pencha vers elle.

— Viv', je crois que vous devriez savoir, quoi qu'il en soit. Oui, Connor est beau, mais ce n'est pas un cadeau. J'aurais dû vous parler de ça plus tôt, insister... mais vous allez m'écouter jusqu'au bout cette fois-ci. Il ne vous a pas raconté ce qui s'est passé ici. La femme avec qui il vivait ici était une actrice. Vous avez déjà entendu parler de Kate Mortimer ? Elle a eu du succès à la télé pendant un moment. Vous avez sans doute remarqué la cicatrice qu'il a sur le torse ?

Vivian sentit la panique la clouer sur place.

— Eh bien, poursuivit Lewis. Comment dire... En fait, Connor n'a eu qu'une cicatrice, mais cette pauvre Kate... elle a simplement disparu de nos vies. Vous ne le saviez pas, n'est-ce pas ? Vous ne saviez pas non plus que la police s'est pendant un temps intéressée de près à Sa Majesté Connor Sinclair ?

La bouilloire sifflait, remplissant la pièce de vapeur d'eau. Une voix retentit près de la porte.

— Eloigne-toi d'elle, Lewis !

Lewis se retourna lourdement.

— Oh ! Connor ! Connor le Sauveur, une fois de plus. J'étais juste en train de lui parler de Katie.

— Je t'ai entendu. La porte est par là.

Lewis se pencha de nouveau vers Vivian, l'air inquiet.

— Vivian, une fois de plus : faites attention à vous.

Connor lui fit faire volte-face comme s'il était un simple pantin et le gifla avec force d'un revers de main méprisant.

— Sors d'ici !

Misérable et répugnant, Lewis reculait, les yeux larmoyants.

— Désolé, Connor, désolé. J'ai un peu trop bu à midi... Ça ne me réussit jamais...

— Sors d'ici tout de suite.

— Je ferais peut-être mieux de ne pas conduire.

Voyant que Connor ne répondait rien, il sortit de la pièce à reculons. Connor lui emboîta le pas. A travers un écran de brume, Vivian entendit la porte d'entrée claquer. Prise de nausée, elle s'appuya contre le plan de travail. Au bout d'une longue minute, elle coupa le gaz sous la bouilloire. Lorsque Connor revint, elle leva brusquement la tête et demanda, presque agressivement :

— Comment es-tu... ?

— Entré ? Facile. Il y avait un autre jeu de clés depuis le début.

Son visage hâlé était encore très pâle. Il jeta le second trousseau en l'air et le rattrapa aussitôt.

— Il semble que quelqu'un ait demandé un autre trousseau à Adelaïde, sans juger bon de m'en avertir. Les clés étaient au bureau tout ce temps, gentiment cachées dans un tiroir. Je ne l'ai appris que cet après-midi.

— Comment va Lewis ?

— Ne me dis pas que tu t'inquiètes pour lui !

— Il vient juste de se ridiculiser, c'est tout.

— Vraiment ? Je pensais que c'était un peu plus sérieux que ça.

— J'essaie d'être juste envers lui. Pourquoi es-tu si en colère ?

— A ton avis ?

— Je ne parle pas de Lewis. Je veux dire en colère contre moi.

— Encore une fois : à ton avis ?

Vivian se raidit.

— Je ne sais pas, répondit-elle froidement. Peut-être devrais-tu me le dire. Ou bien est-ce encore un petit secret que tu préfères garder pour toi-même ?

A peine eut-elle prononcé ces paroles qu'elle s'en mordit les doigts. Pourquoi avait-elle dit une chose pareille ? Dans sa tête, la petite voix chuchota : *parce qu'il te cache des choses. Parce que tu sais, au fond de ton cœur, que tu ne peux pas lui faire confiance, même si tu en meurs d'envie.* Vivian s'efforça de respirer calmement.

— Je suis désolée. Je n'aurais pas dû dire ça.

— Non, mais tu l'as dit.

— Connor, je ne savais pas que Lewis allait se comporter de cette façon…

— Non, bien sûr. Tout le monde le voit venir à des kilomètres à la ronde, mais la gentille et naïve petite Vivian ne remarque rien du tout.

— Connor ! Tu ne crois tout de même pas que je l'ai encouragé ?

— N'importe qui comprendrait ce qui s'est passé. Lewis est un coureur, mais il n'a pas l'habitude de forcer la main. Après tout, tu l'as appelé pour lui demander de te déposer, non ?

— Jamais ! Il m'a dit que c'était toi qui lui avais suggéré de…

— Je ne lui ai même pas dit que tu avais déménagé !

— Alors, il a simplement dû trouver mon adresse dans l'annuaire… J'ai dit que je vivais à Camden. Il est passé et a compris…

Soudain, tout fut clair.

—… Oui, c'est ça ! Il a compris en voyant mes sacs.

Connor lui lança un regard qu'elle n'était pas près d'oublier.

— Connor, dit-elle, en essayant de ne pas paraître suppliante. Pourquoi veux-tu que je m'intéresse à Lewis ?

— A toi de me le dire.

— Arrête !

— Ce n'est pas moi qui ai commencé. J'arrive ici en avance pour te faire une surprise. Tu parles d'une surprise !

Un silence pesant s'abattit sur la cuisine tandis que la vapeur d'eau se condensait sur les portes des placards, en des larmes dégoulinantes.

— J'imagine qu'il va falloir que je te parle de Kate…

Il regardait ostensiblement le jardin, à travers les vitres de la véranda. L'ombre d'un oiseau traversa la pelouse et disparut aussitôt. L'amour pouvait-il s'envoler aussi rapidement ?

— Si tu n'as pas envie d'en parler, Connor…

— Non, en effet, je n'en ai pas envie. Mais il semble que je sois bien obligé de le faire, après tout le poison que Lewis vient de déverser. Mon Dieu, je me suis souvent demandé par le passé… C'était lui. Il est incapable de se taire. Toujours en train de me dépeindre de la pire façon possible…

— Il a dit qu'elle avait… disparu.

— D'une certaine façon, c'est vrai.

— Je ne comprends pas.

— Elle est morte.

— Morte ?

Vivian sentit le sol se dérober sous ses pieds. Elle flottait dans l'espace, vide et muette.

— Oui, Vivian. Elle est morte et c'est arrivé ici. Et c'était ma faute. Cela te suffit-il ? Non ? Dommage, parce que je ne t'en dirai pas plus.

Il se tourna et posa le trousseau sur le plan de travail.

— Si tu as l'intention de rester ici ce soir, je te conseille de fermer à clé. Personne d'autre n'essaiera de rentrer. Tu es en sécurité. Evite de répondre si on sonne. Parce que ce pourrait bien être Lewis et tu risquerais de commettre de nouveau une erreur.

9

Après tout, c'était évident, non? Vivian pouvait se voiler la face autant qu'il lui plairait... et elle adorait ça! Connor Sinclair n'était pas l'homme de ses rêves. Peut-être seulement celui de ses pires cauchemars.

Il avait avoué. Par pure arrogance, car pour une raison inconnue, personne n'avait pu l'inculper de quoi que ce soit. Vivian avait en effet aperçu Kate Mortimer une ou deux fois dans des téléfilms. Une bonne actrice, avec de beaux cheveux blonds et un visage sérieux aux traits délicats. Elle avait un air presque enfantin, mais ses yeux bleu acier étaient intenses de féminité.

Kate. La mystérieuse K. « Pour C. de la part de K., avec tout mon amour. »

Emily avait eu une aventure avec Nevins, le sculpteur; avec qui la belle et intelligente Kate avait-elle « trahi » Connor? Il n'y avait certes rien de noble à cela, mais qui savait ce qui s'était réellement passé? C'était peut-être Connor lui-même, à force de mauvaise humeur, de sarcasme et de colère, qui l'avait poussée à chercher un peu de réconfort dans les bras d'un autre. Puis, à l'instar de Patrick, il avait découvert le pot aux roses. Rideau pour Kate.

« Quelque chose de terrible m'est arrivé lorsque je vivais ici... à moi et à une autre personne. »

Oui, Connor, cela a dû être vraiment terrible de

découvrir que Kate en aimait un autre et ensuite de la tuer. Comment avait-il pu échapper à la justice ? Les preuves n'avaient sans doute pas été suffisantes… Pourquoi n'avait-elle jamais entendu parler de cette affaire ? Il est vrai qu'elle lisait rarement les journaux et ne s'intéressait pas aux faits divers. Elle vivait dans son petit monde.

En cherchant à se défendre, Kate avait réussi à le blesser d'un coup de couteau au torse, laissant une cicatrice. Une cicatrice que Vivian avait bel et bien remarquée, et même embrassée. Kate s'était sans doute servie d'un simple couteau de cuisine et des points de suture avaient été nécessaires pour maintenir les bords irréguliers de la plaie pendant que celle-ci cicatrisait.

Etait-ce possible ? Connor, si séduisant, si sûr de lui, agréable et attentionné, un amant d'une générosité fabuleuse… ?

Oui, c'était possible.

Vivian revit son visage tel qu'il lui était apparu la première fois. Lorsqu'il était de mauvaise humeur, il savait se montrer froid, cruel, indifférent… dangereux.

Peut-être fou.

Elle ne pleurerait pas. Elle avait assez pleuré la dernière fois.

Elle erra sans but dans l'appartement pendant de longues minutes, s'emparant çà et là d'un bibelot, avant de le remettre en place. Lorsqu'elle commença à défaire l'un de ses sacs, à la recherche d'une bouteille d'eau, elle remarqua qu'il manquait un chemisier. C'était l'un de ceux qu'elle préférait porter pour travailler, le noir ; elle était certaine de l'avoir emporté. C'était même celui qu'elle avait enfilé le premier matin ici… Saisie d'une panique absurde, elle commença à vider frénétiquement ses deux sacs — terrifiée par la perte d'un simple morceau de tissu. Pourtant, elle savait que c'était la perte de Connor qu'elle tentait de comprendre… et de refuser.

Finalement, sans avoir retrouvé le chemisier, elle s'assit par terre dans le salon. Les portes-fenêtres étaient toujours grandes ouvertes sur le jardin, où les ombres commençaient à se teinter de cuivre dans le soleil couchant. Dans l'appartement, la pénombre gagnait petit à petit.

Des oiseaux chantaient. Comme auparavant, il ne semblait pas y avoir d'autres bruits. Seuls les murs et les planchers de l'appartement craquaient, comme ceux d'un vieux vaisseau amarré depuis trop longtemps.

Vivian se prit la tête à deux mains.

Tu t'en remettras.

Mais elle savait bien que non. Elle n'avait jamais été douée pour se « remettre ». La même sensibilité intense qui nourrissait son art faisait des ravages dans son propre cœur. Elle l'aimait. Elle l'aimerait toujours, même si elle devait à présent s'efforcer de le mépriser et de le craindre. Elle tenta de l'imaginer en train de tuer Kate Mortimer, mais ne vit que des ombres. Elle ne parvenait pas à accepter. Pas lui. Pas Connor.

Et même s'il était ce fou dangereux et criminel, c'était comme si elle avait voulu le protéger de ce qu'il était devenu… le protéger de lui-même. Peut-être se trompait-elle ? Non. Sinon, pourquoi aurait-il provoqué cette dispute avec elle, avant de partir en claquant la porte ? Lorsqu'il avait compris qu'elle savait, ou qu'elle ne tarderait pas à avoir des doutes, il avait tout avoué. Puis il n'avait plus osé rester.

L'homme fatal. Comme dans les films ou dans les livres, si séduisant, si charmeur. Mais dans la réalité, gare à la jeune femme qui se laissait prendre au piège.

C'était ce qui était arrivé à Kate.

Et Kate était morte.

Le téléphone sonna dans l'entrée. Encore et encore. Combien de sonneries laissa-t-elle résonner dans l'appartement ? Une vingtaine… De guerre lasse, elle finit par se lever pour répondre, même si ce ne serait plus jamais lui… Personne au bout du fil. Même pas une respiration. Aucun bruit. Vivian raccrocha brusquement et chercha à connaître l'identité de l'appelant, mais la personne avait masqué son numéro.

Elle allait devenir folle.

Elle devait partir d'ici et ne plus revenir.

Elle retourna dans le salon, où l'attendait un tas informe de vêtements. Elle en avait plus qu'assez de ranger ses affaires et de les trimballer d'un bout à l'autre de la ville. Au fond du jardin, une nuée d'oiseaux s'envola en piaillant furieusement, comme si quelque chose les avait effrayés. Venant de la statue qu'elle ne pouvait apercevoir lui parvint un bruit métallique.

Vivian se figea sur place, guettant un autre bruit ou le retour des oiseaux, mais rien ne se passa. Ce n'était rien.

Bon, ça suffit, Vivian, pensa-t-elle. *Tu dois bien admettre que tu te trompes toujours. Les morts ne reviennent pas pour te hanter et ce sont les vivants qui se révèlent être des monstres.* D'un pas décidé, elle franchit les portes-fenêtres et s'engagea dans l'allée, les poings serrés. La tiédeur du crépuscule l'aida à se détendre ; le feuillage dessinait une mosaïque dansante sur les dalles ; elle sentait le parfum des roses, des feuilles du lilas, ainsi que celui plus âcre de la ville. Le soleil avait disparu derrière les maisons. Les ombres… N'importe quoi pouvait être tapi dans l'ombre, mais il n'y avait rien. *Rien, tu entends ?*

Elle tourna au coin du lilas.

La statue était bien là, mélancolique, brillant doucement. Impénétrable. Elle n'avait évidemment pas bougé, à part ce pied qui était légèrement sorti de son socle. Elle détestait cette statue. Le beau Patrick Aspen Sinclair qui avait tiré sur sa femme, avant de se tuer lui-même. Un cœur de pierre.

Au moins, Connor n'avait pas fait de même. Pas de suicide en ce qui le concernait, pensa-t-elle amèrement, tandis que les larmes jaillissaient enfin, sans qu'elle puisse les retenir. Elle devait apprendre à haïr Connor. Lorsqu'elle essaya, son cœur se brisa. Au moins, le sien n'était pas de pierre. Debout devant la statue, elle s'efforçait de maîtriser ses sanglots. Le téléphone se remit à sonner avec insistance. Elle pensa soudain à Cannelle. Peut-être la jalousie l'avait-elle rendue folle, elle aussi ?

Assez ! Vivian décida de faire ses valises et de partir sur-le-champ. Rien de tout cela ne la concernait, pas même Addie et son maudit appartement. Addie qui, malgré tout son argent, refusait de payer quelqu'un pour garder son logement et attendait une meilleure offre pour vendre… Tandis qu'elle passait de nouveau les portes-fenêtres, elle aperçut quelque chose qui brillait par terre, dans l'obscurité. Comme des paires d'yeux luisants qui la regardaient.

Elle se pencha pour mieux voir : des boutons. Tous les boutons de son chemisier noir, celui qu'elle ne retrouvait plus. Il avait dû tomber de son sac sans qu'elle s'en rende compte. Le téléphone se tut brutalement avec une sorte de hoquet. Plus aucun oiseau ne chantait dans le jardin. C'est à cet instant que Vivian entendit distinctement des bruits de pas, en provenance de l'appartement du dessus.

Seule au beau milieu du salon, elle contemplait le plafond blanc, scrutant chaque corniche, l'oreille aux aguets.

Qu'y avait-il, là-haut ?

Tous les appartements de l'immeuble étaient censés être vides. C'était d'ailleurs pour cela qu'Addie voulait que quelqu'un reste sur place. Les pas étaient lents, très lents, avec quelque chose de légèrement traînant… Ils ne semblaient pas… humains.

Ridicule. Bien sûr qu'ils étaient humains. Quelqu'un avait réussi à s'introduire dans l'appartement du premier et l'occupait illégalement. Comment était-il rentré ? Il n'y avait aucune trace d'effraction. Avait-il une clé, lui aussi ? Quelqu'un de chez Les Maraudeurs avait réussi à se procurer un double des clés de chez Addie et s'en était servi pour entrer et décapiter les roses, arracher les boutons de son chemisier…

Vivian frissonna. Elle revint vers les portes-fenêtres, qu'elle ferma sans un bruit, avant de tourner le verrou. A sa connaissance, il n'y avait aucune autre fenêtre ni porte ouverte dans l'appartement, mais elle devait s'en assurer. Quiconque se trouvait là-haut — et il s'agissait bien d'un être humain — était peut-être en détresse et donc potentiellement dangereux. Le soleil s'était couché. Par la fenêtre, le jardin était à présent baigné d'une aura cuivrée.

Soudain, Vivian se recula vivement. Quelque chose venait de bouger là-bas… Ce n'était pas la lumière. Qu'était-ce donc ? Sans crier gare, une ombre passa en trombe devant la fenêtre. Quelque chose de gros et d'informe. Trop choquée pour crier, Vivian restait là, scrutant la pénombre avec angoisse, s'efforçant de distinguer quelque chose. Oh, mon Dieu ! Cette chose montait à présent en tourbillonnant et rebondissant vers la vitre.

Vivian ressentit une vague de soulagement incrédule l'envahir en comprenant que la *chose* qui venait d'atterrir devant elle n'était qu'un bouquet de ballons. De couleur sombre, presque noirs dans la pénombre, ils voletaient de-ci de-là, rebondissant contre les vitres, virevoltant encore, comme un être fabuleux qui s'éloignait déjà vers les arbres.

Au-dessus d'elle, dans l'appartement du premier étage, elle entendit alors un rire étrange. Grinçant et cruel, une imitation parfaite des films des années 30 avec Boris Karloff. En temps normal, cela l'aurait fait rire, tout comme les ballons. Mais ce jour-là, ce rire lui glaça le sang. On cherchait clairement à lui faire peur… Ou plutôt, à la terroriser ; les événements précédents le confirmaient. Cela en disait long sur la santé mentale de son tourmenteur…

Vivian se mit à réfléchir à toute allure : elle n'était pas en sécurité ici. Elle ne l'avait jamais été. Qui donc la menaçait ? Elle pensa d'abord à Lewis, insistant, boudeur et humilié. Pouvait-il également se montrer violent ? Qu'aurait-il fait si Connor n'était pas arrivé ? Vivian se rappela avoir pensé à se défendre avec la bouilloire : elle avait bel et bien eu peur à ce moment-là. Pourtant, elle ne parvenait pas à chasser le visage de Cannelle de son esprit. La jeune femme était-elle capable de se servir du second trousseau pour entrer dans l'appartement et déranger juste ce qu'il fallait pour mettre les nerfs de Vivian à rude épreuve ? Les roses, les boutons, les lumières, les ballons… et ce rire qui semblait aussi enfantin et instable qu'elle.

Le rire s'était tu, plongeant l'appartement dans un silence de mort. Vivian ne pouvait s'empêcher de regarder le plafond qui, pourtant, ne pouvait rien lui apprendre. Elle ne pouvait voir à travers le plâtre et le parquet. Quiconque était là-haut jouait avec ses nerfs. Au diable l'appartement ! Elle allait partir. Elle s'empara de son sac à main, laissant le reste sur place. La retraite était la solution la plus sage.

En silence, elle gagna l'entrée, laissant les lumières éteintes malgré l'obscurité grandissante. Elle crut d'abord que c'était à cause du noir qu'elle ne parvenait pas à ouvrir la porte, mais elle comprit rapidement qu'il y avait autre chose.

La porte refusait de s'ouvrir.

Vivian s'acharna en silence, tirant et poussant de toutes ses forces. Rien ne bougea. La porte était-elle de nouveau bloquée ? Non. Lewis avait réussi à l'ouvrir et Connor n'avait eu aucun mal à entrer. Quelque chose s'était produit depuis le départ de Connor. Par réflexe, Vivian tenta de glisser la clé dans la serrure. Peine perdue. Elle semblait avoir été bouchée. Elle sentit une vague odeur d'acétone : de la résine ou de la colle. La peur s'empara véritablement d'elle, plantant ses griffes impitoyables en elle. Quiconque était derrière tout ça, fou ou pas, homme ou femme, savait ce qu'il faisait. S'efforçant à tout prix de garder la tête froide, elle se dirigea vers le téléphone et décrocha le combiné. Elle ne fut pas surprise de n'entendre aucune tonalité. Par habitude, elle appuya plusieurs fois sur le support. Elle savait que, comme dans les meilleurs films d'horreur, la ligne avait été coupée. Et bien sûr, comme les héroïnes d'autrefois, elle n'avait pas de téléphone portable. Désespérée, Vivian tendit la main vers l'interrupteur de l'entrée.

Rien. Aucune lumière.

Bon, d'accord. Quoi d'autre ? Plus de téléphone. Plus de lumière. Porte bloquée. Doucement, Vivian posa son sac à main par terre et retira ses chaussures. Pieds nus, elle retourna dans le salon octogonal. Tout était calme. C'est ainsi qu'elle put entendre clairement la voix, assourdie et douce, presque enjôleuse, qui tomba du plafond :

— Où es-tu, ma jolie ? Où es-tu ? Alors, ça te plaît ? Tu t'amuses bien ? Où es-tu, ma jolie ?

Cette voix étouffée et exagérément dramatique était celle d'un homme.

10

Il lui avait avoué, par mégarde ou par vantardise, qu'il était responsable de la mort de Kate Mortimer : « ... à cause de moi ».

Connor.

C'était lui qui avait rapporté le trousseau de clés supplémentaire ; lui qui avait fermé la porte en dernier. Peut-être l'avait-il refermée de façon plus efficace et permanente que d'habitude...

Vivian prit un instant pour réfléchir.

Ce n'est pas Connor.

Comment peux-tu en être si sûre, Vivian Gray ? Vous avez couché ensemble, mais, à présent, tu connais la vérité. Tu es devenue son ennemie.

Ce n'est pas Connor. Impossible !

C'est ce que tu as pensé aussi la dernière fois. Tu ne voulais pas croire que l'autre type t'avait quittée, jusqu'à ce qu'il te mette le nez dedans.

De nouveau, un bruit se fit entendre au niveau du plafond. Un frottement, comme si quelqu'un grattait le plancher. Comme des souris ou des oiseaux sur le toit... sauf qu'il n'y avait pas de toit au-dessus. Juste l'autre appartement.

C'était le même bruit qu'elle avait entendu la deuxième nuit, après avoir rêvé de la statue, juste avant que la rose solitaire n'apparaisse dans la véranda. Des doigts de marbre grattant contre le plancher. Figée sur place, incapable de fuir, elle regardait le plafond du salon.

Il faisait si noir, à présent, que seules les portes-fenêtres se découpaient dans l'obscurité, comme deux silhouettes oblongues et étranges. Cependant, ses yeux s'étaient habitués à l'obscurité et le moindre éclat de lumière en provenance de l'extérieur se reflétait sur le plâtre blanc. C'est ainsi qu'elle vit quelque chose remuer au plafond.

Là-haut, parmi les moulures et les bas-reliefs, une trappe venait de s'ouvrir dans le plafond, laissant apparaître une béance obscure, un vide effrayant qui semblait conduire vers une autre dimension. Effarée, Vivian vit quelque chose se glisser hors du trou.

C'était pâle, brillant… comme un serpent. Une corde.

Elle s'était souvent retrouvée, en rêve, incapable de faire le moindre geste. A présent, elle était bien réveillée et ses réflexes lui semblèrent surprenants.

Vivian se rua vers l'une des portes-fenêtres, les clés à la main. En un éclair, elle tourna la poignée et sortit dans le jardin, plongeant dans l'obscurité et les ombres. La lueur pâle des réverbères éclairait à peine l'allée. Elle claqua la porte derrière elle et tourna la clé dans la serrure. L'appartement était fermé. Addie avait assuré que les vitres étaient incassables. Quiconque se trouvait à l'intérieur aurait donc quelques difficultés à sortir.

Vivian se précipita dans l'allée ; les galets roulaient douloureusement sous ses pieds nus. Le mur du jardin faisait trois mètres de haut, mais elle avait l'habitude de grimper aux murs et aux arbres étant enfant. Elle ne devrait pas avoir trop de mal… surtout dans ces circonstances.

Mais quelles circonstances ? Vivian n'en savait

rien. Elle s'accrochait aveuglément à la certitude que Connor n'avait rien à voir avec tout cela, bien que tout semble indiquer le contraire. Les gens faisaient des choses horribles sous le coup de la passion… Connor pouvait très bien être un assassin. Mais pas comme ceci. Il n'était pas aussi mauvais.

Quelque chose surgit des fourrés et se précipita sur elle. Non, ce n'était que les ballons. Près du lilas, son pied heurta une racine. Lorsqu'elle se releva, Patrick Aspen Sinclair, raide et immobile dans la pénombre, semblait l'attendre sur son socle de marbre immaculé. Vivian s'arrêta. Son instinct avait pris le dessus et l'avertissait d'un autre danger. Derrière elle, au bout du chemin, des bruits de coups lui parvinrent, comme si quelqu'un tentait de jeter une chaise contre les portes-fenêtres qui refusaient de céder. Elle pouvait toujours échapper à cette menace, mais elle devait d'abord résoudre un autre problème. Un mur d'un tout autre genre, invisible, irréel mais bien présent, se dressait devant elle.

— Laisse-moi passer, Patrick Aspen, marmonna-t-elle. Tu en as déjà assez lourd sur la conscience et je ne suis pas Emily.

Le visage à la beauté époustouflante — *le visage de Connor* — la regardait de haut, les yeux froids, les traits indifférents et durs.

Un autre bruit se fit entendre près des fenêtres, plus aigu, comme si, malgré tout, le verre commençait à céder. Il était stupide d'attendre. Vivian passa en courant près de la statue, franchissant ainsi une barrière psychique incompréhensible. Elle prit son élan et se préparait à sauter sur le mur pour l'escalader lorsqu'une ombre noire surgit du feuillage et se jeta sur elle.

Ce n'était pas les ballons. C'était solide et chaud,

vivant, et cela grondait comme un chien enragé. Elle sentit une haleine chargée d'alcool. Vivian lutta, se défendant à coup d'ongles et de clés, visant de ses genoux le point sensible de son assaillant, juste entre les cuisses. Mais l'homme était agile : lui tordant cruellement le bras, il lui tira les cheveux, la forçant à mettre un genou à terre.

Vivian hurla de toutes ses forces.

— La ferme, bourrique, ou je vais te donner des raisons de crier !

C'était un homme avec un fort accent londonien. Vivian perçut une odeur de tabac froid. Ce n'était pas Connor. *Pas Connor.* Quelque chose tomba de la poche de l'homme et se brisa.

— Regarde ce que tu as fait, espèce de sale petite teigne ! Je ne suis pas friqué comme toi, moi ! Elles m'ont coûté plus de cinquante livres. Tu vas me le payer.

Des lunettes de soleil noires, brisées en trois morceaux, gisaient sur le sol. Vivian cessa de se débattre. Elle savait qui était l'homme ; elle l'avait déjà vu : c'était le chauffeur de taxi, celui de la compagnie Illico Taxi qu'elle avait renvoyé le soir où Connor était venu. L'homme resserra sa prise sur ses cheveux. Stupéfaite, Vivian se demanda si une course annulée constituait une raison suffisante pour une telle agression. Elle décida que non.

— Alors, ma chérie, dit-il. Tu fais moins la maligne, on dirait ? C'est que tu as été très, très méchante, Adelaïde.

— Je ne suis pas Adelaïde, répondit Vivian, surprise par la clarté de sa propre voix.

— Non ? Allez, arrête ton petit jeu, sinon je m'en vais te faire voir…

Des bruits de pas se firent entendre, légers et

feutrés comme ceux d'un félin. Vivian pensa d'abord que l'homme « de l'intérieur » avait dû réussir à sortir de l'appartement en brisant les vitres prétendument blindées. Encore un mensonge d'Addie la Pingre. Pourtant, cela allait lui coûter plus que de l'argent, cette fois-ci… Avec une lucidité glaçante, Vivian pensa : *Quoi que je dise ou fasse, ils vont me faire du mal. Et pour quelque chose que je n'ai pas fait, en plus. Ils me prennent pour Addie. Je n'ai aucune chance. Mais je ne me rendrai pas sans me battre…*

Le chauffeur de taxi se retourna également, tout en s'efforçant de la maintenir au sol. Soudain, une forme se jeta sur eux, avec l'inertie d'une tonne de briques. L'assaillant de Vivian fut renversé et lâcha prise, tombant lourdement près de ses lunettes de soleil brisées. Un léopard se jeta sur lui, la patte levée, toutes griffes dehors. Non, ce n'était pas un léopard. C'était un homme.

La brute poussa un douloureux grognement de surprise lorsqu'un formidable coup l'atteignit au ventre. Toujours chancelante, Vivian s'adossa à un tronc. A présent, les deux hommes se battaient, disparaissant et réapparaissant parmi les ombres. Le premier, son assaillant, grognait et jurait tant qu'il pouvait, tandis que le second restait absolument silencieux.

C'était à n'y plus rien comprendre. Le second homme était grand et musclé, avec des cheveux noirs et coupés court. Elle ne distinguait rien de plus. Elle savait qu'il était temps de fuir, mais quelque chose la retenait. Soudain, la lune surgit de derrière un nuage, éclairant les arbres et le mur. Un visage, pâle et brillant comme du marbre, surgit des ténèbres. Connor Sinclair, les cheveux tirés en arrière comme un gladiateur, écrasait son poing sur la mâchoire du chauffeur de taxi.

C'est alors que deux autres individus apparurent dans l'allée du jardin...

Elle ne les connaissait pas, mais ils étaient tous les deux imposants. L'un d'eux se frottait le bras avec mauvaise humeur, s'étant sans doute blessé en descendant le long de la corde ou en tentant de briser les vitres. Il tenait à la main un pied de chaise. Le second brandissait un couteau, dont la lame, courte et large, étincelait dans la pâle lueur de la lune.

Connor s'était relevé et se tenait juste au pied de la statue. Dans d'autres circonstances, la ressemblance frappante aurait pu faire sourire, mais, à présent, elle était insupportable : contrairement à Connor, la statue de marbre ne pouvait être blessée. Connor n'avait toujours pas jeté le moindre regard vers Vivian. Elle voyait qu'il jaugeait les hommes, le pied de chaise, la lame aux éclats mortels. Il s'avança les mains vides ; sa joue saignait.

— O.K., lança l'homme au couteau. Fini de rigoler.

Etrangement, cela sembla faire rire l'homme qui tenait le pied de chaise. Le ricanement de film d'horreur que Vivian avait entendu à travers le plafond retentit de nouveau.

— Alors, comme vous refusez de faire gentiment ce qu'on vous demande, expliqua l'homme au couteau avec une logique implacable, on va être obligés de vous forcer un peu.

— Libre à vous d'essayer, répondit froidement Connor.

Vivian regarda désespérément autour d'elle. Que pouvait-elle faire pour l'aider ? Pour le protéger ? Elle ne voyait plus que le danger qui le menaçait. Le chauffeur de taxi, que Connor avait assommé, se relevait déjà. Oui, Connor savait se défendre, mais ils étaient à trois contre un. Non. A trois contre deux. Le seul problème, c'est qu'elle ne savait pas du tout se battre.

Elle se laissa surprendre par leur attaque. Pourtant, elle aurait dû se douter de ce qui allait arriver : les chiens errants attaquent toujours en meute... Au même instant, Connor lui adressa un signe de tête, à peine un hochement. Elle sut que c'était un signal pour qu'elle prenne ses jambes à son cou.

Les deux hommes bondirent, la bousculant au passage. Lorsqu'elle tenta de les arrêter, l'homme au couteau la repoussa brusquement. Le coup l'atteignit à l'épaule et elle fut projetée dans un buisson de rosiers. En tombant, elle vit la meute se ruer sur Connor — deux devant et le troisième l'agrippant par le bras. Elle cria son nom en tentant de s'arracher aux épines des roses qui lui mordaient la peau, se débattant pour le rejoindre. Les premiers coups s'abattirent, mats et sourds, et la lame du couteau étincela dans le noir.

Les brutes procédaient avec méthode, s'occupant d'abord de Connor. Celui-ci avait donné à Vivian une chance de s'enfuir, peut-être au prix de sa propre vie, mais elle n'eut jamais l'occasion de le faire.

Au même instant, tandis qu'elle s'avançait bravement, les mains nues, une ombre passa à ses côtés. Il ne s'agissait ni d'un arbre, ni d'un nuage, ni même d'une silhouette sur le mur. C'était l'ombre d'un homme grand qui semblait tournoyer dans les airs...

Vivian leva la tête. La statue de Patrick Aspen chancelait sur son socle, les bras tendus, raides et figés comme ceux d'un pantin ou d'un robot. Le pied de marbre qui avait glissé se détacha brusquement de sa base.

Les quatre hommes s'étaient séparés. Bouche bée, ils regardaient tous la statue. Même l'homme au couteau, dont la lame était à présent rougie. Même Connor qui vacillait. Le temps sembla s'arrêter. Les secondes s'égrenèrent, aussi longues que des heures. Enfin, la statue de Patrick Aspen Sinclair plongea tête la première, se libérant de son socle, aussi légère qu'une plume. Pourtant, lorsqu'elle toucha le sol, elle explosa en une multitude de fragments, d'aiguilles, d'échardes et de flèches. Un craquement assourdissant de fin du monde se fit entendre et un nuage de poussière, aussi dense que de la fumée de canon, s'éleva. Vivian se recroquevilla pour se protéger. Le vacarme semblait ne jamais devoir finir.

Pourtant, le silence revint enfin. Une sorte de vide absolu. Aucun bruit. Puis le bruit léger et doux d'une pluie fine — les derniers débris de la statue qui retombaient au sol.

Ce n'était donc pas la fin du monde. Juste un ajustement.

Connor était à présent le seul homme debout. Les trois autres gisaient à terre, sans connaissance. Deux d'entre eux avaient apparemment été assommés par des blocs de marbre. Seuls Vivian et Connor avaient été miraculeusement épargnés. Excepté les blessures qu'ils avaient reçues auparavant, pas un éclat de statue ne les avait atteints. Pas une égratignure. Pas même un grain de poussière dans l'œil.

La voix de Connor retentit, lointaine, et Vivian se demanda comment elle avait pu la confondre avec une autre... Calme et posé, il appelait la police depuis son téléphone portable. Vivian cessa d'écouter le sens des mots, se concentrant uniquement sur sa voix. Puis elle baissa les yeux vers les galets de l'allée et vit que quelque chose avait roulé à ses pieds. C'était la tête de la statue, miraculeusement épargnée par la chute.

Une joue légèrement abîmée, elle semblait regarder Vivian avec une tristesse amère et contenue. Même lorsque Connor vint la prendre dans ses bras, Vivian ne put détacher son regard de ce visage de marbre.

11

Le hamac se balançait doucement. Allongée sur les coussins, les yeux mi-clos, Vivian contemplait l'azur profond du ciel du mois d'août. Au loin, dans les champs, on entendait le ronronnement d'une moissonneuse, par-dessus le mur du jardin. Dans le vieux verger, les abeilles s'affairaient en bourdonnant. Un délicat parfum de fleurs flottait dans l'air... Pas de roses ici. Tant mieux. Il lui faudrait sans doute un peu de temps pour apprécier de nouveau leur parfum.

Elle laissa son esprit vagabonder vers le passé, comme on feuillette les pages d'un livre déjà cent fois parcouru. Il n'était pas toujours bon de fuir le passé.

De façon irrationnelle, Vivian aurait préféré que la police n'envahisse pas l'appartement d'Addie, cette nuit de juillet. Elle avait fini par comprendre qu'elle tentait de protéger Connor, en lui évitant d'avoir affaire aux policiers. Si ces derniers l'avaient déjà soupçonné de meurtre — elle aurait pu jurer que c'était à tort —, leur seconde rencontre serait très certainement éprouvante. Pourtant, tout s'était passé de façon directe et professionnelle. Les policiers semblaient eux aussi avoir conclu que les soupçons de la précédente affaire n'étaient pas fondés.

Lorsque le défilé de voitures, d'uniformes, de gyrophares et de questions se fut apaisé, Connor et Vivian s'étaient rendus à l'hôpital le plus proche, sur les conseils de l'inspecteur chargé de l'enquête. C'était un jeudi soir et les urgences n'étaient pas bondées ; ils n'avaient pas attendu longtemps. Leurs blessures étaient bénignes ; même le coup de couteau que Connor avait reçu à l'avant-bras n'avait nécessité que deux points de suture. En revanche, le médecin s'était montré plus inquiet des écorchures que Vivian s'était faites dans le buisson de rosiers. Après un rappel antitétanique, ils avaient quitté l'hôpital vers 1 heure du matin et pris un taxi jusqu'à l'appartement de Vivian.

Encore sous le choc, ils étaient restés une bonne partie de la nuit dans le salon à grignoter des toasts en buvant du thé. Ce n'était qu'à l'aube qu'ils s'étaient allongés sur l'étroit matelas. Ils n'avaient pas fait l'amour, se contentant de rester blottis l'un contre l'autre comme des animaux en hiver.

En se réveillant le lendemain vers 15 heures, Vivian était restée un long moment à regarder Connor dormir. Elle avait néanmoins fini par se lever pour aller faire du café. De retour dans la chambre avec deux tasses fumantes, elle avait caressé les cheveux de Connor et déposé un léger baiser sur ses lèvres. Il avait ouvert un œil, puis deux, avant de l'enlacer de ses bras puissants.

— Une dispute stupide, une agression par une bande de voleurs, un petit tour dans une fourgonnette de police, une visite aux urgences, le tout suivi par une nuit tout ce qu'il y a de plus chaste. Tu avoueras que je sais y faire pour épater les filles !

— Le seul problème, c'est que nous ne pourrons jamais faire mieux qu'hier soir…

— Voyons voir…

Un faux mouvement lui avait arraché une grimace de douleur.

— Tu as mal, mon pauvre chéri...

— Embrasse-moi, cela ira mieux.

A cet instant, ils n'avaient presque plus aucun secret l'un pour l'autre. Ils avaient longuement discuté. De presque tout. Vivian pensait connaître la majorité des faits, tout ce qui était d'origine humaine. Le plus important, c'est qu'elle était enfin persuadée que Connor n'avait pas tué Kate Mortimer. Même si elle attendait encore d'entendre sa version à ce sujet, elle savait qu'il n'avait pas le profil d'un psychopathe.

Le drame de la veille avait été assez éprouvant. Un groupe de promoteurs dénués de scrupules avaient commencé à racheter des logements sur Coronet Square et Adelaïde Preece, dans l'attente d'une meilleure offre, était venue contrecarrer leurs projets. Les acheteurs potentiels avaient alors eu l'idée d'effrayer Addie, comme cela se faisait souvent dans le milieu. Ils avaient donc embauché trois brutes pour pénétrer dans l'appartement du dessus, qui avait déjà été vendu. Armés d'un double des clés, les hommes de main avaient percé le plancher et le plâtre pour installer une trappe, s'ouvrant ainsi un accès vers l'appartement du dessous. Mais Addie menait une vie trop trépidante pour se rendre compte qu'on exerçait des pressions sur elle. Connor avait même suggéré qu'Adelaïde était si peu observatrice que ces « petits travaux » avaient sans doute été effectués en son absence, pendant la journée. A bout de patience, les malfaiteurs avaient alors décidé d'accélérer les choses. Mais, à ce moment-là, Addie était déjà en France et Vivian s'était installée dans l'appartement.

Le passage secret du plafond était une idée ingénieuse, permettant aux trois hommes d'entrer dans l'appartement du rez-de-chaussée quand bon leur semblait, au moyen d'une corde. La plupart du temps, leurs petites incursions passaient inaperçues — excepté l'avant-dernière fois, lorsque l'un d'eux avait laissé une trace de pied en prenant appui sur le mur. La bande entrait dans l'appartement en silence, de préférence la nuit. Selon la police, ils avaient pour ordre de ne pas franchir certaines limites, se contentant de voler un vêtement de temps en temps ou de subtiliser de la nourriture dans le frigo ou une bouteille de vin dans le cellier. Vivian n'avait rien remarqué.

Il semblait aussi qu'à force d'éviter Addie avec autant de soin ils n'avaient jamais véritablement vu son visage, si bien qu'ils n'avaient remarqué aucune différence quand Vivian avait emménagé. Lorsque Vivian — qu'ils prenaient pour Addie — n'était pas seule, les brutes s'étaient tenues tranquilles. Ayant remarqué que la voiture d'Addie n'était plus garée devant l'appartement, ils avaient glissé sous le téléphone la carte d'une compagnie de taxis fictive. Les gens ont souvent tendance à oublier qu'ils ramassent ce genre d'objet et l'apparition soudaine de la carte ne risquait pas de donner l'alarme. Ils espéraient qu'Addie s'en servirait et se retrouverait ainsi dans une voiture avec deux d'entre eux. Ils l'auraient alors menacée, sans probablement aller trop loin. Mais lorsque le soi-disant chauffeur de taxi s'était présenté pour prendre Vivian/Adelaïde, Connor se trouvait dans l'appartement. Le « chauffeur » avait alors été bien obligé de s'en aller. Les roses décapitées étaient également une de leurs inventions. Au passage, ils avaient gentiment vidé la bouteille de vin et les verres.

— Tu sais, tu leur tapais un peu sur les nerfs, Vivian, avait expliqué Connor. Tu ne remarquais pas la moitié des indices inquiétants qu'ils laissaient, non pas parce que tu étais aussi aveugle qu'Adelaïde, mais parce que tu n'étais pas chez toi. C'est pour ça qu'ils ont dû accélérer un peu les choses.

— D'où l'idée de laisser toutes les lumières allumées dans l'appartement ? avait demandé Vivian.

— Non, ça, ce n'était pas eux… J'ai bien peur que ce ne soit Cannelle. Elle… comment dire… elle *fréquentait* Lewis. Lorsqu'elle a vu qu'il semblait s'intéresser à toi, elle a décidé de te faire une petite blague. Elle s'est servie de la clé qu'elle avait réussi à obtenir d'Addie pour Les Maraudeurs et dont elle avait bien évidemment oublié de me parler… Elle m'a tout avoué le lendemain après-midi. C'est pour ça que je suis venu directement à l'appartement d'Adelaïde, pour t'expliquer ce qui s'était passé. Et c'est là que je t'ai trouvée en compagnie de Lewis, exactement comme Cannelle l'avait insinué.

— Tu l'as crue ?

— Non. C'est juste que… Quand je me suis retrouvé dans la cuisine… Tout allait bien la veille avec toi, mais le lendemain, dans la cuisine, avec toute cette vapeur…

— Mais alors, pourquoi es-tu revenu ensuite, juste à temps pour me sauver, comme dans les films ?

— Je suis acteur, ne l'oublie pas… Sérieusement : après avoir repris mes esprits, j'ai essayé de t'appeler. Chez Adelaïde et à Camden. Aucune réponse des deux côtés. Puis, en essayant d'appeler chez Addie une dernière fois, la ligne a brusquement été coupée. Aucun incident, aucun message d'excuse. J'ai compris que quelque chose n'allait pas.

— Et tu avais raison.

La veille au soir, excédés par l'absence de réaction de Vivian/Adelaïde, les malfaiteurs avaient décidé d'en finir. Après s'être occupés du téléphone et des lumières, ils avaient apporté la touche finale en appliquant de la résine sur la serrure de la porte d'entrée.

— Lorsque je suis arrivé et que j'ai vu la résine… ils n'avaient pas travaillé très proprement…, je n'ai pas hésité une seconde : je savais qu'il n'était pas difficile de passer par le jardin. J'ai vécu là-bas, souviens-toi. Puis je t'ai entendue crier. Tu as vraiment du coffre ! Heureusement, d'ailleurs… Je n'ai jamais couru aussi vite de ma vie.

Les malfaiteurs étaient allés trop loin, bien plus loin que ce qu'on leur avait demandé. Ils avaient paniqué. Il ne leur restait donc plus qu'une solution : rosser Connor et « convaincre » Vivian de ne pas appeler la police.

— Tout ce qu'ils voulaient, c'était que la propriétaire vide les lieux, pensant qu'il s'agissait de toi. Sinon, ils n'étaient pas payés. C'était des idiots ; ils n'ont pas réfléchi une seule seconde à leur plan.

Les jours suivants, des bribes d'information supplémentaires avaient filtré, grâce à un inspecteur serviable. Vivian n'avait pas été la seule victime de cette bande, semblait-il. La police ne jugeait pas utile de les inquiéter plus que nécessaire, elle et Connor. Toutes les questions avaient trouvé une réponse. Ou presque toutes, car certains détails restaient obscurs.

Qui avait laissé la rose dans la véranda ? Et comment ? Personne, parmi la bande de malfaiteurs, n'avait reconnu les faits. Quant au livre ouvert sur la table, il était peu probable que les malfrats aient eu connaissance d'un tel texte. Ils avaient de toute façon juré haut et fort qu'ils n'avaient touché à aucun objet de valeur. Un mystère demeurait donc.

Quatre jours après les événements chez Addie, Connor était retourné dans l'appartement pour récupérer les affaires de Vivian. La police avait enfin quitté Coronet Square et Connor avait appelé Addie, qui « arpentait Barcelone, foulant aux pieds les Gaudi ». Lorsqu'elle avait commencé à se plaindre, il lui avait aussitôt rétorqué qu'elle devait s'estimer heureuse que Vivian ne lui intente pas un procès. Ce soir-là, il avait également annoncé à Vivian qu'il quittait Les Maraudeurs.

— Je n'ai que faire d'amis comme Lewis, prêts à trahir à la première occasion. La trahison n'est pas l'apanage des amants. Il se débrouillera avec la société de production de films, celle qui est intéressée par la statue brisée de ce pauvre Patrick. J'espère qu'ils lui en feront voir de toutes les couleurs.

Connor avait entendu dire qu'il pouvait décrocher un rôle dans un film. Le tournage devait avoir lieu en Italie.

— Cela me plairait, mais ma véritable priorité, c'est nous deux.

Il avait abandonné sa carrière d'acteur deux ans auparavant. Il lui expliquerait pourquoi, mais pas ici, pas à Londres. A l'idée de se retrouver confrontée à la dernière pièce de la véritable énigme, Vivian avait senti qu'elle hésitait, un peu effrayée. Mais Connor avait ensuite commencé à parler de sa maison près de Gloucester.

— C'est là-bas que je vis quand je ne suis pas à Londres. C'est un petit cottage de pierre, avec un hectare de jardin, un ruisseau et un verger, le tout en pleine campagne.

Il avait ajouté, avec le plus grand sérieux :

— L'église du village voisin possède d'authentiques vitraux du XVe siècle, parmi les plus anciens d'Angleterre. L'un des panneaux évoque la tentation d'Eve. On y parle de pommes…

Le déjeuner que Connor avait cuisiné lui-même était délicieux. Après une coupe de fraises à la crème, il retourna dans la maison pour faire du café, tandis que Vivian s'allongeait dans le hamac. Tout en se laissant bercer, elle contemplait le ciel bleu et les branches noueuses des pommiers chargées de fruits bientôt mûrs. C'était une maison de rêve. Ici, elle était en sécurité, avec son amant. L'homme qu'elle aimait et qui l'aimait en retour...

Le cliquetis des tasses à café la ramena à la réalité.

— Tu dormais. Tu es très belle quand tu dors. Mais tu es encore plus belle quand tu te réveilles. C'est habile.

Il l'embrassa.

— Ta bouche est magnifique. Et ça aussi... et ça... et ça aussi...

Soudain il s'éloigna, comme si quelqu'un venait de le tirer en arrière. S'asseyant sur l'une des chaises en bois près de la desserte, il la regarda longuement en silence.

— Que se passe-t-il? demanda Vivian, le cœur battant sourdement.

— Si tu n'y vois pas d'inconvénients, il vaut mieux que je te raconte tout maintenant. Pour Kate, je veux dire.

Sans un mot, Vivian se redressa tant bien que mal dans le hamac. Les fraises semblèrent se transformer en pierres dans son estomac. Qu'allait-il lui raconter? Il n'avait rien dit jusqu'ici. Qu'avait-il fait? Elle avait presque failli oublier toute cette histoire.

— Je suis désolé, le moment est sans doute mal choisi. Je crains que ce ne soit toujours le cas, mais il faut que je le fasse. Il faut que tu saches. Oh, Vivian, j'aimais Kate, mais elle est partie. Je ne veux pas qu'elle vienne nous hanter quand nous sommes dans le jardin ou au lit. Je dois me libérer de son fantôme.

Vivian prit une profonde inspiration.

— Je t'écoute...

— Kate et moi... nous nous sommes rencontrés voilà

quatre ans. Tout ce que je peux dire, c'est qu'elle était merveilleuse. Juste après notre rencontre, nous avons vécu une période incroyable : plein de travail, pas mal d'argent... Je... Nous ne nous y attendions pas. J'ai acheté l'appartement à Londres — celui d'Adelaïde aujourd'hui — parce qu'il était situé en plein centre et que c'était un endroit plus chic que ce qu'aucun de nous deux n'avait jamais possédé. Nous aurions dû y être heureux. Cela a été le cas un temps. Puis les choses ont changé. Tout a commencé à cause de la statue.

» Un jour, un notaire s'est présenté. Il était chargé d'exécuter les dernières volontés de mon père, fuyard et dépensier. Le pauvre ne pensait sans doute pas à mal, mais je crois surtout qu'il n'avait jamais trouvé d'acquéreur. Pourtant, Kate et moi aimions cette statue. Au début, en tout cas... On s'asseyait dans le jardin le soir, pour lire ou apprendre nos textes. Kate aimait bien parler à Patrick. Oui, je m'en souviens...

» Elle a commencé à parler de lui souvent. Elle connaissait toute l'histoire, comme beaucoup de gens : Nevins, Emily, tout ça. Elle n'arrêtait pas de dire : “Cela ferait un drame en costume fantastique ! Tu pourrais jouer le rôle de Patrick et moi, je serais Emily.” En général, je répondais en riant : “Choisis bien ton Nevins, dans ce cas.” Un jour, elle a même trouvé un livre contenant une photo d'Emily. C'était le Shakespeare que tu as vu...

» En juillet, j'ai eu le premier rôle dans *Les Sorcières de Salem,* d'Arthur Miller. John Proctor, un grand rôle. C'était une production assez importante à Leeds, dans le Nord. Kate voulait être Abigail et a passé l'audition pour le rôle. Elle pensait s'en être bien tirée, mais les producteurs ont décidé qu'elle était trop vieille pour le rôle. Elle n'avait que vingt-six ans ; sur scène, cela n'aurait posé aucun problème, mais la décision était prise. Nous en avons beaucoup discuté et Kate a été merveilleuse. Elle me disait de ne pas hésiter et d'accepter le rôle. Elle viendrait me voir les week-ends, ce serait un peu comme des vacances, elle assisterait à la première, etc. »

Connor s'interrompit, le visage impassible.

— C'est une fille du nom d'Alex qui a eu le rôle d'Abigail Williams. Apparemment, elle était assez jeune. Elle n'avait que dix-sept ou dix-huit ans. Cependant, c'était une actrice étonnamment douée, même si elle n'était pas meilleure que Kate et certainement pas aussi cultivée ni expérimentée qu'elle. Alex n'en était qu'à ses débuts, mais elle avait cette capacité incroyable à entrer totalement dans la peau d'un personnage. A l'instant même où elle montait sur scène, même en répétition, en jean avec une simple queue-de-cheval, elle disparaissait et c'était Abigail qui prenait vie à sa place. Elle avait ce talent particulier que seuls certains d'entre nous possèdent. Vivian, j'aimais bien cette fille et j'admirais son talent. Il était facile de travailler avec elle et elle avait soif d'apprendre. Oui, elle était jolie, mais il n'y avait rien de plus entre nous… à part ce qui est écrit dans la pièce. Il faut que tu me croies. Kate ne m'a jamais cru, elle.

Aussi immobile que lui, Vivian se sentit frissonner malgré le soleil. Elle resta silencieuse.

— Si j'avais été célibataire, j'aurais peut-être été attiré par elle, mais ce n'était pas le cas. J'étais amoureux de Kate. Vraiment. Je devenais fou le vendredi soir rien qu'à l'idée qu'elle serait là le lendemain. Je détestais les adieux du lundi matin. Je lui demandais sans cesse de rester plus longtemps. Au début, elle répondait qu'elle ne pouvait pas ; plus tard, qu'elle ne voulait pas. Ensuite, lorsqu'elle a enfin accepté, les choses avaient changé.

Elle a commencé à essayer de me piéger… c'est comme ça qu'elle l'a décrit par la suite. Elle voulait me prendre en faute. Je n'ai pas remarqué qu'elle n'arrêtait pas de parler de Patrick, Emily et Nevins. Elle pensait qu'Alex et moi couchions ensemble. C'était faux, évidemment…

» Peut-être ai-je trop vanté les talents d'Alex. Je ne sais pas. J'ai essayé de comprendre. Je crois que le plus dur pour Kate était de rester seule à Londres. Sans travail. Sans moi. Au début, nous nous téléphonions tous les soirs. Puis, les appels ont pris une tournure étrange. Elle était persuadée que je la trompais et tentait de me piéger. Et moi, j'étais trop bête pour me rendre compte de quoi que ce soit. J'essayais de tout faire pour qu'elle soit de meilleure humeur, tandis qu'elle se plaignait au téléphone que je ne faisais pas assez attention à elle… Des trucs fous. Alors, je me mettais en colère moi aussi. Je ne comprenais rien. J'étais tellement accaparé par la pièce que je n'arrivais plus à réfléchir. Je me suis comporté comme un idiot.

» Puis, le soir de la première est arrivé. Les acteurs sont parfois superstitieux… J'ai reçu une carte de Kate, à laquelle je m'attendais plus ou moins, même si j'étais censé aller la chercher à la gare ce jour-là. C'était une simple carte postale. Elle avait écrit en diagonale, je m'en souviens encore parfaitement : “Je ne viens pas, mon trésor. Parce que tu n'as pas besoin de moi. Tu as ta merveilleuse Alex. Tout comme ton fichu pèrc avait sa fichue table de jeu et cette fichue Emily avait son Nevins. Alors, passez une fichue bonne soirée tous les deux.”

» J'ai appelé à l'appartement. Personne. Je ne pouvais pas laisser tomber les autres, alors j'ai tant bien que mal joué cette maudite pièce et, vers 2 heures du matin, j'ai sauté dans le premier train en partance pour Londres.

» Lorsque je suis entré dans l'appartement, Kate

était assise dans le salon octogonal que nous aimions tant tous les deux. Elle s'était coupé les cheveux très court toute seule, à grands coups de ciseaux. Le résultat était assez irrégulier… Elle m'a demandé avec un grand sourire : “Il t'en a fallu du temps ! Tu as eu du mal à t'arracher à ses bras ?” Puis elle a vidé son sac. Tout ce qu'elle croyait que j'avais fait. J'ai tenté de lui expliquer qu'elle se trompait. Parfois, on croit que puisqu'on ne ment pas, l'autre va nous croire. Elle ne criait pas ; elle ne me reprochait rien, comme elle l'avait fait au téléphone. Elle a balayé toutes mes explications d'un geste de la main et a dit : “Allons boire un thé.” Je l'ai laissée aller dans la cuisine… J'essayais de me remettre de mes émotions. Puis je me suis demandé pourquoi elle mettait si longtemps.

» Lorsque je suis entré dans la cuisine, la pièce était envahie de vapeur d'eau. Comme la fois où tu étais avec Lewis. Exactement pareil. Elle était penchée au-dessus de la théière et sanglotait, pendant que l'eau bouillait et s'évaporait. J'ai voulu la prendre dans mes bras, mais elle m'a repoussé violemment. Elle m'a forcé à rester à l'écart pendant qu'elle remplissait de nouveau la bouilloire. Je craignais qu'elle ne se brûle. Nous avons attendu que l'eau soit chaude, puis elle l'a versée sur le thé. Elle m'a tendu ma tasse en disant : “Tiens, je l'ai faite avec amour.” J'ai bu. C'était amer — je n'ai pas réfléchi. Elle m'a regardé un long moment, puis a murmuré : “J'ai stocké tout mon amour pour toi dans un petit flacon de somnifères. Tu viens d'avaler environ six cachets.”

» J'ai refusé de la croire, mais la cuisine s'est mise à tanguer et je me suis retrouvé par terre. J'ai perdu connaissance avant qu'elle ne se jette sur moi avec un couteau. Elle aurait pu m'achever. Je ne sais pas ce qui l'a retenue. En tout cas, cela ne l'a pas empêchée de... »

La voix de Connor se brisa. C'était comme au théâtre, un long monologue, pensa Vivian. Elle était le seul public. Elle se reprit : *non, c'était différent.* Connor conclut, de sa voix claire d'acteur :

— Elle a avalé le reste des pilules. Lorsque j'ai repris connaissance, il était trop tard. Les ambulanciers n'arrêtaient pas de me dire que Kate avait laissé une lettre pour expliquer son suicide. Curieusement, je ne me souviens absolument pas de ce que celle-ci disait.

12

Lorsque la sonnette retentit, Vivian traversa son petit appartement d'un pas tranquille pour aller ouvrir. Si elle avait encore été en mesure de ressentir quoi que ce soit, elle aurait été surprise de trouver Angela Blake sur le pas de la porte, vêtue d'une élégante robe de lin.

— Puis-je entrer ?

Angela se glissa par la porte entrouverte avec l'agilité d'une anguille et gagna aussitôt le salon, avant que Vivian n'ait eu le temps de la rejoindre.

— Que voulez-vous ?

— Savoir pourquoi vous avez plaqué Connor.

— Cela ne vous regarde pas.

— Si, justement. Peu importe, de toute façon, j'ai ma petite idée sur la question. Il vous a raconté l'histoire de Kate, toute cette saga écœurante. Votre retour empressé à Camdem me laisse penser que vous ne l'avez pas cru. Vous pensez qu'il a dû pousser Kate à bout, à force d'infidélités, de mensonges et de cruauté.

Vivian sentit quelque chose se briser en elle. Elle ne s'était autorisé aucune faiblesse depuis son retour. Cela faisait à présent trois jours que le téléphone était débranché et que son lit n'avait pas été ouvert. Elle s'efforçait de rester de marbre. Elle répondit de façon posée :

— J'aurais préféré penser le contraire, mais c'est un acteur. Et la performance était parfaite.

Angela la toisa de ses yeux bleus et glacials. Vivian s'entendit poursuivre d'une voix calme :

— Il faut bien admettre, Angela, que n'importe qui aurait pu me raconter cette histoire. Comment savoir si c'est la vérité ?

— Vous ne pouviez pas simplement lui faire confiance, après qu'il se fut confié à vous ?

Angela semblait furieuse. Après tout, elle était l'amie de Connor.

— J'ai fait confiance à quelqu'un autrefois. Non, cela n'avait rien à voir. Mais je me connais, je me laisse…

— Nom d'un chien ! s'emporta Angela, avant de retrouver aussitôt sa froideur. Asseyez-vous. Je vous ai écoutée, maintenant, c'est votre tour.

— Pourquoi devrais-je écouter ce que vous avez à me dire ?

— Parce que Kate Mortimer était ma sœur. Que Dieu pardonne à mes parents… Je peux le prouver. Oh oui, je vous connais aussi. J'ai apporté les documents.

Elle tapota le petit sac à main jaune qu'elle portait en bandoulière.

— J'ai tout apporté avec moi : acte de naissance et contrat de mariage pour prouver que mon nom de jeune fille est bien Mortimer. Oh, et puis, j'ai aussi le rapport d'un détective privé que Kate avait employé pour suivre Connor. Le pauvre homme n'a jamais rien trouvé, mais cela n'a fait aucune différence aux yeux de Kate.

— Vous… sa sœur ?

— Vous avez bien entendu. J'aurais préféré qu'il en soit autrement. C'était une enfant nerveuse à qui on ne pouvait pas faire confiance ; en grandissant, elle est devenue une femme déséquilibrée et manipulatrice. La jalousie ? Kate a tout inventé. Elle était jalouse de tout le monde. De moi. De notre frère. Et surtout de tous les hommes qu'elle fréquentait. Ensuite, c'est sur nous qu'elle se vengeait. Connor ? Elle l'adorait purement et simplement. Elle n'avait qu'une hâte : mettre la main dessus. Quand elle a réussi, elle a commencé à être jalouse, selon un rituel bien rodé. Le pauvre n'a rien remarqué, à l'époque. S'il a compris quelque chose aujourd'hui, il ne l'admettra jamais. Parce que Connor est quelqu'un de tellement loyal que cela en devient énervant. Même envers Lewis. Et envers Cannelle, cette sale petite catin…

Ebahie, Vivian la regardait sans rien dire.

— Kate était jalouse de tous les bons rôles que l'on proposait à Connor. Cela peut paraître surprenant, mais c'est la stricte vérité. Lorsqu'il est parti à Leeds, elle a fait bonne figure devant lui, mais c'était très différent avec les autres personnes de son entourage. Elle passait des heures à geindre sur ce rôle qu'on lui avait volé et à se plaindre que Connor l'avait abandonnée, seule à Londres. En réalité, elle voulait ce qu'il avait. C'était sa seule motivation. Puis elle a commencé à se persuader qu'il la trompait. Connor ! J'ai déjà dit à quel point il est loyal et fidèle. En plus, il l'aimait. C'était ça le pire : il était fou d'elle.

— Ensuite…

— Elle a fini par réussir à se rendre complètement folle. Elle croyait que Connor la trompait, la ridiculisait. La seule erreur de Connor a été de l'aimer, Vivian. De l'aimer et d'être assez aveugle pour ne pas la voir telle qu'elle était réellement. A la fin, les pilules et l'alcool l'avaient rendue suffisamment folle pour qu'elle commette l'irréparable. Pourtant, je veux croire qu'il lui restait une once de dignité et que c'est pour cela qu'elle a raté son coup.

— Vous pensez que…

— Connor est innocent. Je peux vous fournir une liste de personnes qui connaissent tous les faits. Qui connaissaient Kate, bien avant qu'elle ne rencontre Connor. Mais peut-être la parole d'une sœur suffira-t-elle. C'est en partie à cause de tout ça que je supporte Lewis et ses frasques. Dès que je fais mine de m'énerver, il me lance : « Alors, tu vas faire une crise comme ta petite sœur ? Tu te prends pour Kate ou quoi ? »

— Je...

— Oui, vous. C'est vous qui devriez avoir honte. C'est vous qui l'avez quitté. Tenez, jetez un œil à ça.

Elle lui fourra entre les mains le rapport dont elle avait parlé, consigné dans un classeur à la propreté grotesque. Vivian ne le regarda même pas, se contentant de murmurer quelque chose d'incompréhensible.

— Quoi ? s'emporta de nouveau Angela. Si vous voulez savoir pourquoi je suis venue, c'est parce que je n'aime pas les mensonges. Et que Connor est mon ami. Il a déjà assez souffert comme ça.

— En fait, murmura Vivian, je voulais savoir s'il était encore à Gloucester.

— Non, il est à Londres. Voici son numéro. Appelez-le et priez pour qu'il réponde, sinon je vous jure que je vous étranglerai de mes propres mains.

Vivian se dirigea vers le téléphone en priant pour que Connor réponde. Il décrocha à la première sonnerie.

L'appartement que Connor louait à Londres était aussi sinistre qu'il l'avait décrit. La vue était horrible et il n'y avait rien d'autre à faire que de rester les yeux dans les yeux, et de faire l'amour. C'était le paradis sur terre.

Perdue entre les bras de Connor, Vivian regardait ses traits métamorphosés par le plaisir. Il haletait comme un sprinter en pleine course, sa peau était douce comme du satin sur ses muscles de bronze. Sur sa poitrine, la méchante cicatrice était oubliée. Vivian effacerait la douleur. Une autre femme l'avait blessé, mais elle avait bien l'intention de le guérir.

— Attends..., souffla Connor d'une voix rauque.

— Non.

— Ma chérie, si tu n'attends pas... je ne peux pas te promettre de...

Vivian eut un petit sourire. Dominante et déterminée, elle recommença à onduler sur lui, l'emmenant toujours plus loin, le retenant jusqu'à lui faire perdre la raison.

— Tu es à moi, chuchota-t-elle.

Connor tendit tout son corps vers elle, cédant à sa volonté et à son propre désir. Il s'agrippa à elle, à son corps lumineux. Lui faisant gravir un dernier sommet de plaisir, Vivian lâcha prise et s'envola avec lui vers les étoiles.

Ensemble, ils retombèrent doucement sur terre. Il y faisait bon vivre, finalement.

Connor se pencha pour prendre quelque chose près de lui et lui tendit un volume ancien, couvert de tissu vert.

— Vivian, j'ai apporté un livre et je voudrais que tu y jettes un coup d'œil.

Elle lut le titre inscrit en lettres dorées : « La passion inéluctable : la tragédie shakespearienne d'Emily Rose et de Patrick Aspen Sinclair »

— Connor, je ne suis pas certaine de...

— Juste un passage. J'ai mis un marque-page.

Lentement, Vivian ouvrit le livre. Après avoir regardé la date de publication, 1912, elle se rendit à la page marquée.

— C'est la dernière lettre qu'il ait écrite...

— Avant de se tuer, je sais.

— Alors, pourquoi… ? demanda Vivian.

— Tu m'as parlé de cette rose dans la véranda et de la citation d'Othello. Des rêves, aussi. Tu m'as parlé de la photo… Mon Dieu, comme si je ne l'avais pas remarqué. Tu… Tu ressembles tellement à Emily. Lorsque tu as ouvert la porte de l'appartement, ce matin-là… Et Kate… C'est elle qui avait écrit cette menace sordide, mi-moqueuse, mi-sincère : « Si je rencontrais Emily, Kate n'aurait plus qu'à s'éclipser. » C'est ce qui s'est passé, Vivian. Si jamais tu avais encore besoin de comprendre pourquoi je me suis comporté de la sorte, voilà une explication.

— Connor…

— Oui, je sais. Il reste une part d'ombre. Je n'ai jamais été très porté sur ce genre de choses, mais Vivian… La façon dont la statue a bougé, sa chute, les trois hommes blessés tandis que nous n'avions pas la moindre égratignure. S'il te plaît… Lis la dernière lettre de Patrick.

Mon Emily. Ma Rose. Ma Vie.

Ma propre vie a pris fin à l'instant même où j'ai pris la tienne. Te suivre dans la mort n'est rien. Pourtant, j'ai rêvé hier soir que ton fantôme venait me visiter, tandis que le sommeil s'entêtait à me fuir. Blanche comme une femme de pierre. Je savais que tu étais venue pour m'annoncer ma mort prochaine et mon châtiment, mais je n'avais pas peur. Car sur le mur, avant même que tu ne poses la main sur moi, ma douce, j'ai vu nos deux ombres, liées l'une à l'autre par un baiser sacré. J'ai voulu y voir un pardon de l'au-delà et la renaissance d'un amour.

Je suis damné. Mais Dieu est miséricordieux, contrairement à sa créature. Des siècles de souffrances m'attendent et je les endurerai avec joie, car lorsque j'aurai purgé ma peine en enfer, je sais que je te retrouverai. Nos lèvres se rejoindront au paradis.

Vivian releva lentement la tête.

— C'est exactement comme dans mon rêve, mais… inversé. Qu'est-ce que cela signifie ?

— Je ne sais pas, répondit doucement Connor. Peut-être parle-t-il de pardon, de réparation… L'amour ne provoque peut-être plus de colère en lui. Peut-être l'avons-nous libéré.

— Je l'espère. Pardonne-moi de t'avoir quitté lorsque tu m'as tout raconté.

— Non, Vivian. Tu ne m'as jamais quitté.

— C'est vrai.

Ils restèrent un moment enlacés.

— Il y a encore une chose que tu devrais faire, dit enfin Connor. Appelle ton amie Ellie.

— C'est déjà fait.

— Alors, rappelle-la. Pour l'inviter à un mariage.

— Qui se marie ?

— Si je te disais que c'était nous, serait-ce trop tôt ?

Vivian le regarda gravement et murmura :

— Non, mais c'est moi qui fais la demande.

— Vas-y.

Souriante et nue, elle mit un genou à terre devant lui.

— Monsieur Connor Sinclair, me feriez-vous l'immense honneur de devenir mon mari ?

— J'accepte, mademoiselle Vivian Gray, répondit-il en l'aidant à se relever. A présent, embrasse-moi.

Dehors, la lune apparut dans le ciel de Londres, blanche comme le marbre.

NOCTURNE

Pour profiter encore plus
de l'univers fascinant
de votre collection préférée,
découvrez les 3 nouveaux romans
du mois de juillet.

LE PACTE DES TÉNÈBRES, de Alexandra Sokoloff - n°37

- 2ème volet de la série : Les peuples de l'ombre -

Alors qu'elle enquête sur des meurtres mystérieux à La Nouvelle-Orléans, Caitlin MacDonald est contrainte d'accepter le concours d'un homme : Ryder Mallory, chasseur de prime au passé trouble. Bien décidée à garder ses distances vis-à-vis de ce personnage cynique qui ne lui inspire aucune confiance, Caitlin doit pourtant bientôt se rendre à l'évidence : elle ne peut se passer de lui. D'abord parce qu'il connaît mieux que quiconque les coutumes des métamorphes, le peuple de l'ombre impliqué dans les crimes. Mais surtout parce qu'il exerce sur elle une fascination irraisonnée qui fait battre son cœur bien trop fort...

LA PROMESSE DU LOUP, de Karen Whiddon - n° 38

Perplexe, Luc dévisage en silence la femme qui se tient en face de lui. Se peut-il réellement que cette guérisseuse qu'il a promis à son clan de ramener avec lui ignore tout de sa véritable nature ? Mais tandis qu'il cherche ses mots pour lui révéler qu'elle porte en elle une part de loup, il sent brutalement une pulsion inconnue l'envahir. Abasourdi, incrédule, Luc, le loup solitaire, comprend alors l'incroyable vérité : cette femme troublante qui le regarde d'un air étonné est son âme sœur, sa compagne du destin...

LES FIANCÉS DE LA NUIT, d'Heather Graham - n° 39

Quand, à la mort de son père, Alexandra Gordon revient à Victory, la ville de son enfance, elle est très vite saisie par l'atmosphère de peur qui règne dans la petite bourgade, et il ne faut pas longtemps pour qu'elle apprenne, terrifiée, qu'une bande de vampires s'apprête à fondre sur la ville. Par bonheur, une poignée d'habitants réunis autour d'un homme, Cody Fox, tente de s'organiser pour tenir tête aux créatures de la nuit. Mais si tous semblent faire confiance à Fox, Alexandra, elle, est saisie d'un sombre pressentiment dès qu'elle croise son regard de prédateur. Quel secret peut bien le lier au peuple de l'ombre qu'il traque avec tant d'acharnement ?

NOCTURNE

Votre prochain rendez-vous le 1er août

LES GRIFFES DE L'AUBE, de Deborah LeBlanc - n° 40

- 3ème volet de la série : Les peuples de l'ombre -

Alors que le carnaval bat son plein à La Nouvelle-Orléans, les corps de deux loups-garous sont retrouvés sauvagement assassinés. Appelée sur les lieux pour mener les investigations, Shauna MacDonald découvre que Danyon Stone, l'homme-loup à la tête de la principale meute de la région, l'y a déjà devancée. Le visage fermé, il ne cache pas son exaspération en la voyant, et la toise avec son arrogance de mâle dominant. Comme si cette enquête était la sienne. Comme s'il pouvait d'un seul regard la contraindre à rentrer chez elle...

LA TENTATION DÉFENDUE, de Nina Bruhns - n° 41

- 1er volet de la trilogie : Les princes immortels -

Emerveillée, Gillian contemple le palais somptueux dans lequel l'a conduite Rhys, l'inconnu aux allures de prince des mille et une nuits qu'elle vient de rencontrer sur le site archéologique où elle effectuait des fouilles. Mais tandis qu'elle se laisse aller avec délice aux attentions de son hôte, elle est loin de se douter qu'un piège terrible est en train de refermer sur elle. Car elle n'est pas l'invitée de Rhys, elle est sa captive. Et s'il l'a enlevée, c'est sur l'ordre de son maître, le grand prêtre Seth-Aziz, un vampire immortel qui veut faire d'elle son épouse...

LE VOYAGEUR DE L'OMBRE, de Lindsay McKenna - n° 42

- 1er volet de la trilogie : Les passagers du temps -

Envoyée dans le passé pour rechercher un sceau aux fantastiques pouvoirs, Délia se retrouve à Rome en 44 av. JC. Déjà troublée par ce voyage dans le temps, elle découvre avec stupeur que son partenaire n'est autre que Jake Tyler, son amour de jeunesse. Dès qu'elle le revoit, plus mûr, plus séduisant que jamais, elle comprend que son cœur n'a jamais cessé de battre pour lui. Pourtant, elle se rend très vite compte qu'elle a tout intérêt à garder pour elle ses sentiments, car Jake se montre ostensiblement indifférent, trop occupé à l'évidence à goûter au charme des mœurs dissolues de la Rome antique...

BestSellers

A paraître le 1er juillet

Best-Sellers n°470 • suspense

Ombres sur Black Falls - Carla Neggers

Hannah Shay est enfin parvenue à montrer aux habitants de Black Falls, le petit village de montagne où elle est née, ce dont elle est capable : le café qu'elle y a ouvert est un succès et elle va bientôt devenir magistrate. Mais quand son établissement se retrouve au cœur d'une enquête sur une série de crimes violents perpétrés dans le domaine montagneux des Cameron, Hannah est pétrifiée d'angoisse. D'autant plus que Bowie, son ami d'enfance est soupçonné par la police d'être mêlé à ce cauchemar… Hannah refuse d'y croire, et les soupçons de Sean Cameron, revenu à Black Falls pour tenter de démasquer l'assassin de son propre père, l'une des victimes, n'y changeront rien. Sean… Un homme intrépide qu'adolescente, elle aimait en secret, et qui tente aujourd'hui de la convaincre de participer à ses recherches. Que faire ? Car tout comme Sean, Hannah sent que le tueur va bientôt frapper… et il pourrait bien se trouver plus près d'eux qu'ils ne le pensent.

Best-Sellers n°471 • suspense

Face au danger - Brenda Novak

Traumatisée par la violente agression dont elle a été victime trois ans auparavant, Skye Kellerman a mis du temps à surmonter ses angoisses. Ce n'est que depuis peu qu'elle reconstruit son existence autour de l'association d'aide aux victimes qu'elle a créé en Californie avec deux amies. Mais quand elle apprend que son agresseur, Olivier Burke est sur le point d'être libéré pour bonne conduite, bien avant la fin de sa peine, toutes ses peurs ressurgissent brutalement : comment oublier que c'est son propre témoignage qui a permis d'envoyer cet homme derrière les barreaux ? Lui n'a certainement pas oublié qu'il a tout perdu par sa faute. Le temps presse et Skye n'a qu'une solution : faire ce qu'il faut pour que Burke ne sorte pas de prison, en commençant par prouver son implication dans trois affaires de meurtres survenues à l'époque de son agression, et qui n'ont jamais été résolues... Heureusement, elle peut compter sur l'aide et le soutien inconditionnel de l'inspecteur David Willis, qui est venu la trouver. Car lui aussi en est convaincu : Burke n'en restera pas là.

Best-Sellers n°472 • thriller

La proie du silence - Karen Rose

L'incendie criminel de Minneapolis dans lequel Tracey, une adolescente atteinte de surdité a trouvé la mort en pleine nuit, est un véritable choc. Ecœurée par le sort de cette toute jeune fille que son handicap a sans doute empêché de fuir suffisamment tôt, l'inspectrice Olivia Sutherland se sent prête à tout pour retrouver les coupables. D'autant plus que ses recherches l'orientent rapidement vers d'autres agissements sinistres : ceux d'un maître chanteur qui n'hésite pas à tuer les proies qui lui résistent. Perturbée par son enquête, Olivia l'est encore plus quand elle doit interroger David Hunter, le pompier qui a risqué sa vie lors de l'incendie pour tenter de sauver Tracey. David, un homme secret et mystérieux qu'elle a aimé autrefois, et qui lui a brisé le cœur. Elle accepte pourtant l'aide qu'il lui propose pour mettre la main sur ce criminel cynique et calculateur. Un criminel toujours proche mais jamais visible – et qui sème la mort sur son passage.

Best-Sellers n°473 • roman

Le printemps des rêves - Debbie Macomber

Séparée de son mari depuis peu, Rosie a bien du mal à prendre un nouveau départ. Non seulement Zach revendique la garde de ses enfants, mais les deux adolescents tumultueux lui mènent la vie dure. Heureusement, son métier d'institutrice la passionne et elle peut compter sur l'aide et la compréhension de son entourage. D'autant qu'elle n'est pas la seule à traverser une période de doute et de remise en question : Grace, qui habite non loin de là, essaye elle aussi de prendre un nouveau départ, même si elle a encore du mal à s'y retrouver dans sa vie sentimentale depuis la disparition brutale de son mari. Elle-même sait pouvoir compter sur sa meilleure amie Olivia, qui semble vouloir donner une nouvelle chance à sa relation avec Jack. Ainsi que sur sa fille aînée Maryellen qui, après des relations houleuses avec Jon, vient de mettre au monde une merveilleuse petite Katie. Bref, c'est tout un univers chaleureux qui aide Rosie à prendre en main son avenir et celui de ses enfants. Un univers où les gens finissent toujours par se retrouver car, à Cedar Cove, on n'est jamais très loin les uns des autres…

Best-Sellers n°474 • paranormal

Le papillon des ténèbres - Gena Showalter

Gideon, ténébreux guerrier mi-ange mi-démon, possède le pouvoir de détecter le mensonge et la tromperie. Pourtant, quand l'immortelle Scarlet se présente à lui, couronnée de sa chevelure d'ébène, il perd tous ses moyens. Envouté par son parfum d'orchidée, captivé par tant de beauté, il écoute son incroyable histoire, incapable de savoir si elle lui dit la vérité. Mais comment la croire quand elle lui affirme qu'elle a un jour été sa femme alors qu'il n'a aucun souvenir d'elle ? Et surtout, comment la protéger sans mettre en danger ses compagnons et sans se détourner de sa propre quête, celle qu'il poursuit comme prince des seigneurs de l'ombre ? Une force irrésistible le pousse néanmoins à vouloir connaître la vérité et comprendre ce qui l'attire en elle. Car bien au-delà du désir, Gideon sent qu'un lien très particulier l'unit à Scarlet. Un lien qui, s'il le découvrait, pourrait détruire celle qu'il commence à aimer…

Best-Sellers n°475 • thriller

Piège de neige - Lisa Jackson

Prisonnière du criminel pervers qu'elle traque depuis des semaines dans l'hiver glacial du Montana, l'inspecteur Regan Pescoli n'a plus qu'une obsession : s'échapper coûte que coûte. Aussi essaie-t-elle, dans le cachot obscur et froid où elle est enfermée, de dominer la terreur grandissante qui menace de la paralyser. Car ce n'est pas seulement sa vie qui est en jeu, mais également celle d'autres captives, piégées comme elles et promises à la mort.

Pour les sauver, autant que pour retrouver ses enfants et Nate Santana, l'homme qu'elle aime, Regan est déterminée à découvrir le point faible du tueur. Pour cela, il lui faudra aller au bout de son courage, de sa résistance physique… Et vaincre définitivement ce maniaque, avant qu'il ne soit trop tard.

BestSellers

Best-Sellers n°476 • historique

Lady Secret - Nicola Cornick

Angleterre, Yorkshire, 1805.

A la seconde où elle est entrée dans la somptueuse salle de bal de Cole Court, Marina a senti son regard posé sur elle. Le regard d'un homme sûr de lui, déterminé à percer ses secrets. Et, dès qu'il s'est avancé, elle a su que cet homme sombre et arrogant était le mystérieux inconnu de Londres. Celui qu'elle a embrassé dans la taverne, quelques mois plus tôt. Un baiser enivrant dont le seul souvenir suffit à faire naître en elle un délicieux frisson.

Pourquoi est-il ici ? A-t-il découvert sa véritable identité ? Les questions fusent dans l'esprit de Marina tandis que l'inconnu approche, un sourire prédateur aux lèvres. Car si cet homme venait à découvrir les raisons de son séjour à Londres, il ne tarderait pas à déchirer le voile de mensonges derrière lequel elle se cache depuis des années…

Best-Sellers n°477 • roman

L'été des secrets - Susan Wiggs

Quand elle aperçoit les premiers rayons du soleil scintiller sur le lac des Saules, Claire Turner, une jeune infirmière, est envahie par un sentiment de bien-être presque irréel. Venue pour prendre soin de George Bellamy, un vieux monsieur qu'elle adore, elle ne s'attendait pas un instant à se retrouver, le temps d'un été, dans ce cadre enchanteur. Malgré tout, sa mission s'avère délicate. Elle a en effet promis à George de l'aider à réaliser son rêve de toujours : se réconcilier avec son frère sur les lieux de leur enfance là où, cinquante ans plus tôt, s'est joué le drame qui les a conduits à se perdre de vue. Heureusement pour Claire, Ross Bellamy, le petit-fils de George, semble prêt à tout pour aider son grand-père à réaliser ses souhaits les plus chers. Ross qui hante ses rêves depuis le jour de leur rencontre. Même si, hélas, elle sait que de terribles obstacles liés aux secrets de son passé se dresseront, quoiqu'il arrive, entre elle et lui.

Composé et édité par les
éditions Harlequin
Achevé d'imprimer en juin 2011

CPi
BRODARD & TAUPIN

La Flèche
Dépôt légal : juillet 2011
N° d'imprimeur : 63563

Imprimé en France